DUMONT

Susanne Bergstedt

Orkantief

Himmel und Holle ermitteln

Ein Ostsee-Krimi

DUMONT

Von Susanne Bergstedt ist bei DuMont außerdem erschienen:
Quallenplage

MIX
Papier | Fördert gute Waldnutzung
FSC® C083411
FSC
www.fsc.org

Das bei der Produktion dieses Buches entstandene CO_2 wurde durch die Finanzierung von Klimaschutzprojekten kompensiert:
climate-id.com/17531-2110-1001/de

Originalausgabe
März 2024
DuMont Buchverlag, Köln

Umschlaggestaltung: Lübbeke Naumann Thoben, Köln
Umschlagabbildung: Seegras: © drizzd/depositphotos; Seesterne: © zorandim/depositphotos; Möwe sitzend: © lifeonehite/depositphotos; Reetdachhaus: © PantherMediaSeller/depositphotos;
Welle: © Scott Ward/freepng.com
Satz: Angelika Kudella, Köln
Gesetzt aus der Dante
Druck und Verarbeitung: CPI books GmbH, Leck
Gedruckt auf säurefreiem und chlorfrei gebleichtem Papier
Printed in Germany
ISBN 978-3-8321-6718-9

www.dumont-buchverlag.de

Prolog

SEIN HERZ KLOPFTE. Er hatte immer Angst, wenn sie so schrien.

Sie sollten endlich damit aufhören, aber das taten sie nicht. Im Gegenteil, ihre Stimmen wurden lauter und böser. Er hielt sich mit beiden Händen die Ohren zu, doch es half nichts. Das Schreien machte, dass ihm der Bauch wehtat. Er wollte weg, dahin, wo es still war. Wo ihn niemand finden würde.

Sein Geheimversteck.

Er lugte durch das Fenster nach draußen. Am Himmel zogen schon purpurfarbene Wolken auf. Die Nacht machte ihm auch Angst, aber anders.

Das Geräusch, das jetzt aus dem Wohnzimmer drang, war das Signal. Ohne weiter zu überlegen, rannte er zur Tür und dann hinaus auf den Flur.

Er stoppte abrupt.

Wo war Tiger? Ohne Tiger konnte er nicht weg.

Auf Zehenspitzen schlich er in sein Kinderzimmer zurück, griff sich das Stofftier vom Bett und eilte wieder hinaus, die Treppe hinunter und die Diele entlang. Vor der Hintertür, die in den Garten führte, hielt er einen Moment inne und horchte ins Haus. Er konnte jedes Wort, das im Wohnzimmer gebrüllt wurde, verstehen. Vorsichtig drückte er die Klinke herunter und schlüpfte nach draußen. Dann schloss er die Tür genauso leise, wie er sie geöffnet hatte, obwohl sie ihn sowieso nicht gehört hätten.

Er sprang die drei Stufen herab und rannte so schnell er konnte in das dunkle Grün hinein. Erst quer über den Rasen, dann gleich schräg hinter die Johannisbeerbüsche, wo die Wiese begann. Er lief weiter, immer weiter, bis er ganz am Ende des lang gestreckten Gartens angelangt war. Da, wo er richtig wild war und fast schon in den Wald überging.

Hier stand sie, die riesige Eiche.

Seine Eiche.

Die mit dem Geheimnis, das niemand außer ihm kannte. Hier würden sie ihn nicht entdecken, da konnten sie suchen, wie sie wollten.

Er sollte da nicht raufklettern, die Eltern hatten es ihm verboten, aber er wusste eine Stelle, wo es ganz leicht ging. Man musste nur genug Schwung haben und mutig sein.

Er war mutig.

Tiger war auch mutig.

Er fürchtete sich im Dunklen, Tiger nicht. Auch darum hatte er ihn mitgenommen.

Jetzt saß er schon auf dem dicken unteren Ast, dort hinaufzukommen, war das Schwerste. Wenn man das geschafft hatte, ging der Rest leicht. Im Nu war er ganz nach oben in die Krone geklettert, wo das Blätterdach ihn wie eine schützende Kuppel umgab. Er zog Tiger aus dem Hosenbund seines Superman-Schlafanzuges und zeigte ihm das Haus, das ganz hinten durch die Zweige schimmerte. Die Fenster reflektierten die letzten Sonnenstrahlen. Er wusste, dass ihn niemand von dort sehen konnte.

Es ging aber noch besser. Wenn er wollte, konnte er sich sogar vollkommen unsichtbar machen. Der Baum hatte nämlich ein Geheimnis, das kein Erwachsener kannte.

Die Eiche war innen hohl.

Von außen konnte man das nicht sehen, nur von seinem Platz ganz oben. Er musste von dort nur ein Stück in das enge Loch klettern, dann war er nicht mehr da, einfach weg. Er wusste nicht genau, wie tief es hinunterging, aber zum Verschwinden reichte es. Das hatte er schon mal ausprobiert.

Wenn er sich ganz dünn machte und durch den Eingangsspalt schlüpfte, landete er in einer geräumigen Aushöhlung im Stamm. Dort gab es an der Seite einen schmalen Vorsprung, auf dem er stehen konnte, um nicht weiter nach unten zu fallen. Dahin, wo die Käfer und Spinnen waren.

Vorsichtig senkte er seine Beine in das Loch herab. Das Holz fühlte sich auf seiner nackten Haut glatt und trocken an.

In diesem Augenblick fegte ein jäher Windstoß durch die Zweige und ließ ihn in seinem T-Shirt frösteln. Schnell stopfte er Tiger zurück in den Bund seiner Schlafanzugshorts und kletterte weiter in den hohlen Stamm hinein, bis seine Füße den Vorsprung fanden. Wenn er sich mit den Händen oben am Rand des Loches festhielt, konnte er gerade noch herausschauen.

Aus einer weiteren kalten Böe fielen erste Regentropfen auf sein Gesicht. Vorsichtig hob er die Hände vom Rand, stützte sich mit ihnen an der Innenwand ab und rutschte ein kleines Stückchen tiefer.

Hier drinnen war es still.

Plötzlich schrie direkt über ihm ein Kauz.

Der Schreck durchfuhr ihn wie ein Blitz. Er zuckte zusammen und löste unwillkürlich die Hände vom Holz. In diesem Augenblick brach der schmale Vorsprung ab, auf dem er mit den Fußspitzen stand, und er fiel, stürzte in die dunkle Tiefe.

Draußen heulte der Wind.

1

Drei Jahre später

DAS MUSSTE JA SO kommen. Ausgerechnet für heute Abend verhieß die Wettervorhersage nichts Gutes. Wo ihr doch selbst bei schönstem Sonnenschein und kaum Seegang schon übel wurde, sobald ein Schiff abgelegt hatte. Telse Himmel zog ihren Schlafanzug aus der kleinen Reisetasche und warf ihn auf das Kojenbett. Sie hatte große Lust, sich gleich hinterherzuwerfen und einfach bis morgen früh um neun durchzuschlafen. Was natürlich illusorisch war, da ihre Freundin Wanda Holle erstens mit Seebeinen gesegnet war und sich zweitens auf einen gemeinsamen feuchtfröhlichen Abend im Bistro oder in einer der Bars auf Deck sieben freute.

Sie waren gerade dabei, sich in ihrer Zwei-Personen-Kabine mit Meerblick einzurichten, als die Durchsage aus dem Bordlautsprecher kam: »Guten Abend, mein Name ist Gunnar Holgersson, und ich bin heute Ihr Kapitän. Wir werden während unserer Fahrt nach Kiel voraussichtlich stürmische Winde aus West haben. Bitte beachten Sie die Sicherheitshinweise. Ich wünsche Ihnen eine angenehme Reise.«

In Telses Ohren klang das wie blanker Hohn. Kreuzfahrten

standen ganz oben auf ihrer Hassliste, und Fährpassagen folgten gleich dahinter. Jedenfalls, wenn die Fahrt länger als eine halbe Stunde dauerte und mit abendlichem Entertainment zu rechnen war. Aber mit der Stena Line über Nacht von Göteborg zurück nach Kiel zu reisen war einfach bequemer, als einen ganzen Tag mit dem Auto unterwegs zu sein.

Es war Wandas Idee gewesen, über ein verlängertes Wochenende nach Schweden zu schippern und den gemeinsamen Städtetrip mit einem Besuch bei Telses Tochter Julianne und deren Freund Fenno zu verbinden. Die beiden hatten sich entschieden, ihr Studium in Kiel zu unterbrechen und ab Herbst zwei Auslandssemester in Göteborg einzulegen. Vielleicht auch noch mehr, was Telse aber nicht hoffte. Durch einen glücklichen Zufall hatten sie über Freunde zwei Zimmer in einer Wohngemeinschaft ergattert, die sie schon in den kommenden Semesterferien beziehen konnten. Jetzt waren Julianne und Fenno seit zwei Wochen damit beschäftigt, die neuen Mitbewohner kennenzulernen, sich in der Stadt umzusehen und den Umzug zu organisieren.

Telse und Wanda hatten bei ihrem Besuch schlaue Einrichtungstipps gegeben und sich ansonsten ein paar schöne Tage gemacht. Am Ende ihres dreitägigen Trips hatte Wanda sich in der Göteborger Markthalle noch mit Tüten voller schwedischer Leckereien eingedeckt, dann war es schon wieder Zeit für die Rückreise gewesen.

Das Schiff vibrierte jetzt merklich. Es hatte mittlerweile seinen Liegeplatz verlassen, gewendet und Kurs auf das Meer genommen.

»Komm, lass uns auf das Oberdeck gehen«, schlug Wanda

vor, die mit frisch aufgetragenem Lippenstift aus dem kleinen Badezimmer kam. »Wir fahren gleich unter der Älvsborgsbron durch, das will ich sehen. Den berühmten Röda Sten auch, der liegt gleich daneben.«

Telse stimmte zu. Lieber etwas frische Luft schnappen, bevor es zu spät war. Noch schaukelte die Fähre nicht, aber das würde sich ändern, sobald sie die offene See erreicht hatten. Außerdem wollte sie den Ausblick auf das Hafengebiet und das Gewimmel der Schäreninseln im Göta Älv nicht verpassen. Auch wenn ihr schleierhaft war, was dieser Röda Sten sein sollte.

»Das ist ein Findling, der schon vor Ewigkeiten rot angemalt wurde und nahe der Brücke am Ufer liegt«, erläuterte Wanda, als sie nebeneinander an der Reling des Oberdecks standen. Sie deutete mit ihrem manikürten Zeigefinger zur Wasserkante, wo besagter Klotz unterhalb der Älvsborgsbron wie eine Riesentomate im Abendlicht leuchtete. »Über die Frage, weshalb der Stein rot angepinselt wurde, streiten sich die Gelehrten. Mir persönlich gefällt die Version am besten, wonach die rote Farbe an das Blut der Seeleute gemahnen soll, die auf dem Meer geblieben sind.«

»Gruselig.« Telse machte mit ihrem Smartphone ein Foto. Anschließend spazierte sie mit Wanda über das Deck und bestaunte die unzähligen kleinen Inselchen, die rechts und links aus dem Wasser lugten. Auf manchen von ihnen standen einsame Häuschen, die kaum kleiner als die Felsbuckel waren.

Nach einer Weile frischte der Wind merklich auf, und Telse fröstelte trotz ihrer Softshelljacke. Wanda schien es ähnlich zu gehen. »Ich schlage vor, wir begeben uns wieder rein und suchen uns drinnen ein schönes Plätzchen mit Aussicht.« Sie deutete zum Himmel, wo am Horizont dunkle Wolken aufzogen. »Das wird hier wohl bald ungemütlich.«

Telse nickte. »Befürchte ich auch.« Sie gähnte. »Aber lange werde ich heute nicht durchhalten. Erstens bin ich hundemüde, und zweitens werde ich garantiert seekrank, wenn es nachher stärker püstern sollte.«

»An der Theke gibt es bestimmt eine Reling, an der du dich festhalten kannst, wenn die Brecher kommen«, grinste Wanda. »Bei der Gestaltung von Bordbars nehmen Innenarchitekten gewöhnlich Rücksicht auf stärkeren Seegang.«

»War das auf eurer Segeljacht auch so?« Mit ihrem verblichenen Gatten Jan Friedrich Holle, dem vermögenden Eigentümer einer Bootsbauwerft, war Wanda auf einer Luxusjacht um die Welt gesegelt, bis sie ihn zum Schluss mit den Füßen voran von Bord getragen hatten.

»Worauf du dich verlassen kannst.« Wanda zog die schwere Stahltür zum Treppenhaus der Fähre auf und ließ Telse den Vortritt.

Im Metropolitan-Café auf Deck sieben hatte sich bereits eine größere Anzahl von Passagieren eingefunden, aber sie ergatterten noch einen Tisch in der Mitte des Raums. Von hier hatten sie eine gute Sicht durch die breite Fensterfront auf der Bugseite. Wir sind anscheinend nicht die Einzigen, die sich rechtzeitig einen Platz im Warmen sichern wollen, stellte Telse fest und entledigte sich ihrer Jacke. Dann ließ sie sich auf der blauen Polsterbank nieder, streckte die Beine aus und blickte sich um. Das Interieur wirkte gediegen, mit lackierten Schiffsplanken auf dem Boden, verchromten Stützsäulen, Polstermöbeln und Kunstdrucken an den Wänden. Auf der Hinfahrt nach Göteborg waren sie beide nicht hier unten gewesen, sondern hatten lieber an Deck den ersten lauen Maiabend des Jahres genossen. Heute hatte es sich nach den Eisheiligen angefühlt.

»Ein Tässchen Tee oder lieber gleich einen Grog? Du siehst aus, als ob dir etwas Warmes guttun würde.« Wanda stand noch und war auf dem Sprung zur Bar.

»Einen Ingwertee, falls es den hier gibt. Ingwer soll gegen Übelkeit helfen, habe ich gehört.«

»Bringe ich dir, wenn du derweil meinen Platz verteidigst. Die Bude wird langsam voll.«

Telses Blick folgte Wanda und blieb dann am Eingang hängen, wo immer mehr Passagiere hereinströmten. Sie verzog das Gesicht. Im Getümmel wurde es ihr schnell zu laut, zu rummelig und zu eng. Andererseits hatte sie sowieso nicht vor, sich hier unten lange aufzuhalten. Die Vorstellung, es sich bei dem zu erwartenden schlechten Wetter mit einem Krimi in der Koje gemütlich zu machen, lockte sie viel mehr. Ihre Gedanken schweiften zu Julianne und Fenno und den viel zu schnell verflogenen Tagen in Göteborg. Die beiden hatten ihren endgültigen Umzug zwar erst für den Spätsommer geplant, aber ihre Tochter war schon immer Meisterin darin gewesen, Pläne ruckzuck über den Haufen zu werfen. Erst recht, wenn eine neue Stadt lockte. Telse seufzte leise. Wie schwer es ihr doch fiel, loszulassen.

Die Fähre hatte die Außenschären von Göteborg mittlerweile hinter sich gelassen und war auf südlichen Kurs durch das Kattegat eingeschwenkt. Der Wellengang hatte deutlich zugenommen, und Wanda musste ihre ganze Geschicklichkeit aufbringen, um das Tablett mit den Getränken unfallfrei zum Tisch zu balancieren. Mit einem erleichterten Ächzen ließ sie sich schließlich auf ihren Stuhl fallen.

»Verzeihung, sind die beiden Plätze noch frei?«

Wanda und Telse schauten hoch. Vor ihnen standen zwei Männer Anfang vierzig, die hoffnungsvoll lächelten. Wanda scannte sie in Sekundenbruchteilen, und das Ergebnis war positiv: schlichte, geschmackvolle Flanellhemden, Outdoorhosen und neu wirkende Wanderstiefel, wahrscheinlich alles teures Markenzeug. Von dieser Sparte hatte sie zwar keine Ahnung, aber gute Qualität erkannte sie sofort. Einer der Männer trug einen Hipsterbart, der andere war glatt rasiert. Nach einem kurzen Seitenblick zu Telse nickte sie huldvoll und deutete mit einer einladenden Geste auf die beiden leeren Stühle.

»Selbstverständlich. Bitte nehmen Sie doch Platz.«

»Vielen Dank, das ist sehr freundlich von Ihnen.« Die beiden setzen sich.

Für Telse war die Sache sofort klar. Der Blick auf die Hände der Männer, wo jeweils ein identischer Goldreif am linken Ringfinger steckte, wäre gar nicht nötig gewesen. Sie machten einen sympathischen Eindruck. »Es soll heute Abend ja noch recht windig werden«, versuchte sie ein Gespräch anzufangen. »Unser Kapitän schien aber guten Mutes zu sein.«

»Das wollen wir doch hoffen«, sagte der Hipsterbart. »Bis jetzt hatten wir durchweg Glück mit unserer Reise. Schweden ist wirklich ein fantastisches Land.«

Sein Begleiter nickte zustimmend.

»Haben Sie nur Göteborg besucht oder waren Sie noch im Umland unterwegs?«, fragte Wanda.

»Wir haben eine dreiwöchige Rundreise mit dem Wohnmobil

gemacht. Einmal um den Vänernsee: Bohuslän, Dalsland und Västergötland«, erzählte der Glattrasierte. »Unsere Hochzeitsreise. Das haben wir uns gegenseitig geschenkt.«

»Wie reizend!«, flötete Wanda. »Meine Freundin Telse und ich waren diesmal nur für ein paar Tage in Göteborg. Ich kenne aber die Westküste von früher, als ich noch gesegelt bin, sehr gut. Dort hat es Sie nicht hingezogen?«

»Da ist uns zu viel Trubel. Wir bevorzugen die Einsamkeit der Natur, nicht wahr, Kai?«

Der Hipsterbart nickte nachdrücklich. »Wir haben sogar Elche gesehen, keine zwanzig Meter von unserem Camper entfernt.«

»Das war schon ein tolles Erlebnis. Ich bin übrigens Morten.«

»Angenehm, Wanda.«

Telse bemerkte, wie alle Augen auf ihr ruhten. Zwar war sie keine Anhängerin des inflationären Duzens, aber sie wollte keine Spielverderberin sein. Außerdem befanden sie sich fast noch in Skandinavien, wo niemand außer dem König gesiezt wurde.

»Ich heiße Telse.« Sie lächelte. So ein frisches Glück muss schön sein, dachte sie fast schon ein wenig neidisch. In diesem Augenblick rempelte sie ein Mitarbeiter der Besatzung am Arm an, der schnellen Schrittes durch das Bistro eilte. Ihm auf den Fersen folgte ein weiteres Crewmitglied im weißen Hemd, das ebenfalls in Eile schien. Jetzt bemerkte Telse auch eine gewisse Unruhe unter den anderen Gästen. Aufgeregtes Gemurmel schwoll an, einige verließen ihre Tische und liefen in Richtung Ausgang. Was war denn bloß los?

Wanda lieferte einen Moment später die Erklärung. »Der Horizont hängt schief.«

Morten grinste. »Ich dachte, es wäre das Bild.«

»Nein, leider nicht. Seht selbst.« Wanda deutete zur vorderen Fensterfront.

Telse erstarrte. Die Wasserlinie des Horizonts war tatsächlich schief, was bedeutete, dass das Schiff Schlagseite hatte. »Hilfe, was soll das?«, entfuhr es ihr trotzdem.

»Eisberge gibt es auf dieser Route gewöhnlich nicht, aber es sieht ganz so aus, als ob wir ein Leck hätten. Ein recht großes, wohlgemerkt. Sonst würde der Kahn nicht dermaßen krängen«, erläuterte Wanda ungerührt, als wäre sie Edward John Smith persönlich.

»Das … Das macht keinen guten Eindruck. Vermutlich sind deshalb alle so aufgescheucht.« Kais Gesicht hatte an Farbe verloren, und er sah aus, als ob er ebenfalls am liebsten die Flucht ergreifen würde. Er biss sich auf die Lippen, sein Blick sprang vom Fenster zu den anderen Gästen und wieder zurück.

»Wir sollten einen der Stewards fragen, was los ist«, schlug Morten vor.

»Gute Idee.« Kai drehte suchend den Kopf. »Sind aber alle weg.«

»Eigentlich wäre eine Durchsage angebracht«, sagte Telse missmutig. »Man muss doch wissen, ob es ein ernsthaftes Problem gibt und man gleich zu den Sammelstellen rennen soll, um sich eine Rettungsweste abzuholen.«

»Das würde uns der freundliche Herr Kapitän bestimmt mitteilen. Wie hieß er doch gleich? Holger?« So entspannt, wie sie tat, fühlte Wanda sich keineswegs. Sie war zwar eine erfahrene Seglerin und hatte auf den Törns mit ihrem verstorbenen Mann schon zahlreiche brenzlige Situationen erlebt. Doch auf der eigenen Jacht hatte sie wenigstens gewusst, ob Gefahr drohte, und entsprechend handeln können. Probleme an Bord machten ihr keine Angst, wenn sie die Chance hatte, etwas zu deren Lösung zu unternehmen. Hier dagegen musste sie sich in einer unübersichtlichen, möglicherweise lebensbedrohlichen Sachlage auf andere, sprich das Schiffspersonal, verlassen, und das passte ihr ganz und gar nicht.

»Sollten wir nicht lieber in unsere Kabine gehen? Dann können wir schnell das Nötigste packen und sind vorbereitet, wenn das Notfallsignal kommt und die Evakuierung startet.« Telse rutschte unruhig auf ihrem Sitz herum.

»Ich weiß noch, wie das war.« Morten schloss konzentriert die Augen. »Sieben kurze und ein langer Piepton.« Er öffnete die Lider und startete eine akustische Demonstration, bekam von seinem Mann aber umgehend einen leichten Knuff in die Seite.

»Lass gut sein, wir haben vorhin alle die Sicherheitsunterweisung gehört. Kennt ihr eigentlich noch Mister Safe?«, wandte Kai sich an Telse und Wanda. Sie schüttelten die Köpfe.

»Wer soll das sein?«, fragte Telse, während ihr Blick zur Fensterfront hinüberschwenkte. Dort hatten sich inzwischen einige Passagiere versammelt, die in Grüppchen herumstanden und mit aufgeregten Gesten diskutierten.

Kai grinste. »Das war so eine Art Mister Bean. Ein Typ im hellblauen Strampelanzug, der in den früheren Bordvideos gezeigt hat, wie man sich im Notfall verhalten soll. Erste Regel: nicht gleich über die Reling springen, sondern Ruhe bewahren.«

In diesem Augenblick hastete ein Besatzungsmitglied den Mittelgang entlang. Wanda reagierte blitzschnell, sprang auf und verstellte ihm den Weg. Der Steward stoppte im letzten

Moment und versuchte, sich an ihr vorbeizudrücken, natürlich erfolglos.

»Guter Mann. Würden Sie bitte so freundlich sein, uns aufzuklären? Was bedeutet die Schlagseite unseres Schiffes? Gibt es Anlass zur Sorge?«

»Bitte lassen Sie mich durch. Es ist nichts passiert. Alles in Ordnung.« Der Mann versuchte abermals, sich an Wanda vorbeizudrängeln, aber die machte sich gleich noch ein wenig breiter.

»Die Schräglage sieht aber gar nicht in Ordnung aus. Haben wir ein Leck?«

»Um Gottes willen, nein! Bitte, ich muss jetzt weiter.« Ein Passagier bewegte sich auf sie zu, und der Steward nutzte die Gelegenheit und schlüpfte an Wanda vorbei, als sie für den Reisegast ein Stückchen zur Seite trat. Kurz darauf war er im Treppenhaus der Fähre verschwunden.

Mit umwölkter Stirn und Miene kehrte Wanda zu ihrem Tisch zurück.

»So ein Schnösel.« Sie ließ sich auf ihren Polsterstuhl plumpsen. Sie konnte es nicht leiden, auf kaltlächelnde Weise abgefertigt und stehen gelassen zu werden. »Was bildet sich dieser Kerl eigentlich ein? Das ist doch …«

»Ich gehe jetzt zum Informationsschalter und kläre die Sache. Da wird ja wohl jemand sitzen, der oder die Ahnung hat«, unterbrach Telse sie und erhob sich kurz entschlossen von ihrem Platz.

»Gute Idee«, sagte Morten. Plötzlich hörte man draußen das Geräusch von Rotorblättern. »Da kommt übrigens ein Hubschrauber angeflogen. Sieht aus, als ob er Kurs auf uns genommen hat.«

Vier Augenpaare starrten durch die Fensterfront auf den Helikopter, der schnell näher kam und tatsächlich die krängende Fähre anzusteuern schien.

»Bisschen klein für eine Evakuierung«, stellte Wanda trocken fest. »Es sei denn, die wollen nur unseren Käpten vom sinkenden Schiff holen.«

Telse machte erneut Anstalten, zu gehen. »Mir reicht es jetzt. Ich will endlich wissen, was hier los ist. Bin gleich wieder da.« Sie drängelte sich durch die Pulks von Passagieren, die inzwischen die Laufwege bevölkerten, und war kurz darauf in der Menge verschwunden.

In diesem Moment ertönte aus den Bordlautsprechern ein lautes Signal. Es knisterte, dann räusperte sich eine Stimme: »Meine Damen und Herren, verehrte Fahrgäste. Leider haben wir einen medizinischen Notfall an Bord. In Kürze wird ein Hubschrauber an Deck landen, um eine erkrankte Person aufzunehmen. Wir bitten darum, die kurze Verzögerung unserer Reise zu entschuldigen. Vielen Dank.«

»Aha, jetzt ist ja alles klar«, sagte Morten.

Wanda fixierte ihn. »Nichts ist klar. Zum Beispiel, warum wir immer noch Schräglage haben.«

»Vielleicht hat sich der Notfallpatient am Büffet überfressen«, schlug Kai vor und zog eine Grimasse. Er erntete ungnädige Blicke.

»Witzbold. Es gibt aber noch eine weitere Merkwürdigkeit, fällt mir gerade auf.« Morten blickte mit gerunzelter Stirn nach draußen, wo der Wind heulte und sich mit dem Knattern des Helikopters mischte.

Wanda sah ihn fragend an.

»Habt ihr es noch gar nicht bemerkt?«

»Nun sag schon«, forderte Kai. »Mach es nicht so spannend.«

»Tja.« Morten lehnte sich zurück. Er genoss die Neugier der anderen, die ungeduldige Aufmerksamkeit, die ihm zuteilwurde, sichtlich. »Wir fahren wieder zurück. Nach Göteborg.«

Kai sah ihn skeptisch an und zog die Augenbrauen zusammen. »Ach, Quatsch!«

»Kleiner Tipp: Guckt einfach, wo die Sonne steht. Die sieht man bei diesem Wetter zwar immer nur kurz, aber es reicht.« Morten zeigte zum Himmel. »Wo befindet sich Klärchen gewöhnlich, wenn man am Abend in Richtung Süden schippert? Genau, im Westen, Fahrtrichtung rechts«, gab er selbst die Antwort. »Und wo steht sie jetzt?«

Wanda und Kai schauten konzentriert zum Fenster hinaus. Die vorüberstürmenden Wolken rissen hin und wieder auf und ließen ein paar Strahlen des letzten Abendlichts durch.

»Auf der linken Seite«, sagte Wanda, und auf einmal verstand sie. Ihre Augen weiteten sich. »Also fahren wir tatsächlich wieder nach Norden. Ich fasse es nicht.« Sie blickte beunruhigt in die Tischrunde. »Was hat das zu bedeuten?«

Ihre Tischnachbarn schienen genauso ratlos zu sein wie sie selbst.

Ungeduldig spähte Wanda zum Eingang des Bistros. »Hoffentlich kommt Telse bald zurück und klärt uns auf.«

Nach einer gefühlten Ewigkeit sah sie, wie die Freundin sich durch das Gewühl zu ihrer Sitzgruppe kämpfte.

»Puh.« Telse ließ sich auf die Polsterbank fallen und fuhr sich mit den Händen durch die kurzen dunklen Haare. »Was für ein elendes Gedrängel.«

»Hast du es schon mitgekriegt?«, platzte Wanda heraus. »Wir fahren wieder zurück. Nach Göteborg.«

Wenn Wanda als Reaktion von Telse so etwas wie Überraschung oder zumindest Interesse erwartet hatte, wurde sie enttäuscht.

»Ich weiß.«

»Du weißt? Nun erzähl schon, was haben die am Infoschalter gesagt?«, fragte Wanda ungeduldig. »Sind wir dem Untergang geweiht?«

»Nein, es wird nur etwas später.«

»Mit dem Untergang?«

»Mit der Ankunft in Kiel.«

»Halleluja!«, sagte Wanda in ironischem Ton. »Und warum liegen wir so schief im Wasser und weshalb hat der Kapitän gewendet?«

»Das wüssten wir auch gerne.« Morten und Kai beugten sich interessiert nach vorn.

Telse räusperte sich. »Na gut, dann will ich euch mal aufklären. Von dem medizinischen Notfall an Bord habt ihr gehört. Am Schalter wurde mir gesagt, dass die Fähre gewendet hat, um dem Rettungshubschrauber entgegenzukommen und den Krankentransport dadurch zu beschleunigen. Deshalb die Schieflage der Fähre.«

Telse blickte in drei fragende Gesichter. Sie ließ sie ein wenig zappeln, bevor sie fortfuhr: »Weil für die Überfahrt ein starker Wind aus West angekündigt war, hat die Besatzung die Ladung wohl so verteilt, dass sie ein Gegengewicht zu dem erwarteten Winddruck bildet. Sie haben alles, was ordentlich Gewicht hat, wie zum Beispiel die schweren LKW auf dem Autodeck, an die

Luvseite gepackt. Also an die dem Wind zugewandte Seite. Dann liegt das Schiff auch bei starken Sturmböen von West wie ein Brett auf dem Wasser, und der Tee bleibt in der Tasse. Nach der Hundertachtzig-Grad-Wende standen die Lastwagen dann plötzlich auf der falschen Seite, der Leeseite, und mit dem Wind hat das zu der Schräglage geführt.«

»Die übrigens schon weniger wird«, verkündete Morten nach einem Blick zum Horizont. »Sieht so aus, als ob wir wieder auf Kurs Kiel drehen.«

»Na, dann wird ja alles gut, und wir können zum geselligen Teil des Abends kommen«, sagte Wanda erleichtert. Sie klatschte in die Hände, während Telse unauffällig die Augen verdrehte. Eigentlich wollte sie in ihre Kabine zurück, aber das konnte sie der Freundin jetzt nicht antun. Es fiel ihr manchmal nicht leicht, mit Wandas unbekümmertem Naturell Schritt zu halten, das die Widrigkeiten des Lebens wie einen Regenguss abperlen ließ. Ausruhen kann ich mich, wenn ich in der Kiste liege, lautete Wandas Credo, und danach handelte sie auch. Sie selbst dagegen brauchte auch vorher schon ab und zu eine Entspannungspause, obwohl sie knapp acht Jahre jünger war als ihre Freundin.

»Jetzt haben wir endlich Gelegenheit, uns ein wenig kennenzulernen«, riss Wanda sie aus ihren Gedanken. »Kai und Morten, mich würde interessieren, was ihr beide beruflich macht.«

»Ich bin selbstständiger Tischlermeister«, erklärte Morten nicht ohne Stolz, »mit einem Drei-Mann-Betrieb in Kiel. Am liebsten restauriere ich antike Möbel, das ist quasi meine Leidenschaft.«

»Ach, das trifft sich gut«, freute sich Wanda. »Ich besitze einige wertvolle Stücke, die eine Aufarbeitung vertragen könnten.«

»Immer gerne.« Morten fingerte eine Visitenkarte aus seiner Brieftasche und schob sie Wanda über den Tisch, die sie sofort einsteckte.

»Ich wäre auch gerne ein Künstler«, sagte Kai mit liebevoll-stolzem Blick zu seinem Lebensgefährten. »Bei mir hat es leider nur zum Verwaltungsbeamten im Landtag gereicht.«

»Fast wie bei uns«, erklärte Wanda. »Telse ist ebenfalls kreativ tätig, ich leider nicht. Als ehemalige Leiterin eines Reisebüros genieße ich meinen vorgezogenen Ruhestand.«

So kann man es auch ausdrücken, dachte Telse amüsiert. Reiche Schilkseer Witwe, die sich mit dem Vermögen ihres verstorbenen Gatten ein sorgloses Leben leisten kann, traf die Sache besser. Was sie sich aber niemals zu sagen getraut hätte, schließlich war Wanda die großzügigste Seele von Mensch, die sie kannte. Nicht zuletzt, weil sie ihr das Gästehaus ihrer Schilkseer Villa zum mietfreien Wohnen zur Verfügung gestellt hat. Ihrer alten Heimat Hamburg trauerte Telse längst nicht mehr nach. Dort hatte sie vor vielen Jahren zusammen mit Wanda im Grotenhus-Verlag gearbeitet, Wanda im hauseigenen Reisebüro, sie selbst als Redakteurin eines Gartenmagazins. Nach Wandas Heirat hatten sie sich aus den Augen verloren und waren dann zufällig auf der Straße wieder ineinandergelaufen, als Telses Redaktion gerade aufgelöst worden war und sie nicht wusste, wie es beruflich und überhaupt weitergehen sollte.

»Ich war früher Redakteurin und jobbe im Moment vorübergehend als Aushilfslehrerin in einer Grundschule«, machte Telse die Schlussvorstellung. »Demnächst möchte ich aber wieder als freie Journalistin und Fotografin arbeiten. Mal sehen, ob es klappt.«

»Was fotografierst du denn?«, fragte Morten. Seine Miene war offen und wirkte ehrlich interessiert.

»Och, alles Mögliche, je nachdem, was gefordert wird. Gerne Naturmotive, aber die sind schwierig zu verkaufen.«

»Hast du auch ein Lieblingsthema? Etwas, woran dein Herz hängt, was du gerne fotografierst, ohne an mögliche Kunden zu denken?«

Telse überlegte. »Das Meer«, sagte sie schließlich, »in verschiedenen Wetterstimmungen. Außerdem alles, was geheimnisvoll ist.«

»Hört sich spannend an«, warf Kai ein. »Was denn zum Beispiel?«

»Na ja, ich habe diesen Tick mit verwunschenen, verlassenen Orten«, gab Telse zögernd zur Antwort. »Alte Fabriken, die leer stehen und verfallen, unbewohnte Häuser, die sich die Natur langsam zurückholt. Wo Pflanzen durch die Räume kriechen und alles überwuchern. So was in der Art. Ich liebe den morbiden Charme der Vergänglichkeit, am liebsten in Schwarz-Weiß auf großformatigen Baryt-Abzügen.«

»Krass.« Kai schien ehrlich beeindruckt.

»Klingt ein bisschen merkwürdig, ich weiß. Aber das ist halt meine geheime Leidenschaft.«

»Die kannte ich noch gar nicht«, mischte sich Wanda ein. »Du offenbarst Abgründe, meine Liebe.«

»Ich wüsste da ein verlassenes Haus, das möglicherweise reizvoll für dich wäre«, sagte Morten nachdenklich. »Zum Fotografieren, meine ich.« Er blickte aus dem Fenster. Auf seiner Miene tauchte plötzlich ein wehmütiger Ausdruck auf. Dann schien er sich einen Ruck zu geben. Er sah Telse an und sagte: »Es gehört meinem Schwager und steht seit fast drei Jahren leer. Als ich zuletzt dort war, wuchsen schon Kletterrosen über die Fenster, und auf den Treppenstufen hatten sich Farne angesiedelt. Wie der riesige Garten jetzt aussieht, will ich mir gar nicht ausmalen.«

»Oh, das hört sich toll an. Wo steht das Haus denn?«

»In Schilksee. Ein altes romantisches Gutshaus in der Au, man kommt über den Seekamper Weg dorthin. Herrenhaus Holthusen, falls euch das was sagt. Richtig einsam gelegen. Außer einer betagten Nachbarin, die etwas entfernt wohnt, gibt es da nur jede Menge Wald, Wiesen und ein paar Tümpel. Für mich wäre das nichts.«

»Das Haus kenne ich nur vom Hörensagen«, meinte Wanda. Sie griff nach der Tasse mit dem mittlerweile kalten Tee und trank einen Schluck, bevor sie fortfuhr: »Das liegt ziemlich versteckt ein ganzes Stück hinter dem Skulpturenpark.«

Telse strahlte. »Fantastisch! Da muss ich hin! Wir wohnen gleich um die Ecke in Schilksee, besser geht's nicht.«

»Warum steht das Gebäude eigentlich schon so lange leer?«, erkundigte sich Wanda. »Bei der großen Nachfrage, was Immobilien angeht, kann ich mir nicht vorstellen, dass sich dafür kein Käufer finden lässt. Die Lage ist doch einmalig.«

»Tja …« Morten zuppelte sich am Ohr. »Das ist alles etwas kompliziert.«

»Wo liegt der Haken? Hat sich einer der Tümpel im Keller ausgebreitet?«

»Nein, das ist es nicht.« Er rang sichtlich nach den richtigen Worten. »Es ist eine alte Geschichte, mit der ich euch aber nicht langweilen will. Um es kurz zu machen: Mein Schwager wollte das Gutshaus an einen Investor verkaufen, der vorhatte, es abzureißen und auf dem weitläufigen Grundstück Ferienwohnungen zu bauen. Da haben die Behörden aber nicht mitgespielt und keine Genehmigung erteilt. Aus Denkmal- und Naturschutzgründen, soviel ich weiß. Die Sache hat sich über längere Zeit hingezogen, und jetzt ist das Haus in einem Zustand, wo jemand schon ordentlich Geld in die Hand nehmen müsste, um es energetisch auf den neuesten Stand zu bringen oder auch nur wohnlich zu machen. Dabei darf am Aussehen kaum etwas verändert werden, so sind die Auflagen. Da stehen potenzielle Käufer nicht gerade Schlange.«

»Ich kann nicht verstehen, warum man ein so wunderbar gelegenes Anwesen überhaupt verkaufen will«, warf Telse ein. »Mitten in der schönsten Natur, ein riesiger Garten und keine zehn Minuten mit dem Fahrrad zum Strand. In die Stadt ist es auch nicht weit. Wo kann man denn noch besser leben?«

»Ich sagte ja, es ist eine lange Geschichte.« Er räusperte sich. »Eine tragische noch dazu.«

Wanda legte den Kopf schief. »Das hört sich in meinen Ohren nach Scheidung an.«

Morten richtete den Blick ins Unbestimmte. »Nein, eine richtige Scheidung war es nicht«, erklärte er schließlich.

»Sondern?«

»Es ist wirklich keine schöne Sache.« Morten blickte erst Wanda an, dann aus dem Fenster. Draußen dämmerte es, die dicke Wolkendecke hatte inzwischen fast alles Licht geschluckt. Der Wind heulte um die Ecken der Schiffsaufbauten.

»Entschuldige, ich möchte nicht aufdringlich sein.« Eine leichte Röte trat auf Wandas Wangen. »Manchmal bin ich wohl etwas zu neugierig, tut mir leid.«

»Schon gut.« Morten winkte ab. »Ich spreche nur nicht oft darüber.«

»Vielleicht täte es dir gut, die Ereignisse von damals in Worte zu fassen«, sagte Kai und legte seine Hand auf die seines Mannes. »Du trägst es schon so lange mit dir herum.«

»Mich würde die Geschichte des Gutshauses auch interessieren«, sagte Telse vorsichtig. »Ganz besonders, weil ich dort wirklich gerne fotografieren möchte. Ich finde, dass die Atmosphäre, die ein Haus ausstrahlt, von seinen ehemaligen Bewohnern geschaffen wird. Das habe ich schon öfters gespürt. Es ist, als ob die Wände alles Positive wie auch Negative, das sich in den Räumen abgespielt hat, in sich aufnehmen und speichern. Ich weiß, das klingt irgendwie esoterisch, aber so hat es sich für mich angefühlt.«

Morten nickte langsam. »Da ist etwas dran. Ich habe es manchmal auch so empfunden, wenn ich dort war.« Er machte eine Pause.

Drei Augenpaare ruhten auf ihm.

»Na gut.« Er holte tief Luft und stieß sie langsam wieder aus. »Vielleicht erinnert ihr euch sogar an das Drama. Es ist jetzt fast drei Jahre her und hat mit meinem Neffen zu tun, Kalli. Der sechsjährige Sohn von meiner Schwester Anne und ihrem Mann Clemens Holthusen, die das Gutshaus zuletzt bewohnt haben. Kalli war eines Tages, besser gesagt eines Abends, ganz plötzlich verschwunden. Einfach weg. Man hat tagelang nach ihm gesucht, aber die Polizei hat ihn nirgends finden können.«

Einen Moment herrschte bedrückte Stille. »Auch nicht mit Suchhunden oder Wärmebildkameras?«, fragte Telse schließlich.

»Nein.« Morten schüttelte den Kopf. »Ich muss dazu sagen, dass das Verschwinden meines Neffen von seinen Eltern erst am nächsten Morgen bemerkt wurde.« Seine Stimme wurde bitter. »Als Anne in sein Zimmer kam und das Bett unberührt vorfand. Da war natürlich schon viel wertvolle Zeit verstrichen. Zumal die beiden zuerst selbst nach Kalli gesucht haben und die Polizei erst mit einiger Verzögerung alarmiert wurde.«

»Das darf ja nicht wahr sein!« In Wandas Stimme klang Empörung durch. »Bei kleinen Kindern ist höchste Eile geboten, das weiß man doch.«

»Nun ja.« Morten strich sich mit der flachen Hand über den kurz geschorenen Schädel. »Das habe ich meiner Schwester auch gesagt. Sie hat dann zugegeben, dass es zwischen ihr und Clemens einen heftigen Streit wegen des Gutshauses gab, und das wohl nicht zum ersten Mal. Clemens wollte das Grundstück mitsamt dem alten Familienstammsitz an einen Investor verhökern, der ihm offenbar eine Menge Geld dafür geboten hatte. Anne war strikt dagegen. Als studierte Botanikerin liebte sie den riesigen, halb verwilderten Garten. Sie hat ein ökologisches Paradies daraus gemacht, in dem sich unzählige Pflanzen und Tierarten wohlgefühlt haben, aber das war ihrem Mann egal. Ich weiß von meiner Schwester, dass sie sich oft mit Clemens wegen des Kaufangebots gestritten hat, aber offenbar noch nie so heftig wie an diesem Abend. Der Investor hatte Druck gemacht, er wollte endlich einen Vertragsabschluss.« Morten hob die Schultern und ließ sie wieder nach unten fallen. »Und über ihrem Streit haben die beiden dann halt vergessen, dass sie noch einen Sohn haben. Anne dachte, Kalli würde in seinem Zimmer im Bett liegen, was Clemens dachte, weiß ich nicht.« Er hielt inne und seufzte schwer. »Die Polizei hat ihn jedenfalls nicht mehr finden können.«

Eine betretene Pause folgte.

Telse ergriff als Erste wieder das Wort: »Und keiner hat das Kind gesehen? Was ist denn mit den Medien? Zeitungen, das Fernsehen? Hat es keinen Zeugenaufruf gegeben?«, fragte sie.

»Doch, natürlich. Es wurden auch alle Leute in der Umgebung befragt sowie sämtliche Freunde und Bekannte. Hat aber nichts gebracht, Kalli blieb wie vom Erdboden verschwunden und ist es bis heute. Irgendwann wurde die Suche dann eingestellt.«

»Ich kann mich ganz dunkel an die Geschichte erinnern«, sagte Wanda nachdenklich. Sie hielt einen Moment lang inne. »Ich nehme an, die Eltern sind nach diesem Schicksalsschlag ausgezogen. Kann man ja verstehen.«

»Das ist das Seltsame an der Sache.«

Sie sah ihn mit hochgezogenen Augenbrauen fragend an.

Morten holte tief Luft. »Nicht nur Kalli ist verschwunden, auch Anne ist seitdem weg, und niemand weiß, wo sie sich befindet. Keine zwei Wochen nach der Sache mit ihrem Sohn hat sie ihre Koffer gepackt und ist ausgezogen.«

»Einfach so?«, fragte Wanda ungläubig. »Ohne zu sagen, wohin?«

»Nicht ganz. Sie hatte mich vorher ins Vertrauen gezogen und erklärt, dass sie sich vorübergehend in eine Ferienwohnung in der Nähe einquartieren wollte, um in Ruhe über alles nachzudenken. Wie es im Leben weitergehen soll und ob ihre Ehe mit Clemens noch eine Chance hat. Wir hatten immer einen engen, vertrauensvollen Kontakt miteinander, deshalb hat es mich auch so gewundert, um nicht zu sagen verstört, dass ich seitdem nichts mehr von ihr gehört habe. Ganz zu Anfang nach ihrem Auszug habe ich noch zwei, drei SMS bekommen, in denen sie mir erklärt hat, dass sie Zeit für sich brauche und niemanden sehen wolle. Danach hat sie sich komplett zurückgezogen. Sogar ihren Job im Botanischen Garten hat sie aufgegeben.« Er zuckte mit den Schultern. »Es gab keine einzige Nachricht mehr von ihr, keine Mail, keinen Anruf, Brief oder sonst was. Sie hat sich praktisch in Luft aufgelöst. Ich kann diese Funkstille, die bis heute andauert, einfach nicht begreifen. Es hat mich zutiefst verletzt.« Seine Stimme klang belegt.

»Weißt du denn, wohin sie wollte?«, fragte Telse mitfühlend. »Hat sie eine Ferienwohnung in der Nähe angemietet oder wollte sie raus aus Kiel?«

»Keine Ahnung«, sagte Morten hilflos. »Ich Idiot habe sie damals nicht nach der genauen Adresse gefragt. Es schien mir nicht dringend, weil ich ja davon ausgegangen bin, dass wir in Kontakt bleiben. Vielleicht hatte sie sich auch noch nicht für eine Wohnung entschieden, genau weiß ich es nicht mehr. Mann, ich hätte doch niemals damit gerechnet, dass sie alle Brücken abbricht. Sie hat sich seitdem auch bei sonst keinem gemeldet.«

»Und was ist mit euren Eltern? Hat sie die nicht ins Vertrauen gezogen?«

»Unsere Eltern sind schon verstorben.«

»Das tut mir leid.« Sie widerstand dem Impuls, ihm eine Hand auf die Schulter zu legen. »Es ist nicht ganz ungewöhnlich, dass Menschen nach einem traumatischen Ereignis alle Verbindungen zur Vergangenheit abbrechen, um irgendwo auf der Welt ein neues Leben anzufangen.« Telse schluckte schwer. »Die

Frage ist, ob so etwas funktioniert. Man kann vor der Trauer nicht davonlaufen, sie kommt immer mit, egal wohin, glaube ich.«

»Und was ist mit der Polizei?«, erkundigte sich Wanda. »Es besteht doch die Möglichkeit, dass sie einen Unfall mit Gedächtnisverlust hatte und niemand weiß, wer sie ist. So etwas gibt es immer wieder.«

Morten lachte freudlos auf. »Tja, die Polizei ... Die Beamten hatten keine unbekannten Unfallopfer zu bieten und waren auch sonst nicht gerade hilfreich.«

»Inwiefern?«

»Na ja«, Morten zuckte mit den Schultern. »In Deutschland dürfen sich Erwachsene aufhalten, wo sie wollen, da könne man nichts machen. Es gab schließlich keine Hinweise auf eine Straftat, im Gegenteil, Anne war ja auf eigenen Wunsch ausgezogen.«

»Hm«, machte Wanda. Zwischen ihren Augenbrauen bildete sich eine steile Falte. »Und was hat der Ehemann gesagt? So, wie ich es verstanden habe, hat sie zu ihm auch keinen Kontakt mehr aufgenommen.«

»Clemens hat eine einzige Nachricht von Anne bekommen«, sagte Morten müde. »Er hat sie mir gezeigt. Darin stand nur, dass sie sich erst dann wieder melden will, wenn sie eine Entscheidung getroffen hat. Punkt. Seitdem wartet er genauso wie ich auf irgendein Lebenszeichen von ihr. Die Sache hat ihn richtig fertiggemacht, er quält sich mit Selbstvorwürfen.«

Die Vibration des Schiffes ließ den Tee in den Tassen auf dem Tisch leicht erzittern, gleichzeitig senkte sich Schweigen über die Runde. Alle vier hingen ihren Gedanken nach. Die Musikbeschallung im Bistro wirkte plötzlich aufdringlich und unpassend.

Telse musste ein Gähnen unterdrücken und beschloss, dass es an der Zeit war, die Kabine aufzusuchen. Dieser Abend würde vermutlich nicht mehr fröhlicher werden.

»Entschuldigt, aber ich bin müde und muss ins Bett«, verkündete sie und erhob sich aus ihrem Sessel. »Nochmals danke, Morten, für deinen Tipp mit dem alten Gutshaus.« Sie schwenkte eine Hand zum Abschied. »Wäre schön, wenn wir in Kontakt bleiben. Vielleicht treffen wir uns irgendwann auf einen Kaffee, dann kann ich euch meine Aufnahmen zeigen, sofern etwas Brauchbares dabei herauskommt.« Sie sah Morten an. »Wanda hat ja deine Karte.«

»Wir würden uns freuen«, stimmte er nach einem Seitenblick auf seinen Ehemann zu, der bekräftigend nickte.

2

»MÄDELS, DA SEID IHR ja wieder! Wie war's bei den Elchen?« Camilla Wuttke winkte fröhlich von der Terrasse ihres Hauses zu ihren beiden Nachbarinnen hinüber, die gerade durch die geöffnete Gartenpforte schritten.

»Nix, Elche, wir waren in der Großstadt«, informierte Telse sie über die Hecke hinweg. »Da sind uns nur nervige Touristen und verkaterte Studenten über den Weg gelaufen.« Sie hatte keine Lust, jetzt schon mit längeren Berichten aus Göteborg aufzuwarten, sondern wollte endlich wieder in ihren geliebten ›Seemannsfrieden‹ zurück. Das rot gestrichene kleine Haus in Wandas Garten war ihr schon so sehr ans Herz gewachsen, dass sie sich nicht vorstellen konnte, hier jemals wieder auszuziehen. Als Wanda es ihr im vergangenen Jahr als dauerhafte Bleibe anbot, hatte Telse nach kurzem Zögern zugesagt. Nicht zuletzt wegen der verwitterten Holzplanke unter dem Giebel, in die ›Seemannsfrieden‹ eingeschnitzt war. Bis jetzt hatte das Häuschen seinem Namen alle Ehre gemacht – jedenfalls wenn man von dem Kriminalfall absah, der sie beide im vergangenen September in Atem gehalten hatte.

»Kommt doch auf eine Tasse Kaffee rüber, wenn ihr euch frisch gemacht habt«, bot Camilla an. »Ich bin schon ganz neugierig, wie es Julianne und ihrer besseren Hälfte dort oben gefällt.«

Wandas Miene wirkte angespannt, ihr schien die Begeisterung ebenfalls nicht aus den Knopflöchern zu springen. »Danke, meine Liebe, aber ich glaube, wir haben eine kleine Pause nötig. Reisen strengt halt an.«

Camilla lachte. »Das glaubt ihr doch wohl selbst nicht. Seht mich an! Gut vierzig Wochen im Jahr auf Achse und immer frisch wie die schaumgeborene Aphrodite. Daran nehmt euch mal ein Beispiel.«

Telse zog eine Grimasse. Die Ehefrau von Kriminalhauptkommissar Olaf Wuttke, ihrem gemeinsamen Freund und Nachbarn, trieb sich als Unternehmensberaterin in der ganzen Welt herum und genoss ihr unstetes Leben in vollen Zügen, während der Strohwitwer Olaf Haus und Hof hüten musste.

»Wir besuchen dich gerne zur Berichterstattung, wenn wir uns regeneriert haben«, sagte Wanda. »Oder zwingt dich das gnadenlose Business schon morgen ins Kostüm und in den nächsten Flieger?«

Camilla kicherte. »Morgen noch nicht, aber demnächst. *London is calling.* Ich kann es kaum erwarten, im Nieselregen auf der Tower Bridge zu stehen.«

»Pass auf deine Pumps auf. So, wir wollen dann mal. Bis später, grüß Olaf.« Mit bollerndem Rollkoffer eilte Wanda auf dem Gartenweg Telse hinterher, die schon die Flucht ergriffen hatte.

»Diese Blutsauger stechen mich noch tot. Wieso musste ich eigentlich mitkommen? Du bist doch die Fotografin.« Wanda klatschte sich mit der flachen Hand erst in den Nacken, dann auf die Stirn. Es nützte nichts, der Mückenschwarm verfolgte sie auf Schritt und Tritt. Sie hatte den Subaru im Seekamper Weg geparkt und lief jetzt Telse hinterher, die schnurstracks auf den Eingang zum leer stehenden Anwesen der Holthusens zumarschierte.

»Weil du viel zu neugierig bist, um allein zu Hause auf dem Designersofa zu sitzen und die Topfblumen anzustarren«, rief Telse über die Schulter zurück.

»Außerdem hasse ich Brennnesseln. Ich habe wirklich keine Ahnung, was an diesem Unkrautdschungel so toll sein soll«, tönte es von hinten.

Telse grinste in sich hinein. Wanda, wie sie leibte und lebte. Da musste sie jetzt durch. Ein bisschen Survivaltraining im Schilkseer Feuchtbiotop sorgte hoffentlich dafür, dass die Freundin mit dem Begriff »Natur« nicht mehr nur den Farbton eines ihrer Kaschmirpullover verband.

Kallis Verschwinden und das Auseinanderbrechen der jungen Familie Holthusen war ihnen beiden zu Herzen gegangen. Wanda hatte das unbewohnte Anwesen in der Schilkseer Au ebenfalls aus der Nähe sehen wollen, es war ihr jedoch nicht eilig damit gewesen. Telse dagegen hatte es gar nicht abwarten können. Sie hatte keine Ahnung von der Existenz des verlassenen Gebäudes gehabt, obwohl sie schon ein paarmal daran vorbeigeradelt war. Büsche und Bäume hatten es hinter einer dichten grünen Mauer vor allen Blicken verborgen gehalten, und da es ein Stück von der Straße entfernt lag, war es ihr einfach nie aufgefallen. Nun war sie gespannt zu sehen, wie sich dort die Natur ihr Territorium zurückholte. Sie wusste vom Fotografieren anderer Gebäude, wie unglaublich schnell die Pflanzenwelt

Mauern, Terrassen und Treppen überwuchert hatte. Diese Rückeroberung faszinierte sie, nicht nur weil sie die Vergänglichkeit aller Zivilisation anzeigte, sondern außerdem wunderbar romantische Bilder lieferte. Das leicht diesige Sonnenlicht des heutigen Spätnachmittags bot ideale Bedingungen dafür.

Zuerst waren die beiden Frauen an der schmalen Zufahrt vorbeigelaufen, die vom Seekamper Weg abzweigte und laut Karte zu dem Gutshaus führen sollte. Wilde Brombeerranken hatten sich über den Pfad geschoben, auf dem schon lange kein Fahrzeug mehr entlanggerollt war. Er verschwand nach ein paar Metern in einer Kurve mit dichtem Buschwerk.

Jetzt stapften Telse und Wanda auf dem Schotterweg durch Giersch und Brennnesseln, bis sie nach ungefähr hundert Metern vor einem zweiflügligen Eisentor standen, das beidseitig von mannshoch gemauerten Pfosten flankiert wurde. Rechts und links davon grenzte eine undurchdringliche Hecke das Grundstück ein. Wanda drückte auf die Klinke und ruckelte. Zu ihrer Erleichterung war das Tor nicht verschlossen, sondern ließ sich unter quietschendem Protest so weit öffnen, dass sie hindurchschlüpfen konnten. Der Pfad dahinter war mit Kopfsteinpflaster bedeckt, aus dem das Unkraut wucherte.

Nach einer weiteren scharfen Kurve begann eine Allee aus Lindenbäumen, dann erhob sich endlich das Anwesen vor den beiden Frauen.

»Unglaublich.« Telse blieb stehen und ließ den Anblick auf sich wirken. Hier hätte sie sofort einziehen wollen. Nicht wegen des Gutshauses an sich, das mit seinen norddeutschen Backsteinen einen eher unspektakulären Eindruck machte, sondern wegen des Gartens dahinter, dessen gewaltige Ausmaße sie nur erahnen konnte. Zu beiden Seiten des Gebäudes standen Dutzende Apfelbäume, unter denen sich ein rotgelbes Tulpenmeer aus dem hohen Gras kämpfte. Über die Doppeltür des Eingangsportals hatten sich grüne Efeuranken verwoben. Die Fenster waren verstaubt, schienen aber noch sämtlich heil zu sein.

»Nicht übel, der Kasten«, stimmte Wanda zu. »Allerdings nur etwas für romantische Seelen, die keinen Wert auf zivilisatorische Errungenschaften wie Dreifachverglasung legen.« Sie drehte sich um ihre eigene Achse. »Und die nicht den Wunsch hegen, in engeren Kontakt zu ihren Mitmenschen zu treten.«

»Besser geht's nicht.« Telse hatte gar nicht richtig zugehört. Sie kramte in ihrer Fototasche, holte die Kamera heraus und begann, sie einzurichten. »Los, lass uns ums Haus herumgehen«, drängelte sie. »Ich will unbedingt das Gelände auf der Rückseite sehen.«

»Tja, ich fürchte, dafür brauchen wir eine Machete.« Wanda beäugte misstrauisch die Brennnesseln, die sich auf den Wegen rund um das Gebäude breitgemacht hatten. Dann folgte sie seufzend ihrer Freundin, die sich schon unerschrocken durch das Gestrüpp kämpfte.

Hinter der letzten Hausecke präsentierte sich der Garten in all seiner Pracht. Im Laufe der vergangenen Jahre hatte er sich wieder zu einem ungebändigten Dschungel entwickelt, der allen menschlichen Bemühungen nach Maß und Ordnung Hohn sprach. Wildkräuter und Buschwerk überwucherten ehemalige Beete, dazwischen hatten sich junge Erlen und zartgrüne Birkenschößlinge angesiedelt. Eine Umgrenzung konnte Wanda nirgends erkennen, der Garten schien nahtlos in das Naturschutzgebiet der dahinterliegenden Au überzugehen. Lediglich eine gewaltige, wahrscheinlich jahrhundertealte Eiche mit voluminösem Astwerk markierte die Stelle, wo sich der ehemals bewirtschaftete Gartenteil mit der Wildnis vereinigte.

Telses Wangen waren gerötet vor Aufregung, ihre Augen funkelten. Für sie war es eine verwunschene Welt, in der die Zeit zum Stillstand gekommen war. Hier fühlte sie sich in ihrem Element. Sie drückte immer wieder auf den Auslöser, fotografierte wie in Trance und kam schnell in den wunderbaren Flow, der sie komplett mit ihrer Arbeit verschmelzen ließ, in dem es nur das Hier und Jetzt gab.

»Wie lange brauchst du denn noch?«, drang unvermittelt eine Stimme an ihr Ohr. Wanda stand mit einem dicken Strauß Tulpen in der Hand da und ließ wie zufällig den Blick auf ihre Armbanduhr fallen. »Ich schlage vor, dass wir zurückfahren und eine Kleinigkeit auf der Terrasse zu uns nehmen, um uns von den Strapazen zu erholen. Was hältst du davon?«

»Strapazen?« Telse hob unwillig den Blick vom Sucher. »Meinst du das Blumenpflücken?«

Statt einer Antwort fragte Wanda: »Bist du nun bald fertig?«

»Hier draußen, ja. Aber ich würde das Haus gerne noch von innen sehen, falls wir irgendwie reinkommen.«

»Ist abgeschlossen, das habe ich schon ausprobiert. War ja auch zu erwarten«, entgegnete Wanda. »Schließlich will man als Eigentümer keine ungebetenen Gäste haben, die sich gemütlich einrichten.«

Telse erhob sich aus ihrer knienden Haltung im Gras und streckte ihren Rücken durch. »Vielleicht finden wir irgendwo doch noch einen Zugang, der nicht verriegelt ist. Was meinst du?«

Was Wanda meinte, war an ihrem Gesichtsausdruck abzulesen. »Dir ist hoffentlich klar, dass es sich um Hausfriedensbruch handelt, wenn wir uns unerlaubt Zutritt verschaffen. Kommt gar nicht infrage.«

»Wer redet denn von unerlaubt?«, sagte Telse mit unschuldiger Miene. »Wie du weißt, hat Morten es mir ausdrücklich gestattet, hier Bilder zu machen. Ich kann mich nicht erinnern, dass er das Haus davon ausgenommen hat.«

»Stell dich bitte nicht dumm. Außen und innen ist ein Unterschied, das weißt du so gut wie ich. Und ich habe keine Lust auf Ärger.« Wanda verschränkte die Arme und blieb stocksteif stehen.

»Da kenne ich dich aber anders.« Telse legte den Kopf schief und grinste. »Ach komm, wo wir schon mal hier sind … Vielleicht sieht es im Gutshaus schön unheimlich aus, mit langen Spinnweben in den Ecken und verstaubten Kerzenständern. Da drinnen gibt es mit Sicherheit fantastische Fotomotive.«

»Das ist kein transsilvanisches Schloss«, erwiderte Wanda, aber ihre Stimme klang schon weniger abweisend. »Hier gibt es weder schaurige Verliese noch unerlöste Geister, die durch die Flure spuken. Ich habe durch ein Fenster in das Wohnzimmer geguckt, da standen bloß ein paar Möbelstücke, die mit Tüchern abgedeckt waren.«

»Na also, das ist doch schon mal was.« Telse hängte sich ihre Fototasche über die Schulter und marschierte los.

Wanda zockelte notgedrungen hinterdrein, darauf bedacht, in der Schneise zu bleiben, die ihre Freundin durch den Wildwuchs trat. In Sachen Sturheit war ihr Telse fraglos ebenbürtig. Besser, sie stellte sich jetzt nicht quer. Sollte die Fotofanatikerin sich eben selbst überzeugen, dass es keinen Zutritt zum Haus gab. Umso schneller war die ganze Aktion vorbei.

Als sie den auf der Rückseite gelegenen Wintergarten erreicht hatten, stoppte Telse. Ihr Blick strich über das Schnitzwerk der Holzbalken und die farbigen Glasintarsien in den Fensterscheiben.

»Nur mal reingucken.« Sie setzte ihre Kameratasche im Gras ab und quetschte sich durch die Sträucher am Fuß des Anbaus. Dann stellte sie sich auf die Zehenspitzen und drückte ihre Nase an die Scheibe. »Scheint leer zu sein.«

»Sag ich ja. War's das jetzt?«

Telse nahm den ungeduldigen Unterton durchaus wahr, beschloss aber, ihn zu ignorieren. »Moment noch. Es dauert nicht mehr lange, versprochen. Ich schlage vor, du setzt dich einfach irgendwohin und wartest, während ich schnell eine Runde um das Gemäuer drehe. Vier Augen sehen mehr als zwei.«

»Viel Spaß. Verlauf dich nicht«, sagte Wanda schicksalsergeben und nahm Kurs auf die bemooste Steintreppe, die neben dem Wintergarten zu einer Hintertür im Hochparterre führte. Dort angekommen wischte sie mit der Hand eine Schicht brauner Blätter zur Seite, dann zog sie ein Stofftaschentuch aus ihrer Jackentasche, faltete es auseinander, platzierte es auf einer Stufe und ließ sich vorsichtig darauf nieder.

Es dauerte keine fünf Minuten, bis Telse wieder auf der Bildfläche erschien. »Die Bude ist tatsächlich verrammelt und verriegelt wie Fort Knox.« Sie seufzte. »Jammerschade.«

»Na denn, lass uns die Pferde satteln.« Wanda sprang auf und klopfte sich den Hosenboden ab. »Bevor ich mir noch den Mors abfriere.«

»Hm.« Telses Blick war an der grün gestrichenen Holztür hängen geblieben, die am oberen Treppenende ins Haus führte. »Da habe ich es noch nicht probiert.« Vorsichtig stieg sie die glitschigen Steinstufen hinauf und drückte auf die Messingklinke. Nichts passierte. Sie drückte nochmals, zog etwas heftiger und rüttelte, aber die Tür gab nicht nach. »Dann soll es wohl nicht sein.«

Telse wandte sich um und wollte die Treppe gerade wieder hinabsteigen, als sie mit dem Fuß gegen ein Hindernis stieß. Sie blickte nach unten auf die dicke Schicht aus vermodertem Laub, das den Treppenabsatz bedeckte. Vor der Türschwelle hatte sich ein kleiner Wall aus Blättern aufgeschoben, aus dem jetzt etwas Längliches herausragte. Mit dem Schuh schob sie das Laub zur Seite und starrte auf einen schmalen Holzkeil, der in dem Spalt zwischen Türblatt und Schwelle klemmte.

»Oha!«, entfuhr es ihr.

Wanda merkte auf. »Was ist los? Hast du was entdeckt?«

»Vielleicht …«

Wenige Sekunden später stand Wanda ebenfalls auf dem Treppenabsatz, während Telse bereits versuchte, den Keil zu lösen. Ohne Erfolg.

»Das Ding steckt fest, als ob es einbetoniert wäre.« Telse richtete sich leise stöhnend auf und strich sich mit der Hand über die Stirn. »Verdammt, ich will da rein!« Sie ging erneut in die Knie und zog rüttelnd an dem Keil.

Wanda sah einen Moment lang zu, dann tippte sie der Freundin auf die Schulter und drängte sie sachte zur Seite. »Lass mich mal machen.« Sie stützte sich an der Hauswand ab, holte mit dem rechten Bein Schwung und trat mit ihrer Stiefelspitze kraftvoll gegen das Holzteil. Und tatsächlich: Es bewegte sich ein Stückchen zur Seite. Wanda trat erneut zu, und der Keil flutschte aus dem Spalt. Sie lächelte selbstzufrieden. »Gern geschehen.«

Telses Augen weiteten sich. Sie starrte erst auf den Türstopper, dann auf Wandas Stiefel. »Wusste gar nicht, dass du Stahlkappen da drin hast.«

Wanda grinste. »Italienische Wertarbeit. Hoffentlich kriegt der Schuhmacher meines Vertrauens das Leder wieder hin.« Mit einer galanten Handbewegung wies sie zu der grünen Pforte. »Nach Ihnen, Madame.«

»Jetzt bin ich aber gespannt.« Mit angehaltenem Atem drückte Telse die Klinke und zog. Ein leichtes Ruckeln genügte, dann kam ihr die Tür mit schleifendem Geräusch entgegen.

Schon beim Schritt über die Schwelle schlug ihnen der muffige Geruch jahrelang abgestandener Luft entgegen. Wanda hustete. Sie standen in einem lang gestreckten Flur, von dem mehrere Türen abgingen. Die Dielenbretter knarzten, als sie sich mit langsamen Schritten vorwärtsbewegten. Telse öffnete nacheinander die Türen auf der rechten Seite und spähte hinein, Wanda die auf der linken.

Wenn Telse erwartet hatte, dschungelartige Zustände in den Räumen vorzufinden – grüne Rankengewächse, die sich durch Fensterritzen schoben, und Baumschößlinge, die den Parkettboden durchbrachen –, so wurde sie enttäuscht. Die meisten Zimmer waren komplett leer geräumt und enthielten nichts außer toten Fliegen auf dem Boden. In der Küche gab es weder einen pittoresken Holzfeuerherd, noch hingen blau glasierte Kacheln an den Wänden, stattdessen nahmen mäßig moderne Einbauschränke im Landhausstil die Wandflächen ein. Lediglich im ehemaligen Wohnzimmer am Ende des Flurs fanden sich einige mit Laken verhüllte Möbelstücke, die auf ihr weiteres Schicksal warteten. Bei dem größten Objekt handelte es sich um ein schweres Eichenbüfett, wie an den Löwenfüßen zu erkennen war, die unter dem weißen Stoff hervorlugten. Ansonsten gab es noch eine ausladende Anrichte sowie einen riesigen Esstisch.

»Puh, alles nicht ganz mein Stil.« Telse sah sich enttäuscht um. Hier drinnen war rein gar nichts spannend oder geheimnisvoll, es gab noch nicht einmal malerische Spinnwebenvorhänge. Was, wenn sie ehrlich war, nach nur drei Jahren Leerstand auch nicht anders zu erwarten gewesen war. Schließlich besaß das Gebäude noch intakte Fensterscheiben und war, im Gegensatz zu dem verwunschenen Garten, nicht den Launen der Natur ausgesetzt gewesen.

»Den Kram hier ist Holthusen wohl nicht losgeworden«, mutmaßte Wanda. »Kein Wunder, wer will sich schon so ein Monstrum in die Wohnung stellen.« Sie deutete auf das massive Büfett.

»Lass uns noch kurz nach oben gehen«, bat Telse. »Vielleicht gibt es wenigstens dort ein interessantes Fotomotiv. Danach können wir uns gerne verabschieden.«

Wanda zuckte mit den Schultern. »Wenn du meinst. Da wird es garantiert genauso aufgeräumt aussehen wie hier, mach dir nur keine Hoffnungen.«

»Jaja.«

»Was so viel heißt wie ›Klei mi an de Fööt‹«, murmelte Wanda, aber so leise, dass die Freundin es nicht hören konnte.

Eine geschwungene, weiß gestrichene Holztreppe mit ausgetretenen Stufen und grünem Handlauf führte ins Obergeschoss.

Auf dem kleinen Flur gab es vier Türen, die Telse nacheinander öffnete. Hinter der ersten befand sich ein Badezimmer mit moosgrünen Kacheln, es folgte ein Zimmer ohne jegliche Einrichtungsgegenstände. Die nächste Tür führte in das ehemalige Elternschlafzimmer. In der Mitte des Raums thronte der leere Rahmen eines Doppelbetts aus verschnörkelten Metallstreben. Ein Einbaukleiderschrank, dessen Türen sperrangelweit offen standen und der bis auf eine Sammlung Kleiderbügel leer war, nahm eine ganze Wandfläche ein.

»Tja, das sind die Überbleibsel eines Ehelebens«, bemerkte Wanda. »Irgendwie traurig.«

Telse antwortete nicht und stieß die letzte Tür auf. Der dahinterliegende Raum ließ sie neugierig eintreten, Wanda schlüpfte hinterdrein. Die Wände waren sonnengelb gestrichen und wurden von einem bunten Strauß aufgemalter Luftballons geschmückt, die Richtung Zimmerdecke schwebten. Hier schien die Zeit eingefroren zu sein. Auf den ersten Blick war die Einrichtung nahezu komplett erhalten. Neben einem Kinderbett in der Ecke gab es einen Nachttisch mit Leselampe, den Boden bedeckte ein staubiger Spielteppich mit aufgedrucktem Straßennetz. Vor dem Fenster stand ein höhenverstellbarer Kinderschreibtisch samt Drehstuhl, in der Ecke ein Kleiderschrank, der mit Aufklebern von Fußballspielern und Comicfiguren verziert war.

»Das ist irgendwie seltsam.« Wanda stand in der Mitte des Raumes und runzelte die Stirn. »Wieso liegt hier noch das ganze Spielzeug?« Sie hob einen Tyrannosaurus Rex aus Gummi hoch, betrachtete ihn von allen Seiten und stellte ihn wieder zurück auf die staubfreie Stelle im Regal.

»Ich finde das ganz schön gruselig. Das Kind verschwindet spurlos, und die Eltern lassen das Zimmer über Jahre unberührt, als ob er nur kurz zum Spielen bei seinen Freunden ist.«

»Ich weiß nicht … Vielleicht ist das ja auch normal, wenn ein Kind verschwindet? Ich kann das schon nachempfinden.« Telse hob die Kamera ans Auge und begann zu fotografieren.

»Ist das nicht etwas pietätlos, was du da tust?« Wanda ließ den Blick über Teddybären und Legokisten schweifen. »Die Eltern scheinen fest damit gerechnet zu haben, dass er eines Tages wiederauftaucht.«

Telse ließ den Fotoapparat sinken. »Du darfst nicht vergessen, dass die Mutter kurz nach dem Verschwinden des Kindes ebenfalls über alle Berge ist. Hier stehen wir in dem Erinnerungstempel des Vaters, ein morbides Museum, wo er die vergangenen Tage eines glücklichen Familienlebens konservieren wollte. Einfach deprimierend. Am besten, wir verschwinden.« Sie holte den Objektivdeckel aus der Jackentasche, aber bevor sie ihn aufsetzen konnte, rutschte er ihr aus der Hand auf den Boden und rollte unter die Kommode.

»Verständlich, dass Clemens Holthusen ausgezogen ist. Es muss schrecklich gewesen sein, hier allein mit den ganzen Erinnerungen zu leben«, sinnierte Wanda. »Ich frage mich bloß, warum er alle Zimmer leer geräumt hat, nur dieses nicht. Es scheint unberührt, alles ist noch da, sogar die Kuscheltiere im Bett.«

Telse hatte sich inzwischen auf alle viere begeben und kroch auf dem Fußboden herum. Jetzt hob sie den Blick und betrachtete die auf der Bettdecke aufgereihten Plüschtiere. »Vielleicht konnte er es nicht ertragen, an dem Zustand etwas zu verändern.« Sie setzte sich auf die Fersen. »Ein Kinderzimmer auszuräumen ist immer furchtbar. All die Erinnerungen, die mit den Sachen verbunden sind, darunter einen Schlussstrich zu ziehen ist unglaublich schwer. Ich weiß noch, wie es war, als ich damals geholfen habe, Juliannes Zimmer leer zu räumen. Es fühlte sich so traurig an, obwohl sie nicht aus der Welt war, sondern nur in eine andere Stadt gezogen ist. Trotzdem, ein Lebensabschnitt ist definitiv vorbei. Der eigene Tod ist wieder ein Stückchen näher gerückt.«

»Nun ist aber gut. Vergiss den Sensenmann, der hat bei uns noch lange nichts zu suchen.« Wanda schüttelte den Kopf. Larmoyanz gehörte zu den Dingen, die sie nicht leiden konnte. Obwohl sie vor einigen Jahren nach dem Tod ihres Ehemannes Jan Friedrich auf ähnliche Gedanken gekommen war. Daran wollte sie aber nicht erinnert werden.

»Wo ist das Ding nur gelandet?« Telse ließ sich wieder nach vorn in den Vierfüßlerstand fallen und spähte unter die Kommode. Dann streckte sie den Arm aus und angelte das schwarze Plastikteil darunter hervor. »Da ist der Gauner ja.« Sie pustete den Staub vom Deckel und klemmte ihn zurück auf das Objektiv. »An der Wand dahinter liegt irgendein Papier auf der Erde. Soll ich das mal holen?«

»Warum nicht, wo du doch gerade so schön im Dreck sitzt«, sagte Wanda. »Vielleicht hast du den Fluchtplan des verschollenen Knaben gefunden.«

Wandas Sprücheklopferei machte Telse einen Moment lang sprachlos. Du hast halt keine Kinder, dachte sie bei sich, sagte aber nichts. Sie erhob sich, ergriff die Kommode mit beiden Händen an den Seiten und ruckelte sie ein Stückchen nach vorne. Dann beugte sie sich in den Spalt hinunter und zog den Papierbogen ans Tageslicht. »Da, bitte schön.« Sie legte ihn auf dem Schränkchen ab, und Wanda trat hinzu.

Das Blatt zeigte eine Bild, das ein Kind mit bunten Wachsmalstiften gemalt hatte. Vater, Mutter, Kind, eine Familie. Dazu ein vierbeiniges, braunfelliges Tier, das wohl einen Hund darstellen sollte.

»Definitiv kein Fluchtplan. Das Gemälde dürfte unbemerkt von der Wand gefallen sein.« Telse nahm noch einmal die Kamera und machte schnell ein Foto von der Zeichnung.

»Immerhin wissen wir jetzt, dass der Vater wohl doch etwas von seinem Jungen als Erinnerung behalten hat«, sagte sie.

Wanda sah sie fragend an.

»Na, seine ganzen Zeichnungen. Ist dir nicht aufgefallen, dass zwar das gesamte Spielzeug herumliegt, aber an den Wänden kein einziges selbst gemaltes Kinderbild hängt? Weder hier noch sonst irgendwo im Haus. Als Julianne klein war, hingen überall in unserer Wohnung Zeichnungen, unser Kühlschrank war komplett mit ihren Kunstwerken beklebt. Vermutlich hat Kallis Vater seine Bilder als Andenken mitgenommen.«

Wanda nickte langsam. »Ein Gedanke, der mich irgendwie beruhigt.«

3

MATILDE ALBERS SCHRECKTE in ihrem Ohrensessel auf, wo sie kurz eingenickt war. Draußen im Garten hatte es gerade laut gescheppert. Sie erhob sich vorsichtig, sodass die Katze, die es sich auf ihrem Schoß gemütlich gemacht hatte, Gelegenheit bekam, von selbst das Feld zu räumen. Dann eilte sie so schnell es ihre arthrosegeplagten Knie zuließen zum Fenster und spähte hinaus in die Dämmerung. Die Quelle des Krachs hatte sie schnell ausgemacht: Der Tontopf mit den frisch eingepflanzten Geranien war von einer Windbö vom Tisch geweht worden und auf dem Steinpflaster ihrer kleinen Gartensitzecke zerschellt. In diesem Moment fegte der nächste Windstoß durch die Gartengeräte, die sie am Nachmittag achtlos an die Schuppenwand gelehnt hatte. Besen, Hacken und Rechen fielen durcheinander auf den Boden und die leere grüne Plastikgießkanne wirbelte über den Rasen.

Matilde schaute zum Himmel, wo sich während ihres Nickerchens dunkle Wolkenberge aufgetürmt hatten. Ein entferntes Donnergrollen drang an ihr Ohr, fast gleichzeitig landeten die ersten Regentropfen auf der Scheibe. Sie überlegte noch, was sie alles vor dem nahenden Gewitter sichern musste, als es in der zum Vorgarten gelegenen Küche laut klapperte. Oh je, die Fensterläden, schoss es ihr durch den Kopf. Die morschen Haken hätte sie schon längst erneuern sollen. Aber mit dem Bus zum Einkaufen in die Kieler Innenstadt zu fahren, schob sie gewöhnlich so lange vor sich her, bis genug Besorgungen zusammengekommen waren, dass sich der Aufwand lohnte. Denn von ihrem kleinen Häuschen am Waldrand bis zur Bushaltestelle an der Fördestraße musste sie über einen Kilometer weit laufen. Wie viel angenehmer war es doch, stattdessen in der Schilkseer Au spazieren zu gehen. Sie liebte die Landschaft aus Feuchtwiesen, Wald und Knicks, ganz besonders aber die Seekamper Seewiesen mit ihrer prächtigen Vogelwelt. Auf ihre tägliche Runde legte sie großen Wert, deshalb freute sie sich, dass sie heute vor dem Unwetter schon draußen gewesen war.

Matilde zog sich ihren Friesennerz über, schlüpfte in die Gartenclogs und öffnete die Haustür. Im gleichen Moment riss eine plötzliche Bö sie ihr aus der Hand. Sie musste sich sputen. Hastig eilte sie zu den frei schwingenden Fensterläden und verrammelte sie mit ihren Riegeln, dann startete sie einen Kontrollgang rund um das alte Backsteinhäuschen. Zuerst rettete sie ihre Blumentöpfe, die sie zusammen in eine alte Zinkwanne steckte. Die Gartengeräte, die Sitzpolster und den übrigen Kleinkram, der noch herumlag, packte sie in den Schuppen. Als alles verstaut war, was wegfliegen konnte, schloss sie die Hütte erleichtert ab.

Gerade noch rechtzeitig. Ein ohrenbetäubendes Krachen ließ sie zusammenfahren, gleichzeitig riss ihr ein Windstoß die Kapuze vom Kopf. Matilde war noch nicht wieder zurück an der Haustür, als ein gleißender Blitz den schwarzen Himmel durchbrach. Sie hielt kurz inne und zählte die Sekunden bis zum nächsten Donner.

Das Gewitter war kaum noch einen Kilometer entfernt.

Rasch schlüpfte sie zurück ins Haus und verriegelte sorgfältig die Tür. Im Flur hängte sie die Jacke an den Haken, schüttelte die Gartenschuhe von den Füßen und stieg in ihre Lammfellpuschen. Anschließend lief sie durch sämtliche Räume und zog bei allen elektrischen Geräten außer dem Kühlschrank die Stecker. Viele waren es nicht.

Sie war gerade zurück im Wohnzimmer, als der Regen mit voller Wucht einsetzte. Das, was jetzt vom Himmel herunterstürzte, war kein Wolkenbruch, hier strömte eine regelrechte Sintflut auf die Erde. Die Sicht nach draußen verschwand in einem rauschenden Regenvorhang, der ihr das Gefühl gab, inmitten eines Wasserfalls zu wohnen. Gleichzeitig schwoll der Wind zu einem kapitalen Sturm an, der um die Ecken heulte und in den Kronen der Bäume wütete. Sie zuckte zusammen, als sie hörte, wie der erste Dachziegel auf dem Steinplattenweg in tausend Stücke zersprang.

Draußen war es jetzt pechschwarz. Blitze durchzuckten die Finsternis, nahezu gleichzeitig grollte der Donner los. Die Entladungen folgten Schlag auf Schlag, die Abstände zwischen ihnen wurden immer kürzer, bis der Himmel fast nur noch aus grellweißem Licht zu bestehen schien.

Die Natur hatte sich in ein wahres Höllenfeuerwerk verwandelt. Matilde setzte sich in ihrem dunklen Zimmer in den Ohrensessel und goss sich eine frische Tasse Tee aus der Thermoskanne ein. Dann legte sie mit einem wohligen Stöhnen die Beine auf den Hocker und deckte sich mit der Wolldecke zu. Sofort verließen ihre beiden Katzen die Ecke, in die sie sich verzogen hatten, und sprangen zu ihr hoch. Als hätten sie nur auf diesen

Moment gewartet, kuschelten sie sich auf Matildes Bauch und Oberschenkel.

»Na, Castor und Pollux, ihr fürchtet euch wohl auch.« Sie kraulte die Tiere hinter den Ohren. »Wie gut, dass wir drei es warm und trocken haben. Das büschn Wind wird schon irgendwann weiterziehen. Passt auf, morgen ist wieder alles gut.«

Die Katzen schnurrten.

Mathilde fühlte, wie ihre Lider schwer wurden.

Sie wusste nicht, wie lange sie geschlafen hatte, als ein dröhnend lautes Krachen sie hochfahren ließ. Ein Blitz musste ganz in der Nähe eingeschlagen sein. Hoffentlich nicht hier bei mir, war ihr erster banger Gedanke. Mit pochendem Herzen horchte sie ins Haus. In diesem Moment rummste es noch einmal heftig, aber es klang weiter entfernt.

Sie hielt den Atem an und lauschte.

In den Tiefen ihres Hauses blieb alles still.

Der nächste Morgen leuchtete so frisch gewaschen durch die Fenster, als wäre nichts geschehen. Matilde Albers hatte sich in einer unruhigen, kurzen Nacht in ihrem Bett hin und her gewälzt und war in der Frühe wie gerädert aufgewacht. Jetzt beendete sie ihr Frühstück und vergewisserte sich, dass die Katzen genug Futter und Wasser in ihren Schälchen hatten. Nach einem prüfenden ersten Blick in den Garten ging sie zur Garderobe und zog Jacke und Wanderschuhe an, um ihren täglichen Spaziergang zu den Feuchtwiesen und Weiden anzutreten.

Der nächtliche Sturm hatte eine Spur der Verwüstung hinterlassen, das konnte sie beim ersten Schritt durch die Haustür erkennen. Der Vorgarten war mit abgebrochenen Ästen übersät, eine große Plastikplane hatte sich irgendwo gelöst und war in ihren Büschen gelandet, außerdem hatten sich zahlreiche Dachziegel im Sturzflug verabschiedet.

Sie seufzte. Einen Dachdecker zu beauftragen, würde nicht billig werden, dabei kam sie mit ihrer schmalen Rente schon so kaum über die Runden. Aber darüber konnte sie sich später auch noch Sorgen machen. Jetzt wollte sie die Morgensonne genießen und die morschen Knochen in Bewegung bringen.

Matilde stapfte los. Hinter ihrer Gartenpforte bog sie wie jeden Tag auf den ehemaligen Treckerpfad ein, der von ihrem Grundstück bis zu der Seekamper Seewiese führte, einer Toteissenke aus der Eiszeit, die vor einigen Jahren wieder geflutet worden war. Dort konnte sie morgens Graureiher beim Fischfang und Gänsefamilien beobachten, manchmal auch einen Eisvogel. Auf dem Weg kam sie nach wenigen Hundert Metern am Anwesen der Holthusens vorbei, ihren einzigen Nachbarn. Jedenfalls, als diese dort noch gewohnt hatten. Matilde bedauerte den Wegzug der Familie, wenngleich sie Verständnis dafür hatte. Sie konnte bis heute nicht begreifen, was mit dem armen Kalli passiert war. Der aufgeweckte Junge hatte öfters bei ihr vorbeigeschaut, um mit den beiden Katzen zu spielen, und sie hatte sich gut mit ihm verstanden. Jetzt kam niemand mehr zu Besuch.

Sie bemerkte das Unglück schon von Weitem. Der Blitz musste eingeschlagen sein in die uralte Eiche ganz hinten auf dem Gelände der Holthusens, am Rand der Au. Schon aus der Ferne hatte es so ausgesehen, als ob die Hälfte fehlte, einfach weg war. Als wäre eine mächtige Spaltaxt von oben nach unten durch den Baum gefahren. Die gewaltige Krone reckte sich nur noch halb so groß in den Himmel.

Neugierig ging sie näher heran. Hier hatte das Unwetter offenbar noch viel heftiger gewütet als bei ihr. Sie dachte an das leer stehende Gutshaus und hoffte, dass alle Fensterscheiben heil geblieben waren. Nach einem Glasbruch wäre der Verfall des Gebäudes nicht mehr aufzuhalten, und dann würde dort niemals mehr eine neue Familie einziehen.

Es dauerte nicht lang, da hatte Matilde die Eiche fast erreicht. Sie blieb kurz auf dem Weg stehen, hob den Blick zum Wipfel und suchte mit den Augen das Labyrinth des voluminösen Astwerks ab. Auf der Seite, von der sie kam, sah der Stamm nahezu unbeschädigt aus. Die Rinde war größtenteils von einer Moosschicht bedeckt, was den verwunschenen Eindruck des Baumriesen noch verstärkte. Es wirkte, als würde er seit prähistorischen Zeiten an dieser Stelle stehen.

Langsam schritt sie weiter. Beim Näherkommen entdeckte sie das Durcheinander von unzähligen abgebrochenen Ästen und zerfetzten Holzstücken, das aus dem hohen Gras hervorragte. Der Blitz hatte den Baum in einer nahezu senkrechten Linie in zwei Teile zerschmettert, von denen nur der größere noch stand. Schade drum, dachte sie, wer weiß, ob sich die alte Eiche von der Katastrophe erholen würde.

Matilde begann, das Naturdenkmal zu umrunden. Irgendetwas im Gras ließ sie plötzlich stolpern. Als sie nach unten schaute, fiel ihr Blick auf abgesprengte Borkenstücke, mit denen der Boden übersät war. Manche waren handtellergroß, andere so lang wie ihr Unterarm.

Die Wucht des Einschlags musste enorm gewesen sein.

Vorsichtig ging sie weiter. Dann konnte sie endlich die Stelle mit den lang gezogenen schwarzen Brandspuren am Stamm sehen. Hier war der glühend heiße Blitz hineingefahren und hatte seine unheilvolle Energie entfaltet. Helles, frisches Holz leuchtete wie Wundfleisch aus der Mitte der dunklen Verbrennungen hervor.

Zu ihrem Erstaunen sah Matilde, dass die Eiche offenbar komplett hohl gewesen war. Im jetzt freiliegenden Innern des Stamms registrierte sie ein unidentifizierbares Gemenge, das sich über lange Zeit am Grund angesammelt haben musste: Holzstücke, modriges Laub und sogar bunte Stofffetzen hatten irgendwann den Weg in das Stammesinnere gefunden. Womöglich gab es sogar ein Mäusenest darin. Dieses Sammelsurium wollte sie sich aus der Nähe anschauen.

Hinterher konnte Matilde nicht sagen, ob sie geschrien hatte oder nicht. Nur dass urplötzlich ihr Herz einfror.

Da lagen keine Aststückchen in dem hohlen Stamm.

Das waren Knochen.

4

WANDA HOLLE WAR STINKSAUER. Warum hatte er ihr nichts erzählt? Bisher hatte sie in dem festen Glauben gelebt, dass Kriminalhauptkommissar Olaf Wuttke nicht nur ihr Nachbar, sondern auch ihr Freund war. Aber Freunde vertrauen einander und behalten wichtige Informationen nicht für sich. Sie spürte eine neue Welle der Empörung in sich aufsteigen. Na, der konnte was erleben!

Kurzerhand schnappte sie ihr Smartphone und stiefelte damit schnurstracks zum Nachbarhaus rüber. Dort klingelte sie Sturm.

Camilla öffnete die Tür. »Was glauben Sie eigentlich …«, begann sie, dann fiel ihr Blick auf die Nachbarin, und sie lächelte überrascht. »Wanda, was verschafft uns die Eh…«

»Ist der Meister da?« Wanda hielt sich nicht lange mit Vorreden auf.

»Äh, ja. Schläft aber.«

»Gleich nicht mehr. Darf ich?« Ohne eine Antwort abzuwarten, drängelte sich Wanda vorbei und steuerte das Wohnzimmer an. »Hier?«

Camilla nickte aufmunternd und folgte ihr auf den Fersen. Was sich da Spannendes anbahnte, wollte sie nicht verpassen.

Wanda riss die Zimmertür auf und marschierte geradewegs auf die Couch zu, wo Olaf Wuttke unter einer Wolldecke lag und leise vor sich hin schnarchte. Die Hände in die Seiten gestemmt baute sie sich vor ihm auf. »Olaf!«

Der Kommissar grunzte und drehte sich auf die andere Seite.

»Olaf! Wach auf!« Wanda rüttelte ihn an der Schulter.

Wuttke grunzte erneut und legte sich demonstrativ ein Kissen über den Kopf.

Wanda schnaubte empört und zog das Polster weg. »Warum, bitte schön, erfahre ich davon erst über den Schilkseer Dorfklatsch?«

Endlich öffnete Wuttke die Augen. Verständnislos sah er seine Nachbarin an. »Was?«

Wanda wedelte mit ihrem Handy vor seiner Nase.

Wuttke stöhnte auf. Dann stemmte er sich ächzend in eine aufrechte Sitzposition. »Sag mal …«

»Nein, sag du mal«, schnitt ihm Wanda das Wort ab. »Wieso weiß ich davon nichts?« Sie tippte auf das Display und drehte es dann so, dass er darauf schauen konnte. »Ihr habt anscheinend den armen Kalli Holthusen in einer hohlen Eiche im Garten des Gutshauses gefunden!« Ihre Stimme bebte vor Entrüstung. »Nach drei Jahren wohlgemerkt, aber das nur am Rande. Eine Freundin, die den Auftrieb eurer Leute zufällig beim Gassigehen mitbekommen hat, hat mir vorhin geschrieben. Einem deiner Mitarbeiter hat sie entlocken können, dass in dem Baum Kinderknochen gefunden wurden. Sie hat sogar ein Foto mitgeschickt, auf dem man die ganzen Absperrungen sieht.« Jetzt hielt sie ihm das Handy dicht vor die Nase. »Wieso erzählst du mir das nicht? Du weißt, dass Telse und ich mit dem Onkel des

Jungen in Kontakt stehen. Soll er von dem Leichenfund erst aus den Lokalnachrichten erfahren?«

Wuttke gähnte herzhaft. »Meine liebe Wanda«, begann er. »Erstens: Ich bin nicht verpflichtet, und es ist auch nicht üblich, dich über sämtliche Fälle auf dem Laufenden zu halten, die mir auf den Tisch kommen. Zweitens: Der Vater des Kindes ist bereits informiert worden. Die Mutter ist leider nicht erreichbar gewesen. Den Onkel hatte ich tatsächlich nicht auf der Liste, aber ich gehe davon aus, dass er von seinem Schwager in Kenntnis gesetzt werden wird. Drittens: Nicht die Polizei hat die Leiche entdeckt, sondern eine Nachbarin. Viertens«, er gähnte erneut, »ist es Sonnabendmittag, und ich habe als schwer arbeitender Mensch Anspruch auf ein ungestörtes Verdauungsnickerchen. Alles klar?« Der Kommissar ließ sich wieder in die Rückenlage fallen, faltete die Hände über dem Bauch und schloss die Augen.

»Nichts ist klar.« So schnell fertigte man eine Wanda Holle nicht ab. »Ich möchte alles über den Fund erfahren. Ist es denn gesichert, dass es sich um das vermisste Kind handelt? Warum in aller Welt war es in dem Baum drin?« Sie zog sich einen Stuhl heran, setzte sich direkt neben die Couch und fixierte ihren Freund und Nachbarn.

Camilla, die die Diskussion interessiert verfolgt hatte, besorgte sich ebenfalls eine Sitzgelegenheit und tat es ihr gleich. »Das würde ich auch gerne wissen, Schatz.«

Olaf Wuttke seufzte demonstrativ. Er wusste, seine Mittagsruhe konnte er vergessen. Die Möglichkeit, sich einfach schlafend zu stellen und darauf zu hoffen, dass es den beiden Frauen irgendwann zu langweilig werden würde, verwarf er. Obwohl er die Augen geschlossen hielt, spürte er, wie sie ihn anstarrten, und das war nicht zum Aushalten.

Also öffnete er die schweren Lider und musterte einen Moment still die weiß gestrichene Decke. Dann setzte er sich auf, schob die Wolldecke weg und schwang die Beine vom Sofa. »Ihr könnt froh sein, dass ich mich vollständig bekleidet hingelegt habe.«

Camilla gluckste.

Wanda zog nur die Augenbrauen hoch und schnaufte ungeduldig.

Der Kommissar räusperte sich. »Um es kurz zu machen: Ich werde euch nur das erzählen, was ihr am Montag sowieso in der Zeitung lesen könnt. Mehr nicht, Punkt.«

Wanda hätte liebend gern mit ihm über die Einschränkungen diskutiert. »Schieß los«, sagte sie stattdessen schnell, bevor er es sich noch anders überlegte. »Kannst du bestätigen, dass es sich um die sterblichen Überreste von Kalli Holthusen handelt?«

»Die DNA-Analyse ist noch nicht abgeschlossen, aber der Vater meint, den Stoff des Schlafanzugs wiedererkannt zu haben, beziehungsweise das, was davon übrig war. Den Plüschtiger des Jungen hat er auch erkannt, der war Made in China, zu 100 Prozent aus Plastik und noch gut erhalten.«

»Aber wie und warum ist er in der Eiche gelandet?«, schaltete sich Camilla ein.

»War es … Mord?« Wandas Augen funkelten. »Hat man die Leiche womöglich im Stamm entsorgt, in der Hoffnung, dass sie niemals gefunden wird?«

Wuttke atmete tief ein und ließ die Luft langsam entweichen, bevor er zu einer Antwort ansetzte. »Es gibt nichts, was auf einen

Mord hindeutet.« Er machte eine Pause. »Wir gehen von einem tragischen Unfall aus. Der Junge muss von oben in den Stamm geklettert und dann nach unten abgerutscht sein. Ein in den Hohlraum hineinragender, spitzer Holzspan hat seine Oberschenkelarterie aufgerissen, wie Frau Doktor Kernbeiss erklärt hat. Drastisch gesagt ist der arme Kerl wohl verblutet, bevor er verdursten konnte.«

»Oh Gott.« Camilla schlug sich die Hand vor den Mund.

Auch Wandas Miene drückte Bestürzung aus. »Und das konnte eure Rechtsmedizinerin nach drei Jahren noch an den Knochen feststellen?«

»Tja, das lag wohl daran, dass es sich nicht nur um Knochen handelt, sondern in großen Teilen um einen Leichnam, der quasi mumifiziert ist. Der Körper ist in dem trockenen Baum regelrecht verdorrt und dadurch ziemlich gut erhalten. Er war ja im Inneren des Stamms vor Witterungseinflüssen und Tieren geschützt.« Wuttke grunzte. »Das wisst ihr aber nicht von mir, damit das klar ist. Wir haben diesen Fakt bisher vor der sensationslüsternen Journalistenmeute geheim halten können. Hoffen wir, dass es noch eine Weile dabei bleibt.«

»Wie wurde er überhaupt gefunden?«, fragte Camilla.

»Laut meiner Info ist in dem orkanartigen Gewittersturm ein Blitz in die alte Eiche eingeschlagen und hat sie gespalten«, erklärte Wanda. »Aber wer genau hat anschließend die Leiche entdeckt?« Sie schaute Olaf neugierig an.

»Frau Albers, eine alte Nachbarin der Holthusens, die in einiger Entfernung ebenfalls in der Au wohnt. Die Frau hatte in der Nacht einen Blitzeinschlag gehört. Am nächsten Morgen ist sie dann ihre übliche Runde spaziert, hat die zerstörte Eiche gesehen und die Überreste des Jungen gefunden.« Wuttke machte Anstalten, sich zu erheben. »So. War's das?«

»Moment.« Wanda zog nachdenklich die Augenbrauen zusammen. »Eine Frage hätte ich noch.«

Der Kommissar stöhnte. »Wenn's unbedingt sein muss. Aber bitte kurz.«

»Was ist eigentlich mit der Mutter des Jungen? Von ihrem Bruder, den ich mit Telse auf der Fähre kennengelernt habe, weiß ich, dass sie unbekannt verzogen ist und niemand eine Ahnung hat, wo sie sich aufhält. Kann man da nichts machen? Also, kann die Polizei da nichts machen? Die Frau muss doch unbedingt erfahren, dass ihr Kind endlich gefunden wurde, wenn auch leider nicht lebend.« Wanda sah Olaf bittend an. »Die Ungewissheit wird sie all die Jahre furchtbar gequält haben. Jetzt kann sie ihren Sohn begraben und Abschied nehmen. Vielleicht sucht sie auch wieder Kontakt zu ihrem Bruder und ihrem Ehemann. Es wäre für sie die Möglichkeit eines Neuanfangs.« Wanda hielt inne.

Der Kommissar zuckte entschuldigend mit den Schultern. »Sosehr ich deine Gedanken teile, mir sind leider die Hände gebunden.«

»Wieso?«, fragten Wanda und Camilla wie aus einem Mund.

»In unserem Land kann sich ein erwachsener Mensch, der im Vollbesitz seiner geistigen und körperlichen Fähigkeiten ist, aufhalten, wo er oder sie will. Auch ohne es seinem näheren Umfeld mitzuteilen. Es liegt außerdem keine Strafanzeige oder ein Haftbefehl gegen die Mutter vor. Sie hat sich nichts anderes zuschulden kommen lassen, als ihren Ehemann nach einem für sie beide traumatischen Ereignis zu verlassen. Das ist nicht verboten und kommt häufiger vor, als man gemeinhin glaubt. Vermutlich gab es eine Ehekrise nach dem Verlust des Sohnes. Wäre nicht verwunderlich.«

»Und wenn ihr etwas zugestoßen ist?«, gab Wanda zu bedenken.

»Was soll passiert sein? Plötzliche Amnesie? Das passiert vielleicht in Krimis, im echten Leben äußerst selten. Ich habe schon viele Vermisstenfälle bearbeitet, lass dir gesagt sein: Die meisten Erwachsenen, die freiwillig von der Bildfläche verschwinden, wollen keinesfalls gefunden werden, sonst könnten sie sich den ganzen Aufwand gleich sparen. Es gibt nicht die geringsten Anzeichen für eine Straftat im Zusammenhang mit dem Untertauchen der Frau. Schließlich hatte sie ihren Auszug vorher angekündigt und den Familienhund mitgenommen.«

Wanda nickte nachdenklich. »Das hat ihr Bruder Morten auch erzählt.«

»Mensch, Olaf, wollt ihr in der Sache etwa gar nichts unternehmen?« In Camillas Stimme schwang jetzt der energische, keinen Widerspruch duldende Ton, der normalerweise ihrem Berufsleben vorbehalten war. »Findest du nicht, dass eine Mutter erfahren sollte, dass ihr vermisstes Kind gefunden wurde, egal ob tot oder lebendig?« Das war keine Frage, sondern ein Befehl.

Wuttke winkte ab und erhob sich. »Bedaure. Diese Dinge liegen außerhalb meines Kompetenzbereiches. Ich kümmere mich um Kriminalfälle, nicht um frustrierte Ehefrauen mit gebrochenem Herzen. Wenn ihr mich fragt, hatte sie einfach die Schnauze voll.« Er nickte Wanda zu und wandte sich zur Tür. »Mit Verlaub, ich muss mal.«

Keine zehn Minuten später hatte Wanda ihre Mitbewohnerin Telse in ihrem Gartenhaus aufgesucht und umfassend über sämtliche Neuigkeiten informiert. Einschließlich Olafs Weigerung, nach der Mutter von Kalli fahnden zu lassen.

»Ich fasse es nicht«, murmelte Telse. »In einem hohlen Baum … verblutet. Und sein Plüschtier …« Sie brach ab.

Wanda hatte sich am Küchentisch niedergelassen, während Telse mit starr nach unten gerichtetem Blick auf und ab lief, aus ihrem Gesicht war alle Farbe gewichen.

»Ich kann mich an die riesige Eiche gut erinnern. Wenn ich daran denke, dass ich nur ein paar Meter an dem Leichnam vorbeigelaufen bin. Komplett ahnungslos – das ist einfach furchtbar.« Sie schüttelte den Kopf, als könnte sie es selbst nicht glauben. Unglücksfälle mit Kindern gingen ihr an die Nieren, besonders seit sie selbst Mutter war. Dann fiel ihr ein, dass der kleine Junge die Schilkseer Grundschule besucht haben musste und ihre Viertklässler Kalli noch kennengelernt hatten. Sie fragte sich, wie die Schüler und das Kollegium die erschütternde Nachricht aufnehmen würden.

»Und was machen wir jetzt?«, riss Wanda sie aus ihren Gedanken, die Stirn in Falten gelegt.

Telse blieb abrupt stehen. »Keine Ahnung.«

»Ich sage es dir.« Wanda sah ihr fest in die Augen. »Wir informieren Morten, und zwar stante pede. Seine Karte habe ich ja.«

»Meinst du nicht, dass der Vater von Kalli das schon längst getan hat? Schließlich gehört er zur Familie.«

»Möglich. Mein Bauchgefühl sagt mir aber, dass das Verhältnis der beiden Männer nicht mehr das beste ist. Wer weiß, ob die überhaupt noch Kontakt haben.«

»Der heißt doch Clemens, oder?«

»Mortens Schwager? Ja, Clemens Holthusen. Der Name der Mutter ist Anne, wenn ich mich richtig erinnere.« Wanda knetete ihre Unterlippe. »Ich denke, ich rufe ihn einfach an. Falls er tatsächlich schon von Kallis Vater informiert wurde, werde ich ihm nur unser Beileid ausdrücken. Was hältst du davon?«

Telse nickte. »Ich fand ihn und seinen Mann richtig sympathisch. So aufmerksam und freundlich, alle beide.«

»Gut. Dann will ich mal keine Zeit verlieren und zur Tat schreiten.« Wanda erhob sich von ihrem Stuhl. »Komm doch zum Abendessen rüber, dann kann ich dir berichten.«

»Gerne. Achtzehn Uhr?«

»Perfekt. Mal sehen, was ich uns Leckeres zaubere. «

Nachdem sich Wanda verabschiedet hatte, nutzte Telse die verbleibende Zeit, ihre Aufnahmen des verwilderten Gartens und des Gutshauses zu sichten. In dem befriedigenden Gefühl, alle Fotos im Kasten und keine Eile mehr zu haben, hatte sie diese Arbeit vor sich hergeschoben. Sie setzte sich an ihr Notebook und rief die entsprechende Fotodatei auf. Als Erstes prüfte sie alle Aufnahmen auf ihre technische Qualität. Sämtliche Bilder, die nicht ihren Ansprüchen genügten, wanderten sofort in den Papierkorb. Die übrigen sortierte sie in verschiedene Unterordner, wie »Gutshaus außen«, »Gutshaus innen« und »Garten«. Als sie die alte Eiche auf den Fotos entdeckte, hielt sie inne. Sie dachte daran, wie fasziniert sie von diesem Ungetüm von Baum gewesen war, das über Jahrhunderte allen Widrigkeiten getrotzt hatte. Mit dem Blitzeinschlag und dem Auftauchen von Kallis sterblichen Überresten war sein Schicksal womöglich besiegelt.

Punkt achtzehn Uhr stand Telse vor dem Eingang der Villa. Auf ihr Klingeln öffnete Wanda die Tür – mit einem zerknüllten Geschirrtuch in der Hand, hochrot erhitzten Wangen und einem kleinen grünen Fleck auf der schwarz schimmernden Bluse.

»Mach es dir schon mal gemütlich und bediene dich an den Getränken. Ich bin gleich bei dir. Dauert nur noch einen klitzekleinen Moment.« Schon war sie wieder in der Küche verschwunden, aus der es köstlich duftete.

Telse knurrte der Magen. Außer einem späten Frühstück und einem Apfel hatte sie heute noch nichts zu sich genommen, da kam ihr Wandas Essenseinladung gerade recht. Ihre Freundin kochte leidenschaftlich gern, aber selten für sich allein. Sie brauchte jemanden, den sie verwöhnen konnte, und diese Aufgabe übernahm Telse mit größtem Vergnügen. Ihre eigenen Fähigkeiten auf dem Gebiet der Nahrungszubereitung waren eher dürftig.

»Los geht's!« Wanda trug eine weiß-blau gemusterte Porzellanplatte ins Zimmer und stellte sie auf dem Esstisch ab. »Wir beginnen mit einer kleinen, aber feinen Vorspeise: Crostini mit Büsumer Krabben auf selbst gemachter Guacamole.«

Daher also der grüne Fleck, dachte Telse und spürte, wie ihr das Wasser im Mund zusammenlief. Sie liebte Meeresfrüchte aller Art und Nordseekrabben ganz besonders. Getoppt wurden die Crostini allerdings von dem Hauptgang, den ihre Freundin kurz darauf präsentierte: ein zart schmelzendes Spargelrisotto, das verlockend nach Weißwein und Parmesan duftete.

Telse schwelgte im kulinarischen Himmel, während sie beide sich für eine Weile ganz dem Essen widmeten. »Wanda, lass dir eins sagen«, erklärte sie schließlich, die Augen geschlossen, um sich noch einmal ganz auf die Aromen ihres letzten Bissens zu konzentrieren. »Wann immer du ein neues Rezept ausprobieren willst: Ich stehe parat. Das Essen war fantastisch.«

»Ich weiß.« Wanda lächelte fein und freute sich sichtlich über das Lob.

»Die Sache hat nur einen Haken.« Telse klopfte sich mit bedauernder Miene auf den Bauch. »Wenn du mengenmäßig immer für eine italienische Großfamilie kochst, kriege ich bald die Hosen nicht mehr zu. Ich glaube, ich platze gleich.«

»Ach was, gutes Essen macht nicht dick.« Wanda schüttelte entschieden den Kopf. »Das macht nur dieses elende Fertigzeug für all die Leute, die glauben, wer eine Mikrowelle hat, bräuchte keinen Herd mehr.«

»Klingt einleuchtend.« Telse hob ihr Weinglas. »Auf uns und auf gutes Essen.« Sie prosteten einander zu und tranken. Dann stellte Telse ihr Glas ab und rutschte auf ihrem Stuhl nach vorn. »Aber jetzt erzähl mal. Hast du mit Morten gesprochen? Wie heißt der eigentlich mit Nachnamen?«

Wanda erhob sich. »Gleich, erst wird abgeräumt. Zum Nachtisch gibt es nebenan noch einen feinen Digestif.«

Als die Arbeit erledigt war, zogen sie mit ihren Gläsern in Wandas Salon um und machten es sich auf den Sofas bequem.

»Jetzt aber. Was ist nun mit Morten?«, forderte Telse.

Wanda nahm einen Schluck, bevor sie anfing. »Ja, ich habe ihn angerufen. Er heißt mit Nachnamen übrigens Duve.«

»Und? Wusste er von Kallis Leiche?«

»Nein. Sein Schwager hat es offensichtlich nicht für nötig befunden, ihn zu benachrichtigen. Das habe ich dann übernommen, so umfassend, wie es meine spärlichen Informationen zuließen. Dazu habe ich ihm unser Beileid ausgesprochen.«

Telse schnaubte grimmig. »Stell dir vor, er hätte es erst morgen aus der Zeitung erfahren.« In milderem Ton fuhr sie fort: »Wie hat er die Nachricht aufgenommen?«

»Na ja, er war sauer auf Clemens und natürlich erschüttert, das kannst du dir ja denken. Nicht nur wegen des armen Jungen, auch wegen seiner Schwester. Morten würde Anne so gerne mitteilen, dass man ihren Kalli endlich gefunden hat.« Wanda blickte nachdenklich über den Rand ihres Glases. »Das würde mich auch fertigmachen.«

»Ist er sich denn sicher, dass Clemens Holthusen wirklich keine Ahnung hat, wo sich seine Frau aufhält? Vielleicht hat sie ja lange genug über ihre Ehe nachgedacht und sich inzwischen bei ihm gemeldet. Könnte doch sein.«

Wanda schüttelte den Kopf. »Beim Ehemann, von dem sie sich lange schon entfremdet hat, aber nicht beim Bruder, zu dem sie angeblich einen so guten Kontakt hatte? Das glaube ich nicht.«

»Was macht dieser Holthusen eigentlich beruflich?«

»Der ist Arzt. Er hat vor knapp drei Jahren nicht nur das Gutshaus, sondern auch die Gemeinschaftspraxis in Schilksee verlassen, wo er als Internist gearbeitet hat. Jetzt ist er in einer Praxis in Düsternbrook tätig. Das habe ich schon gegoogelt.«

»Du bist aber fix.«

Eine kleine Weile schwiegen beide Frauen.

»Was meinst du, soll ich Julianne bitten, im Netz nach Spuren von Anne Holthusen zu suchen?«, überlegte Telse laut vor sich hin. »Die kennt ganz andere Wege und hat viel mehr Möglichkeiten als wir Digital Naives.«

Wanda nickte. »Keine schlechte Idee. Vielleicht hat Kallis Mutter irgendwo Urlaubsbilder gepostet oder Beiträge kommentiert.

Man kann sich nicht auf Dauer komplett vor der Welt verstecken. Eine andere Quelle wäre auch noch interessant.« Wanda setzte eine bedeutsame Miene auf.

Telse stöhnte auf. »Lass mich nicht immer so zappeln. Das Leben ist kurz.«

Wanda räusperte sich. »Bei meinem Gespräch mit Morten habe ich ihn gefragt, ob Anne nicht eine gute Freundin gehabt hat, die sie vielleicht ins Vertrauen gezogen hat.«

»Und?«

»Ihm ist keine eingefallen. Er konnte sich nur an eine Arbeitskollegin aus dem Botanischen Garten erinnern, die Anne mal erwähnt hat. Er meinte, ihr Name sei Levke gewesen, war sich aber nicht ganz sicher. Wie nah sie einander damals gestanden haben, konnte er nicht sagen.« Wanda hielt inne. »Der Arme hat am Telefon fast geweint. Die Situation macht ihn fertig. Ich würde ihm so gerne irgendwie helfen.« Sie schüttelte mit betrübter Miene den Kopf.

Auf Telses Gesicht breitete sich ein Lächeln aus. In ihren Augen funkelte es. »Wie wäre es, wenn wir beide dem Botanischen Garten einen Besuch abstatten? Im Mai soll es dort ganz besonders entzückend sein.«

5

»HIER WAR ICH NOCH NIE«, bekannte Wanda, als sie durch das Eingangstor schritten. »Ich weiß, das ist eigentlich unverzeihlich. Aber diese Anlage ist so schlecht zu erreichen.«

»Finde ich nicht«, erwiderte Telse. »Mit dem Auto ist man doch ruckzuck da. Was den örtlichen Nahverkehr angeht, hast du aber recht. Da hätten wir mindestens eine Stunde gebraucht. In Kiel gibt es ja noch nicht einmal eine Tram.«

»Soll in den nächsten hundert Jahren irgendwann gebaut werden, nur leider nicht bis nach Schilksee.« Wanda seufzte. Sie blieb stehen und studierte mit zusammengekniffenen Augen den Gartenplan, den sie am Eingang mitgenommen hatte. Ihre Lesebrille hatte sie zu Hause vergessen. Schließlich blickte sie auf und deutete mit dem Zeigefinger geradeaus. »Da lang geht es zu den Heide- und Moorlandschaften, weiter rechts zum Alpinum. Wo wollen wir denn anfangen?«

Telse zuckte mit den Schultern. »Keine Ahnung. Am besten, wir fragen einen der Angestellten nach dieser Levke.« Sie blickte sich suchend um. »Ist nur niemand zu sehen«, stellte sie fest.

»Dann müssen wir halt ein wenig lustwandeln und die Augen offen halten«, entschied Wanda. »Hinter irgendeinem Busch wird schon ein junger Gärtner auftauchen, den wir um Auskunft bitten können.«

»Oder eine Gärtnerin«, ergänzte Telse automatisch.

»Selbstverständlich.« Wanda schlug den Pfad zum Alpinum ein, der durch bunt blühende Staudenrabatten führte.

Telse hatte keine Lust, so schnellen Schrittes wie die Freundin durch die Grünanlagen zu eilen. Stattdessen blieb sie alle paar Meter stehen, um die kleinen Hinweisschilder mit den Pflanzennamen zu studieren. »Ach, ist das wunderschön hier. Ich würde liebend gern unauffällig ein paar Blumen ausbuddeln und nach Hause mitnehmen.«

»Ja, alles so schön bunt hier, aber das lass mal lieber bleiben«, rief Wanda über die Schulter zurück. »Ich fürchte, die verstehen bei solchen Aktionen keinen Spaß.« Sie stoppte, drehte sich um die eigene Achse und spähte in die Landschaft. »Herrgott, wo verstecken die sich denn alle? Arbeitet hier niemand?«

»Kann ich Ihnen helfen?«

Wanda fuhr herum. Hinter ihr stand ein junger, hoch gewachsener Mann in Jeans und T-Shirt und mit Notebook unter dem Arm. Sie tippte auf Student, älteres Semester. »Äh, ich weiß nicht. Arbeiten Sie hier?«

»Ja und nein. Das heißt, ich arbeite schon hier, aber ohne Bezahlung.« Er grinste. »Das nennt man gemeinhin Praktikum.«

»Wir suchen eine Frau, die hier als Botanikerin tätig ist«, sagte Telse, die sich dazugesellt hatte.

»Hoffentlich noch ist«, korrigierte Wanda. »Leider wissen wir nur ihren Vornamen. Levke.«

Der Mann zog die Stirn kraus. »Levke, sagen Sie? Ich bin mir nicht sicher, aber ich glaube, in den Schaugewächshäusern arbeitet eine, die so heißt. Dahinten.« Er wies zu einer Gruppe von Glashäusern in einiger Entfernung.

Wanda lächelte. »Besten Dank, da werden wir unser Glück versuchen«, flötete sie, machte eine auffordernde Kopfbewegung zu Telse und marschierte los.

Es bedurfte noch einiger Fragerei vor Ort, bis sie schließlich herausfanden, dass Levke Linnwohld gerade im Victoriahaus zu tun hatte.

»Benannt nach der Riesenseerose Victoria. Steht im Faltblatt.« Wanda zog die Tür zum Gewächshaus auf und ließ der Freundin den Vortritt. »Willkommen im Dschungel.«

Kaum waren die Frauen eingetreten, umhüllte die feuchtheiße Luft sie wie eine nasse Wolldecke. Ein leises Plätschern war zu hören. Vorsichtig gingen sie einen schmalen, tunnelartigen Weg zwischen den tropischen Pflanzen entlang, die mit ihren ausladenden Zweigen bis zur Decke wuchsen. Am Ende des Weges wurde es heller und das Plätschern lauter. Die dichte Pflanzenwelt öffnete sich zu einem Wasserbecken von den Ausmaßen eines Swimmingpools, das von kreisrunden Seerosenblättern bedeckt war.

Telse starrte fasziniert den Bewuchs des künstlichen Sees an. »Auf diesen Monstertellern kann bestimmt ein Kind liegen, ohne unterzugehen«, konstatierte sie. »Oder eine Familie Ochsenfrösche. Das Grünzeug hat doch garantiert einen Durchmesser von fast zwei Metern. Unglaublich.« Sie zog ihre kurzärmelige Baumwollbluse aus dem Hosenbund und fächelte sich Luft zu. Der Schweiß lief ihr aus allen Poren.

Auch Wanda machte mit ihrer feucht glänzenden Stirn und den roten Flecken auf den Wangen schon einen leicht derangierten Eindruck. »Ja, und wo ist die Frau jetzt?« Sie sah sich suchend um. »Lange halte ich das hier drin nicht aus.« Sie kramte in ihrer Handtasche, zog ein Stofftaschentuch hervor und tupfte sich das Gesicht ab.

Plötzlich nahm sie hinter einem turmartig aufragenden Gewächs an der gegenüberliegenden Seite des Beckens eine Bewegung wahr. Eine blonde Frau mittleren Alters war gerade dabei, einige der Wasserpflanzen zu untersuchen. Wanda gab Telse ein Zeichen und ging zu ihr hin. »Frau Linnwohld?«

Die Angesprochene unterbrach ihre Tätigkeit und blickte auf. »Ja, bitte?«

»Wenn wir Sie kurz stören dürften. Mein Name ist Wanda Holle, das ist meine Freundin Telse Himmel. Wir haben vor Kurzem Morten Duve kennengelernt, den Bruder von Anne Holthusen, einer ehemaligen Kollegin von Ihnen.«

Als sie den Namen hörte, richtete sich die Frau aus ihrer gebückten Haltung auf. In ihrem Blick lag Interesse, aber auch Wachsamkeit. »Anne? Was ist mit ihr? Stehen Sie mit ihr in Kontakt?«

Wanda schüttelte den Kopf. »Nein, leider nicht. Das ist auch der Grund, warum wir uns an Sie wenden.«

Levke Linnwohld zog die Augenbrauen hoch und wartete.

»Sicherlich haben Sie in der Zeitung von dem tragischen Fall des vermissten Kalli Holthusen gelesen, Annes Sohn«, übernahm Telse. »Das Kind, es ist endlich gefunden worden, wenn auch leider tot.«

Levke Linnwohld nickte langsam und sagte mit leiser Stimme: »Ja, ich weiß. Das war damals eine furchtbare Geschichte. Die arme Anne hat mir so leidgetan.« Sie verstummte, und ihr Blick schweifte ab zu dem Wasserbecken.

»Wissen Sie vielleicht, wo wir Frau Holthusen erreichen können?«, versuchte Wanda die Aufmerksamkeit der Botanikerin wieder auf sich zu lenken. »Ihr Bruder hat seit fast drei Jahren nichts mehr von ihr gehört. Leider weiß er auch nicht, wo sich seine Schwester derzeit aufhält. Wir möchten ihm gerne bei der Suche helfen. Als wir ihn nach einer Freundin von Anne gefragt haben, hat er uns nur Sie, ihre ehemalige Arbeitskollegin, nennen können. Waren Sie beide denn befreundet?«

Linnwohld nickte. »Eigentlich schon. Das dachte ich jedenfalls.« Sie machte eine Pause.

»Aber?«

»Anne hat sich nach dem Verlust ihres Sohnes von allen zurückgezogen, auch von mir. Das zu akzeptieren fällt mir bis heute schwer. Ich finde, echte Freundschaft sieht anders aus. Dabei standen wir uns einmal sehr nahe. Das war weit mehr als eine normale Arbeitsbekanntschaft, wir haben auch in unserer Freizeit viel miteinander unternommen.«

»Hat sie mit Ihnen über ihren Auszug aus dem Gutshaus gesprochen?« fragte Telse.

»Ja, das kam ja nicht ganz überraschend.«

»Wie meinen Sie das?«

»Nun«, Levke Linnwohld sah sich kurz um, aber außer ihnen waren keine weiteren Besucher im Gewächshaus. »Anne und ihr Mann hatten öfter Streit, zuerst wegen der Verkaufspläne. Clemens Holthusen wollte das Gutshaus, das er von seinen Eltern geerbt hat, verkaufen. Ein Investor hatte ihm ein Angebot gemacht, zu dem er anscheinend nicht Nein sagen konnte. Anne war extrem wütend über seine Pläne und seinen Alleingang. Sie liebte das alte Gemäuer, besonders den riesigen Garten, und hat da ihren Traum von selbst angebautem Gemüse verwirklicht. Unter keinen Umständen wollte sie in irgendeinen Neubau mit handtuchgroßem Pseudogarten ziehen, das hat sie immer wieder gesagt. Dann passierte die Sache mit ihrem kleinen Sohn, und die Situation eskalierte wohl ...«

»Sie meinen, sie hat daraufhin die Flucht ergriffen?«

»Könnte man sagen. Anne war fertig mit den Nerven und musste dringend zur Ruhe kommen. Ich habe ihr gut zugeredet, dass sie sich eine Weile krankschreiben lassen und über alles nachdenken soll. Mit Erfolg. Anne hat sich berappelt und die Entscheidung getroffen, aus dem gemeinsamen Haus auszuziehen.«

»Wissen Sie wohin?«, platzte Wanda heraus.

Linnwohld wiegte den Kopf. »Das hat mich ihr Bruder damals auch gefragt, aber ich konnte ihm nicht helfen. Außerdem habe ich befürchtet, dass er Anne nur überreden will, wieder zu Clemens zurückzukehren. Ich erinnere mich dunkel, dass sie irgendwann mal vom Fliegenden Holländer gesprochen hat. Sie wissen schon, die Wohnanlage im Olympiahafen. Ich glaube, Anne hat überlegt, eines der vielen Ferienappartements übergangsweise anzumieten, bis sie eine eigene Wohnung gefunden hätte. Das dauert heutzutage ja seine Zeit.«

»Der Gebäudekomplex im Hafen ist nicht gerade klein, da gibt es Dutzende von privaten Vermietern. Hat sie Ihnen einen Namen genannt?«

»Nein, dazu ist es nicht mehr gekommen. Kurz nachdem sie ihren Entschluss gefasst hatte, war ich bei ihr abgemeldet. Keine Ahnung, warum.« Die Verbitterung in Linnwohlds Stimme war nicht zu überhören.

»Wirklich schade.« Es war nicht ganz klar, ob Wanda die ungenauen Wohnungsinformationen oder das Verhalten von Anne Holthusen meinte.

»Eine Frage hätte ich da noch«, bat Telse und musste unwillkürlich an Columbo in seinem Knittermantel denken.

Die Botanikerin schaute auf ihre Armbanduhr. »Wenn es schnell geht. Ich habe zu tun.«

»Sie kannten Anne Holthusen doch gut, hatte sie noch weitere Freunde oder Freundinnen? Was hat sie in ihrer Freizeit gemacht, ich meine, außer eigenes Gemüse anzubauen?«

»Freizeit?«, Linnwohld lachte auf. »Das Wort kannte Anne nicht, jedenfalls wenn Sie damit Entspannung und Faulenzen meinen. Sie war der Aktionismus in Person, sogar noch mit Kind. Ihr letztes großes Thema, von dem ich weiß, war der Widerstand gegen Kreuzfahrtschiffe. Sie war Mitglied in dieser Gruppe, die gegen Kreuzfahrttourismus in Kiel kämpft, und hat bei Demonstrationen und allen möglichen Protestaktionen im Hafen mitgemacht. Flugblätter verteilen, Infostände machen und solche Sachen. Ich habe mich da rausgehalten.« Sie warf erneut einen kurzen Blick auf ihre Uhr. »Wenn Anne andere Freunde hatte, finden Sie die mit Sicherheit in dieser Aktionsgruppe. Ich glaube, die nennen sich Klimapiraten oder so ähnlich. Vielleicht hat von denen jemand eine Ahnung, wo sie sich aufhält. Ich wünsche Ihnen viel Glück. Jetzt muss ich mich aber weiter um meine grünen Schützlinge kümmern.«

Levke Linnwohld lächelte verbindlich, dann drehte sie sich um und wandte sich den Wasserpflanzen im Bassin zu.

»Vielen Dank, dass Sie sich die Zeit genommen haben«, sagte Wanda. »Sollen wir Sie informieren, falls wir etwas über Annes Verbleib herausfinden?«

»Nein, danke, nicht nötig«, kam es brüsk zurück.

»Was ist das eigentlich für ein seltsames Gewächs da neben Ihnen?« Telse zeigte mit dem Finger auf die mannshohe Pflanze, die ihr schon während des Gesprächs aufgefallen war. Sie sah wirklich ungewöhnlich aus, wie ein grüner, dicker Elefantenrüssel, der senkrecht in die Luft ragte. Die untere Hälfte des Rüssels wurde von einer Blattmanschette umschlossen, die ihn wie einen hohen Rüschenkragen umhüllte.

Die Botanikerin schaute auf. »Ach, Sie meinen den hübschen Stinkmorchel hier.« Als sie Telses verständnislosen Blick sah, musste sie grinsen. »Das ist doch unsere Berühmtheit. Ein Titanenwurz, die größte Blüte der Pflanzenwelt. Die kann bis zu drei Meter hoch werden, aber das dauert noch etwas. Ist vielleicht auch besser so.«

»Warum?« Jetzt war Telse neugierig.

»Wenn sich die Blüte entfaltet, stinkt unser Schätzchen wie Hölle nach Aas. Für Insekten lecker, für Menschen eher eine Zumutung. Bei dieser Größe sollte man den Gestank nicht unterschätzen, trotzdem kommen die Besucher scharenweise, wenn es so weit ist.«

»Gibt es den Titanenwurz nur hier?«

»Nein, den finden Sie auch in anderen botanischen Gärten. Aber keiner duftet so regelmäßig wie unserer, wir haben fast alle zwei Jahre eine Blüte. Kommen Sie doch in ein paar Tagen wieder vorbei, dann geht es wahrscheinlich los, und sie beginnt sich zu öffnen. Diesen Geruch werden Sie so schnell nicht wieder vergessen. Zwei Wochen lang getragene Tennissocken sind nichts dagegen.«

»Ein verlockendes Angebot, aber nein, vielen Dank«, schaltete sich Wanda ein. Vor dem Hinausgehen schnupperte Telse unauffällig am Titanenwurz, konnte aber nichts Besonderes riechen. Die Stinkbombe in spe hatte noch Erbarmen.

6

AM NÄCHSTEN MORGEN fiel es Telse schwer, sich zu ihrem Job in der Grundschule aufzuraffen. Sie saß mit der Kaffeetasse zwischen den Händen am Küchentisch und starrte aus dem Fenster. Soviel Spaß ihr das Unterrichten in den ersten Monaten auch gemacht hatte, so ermüdend fand sie es jetzt immer öfter. Wenn sie ehrlich war, langweilte sie sich im Klassenzimmer. Die Arbeit mit den Kindern war nicht das, was sie gelernt hatte, und sie verspürte nicht die geringste Lust, den Rest ihres Lebens als Aushilfslehrerin zu verbringen. Seit September letzten Jahres machte sie den Job schon, und damit viel länger, als sie es eigentlich geplant hatte. Ihr Arbeitsvertrag war bis zu den Sommerferien befristet, und sie hatte nicht vor, ihn verlängern zu lassen. Ihr Ziel war es vielmehr, in naher Zukunft endlich wieder journalistisch zu arbeiten und mit selbst recherchierten und fotografierten Geschichten Geld zu verdienen. Auch wenn das nicht einfach werden würde. Nachdem ihre Redaktion in Hamburg aufgelöst worden war, hatte sie sich mit kleineren Aufträgen mehr schlecht als recht über Wasser gehalten. Doch seit ihrem Umzug nach Kiel hatte sie journalistisch kein Bein mehr auf den Boden bekommen, was schlicht daran lag, dass sie nichts anzubieten hatte. Sie brauchte dringend eine Story, am besten einen richtigen Knaller. Leider absorbierte der tägliche Unterricht samt der Vor- und Nachbereitungen den Großteil ihrer Energie, sodass sie sich am Nachmittag nur noch schlapp und ausgelaugt fühlte. Keine guten Voraussetzungen für einen beruflichen Neustart. Es musste bald etwas geschehen, schwor sie sich. Bloß was?

Telse stand seufzend auf, stellte die Tasse in die Spülmaschine und machte sich auf den Weg.

Als Wanda am Nachmittag in den Garten kam, erblickte sie die Freundin mitten auf dem Rasen stehend. In den Händen hielt sie mehrere bedruckte Papierbögen, die sie eingehend studierte. Dann schritt sie langsam vor der Front des Häuschens ›Seemannsfrieden‹ auf und ab, schaute auf die Ausdrucke und machte sich mit einem Bleistift darauf Notizen.

Wanda ging näher heran. »Planst du einen Anbau?«, erkundigte sie sich interessiert.

Telse schreckte auf. »Ach, hallo! Ich habe dich gar nicht kommen gehört.« Sie blickte auf ihre Zettelsammlung und fuhr sich mit der Hand durch die kurzen Haare. Dann schob sie die Papiere zu einem ordentlichen Stapel zusammen und wedelte damit. »Ich habe vor, mir ein Hochbeet zu bauen«, erklärte sie. »So richtig mit fachlicher Anleitung und allen Schikanen. Was hältst du davon?«

Wanda grinste. »Kommt jetzt die ehemalige Gartenmagazin-Redakteurin bei dir durch?«

»Ach was, hier geht es um richtige Handarbeit. Ich will in der Erde wühlen und mein eigenes Gemüse anbauen.« Telse geriet ins Schwärmen. »Stell dir nur mal vor: unser eigener Salat, eigene Tomaten, Zucchini, Paprika, Kräuter und was weiß ich noch alles. Natürlich bio und in sinnvoller Fruchtfolge. Ist gesund, spart Geld, und das Kochen macht gleich viel mehr Spaß. Na, was sagst du?« Sie sah ihre Freundin erwartungsvoll an.

»Warum so plötzlich?«

Telse antwortete nicht gleich. »Ich will in meinem Leben etwas ändern«, kam es zögernd. »Manches braucht Zeit, anderes kann ich jetzt schon machen.« Sie hielt inne. »Vielleicht hat mich die geheimnisvolle Gärtnerin Anne inspiriert. Oder die Idee mit dem Hochbeet hat schon länger in mir geschlummert, genau kann ich es nicht sagen.«

»Ökoaktivismus ist wohl ansteckend. Na ja.« Wanda zuckte mit den Schultern. »Wenn es dir Spaß macht, warum nicht. Das heißt, solange ich nicht mitackern muss. Wo soll der Kasten denn hin?«

»Hier wäre ein guter Platz, denke ich.« Telse deutete zur südlichen Hauswand, wo ein breiter Rasenstreifen bis zum Nachbargrundstück reichte. »Viel Sonne, und er steht nicht im Weg herum.«

»Und wann willst du loslegen?«

»Wenn ich das ganze Material zusammenhabe. Das ist ziemlich viel Zeug, kann also noch etwas dauern. Die Liste habe ich schon ausgedruckt.« Telse runzelte die Stirn und studierte wieder ihre Papiere.

»Ich will dich nicht aufhalten«, sagte Wanda. »Aber wenn du Lust hast, kann ich dir kurz von meinen Nachforschungen berichten. Wollen wir uns auf die Terrasse setzen?« Sie machte eine Kopfbewegung zur Villa hin.

»Gerne. Eine kleine Pause kann ich gut gebrauchen, das Planen eines Hochbeets strengt an.«

Kaum hatten sie in den gemütlichen Gartensesseln Platz genommen, drängelte Telse los. »Sag schon, was hast du zu erzählen? Ich vermute, es geht um Anne Holthusen.«

»Da vermutest du richtig.« Wanda ließ sich nicht hetzen und goss Mineralwasser in zwei Gläser. »Ich war ebenfalls nicht untätig, sondern habe heute Vormittag sämtliche Vermieter von Ferienappartements im Fliegenden Holländer angerufen, deren Nummer ich herausfinden konnte.«

»An dir ist wirklich eine Detektivin verloren gegangen, Wanda Holle.« Telse trank einen Schluck. »Und, hattest du Erfolg?«

»In gewisser Weise, ja«, antwortete die Freundin vielsagend.

»Was genau soll das heißen?«

»Das heißt, meine Liebe, dass ich, als meine Fingerspitzen schon glühten, endlich den Eigentümer ausfindig gemacht habe, der Anne seine Wohnung vermietet hat. Er war übrigens nicht besonders gut auf sie zu sprechen.«

Telse zog fragend die Augenbrauen hoch und wartete.

»Der Mann konnte sich noch gut an Anne erinnern. Sie hatte den Mietvertrag unterschrieben und die Kaution gezahlt, dann ist sie aber einfach nicht zur Schlüsselübergabe erschienen, sagt er. Ohne jede Erklärung. Dabei wollte sie die Ferienwohnung so dringend haben, dass sie noch nicht mal um einen günstigeren Dauermietpreis gefeilscht hat. Die Kaution hat sie aber auch nicht zurückgefordert, das hat den Vermieter dann etwas getröstet.«

Telse legte die Stirn in Falten. »Das ist doch seltsam. Erst will sie die Wohnung unbedingt, dann doch nicht. Dann löst sie sich in Luft auf und stößt alle vor den Kopf, die ihr helfen wollten. Warum?« Telse blickte ihre Freundin auffordernd an, als müsse diese die Antwort wissen.

»Hmh«, brummte Wanda nachdenklich. »Das passt alles nicht zusammen. Mein Bauchgefühl sagt mir, dass da irgendwas faul ist.« Sie angelte ihr Handy aus der Tasche ihrer Strickjacke. »Wir sollten herausfinden, ob diese Anti-Kreuzfahrt-Gruppe noch existiert. Falls ja, gibt es da möglicherweise Mitstreiter, die Anne noch von früher kennen. Ich google das schnell mal.« Schon tippte sie auf dem Display herum.

Telse trank noch einen Schluck, dann sagte sie nachdenklich: »Ich frage mich, warum Morten nicht schon selbst intensiver nachgeforscht hat, wenn er seine Schwester wirklich so vermisst, wie er behauptet. Anscheinend hat er nie Kontakt zu dieser Organisation aufgenommen, sonst hätte er uns doch davon erzählt.« Sie drehte ihr Wasserglas in den Händen und betrachtete die aufsteigenden Kohlensäureblasen.

»Weil viele Männer einfach nicht den Mors hochkriegen und lieber jammern. Das ist zumindest meine Erfahrung. Frauen sind da schneller und praktischer veranlagt. Wir vertrödeln keine Zeit und tun, was getan werden muss.« Wanda hatte nicht von ihrem Smartphone aufgeschaut, während sie antwortete, sondern weitergescrollt. »Hier, ich habe die Revoluzzer schon gefunden!« Sie hielt das Handy hoch und zeigte ihrer Freundin das Display.

Telse beugte sich in ihrem Sessel nach vorn und kniff die Augen zusammen. »Was ist das?«

»Na, diese Gruppe gegen Kreuzfahrtschiffe, die gibt es immer noch. Sie nennen sich die Klimapiraten und haben sogar eine eigene Website. Ihr Motto ist« – sie drehte das Handy wieder zu sich und las laut vor: »Kreuzfahrtriesen den Schlot stopfen.«

»Zeig mal.« Telse ergriff das Smartphone und vergrößerte

die Anzeige. Dann tippte sie auf das Display. »Das Logo, das die haben, finde ich super: ein Kreuzfahrtschiff mit zugeknotetem Schornstein. Diese schwimmenden Hochhäuser sind wirklich Dreckschleudern, da muss ich den Klimapiraten recht geben.«

Wanda nahm das Handy wieder an sich und tippte. »Pass auf, unter Aktuelles steht, dass am Sonnabend eines der größten Kreuzfahrtschiffe in Kiel erwartet wird, die ›Maxima Maris‹. Die Aktivisten wollen dagegen demonstrieren, mit Infoständen, Transparenten, Lautsprechern und dem üblichen Geraffel.« Sie ließ das Gerät sinken und lächelte Telse mit blitzenden Zähnen an. »Ich finde, das wäre eine günstige Gelegenheit, bei den Seeräubern vorbeizuschauen und sich über den Klimanotstand im Allgemeinen und den Schwerölverbrauch der Freizeitindustrie im Besonderen zu informieren. Was meinst du?«

Telse lachte auf. »Ich meine, dass du wieder Witterung aufgenommen hast. Ich kenne diesen Blick. Jetzt wirst du der Spur bis zum Ende folgen, egal ob ich mitmache oder nicht. Stimmt's?«

Wanda schüttelte entschieden den Kopf. »Nein, meine Liebe, nicht ohne dich. Du willst doch auch wissen, warum die Mutter des armen Kalli verschwunden ist, oder irre ich mich? Frauen lösen sich nicht einfach in Luft auf. Da geht irgendetwas nicht mit rechten Dingen zu, und wenn Olaf sich weigert, sie suchen zu lassen, tun wir es eben.« Sie fixierte Telse mit schräg gelegtem Kopf. »Außerdem habe ich den Eindruck, du könntest gerade ein bisschen Abwechslung gebrauchen. Dein Hochbeet läuft dir nicht weg.«

»Ihr habt ein Hochbeet?« Die Stimme, die vom Nachbargrundstück herüberschallte, gehörte zu Camilla Wuttke. »Das will ich sehen.«

»Haben wir nicht«, rief Wanda schnell, doch es nützte nichts. Keine zwei Sekunden später hatte sich Camilla durch die Hecke gezwängt und stand nun auf der Terrasse, die Hände in die Hüften gestemmt und schaute sie erwartungsvoll an.

»Habe ich richtig gehört, ihr geht unter die Selbstversorger?«

»Na ja, zuerst muss ich das Hochbeet noch bauen«, erklärte Telse. »Das ist nicht so einfach und bedarf genauer Planung.«

»Eine wunderbare Idee!« Camilla klatschte in die Hände. »Das muss ich Olaf erzählen. Ich finde, er könnte sich auch mal handwerklich betätigen und so einen Kasten zimmern. Da kann er dann Salat anpflanzen. Wer Verbrechern hinterherjagt, braucht schließlich ordentlich Vitamine.« Sie ließ sich, ohne eine Aufforderung abzuwarten, in einen Sessel sinken und goss sich ebenfalls ein Glas Wasser ein.

Telse und Wanda konnten sich ein Grinsen nicht verkneifen. Camilla hatte noch nie etwas mit Gärtnerei am Hut gehabt, dafür fehlten ihr Zeit, Geduld und tiefergehendes Interesse. Bei ihrem Gatten Olaf Wuttke sah es nicht anders aus, was die von ihm euphemistisch als »Naturgarten« bezeichnete Verwilderung des Nachbargrundstücks erkennen ließ.

»Da wird er sich bestimmt freuen. Olaf ist ja vielseitig begabt.« Wanda sagte das ohne jede Ironie in der Stimme.

Telse sah ihre Freundin forschend an. So richtig war ihr das Verhältnis zwischen Olaf und Wanda immer noch nicht klar. Lief da heimlich etwas? Vergnügte Camilla sich vielleicht auf ihrer eigenen Spielwiese, und die beiden führten eine offene Beziehung? Telse schüttelte den Kopf und versuchte, ihre Gedanken über das Liebesleben der Wuttkes schnell wieder loszuwerden. Was ging sie das an, Hauptsache alle waren glücklich.

»Wann fährst du eigentlich nach London?«, versuchte sie einen Themenwechsel.

»Spätestens Anfang nächster Woche mache ich den Abflug«, zwitscherte Camilla. »Ich werde wohl eine Weile dortbleiben müssen, um den Laden auf Vordermann zu bringen. Ich kann es kaum erwarten, mal wieder rauszukommen, selbst wenn es diesmal praktisch um die Ecke ist.«

»Ja, Verreisen ist schon eine feine Sache«, stimmte Wanda zu. »Telse und ich werden am Wochenende in die Stadt fahren, um uns von diesem gigantischen Kreuzfahrtschiff inspirieren zu lassen, das am Ostseekai anlegen soll. Die ›Maxima Maris‹. Das wollen wir uns nicht entgehen lassen. Nicht wahr, Telse, du kommst doch mit?«

Die Angesprochene nickte matt, Widerstand war zwecklos. Wanda würde keine Ruhe geben, bis sie zusagte, so viel war klar.

7

»UND HINTERHER GÖNNEN WIR uns was Feines, ich lade dich ein. Was hältst du von einem Stückchen Lübecker Nusstorte?« Wanda bemühte sich, niemanden anzurempeln und den vielen Rollkoffern auszuweichen, die von ihren Besitzern über das Pflaster gezerrt wurden.

Telse nickte mechanisch. »Klar. Wenn wir das hier überlebt haben.« Sie ließ sich in dem dichten Pulk aus Passagieren und Schaulustigen weitertreiben, die an diesem Sonntag allesamt nur ein Ziel kannten: die schwimmende Hochhaussiedlung namens ›Maxima Maris‹ .

Am Ostseekai angekommen landeten die Frauen in einer hummelsummenden Aufgeregtheit. Kreuzfahrtpassagiere strömten aus Reisebussen und drängelten sich samt Gepäck zwischen fotografierenden Touristengruppen zum Abfertigungsgebäude durch. Vor dessen Haupteingang hatten Aktivisten der Klimapiraten Infostände aufgebaut und die Absperrungszäune mit ihren Plakaten und Transparenten geschmückt.

»Kreuzfahrtschiffe sind die Pest der Meere«, las Telse von einem Banner laut vor. Dann legte sie den Kopf in den Nacken und ließ den Anblick, der sich ihr bot, wirken.

Vor ihr erhob sich am Kai eine Kleinstadt vertikal in die Höhe.

Die Ausmaße der ›Maxima Maris‹ brachen alle Rekorde. Wie Telse in der Zeitung gelesen hatte, war sie mit Abstand das größte Kreuzfahrtschiff, das jemals in Kiel angelegt hatte. Wenn man sich in dem gigantischen Kasten verlief, wurde man vermutlich erst Wochen später zufällig von einem Putztrupp wiedergefunden. Sie selbst hatte noch nie eine Kreuzfahrt unternommen und auch nicht vor, das in Zukunft zu tun. Zwei Wochen mit Tausenden Menschen auf einem schwimmenden Pott eingepfercht zu sein, das stellte sie sich schlimmer als ein Straflager vor. Ein Straflager mit Dauerbespaßung.

»Ist bestimmt alles todschick und vom Feinsten da drin«, drang Wandas Stimme an ihr Ohr. »Da könnte man glatt neidisch werden.«

»Nicht dein Ernst, oder?« Telse guckte ihre Freundin aus großen Augen an.

»Wieso? Ich könnte mir durchaus vorstellen, übers Mittelmeer zu schippern, auf einem eleganten Deckchair zu entspannen und mit einem Drink in der Hand den Sonnenuntergang zu begrüßen. So lässt es sich leben.«

Telse zog eine Grimasse. »Das sehen die Arbeitssklaven aus den Billiglohnländern, die den ganzen Amüsierbetrieb für Hungerlöhne am Laufen halten, vermutlich anders.«

Wanda zuckte mit den Schultern. »Wenn die Leute keinen Job haben, geht es ihnen auch nicht besser. Die machen das schließlich freiwillig.«

»Aber anständig bezahlen könnte man sie trotzdem.«

Wanda schwieg trotzig, und Telse wollte das Thema nicht weiter vertiefen. Ihre Freundin hatte dank des Vermögens ihres Mannes anscheinend vergessen, was es bedeutete, Geldsorgen zu haben. »Ich gehe mal zu diesen Klimapiraten rüber, deswegen sind wir ja hier«, beschloss sie.

»Lass dich nicht aufhalten, ich komme nach. Bis gleich.« Wanda drehte sich auf dem Absatz um und steuerte den mit Wimpelketten und Luftballons geschmückten Eingang des Terminals an.

Telse zuckte mit den Schultern und nahm Kurs auf die Kreuzfahrtgegner. Schon auf dem Weg dorthin wurden ihr Flyer in die Hand gedrückt, die über den enormen Feinstaubausstoß bei der Verbrennung von Schweröl, dem Treibstoff der Schiffe, aufklärten. Sie steckte die Zettel ein und ging weiter zu den Infoständen, wo kleine Gruppen junger Leute das Gespräch mit Passanten und Passagieren suchten. Der Zuspruch war mäßig, von den kofferziehenden Reisenden blieb niemand stehen.

Telse trat an den ersten Stand, hinter dem zwei junge Frauen um die zwanzig und ein älterer Mann mit Piratenkopftuch auf Interessierte warteten.

»Hallo«, wurde sie von der langhaarigen Frau begrüßt, die ihren Wollpullover mit dem Button der Klimapiraten geschmückt hatte. »Willst du was zu lesen haben?« Sie lächelte und hielt Telse ein Faltblatt hin. Auf der Titelseite prangte ein rot durchgestrichenes Kreuzfahrtschiff, das eine pechschwarze Abgaswolke hinter sich herzog.

Telse nahm das Papier entgegen und überflog den Inhalt.

»Soll es hier nicht eigentlich eine Landstromanlage für die Pötte geben?«, fragte sie. »Dann löst sich das Dreckproblem doch bald, zumindest in den Häfen.«

Die Langhaarige lachte bitter auf. »Schön wär's. Die Wahrheit ist, dass die allermeisten Kreuzfahrtschiffe gar keine Anschlüsse für Landstrombetrieb haben. Ist den Reedern zu teuer. Falls es ausnahmsweise doch mal welche gibt, sind sie oft nicht kompatibel mit der Stromanlage. Ist halt alles freiwillig und nicht verpflichtend, obwohl die Schiffe fast die Hälfte der Zeit in den Häfen liegen.«

»Weißt du eigentlich, dass diese schwimmenden Hochhäuser den Stromverbrauch einer mittleren Kleinstadt haben?«, fügte die andere Frau hinzu.

Telse packte das Faltblatt zu den Flyern in ihrer Tasche. »Ich hätte da noch eine ganz andere Frage«, wechselte sie das Thema. »Und zwar bin ich auf der Suche nach einer Frau. Ihr Name ist Anne Holthusen, sie hat vor ungefähr drei Jahren bei den Klimapiraten mitgemacht. Kennt ihr sie?«

Die zwei jungen Frauen schüttelten die Köpfe. »Du vielleicht, Wilko?«, wandte sich die Langhaarige an ihren Mitstreiter.

Statt auf die Frage zu antworten, hielt der Kopftuchpirat den Blick auf Telse gerichtet und musterte sie aus schmalen Augen. »Was willst du denn von ihr?«

»Es geht um … Also, es handelt sich um etwas Privates. Aber leider weiß niemand, wo sie zurzeit wohnt, nicht mal ihr Bruder.«

Der Mann fuhr mit dem Finger unter sein Kopftuch. »Wir geben nicht so einfach Infos über ehemalige oder aktive Mitglieder raus, das kannst du dir wohl denken.«

Telse nickte. »Klar. Es interessiert mich aber gar nicht, was sie bei den Klimapiraten gemacht hat, ich brauche nur einen Tipp, wie ich sie erreichen kann.«

Der Mann zögerte einen Moment, dann zuckte er mit den Schultern. »Na gut. Ich kann mich an Anne erinnern, aber wir waren nicht so dicke. Wenn du Glück hast, weiß David mehr, die beiden konnten damals gut miteinander.«

Telse nickte dankend. »Und diesen David, wo finde ich den? Ist der heute auch hier?«

»Nee, der ist jetzt im Anti-Olympia-Komitee aktiv.«

Telse schloss einen Moment die Augen und seufzte lautlos.

»Du hast doch sicherlich gehört, dass die Stadt Kiel immer noch ihren alten Olympiaträumen von 1972 nachhängt und die Segelwettbewerbe unbedingt wieder nach Schilksee holen will«, übernahm die Langhaarige. »Auch wenn das völlig illusorisch ist, planen die Politiker, den Olympiahafen schon mal in großem Maßstab umzubauen und aufzumotzen. Übersetzt: den Investoren zum Fraß vorzuwerfen.«

»Ist das schon beschlossen?«, fragte Telse überrascht.

»Offiziell noch nicht, aber hinter verschlossenen Türen werden längst die Filetstücke verteilt«, erklärte der Piratentuchträger. »Das will das Anti-Olympia-Komitee verhindern. Es soll ein großes Protestcamp auf der Wiese am Nordhafen geben. Hast du nichts davon gehört? Die Gruppe fordert strengen Schutz der Natur und eine verpflichtende Bürgerbeteiligung bei den Umbauplänen.«

»Und da macht dieser David mit?«

»Jo.«

»Kennst du seinen Nachnamen?«

Wilko schüttelte den Kopf.

»Trotzdem danke für den Tipp und viel Erfolg noch.«

Telse machte kehrt und drängelte sich durch das Gewühl zurück zum Terminal. Sie hatte das Gefühl, an einem Faden zu ziehen, der langsam immer länger wurde und sie in ein unübersichtliches Labyrinth führte. Hauptsache, sie fand da unbeschadet wieder heraus.

Am Ostseeterminal war weit und breit keine Wanda zu entdecken. Telse fühlte, wie Ärger in ihr hochstieg. Erst ließ Wanda sie alle Ermittlungsarbeit allein machen, und jetzt spielte die gnädige Frau auch noch Verstecken.

In diesem Augenblick sah sie die Freundin gemütlich aus der Eingangstür des Kreuzfahrtterminals schlendern. In der Hand trug sie einen prall gefüllten Leinenbeutel, auf dem das Logo der Reederei prangte.

Kurz darauf hatte Wanda sie entdeckt und eilte zu ihr hin. »Wie schön, dass ich dich gleich finde. Na, warst du erfolgreich?«, plapperte sie drauflos.

»Gesucht hast du mich offensichtlich nicht«, sagte Telse mit Blick auf den Beutel. »Was hast du denn da drin? Ist es das, was ich denke?«

Wanda errötete leicht und drückte den Büdel an sich. »Och, nichts Besonderes. Bloß ein bisschen Reklame, die mir die Leute von der Kreuzfahrtgesellschaft in die Hand gedrückt haben. Ich sah in deren Augen wohl urlaubsreif aus.«

Telse stöhnte resigniert. »Ich fasse es nicht. Dahinten sind Papiercontainer, da kannst du den Mist entsorgen.« Sie zeigte zu den Tonnen am Rand der Veranstaltungsfläche.

Wandas Miene wurde trotzig. »Ich kann meine eigenen Entscheidungen treffen, da brauche ich keine Erlaubnis von dir«, erklärte sie in schnippischem Ton. »Ein paar Kataloge mitzunehmen heißt ja noch lange nicht, dass ich sofort eine Reise buche. Ich will mich nur informieren.«

»Klar.« Telse grinste ironisch. »Gehört ja quasi zum Allgemeinwissen, wie viele Pools es auf dieser Dreckschleuder gibt und welche Wassertemperatur sie haben.«

»Ach, lass mich doch in Frieden.« Wanda drehte sich abrupt um und marschierte in Richtung Parkplatz.

Es dauerte einen Moment, bis Telse sich ebenfalls in Bewegung setzte und ihr folgte. Sie beschloss, ihrer Freundin erst mal nichts von diesem David zu erzählen. Sollte diese hedonistische Kreuzfahrtsympathisantin doch ihre eigenen Nachforschungen anstellen.

8

AM MONTAG REGNETE ES in Strömen. Telse nutzte den Nachmittag, um sich auf Baumarktseiten im Internet herumzutreiben und Material für ihr Hochbeet zu suchen. Schon bald dämmerte ihr, dass ihre Heimwerkerausrüstung bei Weitem nicht ausreichte, um den Kasten nach Anleitung zusammenzuzimmern. Wenn sie noch in diesem Sommer auf rückenfreundliche Art Salat ernten wollte, sollte sie sich vielleicht doch besser mit einer alten Holzkiste behelfen.

Die Klingel schreckte sie aus ihren Gedanken. Sie klappte das Notebook zu, stemmte sich vom Sofa hoch und ging zur Tür. Davor stand Wanda mit nass glänzendem Gesicht, in den Armen einen in Frischhaltefolie eingewickelten Karton.

»Bitte schön.« Sie überreichte der verdutzten Telse das Paket. »Du hast doch noch ein Stück Lübecker Nusstorte bei mir gut. Ich habe lieber gleich eine ganze Torte besorgt.« Wanda räusperte sich. »Na ja, also … Das ist mein Friedensangebot. Da ist gestern wohl die ungezügelte Reiselust mit mir durchgegangen, tut mir leid.«

Telse guckte erst auf den weißen, mit goldfarbenen Spitzen dekorierten Karton in ihren Händen, dann auf ihre Freundin. Für einen Moment wusste sie nicht, was sie sagen sollte.

»Äh, tja«, versuchte sie Zeit zu schinden. Gestern am Kreuzfahrtterminal hatte sie sich noch darüber geärgert, dass Wanda ungerührt Reiseprospekte dieser Dreckschleuder-Reederei eingesammelt hatte, während sie selbst die Klimapiraten befragte. Aber schon abends im Bett hatte sie gegrübelt, ob sie in ihrem Zorn vielleicht ein klein wenig überreagiert hatte. Telse seufzte tief. Dann lächelte sie. »Na, komm schon rein«, sagte sie und machte eine Kopfbewegung ins Innere des Häuschens.

In der Küche setzte sie Teewasser auf, während Wanda Teller, Tassen und Tortenheber zusammensuchte. Als der Darjeeling zog, öffnete Telse den Karton und schob die Torte auf eine Kuchenplatte. Das Prachtstück war ein Traum aus Marzipan, Sahne und einer Fantastilliarde Kalorien, also genau das Richtige für einen verregneten Montagnachmittag.

»Du versorgst mich mit Suchtstoff! Das nennt man wohl Co-Abhängigkeit«, sagte sie, während sie mit der Kuchenschaufel großzügig bemessene Stücke auf ihre Teller balancierte. Sie goss Tee ein und setzte sich.

Wanda lächelte. Sie probierte von ihrem Sahneteil und ließ es sich mit geschlossenen Augen schmecken. Eine Weile hörte man nur leises Schmatzen und das Klappern der Gabeln auf den Tellern.

»Übrigens habe ich noch etwas in petto«, ergriff Wanda nach einer Weile das Wort und legte ihre Gabel hin. »Ich habe meine Faulheit von gestern wettgemacht und heute Vormittag Morten Duve angerufen. Mich hat interessiert, ob ihm die politischen Aktivitäten seiner Schwester bekannt waren.«

Telse schluckte den letzten Bissen Torte und leckte sich die Lippen. »Und, waren sie es?«

»Ja. Er wusste von Annes Engagement bei den Klimapiraten, kannte aber keinen ihrer Mitstreiter aus der Gruppe. Ihr Einsatz gegen die Kreuzschifffahrt hat wohl auch zu Konflikten mit ihrem Mann geführt, und die Ehe stand deswegen öfters unter Spannungen.«

»Ach? Verreist ihr Gatte ebenso gerne mit diesen Riesenstinkern wie du?«, konnte Telse sich nicht verkneifen.

Wanda ignorierte die Spitze. »Jedenfalls hatte er kein Verständnis für ihr Engagement, vor allen Dingen, weil sie offenbar auch in Schilksee gegen den Kreuzfahrttourismus kämpfte. Damals war er ja noch hier in der Gemeinschaftspraxis beschäftigt.«

»Verstehe.« Telse nickte, während sie sich ein zweites Stück Torte auflud. »Clemens Holthusen hatte Angst, die zahlungskräftigen, kreuzfahrtbegeisterten Rentner unseres Stadtteils als Patienten zu verlieren. Von denen dürfte es hier nicht wenige geben. Wenn man das Glück hat, eine üppige Rente oder Pension verjubeln zu können, soll die Ehefrau des Arztes einem nicht die Stimmung vermiesen. Holthusen fürchtete wohl, in Sippenhaft genommen zu werden.«

»Nicht zu Unrecht. Morten hat mir berichtet, dass Clemens sogar Druck von seinen Praxiskollegen bekommen hat, mäßigend auf Anne einzuwirken. Sie solle gerne die Welt retten, aber bitte nicht hier in Schilksee.«

»So ist es immer, erst kommt das Fressen, dann die Moral«, konstatierte Telse und schob sich ein dickes Stück Torte in den Mund.

Wanda grinste. Sie nahm einen Schluck Tee, dann sagte sie: »Eine Arztpraxis zu unterhalten ist nicht billig, da hängen Arbeitsplätze dran. Moral muss man sich erst mal leisten können.«

»Keine moralischen Bedenken zu haben, auch.« Telse wischte sich einen Krümel aus ihrem Mundwinkel.

Wanda zuckte mit den Schultern und widmete sich ihrem Gebäck. Als sie aufgegessen hatte, lehnte sie sich zufrieden seufzend zurück. »Leider bringt uns mein Gespräch mit Morten keine wirklich neuen Erkenntnisse«, nahm sie den Gesprächsfaden wieder auf. »Ehestreitigkeiten über politische Ansichten sind ja, weiß Gott, nichts Ungewöhnliches.«

»Man fragt sich nur langsam, worüber die beiden nicht unterschiedlicher Meinung waren«, sinnierte Telse. »Der geplante Hausverkauf an den Investor hat das Fass dann vermutlich zum Überlaufen gebracht.«

Wanda grinste. »Weißt du, was Clemens Holthusen am allermeisten geärgert hat?«

Telse zog fragend die Augenbrauen hoch.

»Laut Morten hat er sich furchtbar darüber aufgeregt, dass Anne den Familienhund bei ihrem Auszug mitgenommen hat, ohne ihn zu fragen. Ich glaube, es war ein Border Collie. Die ganze Familie hat das Tier abgöttisch geliebt, und Clemens war stinksauer, als er den Verlust bemerkt hat.«

»Scheint fast so, als ob ihm das mehr zu Herzen gegangen ist als die Trennung von seiner Frau.«

»Ja, der beste Freund des Menschen … Aber Morten hat erzählt, dass Clemens wohl auch eine fürsorgliche Seite hatte. Er soll sich rührend um Anne gekümmert haben, als sie nach einem Unfall lange im Krankenhaus lag. Und als sie wieder zu Hause war, hat er wohl die ganze Haushaltsarbeit übernommen, damit sie sich schonen konnte. Jedenfalls so lange, bis sie wieder ganz hergestellt war.«

»Ach Gott, wie rührend.«

»Sei nicht so gehässig«, tadelte Wanda. »Du kannst davon ausgehen, dass der Mann beruflich ziemlich eingespannt ist. Alle Ärzte, die ich kenne, jammern, weil sie so viel arbeiten müssen.«

»Dann hätte er sich keine politisch aktive, berufstätige Frau suchen sollen, sondern ein braves Hausmütterchen, das kocht und putzt und sonst nichts zu melden hat«, konterte Telse.

»Ich war noch nie der Ansicht, dass Lohnarbeit das allein Seligmachende im Leben ist, aber das nur nebenbei.« Wanda zuckte mit den Schultern. »Wichtig ist doch, dass beide Ehepartner sich über die Rollenverteilung einig sind und keiner benachteiligt wird.«

Telse winkte ab. »Schon ok.«

»Ach, übrigens«, schob Wanda nach, »ich habe Morten auch nach seinem Verhältnis zu seinem Schwager befragt und ob es noch weitere Verwandte gibt.«

»Und?«

»Er hat erklärt, dass er sich mit dem Mann seiner Schwester nichts mehr zu sagen hat. Was ich durchaus verstehen kann.« Wanda machte eine Kunstpause, bevor sie fortfuhr. »Er musste seinem Schwager wohl geradezu aus der Nase ziehen, wann die Beerdigung seines Neffen stattfindet.«

Telse guckte ungläubig. »Das ist einfach nur unanständig, finde ich.«

Wanda nickte bestätigend. »Dann hat er noch erzählt, dass Holthusen eine Schwester namens Freya hat, die in Stohl ein

Hofcafé betreibt. Leider hat sie auch keine Ahnung, wo Anne ist, da hat Morten natürlich schon längst nachgefragt.«

»Wir sollten die Dame auf jeden Fall auf dem Zettel behalten«, sagte Telse.

»Aber zuerst will ich mir ein eigenes Bild von diesem Doktor Holthusen machen. Und ich weiß auch schon, wo.« Wanda rieb sich voller Tatendrang die Hände.

Telse hatte gar nicht richtig zugehört. Sie stand auf und ging zu dem alten Holzbüfett. Auf dessen Ablage türmte sich ein Stapel aus zerlesenen Zeitungen und Reklameblättchen, in dem sie jetzt zu wühlen begann. Schließlich zog sie einen kleinen Zettel mit Tesafilmresten an den Rändern aus dem Papierberg hervor, mit dem sie an den Tisch zurückkehrte. Als sie wieder Platz genommen hatte, schob sie das Blättchen zu ihrer Freundin hinüber. »Hier, guck mal. Den habe ich gestern von einer Laterne abgepflückt.«

Wanda nahm den Zettel, hielt ihn ins Licht und kniff die Augen zusammen. »Mist, ich habe meine Lesebrille nicht dabei …«

Telse schnappte ihr das Papier aus der Hand und las vor. »Keine Eigentumswohnungen auf der Hafenwiese, Ausrufezeichen. Keine Neubauten im Olympiahafen, noch mal Ausrufezeichen. Die Hafenwiese gehört allen und darf nicht an geldgierige Investoren verschenkt werden. Wir wollen keine weitere Versiegelung der Natur. Doppeltes Ausrufezeichen.« Sie wedelte mit dem Zettel. »Ich habe von den Klimapiraten erfahren, dass es hier im Olympiazentrum demnächst ein Protestcamp gegen die geplante Bebauung der Wiese geben soll. Du weißt, dieses Stück Grünland im nördlichen Hafenteil, auf dem während der

Kieler Woche die auswärtigen Regattasegler ihre Zelte aufstellen. Da will ich unbedingt hin, ich muss nur in Erfahrung bringen, wann es losgeht. Eine bessere Gelegenheit für eine Investigativreportage bekomme ich so schnell nicht wieder.«

Wanda runzelte die Stirn. »Wenn die jungen Leute da illegal zelten, werden sie doch gleich von der Polizei vertrieben. Und du willst die ganze Aktion fotografieren und die Besetzer interviewen?«

»Habe ich mir so gedacht, ja.« Aus Telse leuchtete es förmlich. »Hautnah und mittendrin im Auge der Bewegung. Wenn das was wird, habe ich endlich eine Story, die ich den Magazinen und Zeitungen anbieten kann. Mein erster Schritt zurück zum Journalismus. Ich kann ja nicht ewig die Hilfslehrerin spielen.«

Wanda zog die Augenbrauen zusammen. »Du hast mir doch selbst erzählt, dass man mit Reportagen kaum noch Geld verdienen kann. Falls diese Betongegner und Laubfroschretter sich überhaupt fotografieren lassen wollen. Ich habe da so meine Zweifel.«

»Wir werden sehen. Versuchen kann ich es ja mal.« Telse faltete den Zettel zusammen und steckte ihn in ihre Hosentasche. »Auf jeden Fall will ich im Camp auch diesen ominösen David suchen und ihn ein bisschen ausquetschen.«

»David? Welcher David?«

Telse stutzte kurz, dann fiel ihr ein, dass sie Wanda noch gar nichts von ihrem Gespräch mit den Kreuzfahrtpiraten berichtet hatte. Sie war auf der Heimfahrt viel zu sehr mit Beleidigtsein beschäftigt gewesen.

»Sorry, das hatte ich ganz vergessen zu erzählen. David ist unsere neue heiße Spur.«

9

WANDA BESCHLOSS, IHRE eigenen Ermittlungen weiter nachzugehen. Die führten nicht in den Olympiahafen, sondern in die entgegengesetzte Richtung, in eine schicke internistische Praxis im Kieler Nobelstadtteil Düsternbrook. Sie fand, es war höchste Zeit, Doktor Clemens Holthusen endlich persönlich in Augenschein zu nehmen.

Es war ihr problemlos gelungen, kurzfristig einen Vormittagstermin in der Gemeinschaftspraxis zu erhalten. Hartnäckigkeit war eine ihrer Tugenden, und der dezente Hinweis auf ihren Privatversichertenstatus hatte die Angelegenheit möglicherweise auch etwas beschleunigt.

»Nehmen Sie bitte noch einen Augenblick im Wartebereich Platz, der Herr Doktor ist gleich für Sie da.« Die junge Sprechstundenhilfe lächelte aufmunternd und deutete auf die lederne Sitzgruppe in einer Ecke des großzügig geschnittenen Foyers.

Wanda folgte der Aufforderung und musterte aus ihrem Sessel heraus die schnieke Umgebung, die perfekt zum Stadtteil Düsternbrook passte: Edelholz, dezente Klassikberieselung und ein teuer wirkendes Beleuchtungskonzept. Die Praxis schien gut zu laufen, auch wenn kaum weitere Patienten zu sehen waren. Fehlt nur noch der Begrüßungssekt, dachte sie, als sie schon von der jungen Mitarbeiterin in das Behandlungszimmer geführt wurde.

»Doktor Clemens Holthusen.« Der Arzt stand von seinem Schreibtisch auf, begrüßte Wanda mit einem Lächeln, das zwei perfekte weiße Zahnreihen entblößte, und schob ihr einen Schwingstuhl heran. »Bitte setzen Sie sich doch. Wie kann ich Ihnen helfen?« Er nahm wieder auf der anderen Seite des Tisches Platz und betrachtete seine Neupatientin aufmerksam.

»Wanda Holle, guten Tag. Vielen Dank, dass Sie sich so kurzfristig Zeit für mich nehmen konnten, das weiß ich sehr zu schätzen.« Sie strahlte den athletisch gebauten Mittvierziger an, dessen leichte Sommerbräune auf genügend Freizeit für Outdooraktivitäten oder Urlaubsreisen schließen ließ. Das dichte braune Haar sowie den gepflegten Dreitagebart durchzogen schon einige graue Strähnen, was ihn aber nur noch attraktiver machte. Der Mediziner hätte mit seinem Äußeren problemlos Werbung für Sportartikel oder Luxusyachten machen können.

»Welche Beschwerden führen Sie denn zu mir?«

Wanda zögerte einen Moment. »Nun ja«, begann sie. »Ich fühle mich in der letzten Zeit immer so schnell erschöpft. Manchmal ist mir auch richtig schwindelig, dann kommen noch Kopfschmerzen dazu. Ich weiß nicht, was das zu bedeuten hat, und mache mir Sorgen.« Sie hatte sich ihre Worte vorher zurechtgelegt, ihre Symptome sollten gleichzeitig unspezifisch und glaubhaft klingen.

»Verstehe.« Er nickte. »Es ist gut, dass Sie gekommen sind, so etwas sollte man immer abklären.« Holthusens Blick wirkte teilnahmsvoll. »Seit wann haben Sie die Beschwerden?«

Wanda zuckte mit den Schultern. »Das kann ich leider nicht genau sagen. Es hat sich irgendwie so eingeschlichen.«

Der Arzt tippte kurz etwas in seinen PC, dann wandte er sich wieder seiner Patientin zu. »Wann war denn Ihr letzter Rundum-Check?«

»Äh …«, machte Wanda ertappt. »Das dürfte schon eine Weile her sein.« Sie musste dem Mann ja nicht auf die Nase binden, dass sie so eine Komplettdurchleuchtung bisher nicht für nötig erachtet hatte und dank ihrer robusten Gesundheit Ärzte mied, solange es nur irgendwie ging.

»Dann würde ich Ihnen einen Check-up dringend ans Herz legen.« Holthusen betrachtete Wanda mit besorgtem Gesichtsausdruck. »Auch wenn Sie auf mich einen recht fitten und viel jüngeren Eindruck machen, als es Ihr Alter erwarten ließe, sollte man mit seiner Gesundheit sorgfältig umgehen, damit sie einem noch lange erhalten bleibt.« Er lächelte sie gewinnend an. »Eine Frau wie Sie hat bestimmt noch viel vor im Leben, da sollten Sie gut auf sich aufpassen.«

Wanda lächelte automatisch zurück. Der Arzt war ihr nicht unsympathisch, seinem Charme konnte man sich schwer entziehen. »Dann werde ich das tun, danke für den Tipp.«

»Machen Sie am besten gleich vorne am Tresen einen Termin aus, wenn wir fertig sind. Da Sie eine neue Patientin sind, werde ich zunächst die Anamnese erstellen, aber vorher möchte ich gerne noch Ihren Blutdruck messen. Schwindel und Kopfschmerzen darf man nicht unterschätzen.«

Wanda nickte und krempelte schon ihren Ärmel hoch.

Holthusen legte ihr die Manschette um. Er ließ das Gerät brummen und puffen, dann las er die Werte ab. Anschließend startete er eine zweite Messung. Bei dem neuen Wert runzelte er die Stirn und notierte die Zahlen.

»Ist was?«, fragte Wanda irritiert.

»Nun ja«, der Arzt schaute sie wieder mit diesem besorgten Blick an, »das sieht nicht gut aus. Da müssen wir dringend etwas tun.«

Wanda wartete nervös auf die Fortsetzung.

»Ihre Blutdruckwerte sind viel zu hoch. Der untere Wert über hundert, der obere über hundertfünfzig. Kein Wunder, dass Sie unter Kopfschmerzen leiden«, fuhr Holthusen fort. »Zwei Messungen kurz hintereinander sind natürlich noch nicht aussagekräftig, aber auf jeden Fall ein deutlicher Hinweis, dem wir unbedingt nachgehen sollten. Damit wir zu belastbaren Zahlen kommen, schlage ich eine Vierundzwanzig-Stunden-Messung vor. Mit den Werten, die wir dadurch erhalten, können wir eine exakt auf Ihre Bedürfnisse zugeschnittene Therapie planen. Was halten Sie davon?«

Wanda schluckte. Hier lief etwas grundlegend falsch. Auf Therapien war sie ganz und gar nicht eingestellt, deshalb war sie schließlich nicht in die Praxis gekommen. Wieso sollte sie plötzlich behandlungsbedürftig sein? Die Symptome, die sie aufgezählt hatte, waren doch frei erfunden. Es ging ihr blendend, verdammt noch mal.

Dem Arzt blieb ihr Zögern nicht verborgen. »Keine Angst, das tut nicht weh. Das Messgerät ist ein bisschen lästig, das gebe ich zu, weil Sie es tatsächlich vierundzwanzig Stunden tragen müssen und es regelmäßig startet.« Er sah sie eindringlich an. »Aber denken Sie daran, Sie tun es für sich und Ihre Gesundheit. Ich sage Ihnen ganz klar: Ohne Behandlung wird der hohe Blutdruck sehr wahrscheinlich Ihre Lebenszeit verkürzen. Da fällt ein Tag Unbequemlichkeit nicht ins Gewicht. Wir können das gleich heute machen, ich habe gerade ein Gerät frei.«

Wanda wusste nicht, wie sie reagieren sollte. Sie war doch eigentlich nur gekommen, um Anne Holthusens Ehemann genauer unter die Lupe zu nehmen. Andererseits waren die Messwerte, die der Arzt genannt hatte, nicht so einfach vom Tisch zu wischen.

Clemens Holthusen schaute sie mit verständnisvollem Blick an und wartete geduldig.

Sie gab sich einen Ruck. »Wenn's denn sein muss.« So hatte sie immerhin einen guten Grund, schnell in die Praxis zurückzukehren, redete sie sich ein.

»Wunderbar«, freute sich der Mediziner. »Ich wusste, Sie sind eine Frau, die den Tatsachen ins Auge sieht und die richtigen Entscheidungen fällt.«

Übertreibe es nicht, mein Freund, dachte Wanda. Sie konnte aber nichts dagegen tun, sich trotzdem geschmeichelt zu fühlen.

Eine Viertelstunde später stand sie wieder im Foyer bei der Ledersitzgruppe, wo jetzt ein einsamer älterer Herr Platz genommen hatte und vor sich hinstarrte. Wanda holte ihre Jacke vom Garderobenbügel, zog sie an und steuerte schon den Ausgang an, als ihr noch etwas einfiel. Sie machte kehrt und eilte zurück zum Empfangstresen.

»Ich möchte gern einen neuen Termin vereinbaren«, erklärte sie der Mitarbeiterin, »für einen …« In diesem Moment ließ ein lautes Klirren sie zusammenfahren. Das Geräusch, dem fast gleichzeitig ein spitzer Aufschrei folgte, kam aus dem Behandlungszimmer von Clemens Holthusen. »… Gesundheits-Check-up«, konnte Wanda gerade noch loswerden, bevor eine Schimpfkanonade aus dem Raum dröhnte.

»Das darf nicht wahr sein! Passen Sie doch auf!« Die eben noch angenehm sonore Stimme des Arztes klang plötzlich laut und donnernd. »Herrgott, das ist ja nicht zum Aushalten, wie trampelig Sie sich anstellen. Wer hat Sie nur eingestellt? Grobmotoriker wie Sie haben in einer Arztpraxis nichts verloren. Gehen Sie mir aus den Augen, aber schnell, bevor ich mich vergesse. Vorher machen Sie das noch weg, und zwar flott!«

»Oh je, die arme Miriam.« Die Sprechstundenhilfe vom Empfang guckte zerknirscht. »Da muss sie heute wieder was aushalten.«

»Explodiert Doktor Holthusen immer so schnell?« Wanda war ehrlich geschockt.

Eine leichte Röte breitete sich auf den Wangen der Empfangsdame aus. »Ich … Ich habe schon zu viel gesagt.« Sie wandte den Blick ab und begann, auf ihrer Tastatur zu tippen.

In diesem Moment öffnete sich die Tür des Sprechzimmers und eine junge Frau in Praxiskleidung kam heraus. Sie kniff die Lippen zusammen, ihre Augen schimmerten verdächtig feucht. In den Händen trug sie eine Metallschale, in der es klimperte. Ohne ein Wort durchquerte sie das Foyer und verschwand hinter der gegenüberliegenden Tür.

»Also, ich hätte übermorgen einen Termin für Sie frei. Sechzehn Uhr, passt Ihnen das?«

Wanda zuckte zusammen. Sie war in Gedanken noch bei Clemens Holthusen und seinem Wutausbruch.

Die Sprechstundenhilfe sah sie erwartungsvoll an.

»Äh, also … Vielen Dank, aber ich habe es mir anders überlegt.« Wanda lächelte verbindlich. »Die Sache ist nicht so eilig. Auf Wiedersehen.«

Sie befand sich noch im Treppenhaus der Praxis, als es plötzlich unter ihrer Jacke zu brummen anfing. Gleichzeitig wurde ihr linker Oberarm so fest zusammengepresst, dass es fast schon schmerzte.

Wie angewurzelt blieb Wanda auf der Treppenstufe stehen. Das Dröhnen hallte von den Marmorfliesen wider, die die Wände schmückten, bis es ganz plötzlich stoppte und der Klammergriff um ihren Arm langsam nachließ.

Mit beklommenem Gefühl verließ sie das Treppenhaus und betrat die Straße. Was hatte sie sich da nur eingehandelt?

10

TELSE HATTE ZWAR KEINE Ahnung, wann die Besetzung des Hafengeländes starten würde, trotzdem grübelte sie seit Tagen, ob sie dort gleich mit Kamera auftauchen sollte oder besser ohne. Dafür sprach, dass sie mit Fotoapparat den Aufbau und die Anfangsstimmung des Protests einfangen konnte. Das Argument dagegen war, dass sie so bei den Aktivisten mit der Tür ins Haus beziehungsweise ins Zelt fiel und sich womöglich gleich unbeliebt machte. Keine gute Basis für eine Reportage, die Offenheit und gegenseitiges Vertrauen erforderte. Schließlich entschied sie sich, die Kamera bei ihrem ersten Besuch zu Hause zu lassen und zunächst die Lage zu sondieren. Wenn sie dann mit ein paar Leuten Kontakt aufgenommen hatte, war das Fotografieren hoffentlich kein Problem mehr.

Am Freitag dann war es so weit. Um sechs Uhr morgens drang das durchdringende Geheul von Martinshörnern durch ihr Schlafzimmerfenster. Telse schreckte aus ihrem Traum hoch und brauchte einen Moment, bevor sie begriff, dass es jetzt vermutlich mit der Besetzung im Olympiazentrum losging. Von ihrem Häuschen an der Schilkseer Strandpromenade brauchte man zu Fuß keine zehn Minuten bis zu der Seglerwiese. Ein Blick auf den Wecker und anschließend in das diesige Morgengrau vor dem Fenster ließ jeden Anflug von Elan zusammenschnurren. Unter der Decke lag es sich so schön kuschelig und warm, und sie war hundemüde. Außerdem, schoss es ihr durch den Kopf: Wer konnte schon wissen, ob das Camp nicht sofort von der Polizei geräumt wurde? Möglicherweise war längst alles abgesperrt. In diesem Fall konnte sie ihre Reportage sowieso vergessen. Und wenn die Staatsmacht sich fürs Erste zurückhielt und die Besetzer gewähren ließ, gab es auch keinen Grund zur Eile, redete sie sich ein. Mit den Aktivisten in Kontakt treten konnte sie auch später noch, wenn die ersten Zeltheringe in der Erde versenkt waren.

Telse zog die Bettdecke über die Ohren und drehte sich auf die Seite. Seufzend schloss sie die Augen, fand aber nicht wieder in den Schlaf, sosehr sie sich auch bemühte. Sie spürte, wie das schlechte Gewissen in ihr piekte, und ihr dämmerte eine schlichte Wahrheit: Wenn sie nicht bereit war, ihre Komfortzone zu verlassen, würde es mit einer Karriere als freie Journalistin schwierig werden.

Eine Viertelstunde später hatte sie ihre Joggingklamotten angezogen. Sie trank schnell eine Tasse starken Kaffee und machte sich dann locker trabend auf den Weg. Eine kleine Laufrunde war ideal, um am Hafen vorbeischauen und die Lage zu sondieren. Zum Glück startete ihre erste Unterrichtsstunde erst am späteren Vormittag.

Schon aus der Entfernung bemerkte Telse im Olympiazentrum ein halbes Dutzend Polizeiwagen, die mit blinkendem Blaulicht neben der Vaasahalle Position bezogen hatten. Von Neugier getrieben joggte sie schnell zum Ort des Geschehens. Die Beamten beobachteten die Aktivitäten auf der Hafenwiese aus ihren Dienstwagen heraus, ein paar hatten sich am Rand der Grünfläche in Stellung gebracht. Die ganze Szenerie strahlte weniger Einschüchterung als vielmehr gespanntes Abwarten aus.

Die Klimaaktivisten waren seelenruhig dabei, geräumige Gemeinschaftszelte und kleine Igluzelte aufzubauen, Holzpaletten herbeizuschleppen und Transparente zu befestigen. Überall wurde geschäftig gewerkelt, nur hin und wieder warf einer der Besetzer einen argwöhnischen Blick in Richtung Staatsmacht. Einige frühe Spaziergänger waren stehen geblieben und beobachteten das Treiben aus sicherem Abstand.

Telse trabte unschlüssig auf der Stelle. Was sollte sie tun? Sie hatte eigentlich nur gucken wollen, was im Hafen los war. Aber da sie schon mal hier war, konnte sie auch gleich die Gelegenheit nutzen, sich ins Getümmel stürzen und nach diesem ominösen David fragen. Kurz entschlossen betrat sie die Hafenwiese und mischte sich unter die Aktivisten. Niemand schenkte ihr Beachtung. Sie schlenderte umher und stand schließlich vor einem großen weißen Gruppenzelt, in das gerade Biertischgarnituren geschleppt wurden. Andere der farbenfroh gekleideten jungen Leute trugen Kisten mit Möhren, Kartoffeln und Zwiebeln hinein. Das hier sollte offenbar die Campküche werden. Die Besetzer schienen einen längeren Aufenthalt geplant zu haben.

Telse fasste sich ein Herz und sprach eine pausbäckige junge Frau an, die gerade ein Sammelsurium verschiedener Trinkbecher aus einem Korb nahm und auf einem der Tische aufstapelte. »Hallo, ich bin Telse. Ich bin auf der Suche nach David. Kennst du ihn zufällig?«

Die Frau hielt in ihrer Tätigkeit inne und krauste die Stirn. »David?«

»Ja, ich habe von den Klimapiraten erfahren, dass er heute hier sein soll, und ich würde gerne mit ihm reden.«

Die Aktivistin blies ihre Pausbacken weiter auf. »Puh. Keine Ahnung.«

»Er ist schon etwas älter, wahrscheinlich so Ende dreißig«, sagte Telse und kam sich mit ihren siebenundvierzig Jahren selbst komisch dabei vor.

»Ach so. Von denen gibt es hier nicht so viele. Wie sieht er denn aus?«

Telse zuckte die Schultern. »Weiß ich leider auch nicht.«

»Guck mal da!« Die Frau zeigte auf zwei kräftige Männer, die in einiger Entfernung ein weiteres Gemeinschaftszelt aufbauten. »Vielleicht ist einer von denen dein David.« Sie musterte die beiden mit schräg gelegtem Kopf. »Könnte altersmäßig hinkommen.«

Telses Blick folgte dem ausgestreckten Zeigefinger. »Dann werde ich mal mein Glück versuchen, danke für den Tipp.« Sie nickte der jungen Frau zu und nahm Kurs auf die Männer.

»Kannst du das einen Moment halten?« Noch bevor sie ihn ansprechen konnte, drückte der größere der beiden Telse ein langes Rohr in die Hand. Dann fummelte er weiter an dem Zeltgestänge herum, bis er die passende Verbindung gefunden hatte und ihr die Metallstange wieder abnahm. »Danke. Der Kram ist ganz schön frickelig.«

»Da nich' für.« Telse setzte ein breites Lächeln auf. »Sag mal, heißt du zufällig David?«

»Jo, heiße ich, aber nicht zufällig.« Der braungelockte Besetzer arbeitete weiter am Zeltaufbau.

»Dann habe ich ja endlich den Richtigen gefunden. Hast du

vielleicht einen Augenblick Zeit? Ich würde dich gerne etwas fragen.«

Er hielt den Blick weiter auf das Zelt gerichtet, während er erklärte: »Nee, Zeit hab ich eigentlich nicht, das Ding hier muss möglichst schnell stehen. Aber schieß los.«

Telse zögerte kurz. »Es geht um Anne Holthusen«, sagte sie schließlich.

David ließ die Hand, in der er einen Kabelbinder hielt, sinken und dreht sich zu Telse um. Er sah sie aus großen Augen an. »Anne?« Seine Stimme klang überrascht. »Was ist mit ihr? Ist sie hier?«

»Du kennst sie also? Nein, sie ist nicht hier. Darum geht es ja. Ich bin übrigens Telse.«

David schaute sich suchend um und winkte einen blonden jungen Mann im schwarzen Kapuzenpulli zu sich. »Kannst du bitte mal übernehmen? Bin gleich zurück.« Dann bedeutete er Telse, ihm zu folgen. Bei einer Sitzbank auf dem Hafenvorfeld blieb er stehen. »Hier haben wir ein bisschen Ruhe. Auf der Wiese ist es zu laut und wuselig.«

Telse nickte und nahm Platz, David tat es ihr nach. »Wie gesagt, es geht um Anne Holthusen. Ich bin auf der Suche nach ihr«, begann sie. »Ihr Bruder muss sie aus familiären Gründen dringend sprechen. Leider hat er seit fast drei Jahren keinen Kontakt mehr zu seiner Schwester und weiß nicht, wo sie jetzt lebt. Am Wochenende war ich am Ostseekai bei den Klimapiraten und habe dort erfahren, dass du Anne gut kennst. Du bist meine letzte Hoffnung, sie zu finden.«

David saß vornübergebeugt und starrte auf die Spitzen seiner Sneaker. Er ließ sich mit seiner Antwort so lange Zeit, dass Telse schon unruhig wurde.

»Ich weiß weder, wo Anne wohnt, noch, was sie heute macht«, sagte er schließlich. »Tut mir leid. Bist du mit ihr verwandt?«

»Nein, das nicht. Wie gesagt, ich habe vor Kurzem ihren Bruder Morten kennengelernt. Er muss unbedingt wissen, wo Anne ist. Es geht um ihren vermissten Sohn, vielleicht hast du davon in der Zeitung gelesen.«

David nickte. »Habe ich. Furchtbare Geschichte.« Er seufzte.

»Kanntet ihr euch denn gut?«

»Ja. Kann man sagen.«

»Und ihr seid nicht in Kontakt geblieben?«

David schnaubte. »Anne hat sich von einem Tag auf den anderen entschieden, mich zu ignorieren. Zu ghosten, wie man heute so schön sagt.« Er lachte freudlos auf. »Ich existiere für sie nicht mehr. Den Grund dafür hat sie mir leider nicht mitgeteilt.«

»Wann war das?«, fragte Telse vorsichtig. Sie wollte keine alten Wunden aufreißen.

»Vor knapp drei Jahren, kurz nachdem ihr Sohn verschwunden ist. Zuerst dachte ich noch, sie braucht einfach Zeit für sich, um irgendwie mit dem Schmerz klarzukommen. Also habe ich sie in Ruhe gelassen und gewartet, bis sie sich meldet. Hat sie aber nicht. Stattdessen hat sie ihre Mobilnummer gelöscht.« David stützte die Ellenbogen auf die Knie und verbarg sein Gesicht in den Händen.

Telse betrachtete ihn einen Moment lang. Da muss mehr im Spiel gewesen sein als eine Freundschaft unter Ökoaktivisten, ahnte sie.

»Hast du sie sehr gemocht?«

David hob den Kopf und blickte sie aus traurigen braunen

Augen an. »Damals ja. War aber offenbar einseitig.« Er ließ den Kopf wieder hängen. »Ich fasse das immer noch nicht.«

Telse nickte gedankenverloren vor sich hin. »Wie vom Erdboden verschluckt …«

Sie hörte David schwer schnaufen und berührte ihn sanft am Arm. »Soll ich dir Bescheid geben, falls ich Anne finde?«

Anstelle einer Antwort zuckte er nur mit den Schultern.

»Wir haben uns wirklich geliebt«, brach es unvermittelt aus ihm heraus. »Auch wenn sie verheiratet war. Es gab zwischen uns eine Art … Seelenverwandtschaft. Das kann doch nicht nur Einbildung gewesen sein!« Er sprang auf, zog ein Portemonnaie aus der Gesäßtasche seiner Jeans und klappte es auf. Aus einem Fach mit Sichtfenster zog er ein knitteriges Foto und hielt es Telse hin. »Hier, ich trage sie immer noch bei mir. Ganz schön blöd, oder?«

Telse nahm das Foto und betrachtete es. Die Anne Holthusen auf dem Bild hatte nur wenig zu tun mit der gezwungen lächelnden Ehefrau auf dem Familienfoto, das ihnen Morten gezeigt hatte. Hier sah sie die andere Seite von Anne, deren wahres Innenleben anscheinend niemand kannte: ein lachendes, offenes Gesicht vor blauem Himmel, die kastanienbraunen, langen Haaren vom Wind verwirbelt. Ein Schnappschuss aus unbeschwerten Sommertagen.

»Blöd nicht«, antwortete sie und reichte die Aufnahme zurück. »Eher sentimental. Das finde ich aber ganz natürlich.«

David verstaute das Foto wieder sorgfältig. »Ich muss jetzt weitermachen. Bevor die Bullen alles wieder abreißen.« Er lachte auf und wirkte dabei geradezu jungenhaft. »Erstaunlich, dass die uns bis jetzt in Ruhe gelassen haben. Ich hatte eigentlich mit der prompten Räumung gerechnet. Aber heute haben sie es wohl nicht so eilig.« Er stand auf und blickte erst zum Camp hinüber, dann sah er Telse an. »Vielleicht hast du ja Lust, beim Aufbau zu helfen? Wir können jede zusätzliche Hand gebrauchen.« Er musterte sie prüfend. »Oder bist du etwa dafür, dass auf der Wiese Eigentumswohnungen mit Meerblick für die Reichen hingeklotzt werden?«

Telse stand ebenfalls auf und schüttelte den Kopf. »Ganz gewiss nicht. Ich bin dagegen, Grünflächen zu betonieren, nur damit ein paar Investoren sich eine goldene Nase verdienen können.« Sie warf einen Blick auf ihre Armbanduhr. »Heute passt es allerdings schlecht, weil ich zur Arbeit muss. Ich komme aber gerne wieder. Bleibst du denn länger hier?«

»Wir richten uns doch schon häuslich ein.« David machte eine Armbewegung, die das ganze Areal hinter ihm einschloss. »Schau einfach vorbei, wenn du Zeit hast.«

»Mach ich, versprochen. Aber wahrscheinlich schaffe ich es erst heute Nachmittag.«

»Kein Problem, man sieht sich.« David hob zum Abschied die Hand und schlenderte dann zurück zu den anderen Besetzern.

Telse sah ihm gedankenverloren nach.

Plötzlich näherte sich von der Seite eine Frau mit einem kleinen, nervös kläffenden Hund, der an seiner Leine zerrte. Sie blieb direkt neben Telse stehen. »Sie sind doch die Frau Himmel aus der Grundschule, nicht wahr?«

Telse drehte den Kopf zur Seite und sah die Hundebesitzerin fragend an. »Ja?«

»Machen Sie etwa mit bei diesen Chaoten?« Die Frau fixierte sie mit zusammengekniffenen Augen, ihre Stimme klang aufgebracht. »Ich habe Sie da vorhin gesehen.«

Telse musterte die Unbekannte. Mittleres Alter, durchschnittliches Äußeres, wahrscheinlich die Mutter eines ihrer Schüler.

Sie spürte Ärger aufsteigen. »Geht Sie das etwas an?«

»Ich meine ja nur.« Die Frau schob das Kinn vor. »Als Lehrerin sollte man schließlich Vorbild sein.«

»Finde ich auch«, antwortete Telse kühl. »Wie schade, dass die Kleinen gerade Unterricht haben. Hier könnten sie nämlich lernen, worauf es im Leben ankommt: den eigenen Verstand benutzen und Zivilcourage zeigen.«

Der Mund der Frau klappte auf.

Telse ließ sie stehen und setzte ihre angefangene Laufrunde fort.

11

ALS TELSE NACH IHREM kurzen Arbeitstag das Fahrrad durch die Gartenpforte geschoben hatte und den Schuppen ansteuerte, sah sie Camilla Wuttke aus der Tür von Wandas Villa treten. Heute strahlte die Nachbarin nicht ihre übliche gute Laune aus, sondern wirkte eher missmutig.

»Hallo Camilla, wie geht's?«, grüßte Telse über den Rasen hinweg. »Hast du schon vom Besetzercamp im Hafen gehört?«

»Der Hafen ist mir gerade schnurzpiepegal«, kam es dumpf zurück.

»Warte, ich stelle nur schnell das Rad rein.« Telse bugsierte ihren Drahtesel in die Hütte und schloss ab, während Camilla zu ihr rüber schlenderte.

»Nun sag schon, was ist los? Hat Olaf dich geärgert?« Sie lächelte.

Camilla verzog ihren knallrot geschminkten Mund zu einem schiefen Grinsen und lehnte sich mit dem Rücken gegen die Holzwand. Sie schüttelte den Kopf. »Es geht um meine Reise. Ich kann nicht nach London. Jedenfalls noch nicht.« Camilla nahm ihre Brille ab und massierte sich die Nasenwurzel. »Die Sache verzögert sich auf unbestimmte Zeit, Details erspare ich dir. Dabei habe ich mich so darauf gefreut.«

»Das tut mir leid für dich. Aber immerhin ist deine Reise nicht gestrichen. Es besteht also Hoffnung, dass es bald klappt«, versuchte Telse sie aufzumuntern.

»Dafür werde ich schon sorgen. Ich muss dringend wieder raus, bevor ich aus Verzweiflung noch anfange, Olaf zu betüdeln.«

Telse biss sich auf die Lippen und nickte ernsthaft. Camilla war eine Seele von Mensch, aber zum Betüdeln anderer so geeignet wie eine Löwin zum Lämmerhüten.

»Genug gejammert. Die Arbeit ruft.« Camilla drückte sich von der Schuppenwand ab und machte eine Kopfbewegung zur Villa rüber. »Wanda wartet übrigens schon auf dich. Keine Ahnung, was sie von dir will.« Sie wandte sich zum Gehen. »Tschüss, man sieht sich.«

Während Camilla die Abkürzung durch die Lücke in der Hecke nahm, blickte Telse misstrauisch zum Anwesen ihrer Freundin hinüber. Dort regte sich nichts. Hatte Wanda sie schon wieder für irgendeine Aktivität verplant? Das konnte die sich abschminken, heute hatte sie keine Zeit zum Schnacken. Der Nachmittag war für die Hafenwiese reserviert, unter Umständen auch noch der Abend. Komme, was wolle. Mit dem festen Vorsatz, sich zu nichts überreden zu lassen, marschierte Telse schnurstracks mit durchgedrücktem Rücken zur Villa rüber.

Kaum hatte sie in der Küche ihrer Freundin Platz genommen, kam Wanda auch schon zur Sache. »Schätzchen, ich weiß, du willst heute im Olympiahafen ermitteln und fotografieren. Von Olaf höchstpersönlich habe ich aber erfahren, dass die Polizei sich zurückhalten und die Besetzer vorläufig nur beobachten soll«, erklärte sie. »Eine Räumung ist fürs Erste nicht geplant, um keine unnötige Aufregung unter den Seglern zu provozieren. Die Saison hat schließlich gerade erst begonnen, da will der Hafenbetreiber keinen Aufruhr und erst recht keine wüste Knüppelei mit Verletzten und großem Medienauftrieb. So etwas treibt die Eigner, die Angst um ihre kostbaren Yachten haben, ganz schnell in andere Marinas. Solange die jungen Leute sich ruhig verhalten, sollen sie da zelten und Plakate basteln dürfen, sagt unser Lieblingskommissar. Du hast also keinen Grund zur Eile.«

»Ich möchte auf jeden Fall am Nachmittag hin, um mit meiner Reportage anzufangen«, erklärte Telse.

Wanda hob beschwichtigend die Hände. »Verstehe ich ja. Aber morgen habe ich dringende Termine, die ich nicht verschieben kann, unter anderem mit meinem Steuerberater. Wir wollten unsere Nachforschungen doch gemeinsam machen, oder?« Sie sah ihre Freundin bittend an. »Vier Augen sehen mehr als zwei, außerdem hast du eine feine Intuition. Das Wetter bietet sich für einen kleinen Ausflug in die Schilkseer Au geradezu an.«

Telse verdrehte die Augen. »Komm doch mit zur Hafenwiese, dann bist du auch an der frischen Luft.«

Wanda schüttelte entschieden den Kopf. »Keine Chance. Da stehe ich nur nutzlos in der Gegend rum und werde komisch beäugt. Nein danke.«

Telse hatte keinen Bedarf an weiteren Diskussionen. Sie machte schon Anstalten aufzustehen, als ihr der erschöpfte Gesichtsausdruck der Freundin auffiel. So kannte sie Wanda gar nicht. »Alles ok bei dir?«

Wanda zuckte mit den Schultern. »Na ja, ich …«, setzte sie an, als es plötzlich laut aus ihrer Strickjacke brummte.

Telse zuckte zusammen. »Um Himmels willen! Was ist das?«

Wanda seufzte. »Das, meine Liebe, ist ein Blutdruckmessgerät.« Sie knöpfte die Jacke auf. »Hier. Das rattert alle fünfzehn Minuten los. Kannst du die Uhr nach stellen.«

»Bist du krank?«, fragte Telse und hörte die Besorgnis in ihrer eigenen Stimme.

»Nein, nur unter die Androiden gegangen«, versuchte Wanda zu witzeln, obwohl ihr nicht danach zumute war. »Mal abwarten, wie lange meine Batterie hält.«

»Im Ernst jetzt.« Telse musterte Wanda eindringlich. »Warum trägst du so ein Teil?«

»Das hat mir Doktor Holthusen ans Herz gelegt. Er meinte, es würde helfen, meine verbleibende Lebenszeit zu verlängern.«

»Holthusen? Sprichst du von Clemens Holthusen?«

»Exactamente.« Wanda grinste schwach. »Ich habe mir einfach mal einen Termin geben lassen, und der Herr Doktor hat sofort etwas gefunden, was bei mir nicht rund läuft. Ist ja auch sein Job.«

Telse beäugte das Gerät skeptisch. »Und wie lange musst du das Ding tragen? Hoffentlich nicht für immer.«

»Keine Sorge«, beruhigte Wanda. »Nachher fahre ich wieder in die Praxis, dann kommt das Teil ab. Frag nicht, wie ich letzte Nacht damit geschlafen habe.« Sie war um einen lockeren Tonfall bemüht, aber Telse nahm die Beklommenheit in ihrer Stimme wahr.

»Ich bin mir sicher, dass bei dir alles in Ordnung ist«, versuchte sie die Freundin zu beruhigen. »Und wenn nicht, nimmst du einfach Blutdruckpillen. Das macht die Hälfte der Bevölkerung.«

»Geh bloß niemals freiwillig zu Ärzten.« Wanda verzog den Mund zu einem schiefen Grinsen.

»Wie ist er denn so, dieser Clemens Holthusen?«

»Kommt drauf an, wen du meinst. Doktor Jekyll oder Mister Hyde?«

Telse runzelte die Stirn. »Wie jetzt?«

»Will sagen«, Wanda lehnte sich auf ihrem Stuhl zurück, »der Medizinmann hat bei meinem Besuch zwei Seiten offenbart, eine mitfühlende und eine recht unbeherrschte. Das würde dafür sprechen, dass es in der Ehe der Holthusens nicht immer harmonisch zugegangen ist.«

Telse nickte nachdenklich.

»So, jetzt muss ich mich entspannen.« Wanda deutete auf ihr Messgerät. »Bevor dieser Teufelsapparat wieder losdröhnt.« Sie schloss die Augen und atmete tief aus. »Begleitest du mich nun zu dieser alten Nachbarin der Holthusens, die den armen Kalli gefunden hat?« Bevor Telse antworten konnte, schob sie nach: »Denk an meinen Blutdruck.«

Telse schnaubte. »Das ist Erpressung!«

Wanda öffnete die Augen wieder und grinste. »Der Zweck heiligt die Mittel.« Als sie die säuerliche Miene ihrer Freundin sah, fügte sie besänftigend hinzu: »Vielleicht kann diese Matilde Albers uns ja helfen, das Rätsel zu lösen. Mir lässt diese Geschichte mit dem Jungen und seiner verschwundenen Mutter einfach keine Ruhe«, sagte sie ernst. »Da muss etwas faul sein, das spüre ich. Ich will der Sache auf den Grund gehen. Du kennst mich, ich in von Natur aus neugierig. Eine meiner nützlichsten Eigenschaften.« Mit bettelndem Blick beugte sie sich nach vorn. »Komm schon. Bitte, bitte, bitteee!«

»Ich habe David aber versprochen, dass ich wiederkomme«, stellte Telse klar. »Ewig unterwegs sein kann ich nicht.« Sie spürte, wie ihre Wangen warm wurden.

»David?« In Wandas Augen blitzte es auf.

»Schon gut, schon gut«, gab sich Telse geschlagen. »Dann gehen wir halt zuerst zu dieser Matilde und lassen uns zu einer Tasse entkoffeiniertem Kaffee einladen. Anschließend kann ich immer noch in den Hafen. Alte Leute werden ja zum Glück schnell müde, wenn sie Besuch haben.«

Wanda sprang auf und umarmte ihre Freundin überschwänglich. »Du bist ein Schatz. Sobald ich von meinem Arzttermin zurück bin, klingele ich bei dir.«

12

OBWOHL DER SEEKAMPER WEG bequem mit dem Fahrrad zu erreichen war, bestand Wanda auf einer Autofahrt.

Sie parkte den Subaru genau an der Stelle, wo das Holthusen-Anwesen an das Nachbargrundstück grenzte. Als Telse ausstieg, schaute sie automatisch zu der verwilderten Einfahrt des Gutshauses, die von hier kaum noch zu erkennen war. Vor ihrem inneren Auge tauchten die Bilder der alten Eiche und des verlassenen Kinderzimmers auf, und ihr Magen zog sich unwillkürlich zusammen. Was taten sie hier eigentlich? Warum mussten sie sich in die Angelegenheiten dieser traurigen Familie einmischen? War das nicht eine private Sache, die sie im Grunde nichts anging?

Wanda schien sich nicht mit Überlegungen dieser Art aufhalten zu wollen. Zielstrebig steuerte sie das von Hecken eingerahmte Gartentor an, hinter dem das reetgedeckte Backsteinhaus von Matilde Albers lag.

»Bist du dir sicher, dass sie überhaupt zu Hause ist?«, fragte Telse, als sie die Freundin eingeholt hatte. »Hast du uns bei ihr angemeldet?«

»Wo soll sie denn sonst sein, wenn nicht in ihren eigenen vier Wänden?«, beruhigte Wanda. »Olafs Bericht vom Leichenfund habe ich entnommen, dass sie ihren täglichen Spaziergang gewöhnlich frühmorgens macht. Jetzt ist Nachmittag, da sitzt sie entweder im Garten und guckt ihren Tulpen beim Wachsen zu oder vor dem Fernseher. Die alte Dame freut sich bestimmt über Besuch.«

»Trotzdem, ich hätte es besser gefunden, wenn wir vorher angerufen hätten.«

»Keine Angst, das wird schon.« Mit diesen Worten drückte Wanda auf die Klingel neben der Eisenpforte. Es dauerte eine Weile, dann öffnete sich am Ende des Gartenpfades die Haustür, und eine ältere Frau mit Brille und kurzen grauen Haaren erschien im Rahmen. Eine getigerte Katze nutzte die Gelegenheit, drängelte sich an ihren Beinen vorbei und schlüpfte nach draußen.

»Ja bitte?«

»Guten Tag Frau Albers, entschuldigen Sie bitte die Störung. Mein Name ist Wanda Holle, und das hier« – Wanda wies neben sich – »ist meine Freundin Telse Himmel.« Sie lächelte vertrauenerweckend. »Wir sind Bekannte von Morten Duve, dem Bruder Ihrer ehemaligen Nachbarin Anne Holthusen. Dürften wir Sie vielleicht kurz sprechen?«

»Sind Sie Journalistinnen? Dann können Sie gleich wieder verschwinden. Mit Zeitungsleuten rede ich nicht mehr, die haben mir schon genug Zeit gestohlen.« Matilde Albers machte Anstalten, die Tür wieder zu schließen.

»Nein, keine Sorge«, beschwichtigte Wanda, »wir sind nicht von der Presse. Wir unterstützen Morten Duve dabei, seine Schwester zu finden, damit er ihr von dem Fund ihres Sohnes berichten kann. Aber wollen wir das nicht lieber drinnen besprechen? Wir werden Sie auch nicht lange aufhalten, versprochen.«

Die alte Dame guckte misstrauisch. »Wer sagt mir denn, dass Sie beide keine Trickbetrügerinnen sind, die es auf meine Wertsachen abgesehen haben. Da brauchen Sie sich keine Hoffnungen zu machen, ich habe weder Schmuck noch Bargeld im Haus. Senil bin ich übrigens auch nicht.«

Telse spürte Hitze in sich aufsteigen, die Situation war ihr unangenehm. Sie fühlte sich wie eine aufdringliche Boulevard-Reporterin. »Entschuldigen Sie bitte«, bat sie. »Wir möchten Sie nicht belästigen. Uns hat die Sache mit dem armen Kalli auch sehr mitgenommen, und wir wollen Morten gerne helfen. Deshalb versuchen wir herauszufinden, wohin Anne Holthusen gezogen ist. Und da Sie die einzige Nachbarin sind, wären wir für Ihre Unterstützung dankbar.«

Matilde Albers sah zweifelnd von Telse zu Wanda und wieder zurück. Man konnte ihre widerstreitenden Gefühle von ihrem Gesicht ablesen. Telse und Wanda warteten geduldig.

»Der Tod des Kindes hat mich wirklich erschüttert«, sagte sie endlich, »aber ich glaube kaum, dass ich Ihnen bei Ihrer Suche von Nutzen sein kann. Außerdem wohne ich allein und habe häufiger Probleme mit den Knien, bin also nicht fluchtfähig – da muss man vorsichtig sein.« Sie hielt einen Moment inne und schaute ihre beiden Besucherinnen nachdenklich an. »Sie sehen allerdings nicht so aus, als würden Sie Böses im Schilde führen. Vielleicht irre ich mich, aber auf meine Menschenkenntnis konnte ich mich bisher verlassen.«

»Wir können Ihnen gerne unsere Ausweise zeigen«, sagte Wanda und begann sogleich in ihrer Ledertasche zu kramen.

Matilde Albers winkte ab. »Schon gut. Dann kommen Sie halt rein. Aber bitte die Schuhe ausziehen.«

Telse und Wanda traten durch das Gartentor, taten wie geheißen und folgten ihrer Gastgeberin auf Socken in das Wohnzimmer.

»Los, Pollux, mach Platz.« Matilde Albers schob eine schläfrige schwarze Katze sanft, aber nachdrücklich aus einem der Sessel. »Setzen Sie sich«, sagte sie an ihre Besucherinnen gewandt. »Ich hoffe, Sie sind nicht allergisch. Darf ich Ihnen einen Tee anbieten?«

»Oh ja, gerne«, antwortete Telse. Wanda nickte zustimmend.

»Dauert einen Moment, dafür ist es eigene Ernte aus dem Garten. Zwei verschiedene Sorten Minze gemischt mit Zitronenmelisse, sehr erfrischend.« Matilde Albers verschwand in der Küche.

Telse und Wanda nutzten die Gelegenheit, sich umzuschauen.

»Ist ja unglaublich. Wie in einer alten Bibliothek«, entfuhr es Wanda.

»Eher wie im Katasteramt«, korrigierte Telse.

Die Einrichtung des Wohnzimmers konnte man unbestritten als eigenwillig bezeichnen. An den Wänden hingen weder Kunstdrucke noch Familienfotos. Stattdessen war jeder freie Zentimeter von großformatigen Landkarten bedeckt, die mit Stecknadeln an die Tapete gepinnt waren. Hauptsächlich handelte es sich um topografische Karten im Maßstab 1 zu 5000, wie Telse bei näherer Betrachtung feststellte. Soweit sie erkennen konnte, umfassten die Bögen Schilksee, den Dänischen Wohld sowie die gesamte Küste zwischen Nord-Ostsee-Kanal und Eckernförde. Die Karten waren äußerst detailreich und zeigten neben Höhenlinien nicht nur die Art der Bodenbedeckung, sondern auch jedes einzelne Gebäude samt Grundstücksgrenzen an. Ihr fiel auf, dass auf fast jedem Blatt handschriftliche Notizen und zeichnerische Korrekturen hinzugefügt worden waren. Zwischen den amtlichen Plänen hingen auf der Fensterseite auch ein paar kolorierte Kartenwerke in goldglänzenden Rahmen, bei denen es sich um Drucke historischer Weltdarstellungen handelte. In einer Zimmerecke stand ein massiver würfelförmiger Holzschrank, in dessen zahlreichen schmalen Schubladen sich vermutlich weitere Landkarten befanden. Gekrönt wurde er von einem Stapel Sammelmappen aus Pappe sowie einer Vase mit roten Tulpen. Auf dem Sideboard daneben tummelten sich Porzellankatzen, Muscheln und mehrere Gläser, in denen Vogelfedern aller Größen und Farben steckten.

»Nicht ganz mein Stil«, bemerkte Wanda. »Dieser komische Wandbehang macht das Zimmer viel zu dunkel.« Sie gab dem medizinballgroßen Globus, der neben ihrem Sessel auf einem Beistelltischchen thronte, einen Stups und ließ den Zeigefinger über die rotierenden Erdteile gleiten. Gedankenversunken murmelte sie: »Ach ja, verreisen könnte ich auch mal wieder.«

»Die Bude ist ganz schön vollgestopft«, stimmte Telse zu. »Mit so vielen Karten an den Wänden hätte ich nicht noch die wuchtige Sofagarnitur und dieses Monstrum von Holzschrank reingestellt. Ganz zu schweigen von dem ganzen Nippes. Im Laufe des Lebens sammelt sich einfach viel zu viel Zeug an, wenn man nicht regelmäßig ausmistet.«

»Ganz meine Meinung, aber mir fällt es auch schwer, mich von den Dingen zu trennen. Da hängen so viele Erinnerungen dran.«

Ohne dass die Frauen es bemerkt hatten, stand plötzlich Matilde Albers im Zimmer. In den Händen trug sie ein Tablett mit Teekanne und drei zart geblümten Porzellantassen darauf, das sie auf einem kleinen Tisch neben dem Sofa abstellte. Dann schenkte sie ein und setzte sich in ihren Ohrensessel.

Wanda ließ sich nichts anmerken, Telse allerdings fühlte sich ertappt und errötete leicht. »Entschuldigen Sie, ich wollte nicht unhöflich sein«, begann sie, doch Matilde Albers schnitt ihr das Wort ab.

»Mir ist durchaus bewusst, dass es in meinem Wohnzimmer nicht so aussieht, wie es gemeinhin üblich ist.«

»Die Wandgestaltung ist tatsächlich ungewöhnlich«, gab Wanda zu. »Sind topografische Karten Ihr Hobby?«

Matilde Albers lachte auf. »Ich bin früher von Beruf Kartografin gewesen, es handelt sich um mehr als nur ein Hobby.«

»Dann haben Sie diese Pläne alle selbst gezeichnet?« fragte Wanda, in ihrer Stimme schwang Bewunderung mit.

»Um Gottes Willen, nein!« Albers lachte erneut. »Ich war in einem Verlag beschäftigt, nicht bei einer Behörde. Das wäre mir viel zu dröge gewesen. Aber Karten gezeichnet habe ich in der Tat sehr viele, hauptsächlich für Schulbücher und Atlanten. Damals gab es ja noch nicht diese praktischen Hilfsmittel.« Sie deutete zu einem flachen Notebook, das zugeklappt neben weiteren Sammelmappen und Skizzenbüchern auf einem Sekretär lag. »Nur Rechner, die so groß wie ein Kleiderschrank waren.«

Telse stand aus ihrem Sessel auf und betrachtete eine der Wandkarten aus der Nähe. »Ich kann mir nicht vorstellen, wie es möglich sein soll, so etwas Winziges zu zeichnen. Dafür braucht man doch eine Lupe.«

»Ja, die brauchte man. Dazu Geduld und eine sehr ruhige Hand.« Matilde Albers seufzte. »Wissen Sie, wenn ich mich daran erinnere, wie wir damals mit Doppelkurvenfedern, K-Tusche und Schaber auf Kunststofffolien gearbeitet haben – das kann sich heutzutage kein Mensch mehr vorstellen. Straßen, Häuser, Flüsse, Wald, alles musste mit der Hand gezeichnet werden. Endlose Gebirgsketten haben wir geschummert.« Sie sah in fragende Gesichter. »Das bedeutet schattiert«, beeilte sie sich zu erklären. »Sogar alle Beschriftungen auf den Karten haben wir gezeichnet. Das war eine mühsame Angelegenheit, kann ich Ihnen sagen. Irgendwann hat jeder eine Brille getragen.«

Telse nickte anerkennend. Die Digitalisierung hatte unbestritten ihre Vorteile, dachte sie gleichzeitig und setzte sich wieder hin.

»Warum sind auf den Karten« – sie machte eine ausladende Geste durch den Raum – »so viele handschriftliche Notizen und nachträgliche Veränderungen?«, fragte Wanda. »Stammen die von Ihnen? Was hat es damit auf sich?«

»Na, vom wem denn sonst? Und um den zweiten Teil Ihrer Frage zu beantworten …« Matilde Albers nahm ihre Tasse und trank einen Schluck dampfenden Tee, bevor sie zu einer Antwort ansetzte. »Das ist mein kleines Privatvergnügen. Ich liebe die Natur und dokumentiere auf meinen Plänen alle Veränderungen in unserer Heimatregion, die mir auffallen oder von denen ich erfahre. Angefangen mit Gebäuden, die entstehen oder verschwinden, bis hin zu Wäldern und Knicks, die abgeholzt und bebaut werden. Besonders der Tod alter Bäume geht mir nahe. Das ist ein Fluch unserer modernen Zeit. In einem speziellen Kataster dort hinten an der Wand habe ich alle Baumriesen in der Gegend eingezeichnet.« Sie wies mit dem ausgestreckten Zeigefinger zu der entsprechenden Zeichnung. »Immer, wenn einer gefällt wird, trage ich das ein und setze ihm so eine Art Grabstein. Ich liebe Bäume und leide, wenn einer von ihnen sterben muss. Auch wenn es aus Altersschwäche oder durch einen Blitzeinschlag passiert.« Sie machte eine Pause und pustete in ihren Tee, bevor sie einen weiteren Schluck trank. »So wie bei der Eiche auf dem Nachbargrundstück«, fuhr sie fort. »Die hatte ich natürlich auch dokumentiert. Eine andere Sache, die ich schon lange verfolge, betrifft die Abbrüche an der Steilküste und die stetige Veränderung der Uferlinie. Das ist ein ganz natürlicher Prozess und langfristig betrachtet äußerst interessant. All diese Wandlungen halte ich mit meinen Notizen und Zeichnungen fest, für wen auch immer. Mir bereitet es einfach Freude, und es hält mich geistig fit. Soll ich etwa den ganzen Tag nur fernsehen und auf den Tod warten?«

»Klingt nach einem gewaltigen Projekt«, meinte Wanda ehrlich beeindruckt. »Aber wie kommen Sie an all die Informationen? Woher wissen Sie so genau, was sich in der Landschaft verändert? Vorhin erwähnten Sie, dass Sie nicht mehr so gut laufen können.«

»Das muss ich auch nicht.« Matilde Albers lächelte vielsagend. »Ich habe einen wunderbaren Helfer, der mich immer auf den neuesten Stand bringt und auf den ich mich voll verlassen kann. Aber das tut jetzt nichts zur Sache. Sie beide sind doch eigentlich zu mir gekommen, um mich nach den Holthusens zu befragen und nicht nach meiner Freizeitbeschäftigung, wenn ich das richtig verstanden habe.«

Wanda nickte. »Ja, wir sammeln Informationen zu Anne Holthusen, um ihrem Bruder bei der Suche zu helfen. Das ist nicht so einfach, die Frau scheint sich in Luft aufgelöst zu haben. Alle Hinweise, die wir bis jetzt zusammengetragen haben, enden im Nichts.« Sie hob die Schultern und ließ sie kraftlos wieder fallen.

»Wie war Ihr Kontakt zu Anne?«, übernahm Telse. »Kannten Sie einander gut?«

Matilde Albers wiegte den Kopf bedächtig hin und her. »Was heißt schon gut? Wir haben uns gegrüßt und hin und wieder ein wenig geplaudert, wenn ich bei meinen Spaziergängen an ihrem Garten vorbeigekommen bin. Sie liebte ihre Gemüsebeete und hat in der wärmeren Jahreszeit viel draußen gearbeitet. Einmal hat sie mir ein Tütchen mit Samen alter Tomatensorten geschenkt. Die sind sogar etwas geworden, waren richtig lecker.«

»Hat sie auch mal über private Dinge gesprochen, ihren Mann oder Freunde?«, hakte Telse nach. »Oder über ihre politischen Aktivitäten?«

Matilde Albers schüttelte den Kopf. »Nicht, dass ich wüsste. Ihren Mann habe ich so gut wie nie zu Gesicht bekommen, der hat den ganzen Tag in der Praxis gearbeitet. Dafür war der kleine Kalli viel im Garten.« Sie senkte den Blick. Als sie wieder hochschaute, schimmerten ihre Augen feucht. »Das arme Kind … Ich fasse es einfach nicht, wie dieses furchtbare Unglück passieren konnte. Warum hat ihn bloß niemand rechtzeitig gefunden?« Sie nestelte ein Taschentuch aus ihrer Strickjacke und schnäuzte sich.

»Haben Sie sich auch manchmal mit dem kleinen Jungen unterhalten?«, fragte Wanda.

»Ja sicher. Kalli war so ein lieber Kerl und richtig plietsch für sein Alter.« Matilde Albers blinzelte eine Träne weg. »Was ihm gefehlt hat, waren ein paar Spielgefährten. Immer war er nur mit seiner Mutter oder ganz allein im Garten, es kam eigentlich nie ein Freund vorbei. Er war ein einsames Kind, glaube ich. Zum Glück hatte er den Hund …«

»Hat Anne nie von ihren Plänen erzählt?« Telse ließ nicht locker. »Sie wissen vermutlich, dass sie sich nach dem Verschwinden ihres Sohnes von ihrem Mann getrennt hat und aus dem Gutshaus ausgezogen ist. Die Ehe ist nach der Tragödie zerbrochen.«

Matilde Albers nickte. »Kein Wunder. So einen Schicksalsschlag verkraftet nicht jede Beziehung.«

»Aber wo sie hinwollte, wissen Sie nicht?«, übernahm Wanda. »Wir haben erfahren, dass sie offenbar eine Ferienwohnung im Fliegenden Holländer angemietet hat, in die sie aber nie eingezogen ist.«

Die Kartografin überlegte. »Wenn sie nicht zu ihrem Bruder gefahren ist, könnte sie vielleicht bei Freya untergekommen sein.«

»Sie meinen Annes Schwägerin? Die Schwester von Clemens Holthusen?«

»Ja. Wo sie wohnt und ob sie noch ihren Geburtsnamen trägt, weiß ich nicht. Der kleine Kalli hat manchmal von seiner Tante Freya erzählt, die auch eine Katze hatte. Er schien sie wirklich gemocht zu haben, auch wenn sie wohl nur ganz selten zu Besuch kam.«

Wie aufs Stichwort erschien der schwarze Stubentiger im Zimmer und rieb sich leise maunzend an Matilde Albers' Sessel. Die Frau strich ihm über den Kopf. »Na, Pollux, willst du auch raus?« Sie erhob sich, was Telse und Wanda als Signal zum Aufbruch deuteten.

»Vielen Dank für Ihre Gastfreundschaft und den leckeren Tee«, verabschiedete sich Wanda. »Jetzt müssen wir aber wieder los.«

»Es war ein sehr informativer Nachmittag«, ergänzte Telse. Sie stemmte sich aus dem Sessel hoch und zupfte sich unauffällig ein paar Katzenhaare von der Hose.

Matilde Albers ließ sie vorgehen und folgte ihnen in den Flur. »Es war mir ein Vergnügen. Kommen Sie gerne wieder vorbei. Wenn Sie vorher Bescheid sagen, gibt es auch ein Stück Kuchen zum Tee.« Sie öffnete die Tür, ließ ihren Besuch und die schwarze Katze hinaus und winkte kurz, bevor sie wieder im Inneren des Hauses verschwand.

Wanda und Telse standen noch einen Moment auf der Straße und blickten zurück auf das kleine Backsteinhaus.

»Schrullige Frau, aber ganz sympathisch«, befand Telse.

»Tja, wat dat nich all gift.« Wanda zuckte mit den Schultern. »Bei dieser Tante Freya hat Morten sich doch schon längst nach seiner Schwester erkundigt, die können wir abhaken.«

»Nicht so schnell«, widersprach Telse. »Ich finde, wenn wir schon dabei sind, alle Kontakte von Anne abzuklappern, können wir sie auch noch aufsuchen. Man weiß ja nie.«

»Aber nicht mehr heute. Du willst doch noch unbedingt zu diesem David, oder irre ich mich?« Wanda grinste.

Telse hörte nicht zu. Ihre ganze Aufmerksamkeit war nach oben, in das Geäst der dicken Buche vor dem Grundstück von Frau Albers gerichtet. »Guck mal da.« Ihr Zeigefinger deutete in das maifrische Blattgrün.

Wanda folgte Telses Blick in die Baumkrone.

Direkt über ihr hockte ein Uhu und starrte aus großen orangefarbenen Augen zurück.

13

DER AUSFLUG IN DEN SEEKAMPER Weg hatte länger gedauert als geplant, trotzdem war Telse wild entschlossen, noch im Besetzercamp vorbeizuschauen. Nachdem sie eine Kleinigkeit gegessen hatte, wechselte sie die Klamotten und zog eine abgewetzte Jeans und ein altes Sweatshirt an. Sie wollte nicht zu schick bei den Aktivisten aufzukreuzen. Dann packte sie die Kamera in den Rucksack und machte sich zu Fuß auf den Weg.

Im Olympiahafen war noch ordentlich Betrieb. Zahlreiche Schaulustige hatten sich am Rand der Hafenwiese versammelt und beäugten von dort das Treiben im Camp. Auf das Gelände wagte sich aber kaum jemand. Zwei Polizeitransporter parkten auf dem Hafenvorfeld. Auch die Gruppe der Besetzer war seit Telses letztem Besuch größer geworden. Die Wiese war jetzt übersät von Zelten, von denen manche noch aufgebaut wurden. Am äußeren Rand stand ein großer Infotisch mit drei Aktivisten dahinter. Sie kämpften gegen den Wind an, der mit aller Macht an ihren Pappaufstellern rüttelte.

Nachdem sie sich einen kurzen Überblick verschafft hatte, mischte sich Telse unter die geschäftige Menge. Überall wurde gehämmert, gemalt und gewerkelt, um in der Mitte der Campwiese eine podestartige, viereckige Plattform aus Holzlatten entstehen zu lassen, deren Grundgerüst fast drei Meter in die Höhe ragte. Aus dem nahe gelegenen Küchenzelt duftete es nach Gemüseeintopf. Kurz entschlossen trat sie ein und wandte sich an die fünf jungen Leute, die offenbar den Kochtrupp bildeten.

»Hallo zusammen, ich suche David. Weiß zufällig jemand von euch, wo ich ihn finden kann?«

Die Möhrenschnippler am Tisch schauten von ihrer Tätigkeit auf und musterten Telse von oben bis unten. Diese hielt den Blicken stand. Ihr war klar, dass sie den Altersdurchschnitt erheblich anhob.

»Vorhin war er am Podest zugange. Vielleicht findest du ihn da.« Der junge Mann, der seine blonden Dreadlocks mit einem bunten Tuch nach hinten gebunden hatte, deutete mit seinem Schälmesser zu dem Holzgerüst. Dann widmeten er und seine Kollegen sich wieder ihrem Wurzelgemüse.

Telse nickte dankend und machte sich auf den Weg. Es dauerte nicht lange, bis sie Davids braunen Lockenkopf hinter einem Berg alter Holzpaletten entdeckte, die er gerade auseinanderzuhebeln versuchte.

»Hey«, begrüßte sie ihn, »da bin ich wieder.«

Er unterbrach seine schweißtreibende Tätigkeit und drehte sich um. Offensichtlich brauchte er einen Moment, bis ihm einfiel, wen er vor sich hatte. »Ach, du bist es«, sagte er schließlich.

»Ich hatte ja versprochen, zurückzukommen. Weil ich eure Aktion gut finde und gerne unterstützen will. Und weil ich ein Projekt plane, bei dem ich deine Hilfe brauche.«

»Ein Projekt?« Seine Augen blitzten interessiert auf. »Um was geht's denn?«

»Nun ja«, Telse räusperte sich. »Ich bin freiberufliche Journalistin und möchte gerne hier im Camp eine Fotoreportage mit Interviews machen. Natürlich nur mit den Leuten, die mitmachen wollen«, schob sie schnell nach, als sie sah, wie sich Davids Stirn kräuselte.

Davids Blick war skeptisch. »Ich habe meine Zweifel, ob das hier auf Begeisterung stoßen wird. Die meisten von uns haben es nicht so mit der Presse, weißt du. Aus gutem Grund. Es wurde schon so viel Mist geschrieben.« Er seufzte. »Wenn Menschen sich engagieren, um die Natur und diesen Planeten lebenswert zu erhalten, treten sie unweigerlich den Mächtigen auf die Füße. Da wird mit harten Bandagen gekämpft.«

»Und wenn du ein gutes Wort für mich einlegst?« Telse sah ihn mit bittendem Blick an. »Mach mich einfach mit ein paar Leuten bekannt, den Rest erledige ich allein. Du kannst mir wirklich vertrauen.«

»Ich weiß nicht ...« David betrachtete Telse nachdenklich. »Wenn du es tatsächlich ernst meinst und dein Interesse an unserer Aktion sich nicht in einer hübschen Fotoreportage erschöpft, dann schlage ich vor, du machst mit. Anpacken, wo eine helfende Hand gebraucht wird, hier schlafen, essen, Nachtwachen übernehmen – wie wär's? Einfach echtes Engagement zeigen, wie es alle anderen hier tun, denen die Umwelt nicht egal ist.«

Telse fühlte sich im ersten Augenblick überrumpelt. So viel persönlichen Einsatz hatte sie nicht geplant. Doch je länger sie über Davids Einladung nachdachte, desto besser gefiel sie ihr. Warum nicht? Wenn sie im Camp übernachtete, war sie ganz nah dran, das konnte ihrer Geschichte nur guttun. Genau genommen war es der einzig richtige Weg. Mitten im Geschehen sein, mitfühlen, mitleiden, nicht nur von außen die Kamera draufhalten.

»Gute Idee«, stimmte sie zu. »Ich bin dabei.« Dann stockte sie. »Das Problem ist bloß, dass ich kein Zelt habe«, erklärte sie fast entschuldigend.

»Kein Problem, für den Fall gibt es Gemeinschaftszelte.« David grinste. »Direkt am Puls des Widerstands, besser geht's doch gar nicht.«

»Äh, ja«, sagte Telse zögernd.

David kam gleich zur Sache. »Ich schlage vor, du holst deinen Schlafsack, in der Zwischenzeit organisiere ich dir einen Übernachtungsplatz. Das Essen hier ist umsonst, sind alles Spenden. Beim Küchendienst wechseln wir uns ab, jeder übernimmt mal. Alles Weitere kriegst du dann schon mit.«

In Telses Kopf rauschte es. Sie hätte am liebsten noch etwas Bedenkzeit gehabt.

Davids grüne Augen sahen sie erwartungsvoll an. »Alles klar«, sagte sie, ohne lange nachzudenken. »In einer halben Stunde bin ich zurück. Wo finde ich dich?«

Er deutete zu den schwarzen und weißen Gruppenzelten. »Entweder in einem von den Dingern oder hier am Podest. Der Kasten muss schließlich noch richtig stabil werden. Ziemliche Knochenarbeit, kann ich dir sagen.«

»Wozu soll so ein Turm gut sein?«

»Das ist ein weithin sichtbares Zeichen unseres Protestes. Wird natürlich noch mit Transparenten geschmückt. Außerdem haben die Nachtwachen da oben eine gute Übersicht.«

Telse musterte das Gerüst, dessen Statik noch keinen vertrauenerweckenden Eindruck machte, sagte aber nichts. »Ich geh dann mal und hole meinen Kram«, verkündete sie stattdessen. »Bis nachher.«

David nickte knapp und machte sich daran, die nächsten Bretter aus einer Holzpalette zu brechen.

Zurück im ›Seemannsfrieden‹ machte sich Telse sofort auf die Suche nach Schlafsack und Isomatte. Es musste Jahre, wenn nicht gar Jahrzehnte her sein, dass sie die Campingsachen zuletzt benutzt hatte. Sie hoffte, dass das Zeug noch zu gebrauchen und nicht schon komplett zerbröselt war. Schließlich fand sie beides in einer der Umzugskisten, die noch immer unangetastet in der Abstellkammer standen. Wie gut, dass ich dem angesagten Minimalisierungs- und Entsorgungswahn widerstanden habe, dachte sie, während sie die voluminöse Schlafhülle aus dem Karton zerrte. Ihr war schleierhaft, was so erstrebenswert daran sein sollte, ohne Krimskrams oder Erinnerungsstücke zu leben. In einer von jeglicher Individualität leer gefegten Wohnung fühlte man sich doch wie in einem Ferienhaus. Da machte sie es sich lieber mit ein paar Staubfängern gemütlich.

Während sie den Schlafsack draußen zum schnellen Lüften über zwei Gartenstühle hängte, überlegte Telse, was noch alles mitmusste. Ein bisschen Proviant konnte nicht schaden, wer wusste schon, ob es später in der Zeltküche noch etwas zu essen gab. Kurzerhand packte sie Müsliriegel und ein paar Äpfel zu der Kamera in den Rucksack, dazu einen Ersatzakku, Zahnputzzeug und eine Wasserflasche.

Als Telse zur Hafenwiese zurückkehrte, hatte sich der Trubel des Nachmittags gelegt. Die Dämmerung kündigte sich an, und die meisten Schaulustigen waren nach Hause gegangen. Nur vier Polizeibeamte beobachteten aus ihren zwei Streifenwagen heraus weiterhin das Geschehen.

Sie entdeckte David nach kurzer Suche inmitten einer Gruppe junger Leute, die sich um eine Feuerschale versammelt hatte. Einer von ihnen spielte Gitarre, die anderen starrten mit Bierflaschen in den Händen in die Flammen oder tippten auf ihren Smartphones herum. Telse meinte gerade den Geruch von Cannabis wahrzunehmen, als David schon aufsprang und ihr entgegeneilte.

»Hätte nicht gedacht, dass du noch kommst«, sagte er mit Blick auf ihr Gepäck. »Finde ich aber super. Ich habe schon einen Schlafplatz für dich organisiert, komm mit.«

Telse folgte ihm über kreuz und quer gespannte Zeltschnüre, bis sie vor einem Gruppenzelt standen, das wie eine Pfadfinderkohte aussah.

David schlug die Eingangsplane auf. »Hier kannst du pennen. Such dir einfach einen Platz.«

»Danke, ich komme gleich zum Feuer zurück«, erklärte Telse.

Als sie das Zelt betrat, stieg ihr ein organischer, leicht gammeliger Geruch in die Nase. Ihre Augen brauchten einen Moment, um sich an das Dämmerlicht zu gewöhnen, dann entdeckte sie schon den Grund für das üble Aroma, das sie umfing. Sie ging in die Hocke und befühlte das dunkle, heuartige Material zu ihren Füßen, aus dem Sand auf ihre Finger rieselte. Der Boden des Zeltes war bis auf einen schmalen Mittelgang mit einer dicken Lage aus getrocknetem Seegras bedeckt. Dem strengen Duft nach zu urteilen, mussten sich auch noch einige Krabbenschalen und Büschel von Blasentang dazwischen befinden. Auf dem Grasteppich verteilt lag ein halbes Dutzend Isomatten, ungefähr doppelt so viele Schlafsäcke und ein paar Rucksäcke. Gar keine blöde Idee, dachte sie, da schläft man schön weich, auch wenn der Geruch gewöhnungsbedürftig ist. Sie schaute sich kurz um und warf Matte und Schlafsack schließlich in eine Ecke direkt am Zelteingang. So konnte sie schnell raus, falls es nötig werden sollte.

Auf dem Weg zurück zur Feuerstelle fragte sich Telse, ob David seine Mitstreiter wohl schon darüber aufgeklärt hatte, dass sie eine Fotoreportage plante. Sie spürte, wie eine kribbelnde Unruhe in ihr aufstieg, halb Vorfreude, halb Angst vor möglicher Ablehnung.

Zu der Runde am Feuerkorb waren inzwischen weitere Personen gestoßen. Alle saßen dicht an dicht auf dem Rasen, und niemand nahm von ihr Notiz, als sie sich nach David umschaute. Sie entdeckte ihn neben einer jungen Frau mit gleichmäßigen Gesichtszügen und langen dunklen Haaren, die nachdrücklich auf ihn einredete.

»Hallo, ist hier bei euch noch Platz?«

»Klar, wir rücken zusammen.« David schob sich an die Langhaarige heran, und Telse ließ sich neben ihm auf die alte karierte Wolldecke sinken.

»Hast du schon …?«, fragte sie vorsichtig und machte eine vielsagende Kopfbewegung in die Runde.

Einen Moment lang sah David sie verständnislos an, dann fiel der Groschen. »Noch nicht. Sollten wir aber jetzt nachholen. Machst du?«

»Okay.« Telse holte Luft und erhob sich. »Ähem«, sie räusperte sich. »Hallo zusammen«, grüßte sie in die Runde, und einige sahen neugierig auf. »Ich heiße Telse, und ich habe eine Bitte an euch.« Sie wartete, bis sie die volle Aufmerksamkeit der Anwesenden hatte.

Telse spürte, wie sie gemustert wurde, und fuhr schnell fort:

»Ich bin freie Journalistin …« – Gemurmel wurde laut, doch sie hob beschwichtigend die Hände – »und ich unterstütze eure Aktion aus vollem Herzen. Ich bin auch dagegen, dass hier Luxuswohnungen für die Reichen gebaut werden, und möchte gerne eine Fotoreportage von der Besetzung der Hafenwiese machen. Natürlich nur, wenn ihr euer Okay gebt.«

»Für welche Zeitung arbeitest du denn?«, rief eine männliche Stimme von der gegenüberliegenden Seite. Telse konnte das Gesicht des Fragenden durch die Flammen nicht erkennen.

»Für gar keine. Ich bin, wie gesagt, freie Journalistin und werde die Reportage nur den Medien anbieten, denen ich wirklich vertraue.«

»Der BILD-Zeitung wahrscheinlich«, tönte es aus der Menge.

Telse fühlte Empörung in sich aufsteigen. Was unterstellten diese Jungspunde ihr? »Ganz bestimmt nicht! Ich plane nicht, euch vorzuführen und zu verraten. Fotografieren, dokumentieren und wahrheitsgemäß berichten – darum geht's mir. Ihr wollt doch, dass eure Aktion auch überregional Aufsehen erregt, oder? Da braucht es Medienöffentlichkeit.«

»Die du herstellen willst?« Der junge Mann schräg rechts von ihr guckte sie skeptisch an. »Wir haben unsere eigenen Leute dafür. Wer weiß denn, ob du die Bilder nicht einfach an den Meistbietenden verscherbelst?«

Ein beifälliges Murren war zu hören. Arroganter Milchbubi, dachte Telse, musste sich dann aber eingestehen, dass die Bedenken nicht ganz haltlos waren. Wer wusste schon, welche Erfahrungen die Besetzer bisher mit der Presse gemacht haben. Sie versuchte, das Misstrauen, das ihr entgegenschlug, nicht persönlich zu nehmen. »Ich kann euch nur mein Wort geben«, sagte sie. »Ich verspreche, alle Fotos von den darauf abgebildeten Personen absegnen zu lassen, bevor ich sie zur Veröffentlichung anbiete.« Das musste sie aus presserechtlichen Gründen zwar sowieso tun, aber es schadete nicht, diesen Umstand zu betonen.

»Das ist ja wohl selbstverständlich«, kam es prompt zurück.

»Klar.« Telse nickte demonstrativ, während sie krampfhaft überlegte, was sie noch vorbringen konnte.

Unvermutet kam ihr David zu Hilfe. »Also, ich bin dabei.«

Der Rest der Truppe schwieg.

»Ich übernachte hier auf dem Gelände und werde mich so gut es geht nützlich machen, wenn ich nicht gerade fotografiere«, versprach Telse fast verzweifelt.

»Du kannst dich gern an den Nachtwachen beteiligen. Da werden noch dringend Leute gebraucht«, erklärte eine schwarzhaarige Frau mit »Refugees Welcome«-Pullover.

»Mach ich, kein Ding.« Telse atmete auf. »Dann heißt das, dass Interviews und Fotoaufnahmen in Ordnung gehen?«

Da und dort waren noch einzelne Seufzer zu hören, aber kein offener Widerspruch mehr.

»Ich denke mal, das bedeutet Ja«, interpretierte David die Stimmung.

»Alle mal herhören!« Ein Mann in gelb-schwarz karierter Holzfällerjacke hatte sich erhoben. »Jeder von uns sollte sich noch mal klarmachen, wer was sichert, wenn die Bullen kommen und räumen wollen. Die scheinen zwar noch nichts zu planen, aber man weiß ja nie. Merkt euch, wer zu eurer Kleingruppe gehört, und passt aufeinander auf, wenn es losgeht! Wer noch Nummern von Rechtsanwälten braucht, kommt zu mir. Wer Ahnung von Erster Hilfe hat und die Sanis unterstützen will, auch. Die Nachtwachen teilt Nadja ein.« Er nickte der Schwarzhaarigen zu. »Sonst noch Fragen?«

Das war offensichtlich nicht der Fall.

Während die Gespräche wieder einsetzten, zog David eine Flasche Rotwein aus seiner Umhängetasche. »Auf einen gemütlichen Abend.« Grinsend sah er Telse und seine braunhaarige Sitznachbarin auf der anderen Seite an, dann schraubte er die Flasche auf. »Extra ohne Korken.« Er setzte die Weinflasche an den Mund und trank einen großen Schluck, bevor er sie an Telse weiterreichte. »Tut mir leid, Gläser gibt es keine.«

Telse wischte unauffällig mit dem Ärmel über die Öffnung und nahm ebenfalls einen tiefen Schluck, dann gab sie die Flasche an die Langhaarige weiter. Schnell spürte sie die Wirkung des Alkohols, der ihren Kopf angenehm benebelte. Das Knacken des Feuers und die leise murmelnden Stimmen um sie – die friedliche Atmosphäre machte sie schwer und schläfrig. Himmel, du bist zum Arbeiten hier, nicht zum Dösen, schoss es ihr durch den Kopf. Sie nestelte ihre Kamera aus dem Rucksack und machte schnell und möglichst unauffällig ein paar Aufnahmen der Leute am Feuer. Niemand schenkte ihr Beachtung. Sie packte das Gerät wieder weg und atmete tief durch. Der Anfang war gemacht.

»Hier.« David reichte ihr die fast schon leere Rotweinflasche.

Telse nahm noch einen Schluck, dann setzte sie die Flasche ab und blickte in das Feuer. Die Kälte des Bodens kroch durch die Decke und ihre Hose.

»Ich muss gerade wieder an Anne Holthusen denken«, sagte sie unvermittelt. »Ihr plötzliches Verschwinden geht mir einfach nicht aus dem Kopf.«

David schaute in die Flammen und schwieg.

»Ich will dir nicht zu nahe treten …« Telse zögerte. »Aber wart ihr tatsächlich früher ein Paar?«

David stand auf, nahm ein neues Scheit aus dem Holzhaufen und warf es in die große Schale, wo es zischend Feuer fing. Als er wieder auf der Decke Platz genommen hatte, drehte er sich zu Telse um und sah ihr direkt in die Augen. »Damit du es weißt, Anne ist für mich gestorben. Es spielt keine Rolle, ob wir ein Paar waren oder nicht. Ich lasse mich nicht ausnutzen, damit ist ein für alle Mal Schluss.« Er wandte sich wieder zum Feuer und starrte in die aufsteigenden Funken.

Nanu, das hat sich heute früh aber anders angehört, dachte Telse. Warum trägt er immer noch ihr Foto mit sich herum, wenn er so abgeklärt ist, wie er jetzt tut?

Als könnte David ihre Gedanken lesen, sprang er unvermittelt auf und zog sein Portemonnaie aus der Hosentasche. Er fummelte die Aufnahme von Anne heraus und warf sie in die lodernde Glut. »So. Ende der Geschichte.« Mit erhitzten Wangen ließ er sich wieder auf den Platz neben Telse fallen. »Noch Fragen?«

Telse schüttelte den Kopf.

Jetzt nicht mehr. Aber später ganz bestimmt.

14

AM NÄCHSTEN MORGEN WACHTE Telse in aller Frühe von einem dröhnenden Geräusch ganz in der Nähe auf, das sie aus einem wirren Traum riss. Benommen fragte sie sich, ob jetzt direkt hinter ihrem Zelt die Bauarbeiten für die Luxuseigentumswohnungen starteten. Als sie etwas klarer denken konnte, merkte sie, dass der Lärm nicht von Presslufthämmern herrührte, sondern von ihren Schlafgenossen, die schnarchten, dass die Zeltwände bebten. Sie streckte sich vorsichtig in ihrem Schlafsack und fühlte, wie ihre Knochen schmerzten. Seegrasteppich hin oder her, ihre Matratze im ›Seemannsfrieden‹ war eindeutig rückenfreundlicher. Sie ahnte, dass sie bei dem Lärm kein Auge mehr zumachen würde und beschloss, schnell nach Hause zu laufen und sich eine heiße Dusche zu gönnen. Frische Klamotten würden auch nicht schaden. Telse schnupperte an ihrem Pulli, und ein Geruch nach Räucherhering stieg ihr in die Nase. Bis ihre Mitstreiter aufwachten, wäre sie längst wieder zurück. Leise, um niemanden aufzuwecken, schälte sie sich aus dem Schlafsack, griff nach ihrem Rucksack und verließ das Zelt. Draußen zupfte sie sich ein paar Seegrasreste vom Pullover und sah sich um. Alles ruhig und menschenleer. Die Besetzer schliefen noch den Schlaf der Gerechten.

Sie atmete tief durch, während sie auf der Strandpromenade heimwärts spazierte. Die frische Luft tat gut. Die Ostsee glitzerte einladend in der Morgensonne, und hätte sie nicht gewusst, dass die Wassertemperatur kaum elf Grad betrug, wäre sie spontan in die Wellen gesprungen. Ein zufriedenes Gefühl breitete sich in ihrem Bauch aus. Sie hatte endlich den ersten Schritt zurück in den Journalismus getan und konnte gleichzeitig Davids merkwürdigem Verhältnis zu Anne Holthusen auf den Grund gehen. Zwei Fliegen mit einer Klappe.

Als Telse durch das Gartentor trat, regte sich in der Villa nebenan noch nichts. Sie beschleunigte ihre Schritte. Auf Wandas bissige Bemerkungen zu ihrem Engagement im Hafen konnte sie gerne verzichten und auf langwierige Erklärungen hatte sie erst recht keine Lust. Nur schnell duschen, eine Tasse starken Kaffee trinken und dann wieder zurück ins Camp, so war der Plan. Der natürlich nicht funktionierte.

»Wohin des Weges so früh am Morgen?«

Telse fluchte innerlich. Sie war gerade dabei, die Haustür hinter sich abzuschließen, um sich flink und ungesehen auf den Rückweg in den Hafen machen. Warum musste ihre Freundin an einem Sonnabendmorgen zu nachtschlafender Zeit aufstehen? Sie war doch sonst nicht so früh auf den Beinen! »Entschuldige, aber ich bin auf dem Sprung. Ich muss zurück ins Camp. Wir sehen uns später«, rief sie über die Schulter. Doch sie ahnte, dass Wanda sich nicht so leicht abwimmeln lassen würde.

Und schon steuerte diese über den Rasen auf sie zu. »Ein leerer Bauch infiltriert nicht gern. Komm, eine halbe Stunde hast du bestimmt. Was hältst du von einem gemeinsamen Frühstück? Ich hole auch frische Brötchen.«

»Nein danke, heute nicht.« Telse schüttelte den Kopf. »Warum bist du überhaupt schon auf? Das ist doch nicht deine Zeit.«

Wanda zuckte mit den Schultern. »Vielleicht präsenile Bettflucht, was weiß ich. Jedenfalls konnte ich nicht mehr schlafen.«

Telse erinnerte sich an einen Zeitungsartikel, in dem es um den Zusammenhang zwischen Schlafmangel und erhöhtem Blutdruck gegangen war. »Ist denn mit deinem Blutdruck alles in Ordnung?«, fragte sie, bemüht, unbesorgt zu klingen.

Wanda machte eine unwillige Handbewegung. »Alles im grünen Bereich.« Dann verdrehte sie die Augen. »Ich schlucke jetzt Pillen.« Sie betrachtete ihre Freundin samt Rucksack genauer. »Wie ist es denn eigentlich gestern Abend gelaufen? Hast du mit diesem David sprechen können?«

Telse trat von einem Fuß auf den anderen. »Ja, aber er hat nichts Erhellendes zu Annes Verbleib sagen können. Leidet wohl an verschmähter Liebe.« Sie warf einen Blick auf die Uhr. »Lass uns später darüber reden. Ich übernachte im Gruppenzelt und hab hier nur schnell geduscht, jetzt will ich an meiner Reportage arbeiten. Die Besetzer haben nichts dagegen, dass ich im Camp fotografiere.« Leiser Stolz schwang in ihrer Stimme mit. Sollte Wanda ruhig mitbekommen, dass ihr Plan mit der Freiberuflichkeit nicht nur leeres Gerede war.

»Na prima.« Wanda schien nicht sonderlich beeindruckt zu sein und nickte gleichmütig. Plötzlich strahlte sie Telse mit blitzenden Augen an. »Knips du heute Vormittag ruhig noch ein paar Bilder, dann hast du ja nachmittags Zeit.«

Telse stockte. »Was meinst du damit?«

Wanda guckte harmlos. »Wir sind doch gerade so schön investigativ unterwegs. Ich schlage vor, wir beehren zur Kaffeezeit Freya Bohm, die Schwester von Clemens Holthusen. In ihrem Hofcafé in Stohl gibt es eine erstklassige Tortenauswahl, das habe ich online recherchiert. Fast nur Fünf-Sterne-Bewertungen. Na, was meinst du? Ich fahre auch.«

»Ich weiß nicht«, sagte Telse zögernd. »Wir waren doch gestern erst auf Ermittlungstour«, wandte sie ein. »Außerdem habe ich versprochen, die Nachtwache zu übernehmen.«

»Papperlapapp. Vor dem Abend sind wir zurück.« Wanda grinste. »Wo wir gerade so schön in Schwung sind. Und eine kleine Stärkung vor deiner Nachtschicht schadet nicht.«

Telse seufzte. »Was sagt eigentlich Olaf?«, fiel ihr ein. »Hat er Kallis Tod jetzt wirklich als reinen Unglücksfall eingestuft, oder soll es doch Ermittlungen geben?«

»Aus dieser Richtung haben wir leider keine Hilfe zu erwarten.« Wanda blickte mit grimmigem Gesichtsausdruck zum Nachbarhaus hinüber. »Laut dem Herrn Kriminalhauptkommissar hat der arme Junge einfach Pech gehabt. Ein Fremdverschulden scheidet seiner Ansicht nach aus.« Ihr Blick wanderte zurück zu Telse.

»Dann bleibt also alles an uns hängen, ich sehe schon.« Telse seufzte. »Gut, ich komme mit. Aber nur, wenn wir hinterher an der Stohler Steilküste das Hüftgold wieder abwandern«, entschied sie. »Sonst schlafe ich bei der Nachtwache sofort ein.«

Wanda nickte erfreut. »Zu dem Opfer bin ich bereit. Ich hole dich um halb vier ab.«

15

»OB ES HEUTE NOCH REGNET?« Misstrauisch äugte Telse durch die Windschutzscheibe zum Himmel hoch, wo sich dicke Cumuluswolken aufplusterten. Die ersten Vorboten des schlechten Wetters hatten sich bereits am Mittag gezeigt, weshalb sie ihren Schlafsack vorsichtshalber mit nach Hause genommen hatte. Sie zweifelte an ihrer Entscheidung, heute an einer Nachtwache teilzunehmen. »Vielleicht hätte ich lieber die Gore-Tex-Jacke anziehen sollen.«

»Dafür ist es zu spät. Das Wetter wird schon halten.« Wanda steuerte ihren Subaru die Fördestraße entlang, fädelte sich in den Strander Kreisel ein und fuhr dann auf der Stohler Landstraße weiter geradeaus nach Norden.

Aus dem Beifahrerfenster heraus betrachtete Telse die Landschaft, die an ihr vorüberzog. Leuchtend gelbe Rapsfelder und sattgrüne Wiesen wechselten sich ab. Wenn an Kurven die knallblaue Ostsee am Horizont hervorblitzte, überkam sie das Gefühl, durch ein Postkartenmotiv zu fahren.

Wenig später bog Wanda auf einen gut gefüllten Parkplatz direkt neben der Straße ein. Sie parkte und stellte den Motor ab.

»Das Café müsste gleich um die Ecke sein. Los geht's, die Arbeit ruft!« Damit stieg sie aus, schlug die Tür hinter sich zu und marschierte zielstrebig auf den kleinen Häuserkomplex zu.

Telse schüttelte seufzend den Kopf und stieg ebenfalls aus dem Wagen. Sie bemühte sich, mit ihrer Freundin Schritt zu halten. »Du bist der einzige Mensch, den ich kenne, der Tortenfuttern als Arbeit bezeichnet.«

Das Café von Freya Bohm war nicht schwer zu finden. Ein Aufsteller wies mit handgemalter Schönschrift auf das reetgedeckte Backsteinhaus hin. Es befand sich im hinteren Teil eines weitläufigen Bauerngartens voller blühender Pfingstrosen, Akelei und Storchenschnabel. Auf der Rasenfläche inmitten des Gartens luden unter Apfelbäumen vier Tische mit weißem Metallgestell samt ebenso weißen verschnörkelten Metallstühlen zum Verweilen ein.

»Entzückend! Aber ich glaube, wir sollten lieber reingehen.« Wanda zog ihre Jacke enger um sich. »Es ist doch etwas frisch geworden.«

Das Innere des Hofcafés erfüllte mit seinem rüschigen Einrichtungsstil genau ihre Erwartungen an ein ländliches Ausflugslokal. Spitzengardinen vor Sprossenfenstern, Stickdeckchen auf den Tischen, antike Möbel und Bilder mit romantischen Blumenmotiven an den Wänden, dazu ein reich bestückter Kuchentresen. Die Luft war von einem köstlichen Kaffeeduft erfüllt.

So muss das, dachte Telse zufrieden und nahm mit Wanda an einem der Fenstertische Platz. Außer ihnen waren nur noch zwei Pärchen anwesend. Sie saßen kaum, als schon eine Frau um die vierzig in farbenfroher Kleidung und mit einer Servierschürze um den Bauch an ihren Tisch trat.

»Moin, was darf ich euch Schönes bringen?«

»Ich nehme ein Kännchen Kaffee«, sagte Wanda.

»Für mich einen Darjeeling-Tee, auch gerne eine Kanne«, ergänzte Telse. »Was gibt es denn heute für Kuchen?«

Die Frau deutete zum Glastresen. »Alles, was das Herz begehrt und da drin zu finden ist. Sucht euch einfach was aus.«

Das ließen sich Wanda und Telse nicht zweimal sagen.

»Erst die Arbeit, dann das Vergnügen«, raunte Wanda, während die Frau hinter der Theke alles vorbereitete.

Kurz darauf servierte sie ihnen die Getränke und stellte einen Teller mit Erdbeer-Mascarpone-Torte und einen mit Trümmertorte vor ihnen ab. »Guten Appetit!«

»Danke. Das sieht wirklich köstlich aus«, sagte Wanda mit Blick auf die Kalorienbombe vor sich. Dann sah sie auf. »Wenn ich fragen darf, sind Sie Freya Bohm?«

Die Frau lächelte. »Ja, höchstpersönlich. Die meisten Besucher kennen mich, aber euch habe ich hier noch nie gesehen.«

»Wir sind wohl immer am Kuchenhimmel vorbeigelaufen, ohne es zu wissen …«, schaltete sich Telse ein.

Wanda hielt sich nicht mit höflichem Small Talk auf. »Sie sind doch die Schwester von Clemens Holthusen, nicht wahr?«

Freya Bohm guckte überrascht. »Ja, bin ich. Wieso?«

»Vielleicht haben Sie nachher ein paar Minuten Zeit für uns«, übernahm Telse. »Wir sind auf der Suche nach seiner Frau Anne und dachten, Sie könnten uns möglicherweise helfen.«

Bohms Miene verhärtete sich. »Das glaube ich kaum. Ich weiß genauso viel wie alle anderen, also nichts. So, jetzt muss mich um die anderen Gäste kümmern.« Sie machte kehrt und steuerte den Tisch mit dem Rentnerpaar an, der Mann in Funktionskleidung winkte schon ungeduldig mit dem Portemonnaie.

»Wir waren wohl ein bisschen zu direkt«, flüsterte Telse und schob sich ein Stück Erdbeertorte in den Mund. »Die schmeckt wirklich himmlisch!«

»Meine Trümmertorte auch. Da könnte ich mich reinsetzen.« Wanda leckte genussvoll ihre Kuchengabel ab.

»Wieso heißt die eigentlich Trümmertorte?«, fragte Telse.

»Weil sie aussieht wie einmal runtergefallen und wieder zusammengesetzt. Das kommt von dem Mandelbaiser obendrauf. Kann ich nur empfehlen.«

Telse trank ihren Tee und ließ den Blick durch den Raum schweifen. Inzwischen waren auch die beiden anderen Besucher dabei, zu zahlen. Bald darauf waren sie und Wanda die letzten Gäste im Café.

Freya Bohm kam an ihren Tisch und räumte die leeren Teller ab. »Darf es noch etwas sein?« Ihr Gesichtsausdruck wirkte abweisend.

»Ein kurzes Gespräch vielleicht?« Wanda strahlte sie an. »Sie würden uns wirklich einen großen Gefallen tun. Ich heiße übrigens Wanda Holle, und das ist meine Freundin Telse. Telse Himmel.«

Bohm seufzte. »Die Geschichte ist schon Jahre her, und ich bin es leid, immer wieder alte Wunden aufzureißen. Das Leben geht weiter.« Sie schaute durch das Sprossenfenster nach draußen, wo der stärker gewordene Wind durch die Büsche fuhr. »Heute kommt wohl niemand mehr.«

Telse verstand die Andeutung. »Wir bleiben auch nicht mehr lange, aber ein kleines Stückchen Kuchen vertrage ich noch.

Wo wir schon mal hier sind.« Sie schaute zur Vitrine rüber und überlegte kurz. »Ich glaube, diesmal nehme ich die Mohn-Käse-Torte.«

»Gute Wahl! Ich ebenfalls«, schloss sich Wanda an.

»Gerne.« Freya Bohm ging zu dem Kuchenbüfett, balancierte die gewünschten Tortenstücke auf zwei Teller und brachte sie an den Tisch. »Guten Hunger.« Noch bevor die Freundinnen etwas sagen konnten, hatte sie sich bereits wieder umgedreht und war Richtung Küche verschwunden.

»Und was machen wir jetzt?«, fragte Telse mit leiser Stimme. »Die Dame scheint eine harte Nuss zu sein.«

»Ein Plappermaul ist sie nicht, das stimmt«, antwortete Wanda ungerührt und versenkte die Gabel in ihr Kuchenstück. »Mir fällt schon noch was ein«, sagte sie kauend. In diesem Moment klatschten schwere Regentropfen gegen die Scheiben. Fast unmerklich hatte sich draußen die Wolkendecke zugezogen, und es war stürmisch geworden.

Freya Bohm, die mittlerweile wieder zurück im Gastraum war und Tische abwischte, schob eine Spitzengardine zur Seite und schaute hinaus. »Vorhin sah es gar nicht nach Regen aus«, bemerkte sie. »Zum Glück habe ich draußen keine Polster aufgelegt.« Dann fiel ihr Blick auf die altmodische Pendeluhr an der Wand. »Für heute kann ich schließen. Lasst euch aber nicht hetzen, genießt den Kuchen in Ruhe.«

Wanda tupfte sich mit der Serviette die Lippen ab. »Der ist wirklich fantastisch. Nach dem Rezept darf ich vermutlich nicht fragen?«

»Fragen schon, aber Antwort gibt es keine. Betriebsgeheimnis.«

»Habe ich mir fast gedacht.«

Freya Bohm warf Wanda einen schrägen Blick zu, während die Windböen jetzt prasselnden Regen gegen die Scheiben trieben. Als auch Telse fertig war, kam sie an den Tisch, räumte kommentarlos ab, zog schon die Rechnung aus ihrer Schürze und legte sie mitten auf die Tischdecke. »Zusammen oder getrennt?«

Wanda sah sie bittend an. »Sie wollen uns doch nicht bei diesem grauenvollen Wetter vor die Tür jagen, oder? Da sind wir ja im Nu klitschnass. Diese kleine Husche ist bestimmt bald wieder vorbei.«

»Eigentlich möchte ich jetzt schließen.« Bohm stand da wie festgetackert und wartete.

»Nur noch ein Viertelstündchen«, bat Telse. Ihr Blick fiel auf das immer noch reichliche Kuchenangebot. Obwohl sie mehr als satt war, entschied sie spontan: »Wir nehmen noch ein Stück. Was hältst du von Kirschstreusel, Wanda?«

Die Freundin nickte. »Eine ausgezeichnete Idee. Wäre doch ein Jammer um das grandiose Backwerk.«

Man konnte Freya Bohms Gesicht ablesen, dass sie mit sich kämpfte. Schließlich gewann die Geschäftsfrau die Oberhand. »Na gut. Ihr habt ja ordentlich Appetit.« Sie entrang sich ein Lächeln.

»Das laufen wir morgen ab, bei diesem Schietwetter wird es heute leider nichts mehr«, sagte Telse mit einer Kopfbewegung in Richtung der dunkelgrauen Wolkenberge vor den Fenstern.

Die Cafébetreiberin verschwand hinter dem Tresen und brachte kurz darauf die zwei Kuchenstücke zum Tisch.

»Ich habe eine Idee«, platzte Wanda plötzlich heraus und

schlug die Hände zusammen. »Wie wäre es, wenn wir drei Hübschen auf diesen verregneten Nachmittag ein Schlückchen Sekt trinken? Ein bisschen Aufmunterung schadet nicht. Kommt, ich gebe einen aus!«

Freya Bohm zog skeptisch eine Augenbraue hoch.

Telse brauchte einen Moment, dann lächelte sie breit. »Ich bin dabei!«, rief sie. »Man gönnt sich ja sonst nichts.« Sie spürte den Druck in ihrem Magen und fürchtete insgeheim, sich bald übergeben zu müssen, aber Ablehnen war unmöglich. Wanda zog jetzt alle Register.

»Ich weiß nicht recht.« Freya Bohms Miene wirkte schon weniger ablehnend, aber sie zögerte. »Ich trinke sonst nie mit Gästen«, sagte sie unschlüssig.

»Ach, einmal ist keinmal«, beruhigte sie Wanda. »Wir erzählen es auch nicht weiter.« Sie kicherte vergnügt.

Bohm seufzte, dann gab sie sich geschlagen. »Na gut, ich schau mal, was ich kaltgestellt habe. Sekt wird bei mir nicht so häufig geordert.« Sie wandte sich ab und machte sich hinter der Theke am Kühlschrank zu schaffen. Kurz darauf kehrte sie mit einer Flasche Crémant und drei Gläsern zurück. »Ich hoffe, der ist in Ordnung, etwas anderes habe ich nicht.«

»Könnte nicht besser sein.« Wandas Augen blitzten. »Na, dann schenken Sie mal ein und setzen sich zu uns.«

Mit routinierten Handgriffen öffnete Freya Bohm die Flasche und ließ das Getränk in die Gläser perlen. Dann nahm sie auf dem angebotenen Stuhl Platz.

Wanda hob das Sektglas. »Cheerio my lovelies.«

Sie tranken. Draußen klatschte der Regen gegen die Scheiben, in der Ferne grollte ein Donner.

Zufrieden seufzend stellte Telse ihr Glas ab. »Gibt es das Hofcafé schon lange?«, fragte sie. »Wir wohnen zwar in Schilksee, haben aber erst vor Kurzem davon gehört.«

»Ein paar Jahre sind es schon«, erwiderte Freya Bohm. »Als Geheimtipp taugt es nicht mehr. Normalerweise ist es auch voller hier, aber die Wettervorhersage hat wohl viele Spaziergänger abgeschreckt.«

»Annes Bruder Morten hat uns das Café empfohlen«, behauptete Wanda. Sie befeuchtete ihren Daumen und wischte damit die Lippenstiftspuren von ihrem Glas. »Wir haben ihn Anfang Mai auf der Stena kennengelernt.«

»Aha.« Freya Bohm trank einen Schluck. »Morten ist ein netter Kerl.«

»Clemens auch?«

»Kennt ihr ihn?«, antwortete sie mit einer Gegenfrage.

Telse schüttelte den Kopf. »Ich habe ihn noch nicht persönlich getroffen, aber Morten hat ihn natürlich erwähnt, als er uns von Anne erzählt hat.«

»Ich war kürzlich in seiner Praxis«, erklärte Wanda, »als Patientin. Privat kenne ich ihn nicht.« Sie hielt kurz inne. »Mir schien er als Arzt sehr kompetent zu sein, aber, nun ja … Er machte auf mich keinen sehr ausgeglichenen Eindruck«, fuhr sie fort. »War er schon immer leicht erregbar?«

Freya Bohm lachte freudlos auf. »Kann man wohl sagen. Hat er wieder eine Arzthelferin zur Schnecke gemacht? Das sähe ihm ähnlich. Nach unten treten kann er nämlich gut, der Herr Doktor.« Sie führte erneut ihr Glas an die Lippen und nahm einen tiefen Schluck.

»Dann war er schon früher so?«, hakte Telse nach.

»Clemens ist schon als Kind für seine Wutausbrüche berüchtigt gewesen. Kein Wunder, er hatte ja täglich ein Vorbild vor Augen.«

»Wen meinen Sie?«

»Unseren Vater natürlich.« Das Wort »Vater« stieß Freya voller Verachtung aus. Ihre Wangen hatten inzwischen eine zartrosa Färbung angenommen. »Der Mistkerl hat unsere Mutter über Jahrzehnte tyrannisiert, das hat sich Clemens abgeguckt. Er als Stammhalter war ja auch fein raus und hatte nichts zu leiden.«

Ob das bei ihr anders gewesen war, wagte Telse nicht zu fragen. Die Antwort bekam sie trotzdem.

»Ich bin damals so früh wie möglich von zu Hause ausgezogen, weil ich die Aggressivität meines Vaters nicht mehr ausgehalten habe. Um schnell finanziell unabhängig zu sein, habe ich eine Lehre im Hotel gemacht und nicht studiert, aber das war für mich sowieso nicht vorgesehen.« Wieder dieses trockene Auflachen.

»Und Ihre Mutter hat das alles mitgemacht?«, wollte Wanda wissen.

Bohm zuckte mit den Schultern. »Sie sah keine andere Perspektive für sich und wollte das abgesicherte Leben in einem schicken Haus nicht aufgeben, also hat sie sich angepasst und nicht aufgemuckt.«

»Was hat Ihr Vater denn beruflich gemacht, wenn ich fragen darf?«

»Ihm gehörte eine Apotheke, und die Leute gingen gerne zu ihm, er war bekannt, beliebt und wohlgeachtet. Daraus hat er leider den Schluss gezogen, dass alle nach seiner Pfeife zu tanzen haben. An Anne hat er sich allerdings die Zähne ausgebissen.« Auf Bohms Miene trat ein zufriedener Ausdruck.

»Jetzt bin ich neugierig. Komm, erzähl.« Wanda war ebenfalls beim Du gelandet. Sie beugte sich leicht vor, und auch Telse spitzte die Ohren.

»Unser Vater konnte Anne aus verschiedenen Gründen nicht leiden«, erklärte Freya Bohm. »Zum einen hätte er sich eine standesgemäße Gattin für seinen Sohn gewünscht, eine Medizinerin, keine Gärtnerin, wie er es nannte. Dabei ist Anne studierte Biologin. Zum anderen war sie selbstbewusst und unabhängig. Sie ließ sich von ihrem Schwiegervater weder herumkommandieren noch einschüchtern. Das muss ihn bis aufs Blut gereizt haben.«

Sie stoppte in ihrem Redefluss und schenkte nach, bis die Crémantflasche leer war. »Es ist mir immer noch ein Rätsel, was sie und Clemens aneinander gefunden haben. Wenn ihr mich fragt, passten sie nie zusammen.«

»Immerhin soll Clemens ein liebevoller Vater gewesen sein, sagt Morten.«

Freya Bohm schaute Wanda direkt in die Augen. »Das ist kein Kriterium für eine funktionierende Ehe. Ich weiß von Anne, dass sie oft genug unter seinen Wutausbrüchen zu leiden hatte, da reichten die nichtigsten Anlässe. Sie hat aber nicht klein beigegeben, dafür war sie viel zu selbstbewusst. Die Folgen waren ewige Zweikämpfe, die der kleine Kalli natürlich mitbekommen hat.«

»Wurde das Kind da mit reingezogen?«, fragte Wanda.

»Der arme Junge hat mir so leidgetan. Clemens hat ihn meines Wissens nie geschlagen, aber das war schon eine Form von seelischer Gewalt. Was soll ein kleines Kind denn machen, wenn seine Eltern, die es liebt, sich andauernd streiten? Das geht daran kaputt.« Freya Bohm verstummte und drehte ihr Sektglas zwischen den Fingern. »Ich glaube, ich hole uns noch eine Flasche«, entschied sie und erhob sich. »Geht aufs Haus.«

Wanda und Telse hingen ihren Gedanken nach, bis Freya Bohm mit der neuen Flasche zurückgekehrt war und eingeschenkt hatte.

»Ich finde es nicht verwunderlich, dass Anne ihren Mann verlassen hat, nachdem Kalli verschwunden war«, nahm Telse das Gespräch wieder auf. »Vermutlich war ihr Sohn der einzige Grund, dass sie es überhaupt so lange mit ihm ausgehalten hat. Mit ihrer Arbeit im Botanischen Garten stand sie finanziell schließlich auf eigenen Beinen und konnte jederzeit gehen.«

»Was sie dann auch getan hat«, bekräftigte Freya Bohm. »Ich habe mehr als einmal versucht, mit Clemens über seine Unbeherrschtheit zu reden, aber bei ihm immer nur auf Granit gebissen. Es war zwecklos, er hat das Problem gar nicht gesehen, oder nicht sehen wollen, was weiß ich. Er hat alles abgeblockt und gemeint, ich solle mich um meine eigenen Angelegenheiten kümmern.« Sie nahm einen tiefen Schluck Crémant.

Wanda tat es ihr gleich und stellte anschließend das leere Glas zurück auf den Tisch. »Dann hat Annes Auszug dich also nicht überrascht«, fasste sie zusammen.

»Nein, der Auszug nicht, nur die Funkstille hinterher. Anne hat sich eigentlich immer regelmäßig gemeldet, und sie hat nie meinen Geburtstag vergessen.« Bohm seufzte und starrte aus dem Fenster in die regnerische Dämmerung. »Am meisten nimmt mich das Schicksal des armen Kalli mit. Es ist so traurig.« Sie stockte, dann fügte sie mit leiser Stimme hinzu: »Immerhin ist er endlich gefunden worden.«

Telse wusste nicht, was sie sagen sollte. Freyas Kummer und der Tod des kleinen Jungen gingen ihr unter die Haut.

Wanda schien ebenso überfordert zu sein. Sie räusperte sich. »Ich glaube, es wird langsam Zeit für uns«, sagte sie mit Blick auf die Pendeluhr. »Mit etwas Glück erwischen wir eine kleine Regenpause.«

Freya Bohm schien mit den Gedanken weit weg. Dann klarte ihr Blick plötzlich auf. »Wartet, ich will euch noch was zeigen.« Sie sprang auf und eilte hinter den Tresen. Kurz darauf kehrte sie mit einem Bilderrahmen in der Hand zurück. »Hier. Das sind Kalli und Bonnie.«

Telse und Wanda betrachteten das Foto, auf dem ein glücklich strahlender kleiner Junge mit Strubbelhaaren und Zahnlücke seine Arme um einen braun-weiß gefleckten Border Collie schlang, der neben ihm auf dem Rasen saß.

In Telse stieg sofort das Bild von der alten Eiche auf, in der die Überreste des Kindes gefunden worden waren. Wanda ging es offenbar ähnlich, denn ihr Blick drückte finstere Entschlossenheit aus.

16

MIT MONOTONEN BEWEGUNGEN schob der Scheibenwischer den Regen zur Seite. Wanda starrte angestrengt aus der Windschutzscheibe, um durch die Sturzbäche, die vom Himmel fielen, die Straße zu erkennen. Der Crémant, den sie intus hatte, erleichterte die Fahrt nicht unbedingt.

Telse gähnte auf dem Beifahrersitz. »Bei dem Wetter verschiebe ich meine Nachtwache lieber auf morgen«, verkündete sie mit schläfriger Stimme. »Läuft ja nicht weg.«

»Schwimmt eher weg«, meinte Wanda. »Ist jedenfalls eine sehr vernünftige Entscheidung.« Sie schaltete die Wischer eine Stufe schneller.

Telse ließ ihren Blick in die Dämmerung gleiten, die draußen vorüberzog. »Glaubst du, Clemens Holthusen hat etwas mit dem Verschwinden seiner Frau zu tun?«, fragte sie unvermittelt.

Wanda schwieg eine Weile. »Der Gedanke ist mir auch gekommen«, sagte sie schließlich. »Ich bin mir mittlerweile ziemlich sicher, dass Anne etwas zugestoßen ist. Leider haben wir nicht den geringsten Anhaltspunkt dafür, dass ihr Mann etwas damit zu tun hat. Ein fieser Charakter allein macht noch keinen Mörder.«

Telse zupfte nachdenklich an ihrer Unterlippe. »Ich werde morgen Julianne anrufen und fragen, ob sie bei ihren Internetrecherchen was herausgefunden hat«, beschloss Telse. »Heute bin ich zu müde.«

Wanda riskierte einen kurzen Blick zur Seite. »Ja, schlaf dich aus. Wer weiß, wann du wieder dazu kommst.«

Telse war sich nicht sicher, ob sie Schadenfreude aus den Worten ihrer Freundin herausgehört hatte.

Am Sonntag schlief Telse tief und fest bis in den Vormittag hinein. Ihr Bett hatte sich wie der Himmel auf Erden angefühlt, verglichen mit Schlafsack und Isomatte. Erst nach einem ausgiebigen Frühstück erinnerte sie sich an ihr Versprechen vom Vorabend. Sie kramte das Handy heraus und legte die Beine auf einer Ecke des Küchentisches ab.

»Hallo Schatz, hier ist Mama. Bist du schon wach?«

Vom anderen Ende der Leitung kam ein dumpfes Stöhnen. Sie hörte das Rascheln von Stoff. »Jetzt ja. Was gibt's?«

»Tut mir leid, wenn ich dich geweckt habe. Ich wollte nur mal nachfragen, ob du im Netz etwas über Anne Holthusen gefunden hast. Du weißt schon, die verschwundene Mutter von dem toten Jungen.«

»Schon klar.« Julianne schnaufte. »Ja, ich habe was gefunden. Aber wohl nicht das, was ihr sucht. Sonst hätte ich mich gemeldet.«

»Was meinst du damit?« Telse war auf einmal hellwach. Schnell nahm sie die Füße vom Tisch und setzte sich gerade hin. Sie hörte, wie sich ihre Tochter im Bett herumwälzte, dann leises Männerlachen. Ob das Fenno war? Hoffentlich.

»Diese Anne war anscheinend politisch ziemlich aktiv, ich habe da einiges gefunden. Hauptsächlich geht's um Umweltschutz und solche Sachen.« Julianne gähnte laut in den Hörer. »Es gibt da nur ein Problem.«

»Was denn? Nun sag schon!«

»Die Posts und Links sind allesamt uralt. Jedenfalls älter als drei Jahre. Danach habe ich nichts mehr von ihr finden können. Die gute Frau hat sich entweder in Luft aufgelöst oder betreibt radikales Digital Detox.« Pause. »Kommt meiner Meinung nach auf das Gleiche raus.«

Telse fühlte Enttäuschung in sich aufsteigen, obwohl sie insgeheim mit diesem Ergebnis gerechnet hatte. »Tja, schade. Aber danke für deine Mühe. Wie geht es euch denn im fernen Göteborg?«, wechselte sie das Thema. »Alles in Ordnung?«

Erneutes Gähnen. »Ja, alles easy. Fenno und ich kommen doch gegen Mittsommer zurück nach Kiel, dann erzähle ich dir mehr. Jetzt bin ich zu müde. Tschüssi.«

Bevor Telse sich verabschieden konnte, hatte ihre Tochter sie weggedrückt. Seufzend legte sie das Smartphone auf den Tisch. Ihr Blick fiel auf den überquellenden Mülleimer, der still vor sich hin müffelte. Sie stand auf, zog die Tüte heraus und machte sich auf den Weg nach draußen. Gerade als sie den Deckel der Mülltonne wieder zuklappte, nahm sie aus dem Augenwinkel an der Gartenhecke zu Wuttkes eine Bewegung wahr.

»Moin Telse.«

Sie drehte den Kopf zur Seite und schaute in das Gesicht des Kriminalhauptkommissars. »Moin Olaf. Geht's gut?«

Statt zu antworten drängelte er sich durch die Lücke. »Gut, dass ich dich treffe. Ich hab da mal 'ne Frage.«

Telse stutzte. Als ihr Nachbar näher kam, bemerkte sie seine angespannte Miene. Die zusammengezogenen Augenbrauen verliehen ihm einen finsteren Ausdruck. »Wie kann ich dir helfen?«, fragte sie.

»Indem du mir zeigst, was für ein verdammtes Hochbeet du gebaut hast.« Wuttke lief an ihr vorbei und äugte um die Ecke des ›Seemansfriedens‹. »Da steht ja noch gar nichts.« Seine Stimme klang enttäuscht.

»Du willst dir also auch so eine Gemüsekiste hinstellen?«

»Von Wollen kann keine Rede sein.« Er schnaubte. »Ich muss. Die Chefin hat es befohlen.«

Telse verkniff sich ein Grinsen. Camilla verlor wirklich keine Zeit. »Ich kann dir gerne meine Baupläne überlassen«, bot sie an. »In den nächsten Tagen komme ich sowieso nicht dazu. Ich mache im Camp auf der Hafenwiese eine Reportage«, fügte sie nicht ohne Stolz hinzu.

Die Augenbrauen von Olaf Wuttke zogen sich noch eine Spur enger zusammen. »Du mischst dich unter diese Klimaspinner? Pass bloß auf, da kann leicht was eskalieren.«

»Klimaspinner?« Telse sah ihn entrüstet an und verschränkte die Arme vor der Brust. »Das sind alles ganz reizende Leute, die sich für die Umwelt einsetzen, keine Krawallos. Mach dir mal keine Sorgen.« Ihren Plan, heute im Camp eine Nachtwache zu übernehmen, verschwieg sie dem Kommissar wohlweislich. »Warte, ich hole dir schnell die Bauanleitung.«

Wuttke wollte abwinken, aber Telse war schon losgespurtet. Eine Minute später kehrte sie mit den Ausdrucken zurück und drückte sie dem Nachbarn in die Hand. »Bitte schön. Ich komme dann und gucke mir an, was du zusammengezimmert hast.«

Seine Miene war mürrisch. »Danke. Ich melde mich, wenn es so weit ist, kann aber dauern.« Er drehte sich um und stapfte los.

»Warte mal!«, rief Telse und lief ihm hinterher. Er stoppte und wandte sich um. »Wollen deine Leute wirklich nichts wegen Anne Holthusen unternehmen?«, fragte sie. »Die Mutter des kleinen Kalli muss doch gefunden werden.«

Wuttke seufzte. »Ich habe euch schon gesagt, dass ich da nichts machen kann. Die Frau ist nicht auffindbar, das ist zwar bedauerlich, aber nichts, was in mein Ressort fällt. Tut mir leid.«

»Und wenn ihr etwas zugestoßen ist?« Telse ließ nicht locker. »Wir haben gestern die Schwester von Clemens Holthusen in ihrem Café besucht, Freya Bohm. Sie hat erzählt, dass ihr Bruder zu aggressivem Verhalten neigt und die Ehe unter keinem guten Stern stand.« Sie schwieg einen Moment. »Wanda und ich befürchten, er könnte Anne …« Sie zögerte. »Er könnte sie … umgebracht haben.«

Der Hauptkommissar blieb stocksteif stehen und musterte sie aus zusammengekniffenen Augen. »Das ist nicht euer Ernst, oder?« Telse stemmte die Hände in die Hüften und hob ihr Kinn. Ein amüsierter Ausdruck trat in Wuttkes Augen. »Meine Güte, Telse, ihr steigert euch da in etwas hinein. Ihr habt wirklich zu viele Krimis gelesen. Doktor Clemens Holthusen ist ein beliebter und hervorragender Arzt, ein Mann, der seine Mitmenschen heilt und nicht umbringt.« Wuttke lächelte müde. »Die Vorstellung ist einfach lächerlich. Als er noch in Schilksee praktiziert hat, war ich selbst öfter bei ihm und hatte niemals Grund zur Klage. Der Mann hat einen untadeligen Ruf. Ich persönlich verstehe nicht, warum seine Frau ihn sitzen gelassen hat, aber das geht uns auch nichts an.« Sein Blick wurde streng. »Bitte haltet in dieser Angelegenheit die Füße still. Das gibt sonst Riesenärger für euch, das verspreche ich dir.«

Telse biss sich auf die Lippen und nickte knapp.

17

UM ACHTZEHN UHR MACHTE sich Telse mit ihrem extra dicken Wollpullover im Rucksack auf den Weg in den Hafen. Ihr graute vor der Nachtwache, aber ein Rückzieher kam nicht infrage. Einerseits stand sie bei den Besetzern im Wort, andererseits wollte sie jede sich bietende Gelegenheit für ihre Fotoreportage nutzen. Wer wusste schon, wie lange die Belagerung noch von den Behörden geduldet wurde. Zum Glück musste sie am Montagmorgen erst zur dritten Stunde in der Schule aufkreuzen. Wie sie drei Stunden Unterricht bewerkstelligen sollte, ohne dass ihr dabei die Augen zufielen, war die andere Frage.

Im Camp herrschte Unruhe, das merkte Telse sofort, als sie sich der Hafenwiese näherte. Es schienen an diesem Abend viel mehr Leute vor und zwischen den Zelten herumzuwuseln als bei ihrem letzten Besuch. Die Infotische auf dem Hafenvorfeld waren nicht mehr zu sehen, dafür hatte sich die Zahl der Transparente an dem Holzpodest bestimmt verdoppelt. Auch die Geräuschkulisse hatte sich verändert. Keine Gitarrenklänge, keine Musik aus Bluetooth-Boxen war zu hören, stattdessen lag ein Klangteppich aus mehr oder weniger aufgeregten Stimmen über dem Camp.

Telse fühlte die angespannte Stimmung, konnte sich den Grund dafür aber nicht erklären. Das änderte sich, als sie an der Wiese angekommen war.

Sie hätte hinterher nicht mehr sagen können, ob sie es zuerst gerochen oder gesehen hatte.

Ein paar am Rand stehende Zelte waren mit Farbbeuteln beworfen worden, deren Inhalt an den Außenwänden herabgelaufen war und sich am Boden zu einer klebrigen Pampe vermischt hatte. In den Farblachen konnte Telse Fischabfälle und anderen, nicht zu identifizierenden Müll entdecken, der zum Himmel stank. Einige Campbewohner waren dabei, den Unrat mit Schaufeln in große Plastiksäcke zu verfrachten.

Telse schlängelte sich vorsichtig zwischen den Zelten hindurch. Hinter dem Holzpodest entdeckte sie David.

»Was ist denn hier passiert?«, platzte sie ohne Begrüßung heraus.

David schaute hoch. Er war gerade damit beschäftigt, den Inhalt einer Erste-Hilfe-Tasche vor sich auf einer Jacke auszubreiten. Vor ihm saß ein Jugendlicher auf einer Palette. Blut tropfte aus einer Wunde an seiner Stirn.

»Wir hatten vorhin unangenehmen Besuch. Hast ja gesehen, was die Idioten hinterlassen haben. Jonas haben sie eine Bierdose an den Kopf geschmissen, die Arschlöcher.« Er desinfizierte die Wunde des Jungen, drückte eine sterile Kompresse darauf und wickelte dann eine Mullbinde um den Kopf. »So, schicker wird's nicht. Wenn die Schmerzen schlimmer werden und du dich nicht gut fühlst, gehst du nach Hause, klar?«

Der Junge nickte. »Danke, das wird schon.« Er rappelte sich vom Boden auf und verschwand im Getümmel.

»Was waren das denn für Leute?«, fragte Telse und beobachtete, wie David den Inhalt der Erste-Hilfe-Tasche wieder verstaute.

»Die üblichen Gestalten, denen unser Camp nicht passt, Namensschilder hatten sie keine um. Rechte Schläger und ganz gewöhnliche Wutbürger, die sich nur in der Gruppe stark fühlen und dann die Sau rauslassen.«

»Hat die Polizei denn nicht eingegriffen?«

David lachte auf. »Die Bullen? Nee, die haben sich fein zurückgehalten. Die Bösen sind doch wir, wusstest du das nicht?«

Telse sah zu dem einsamen Mannschaftswagen, der einen unbesetzten Eindruck machte. »Sind die Angreifer von selbst abgehauen?«

»Ja, die wollten nur ordentlich provozieren und haben sich dann schnell wieder verzogen. Die Zelte kann man wohl wegschmeißen.«

»Und heute wollte ich bei der Nachtwache mitmachen.« Telse wurde mulmig zumute bei dem Gedanken. »Was, wenn die Typen wiederkommen? Diesmal vielleicht mit Stöcken und Steinen statt mit Farbbeuteln und Fischabfällen …«

»Da hast du Glück.« David lächelte sie aufmunternd an. »Ich bin heute auch dabei.«

»Wie schön.« Telse atmete erleichtert auf.

»Hast du so was schon mal gemacht?«

Sie schüttelte den Kopf.

»Am besten, du ziehst dich warm an«, empfahl David. »In der Nacht wird es ziemlich feucht und kühl. Eine Regenjacke ist auch nicht verkehrt. Wir treffen uns um einundzwanzig Uhr, dann wird die Ausrüstung verteilt.«

Telse wagte nicht zu fragen, um welche Ausrüstung es sich handelte, und nickte. »In Ordnung.«

David klemmte sich die Tasche mit dem Verbandsmaterial unter den Arm. »Dann bis nachher.«

Die knapp zwei Stunden, die ihr noch bis zu ihrem Einsatz blieben, nutzte Telse für Fotoaufnahmen. Sie dokumentierte die Spuren des Farb- und Müllanschlags und machte Portraits der Besetzer, die sich um die Beseitigung kümmerten. Mit etwas Überredungskunst entlockte sie einigen auch ein paar persönliche Kommentare.

Zum verabredeten Zeitpunkt fand sie sich am Holzpodest ein. Sie war gespannt auf den weiteren Verlauf des Abends und fühlte, wie ihr Herz schneller klopfte vor Aufregung, so als würde sie gleich etwas Ungesetzliches tun. Keine drei Minuten später erschien David mit zwei weiteren Mitstreitern im Schlepptau. »Hallo, ich bin Nina«, sagte die sportlich wirkende junge Frau; der ebenso junge Mann mit Brille und Wollmütze stellte sich als Jannes vor. Beide waren dick eingemummelt, und Telse merkte, wie sie neugierig gemustert wurde.

»Na, dann wollen wir mal.« David trug einen prall gefüllten Rucksack auf dem Rücken, und Telse fragte sich, ob sie überhaupt passend vorbereitet war. Außer ihrer Kamera, dem Handy, einer Wasserflasche und ein paar Müsliriegeln hatte sie nichts dabei. Nacheinander erklommen alle vier die schmale Holzleiter, die auf die hohe Plattform führte. Die Holzkonstruktion machte auf Telse keinen besonders vertrauenerweckenden Eindruck, und sie schickte ein kurzes Stoßgebet zum Himmel, dass es nicht mitten in der Nacht einstürzen möge.

Als alle oben angekommen waren, öffnete David seinen Rucksack. »Heute Nacht müssen wir mit allem rechnen. Wer weiß, ob die Idioten noch mal zurückkommen. Auf jeden Fall sollten wir vorbereitet sein. Eure Handys habt ihr hoffentlich aufgeladen.« David guckte in nickende Gesichter. »Ok. Hier sind für jeden eine Taschenlampe, eine Drucklufttröte, um Alarm zu schlagen, und Pfefferspray für den Notfall.« Er verteilte die Ausrüstung, dann kramte er aus seinem Rucksack noch zwei große Thermoskannen, vier Becher und mehrere Tafeln Schokolade hervor. »Die Nacht wird lang.«

Telse nahm Taschenlampe und Tröte an sich. Das Pfefferspray betrachtete sie neugierig von allen Seiten. Sie hatte schon ein paarmal überlegt, sich so eine Dose zur Sicherheit für einsame Spaziergänge zuzulegen, hatte sich bis jetzt aber nicht dazu durchringen können. »Hast du so etwas schon öfters gemacht?«, erkundigte sie sich.

David guckte fragend.

»Ich meine, weil du so gut ausgerüstet bist«, schob Telse nach.

»Nachdenken hilft. Ob ich das Richtige mitgenommen habe, wird sich zeigen.« Er deutet auf die drei Campingstühle, die auf der Holzplattform standen. »Ich schlage vor, wir teilen uns auf alle vier Himmelsrichtungen auf.«

»Soll ich noch einen Stuhl organisieren?«, bot Jannes an.

David grinste. »Nee, das ist Absicht. Wer steht, schläft garantiert nicht ein. Alle halbe Stunde wechseln wir uns ab, und der Nächste bekommt den Stehplatz. So kann keiner einpennen, und falls doch, nur kurz. Nachtwache hat schließlich was mit wach zu tun.«

»Worauf soll ich denn besonders achten?«, fragte Telse.

»Na, ob sich wieder irgendwelche Idioten nähern, oder ob es Anzeichen gibt, dass der Platz geräumt werden soll«, erklärte Nina.

»Wenn dann alles klar ist, gebe ich jetzt die erste Runde Tee aus. Wer will?« David schwenkte die Thermoskanne.

Telse schnappte sich einen dampfenden Becher und machte es sich in dem Klappstuhl mit Blick auf das Meer gemütlich.

Als sie das erste Mal auf die Uhr ihres Handys sah, waren noch keine zehn Minuten vergangen. Nachtwachen waren eine stinklangweilige Veranstaltung, stellte sie fest. Sie wusste bald nicht mehr, wie oft sie schon den Stuhl gewechselt und wie viele Tassen Tee sie getrunken hatte. Im Camp herrschte Ruhe, nur hin und wieder huschten einzelne Besetzer zwischen den Zelten umher.

Ein Blick auf die Uhr verriet ihr, dass es erst Viertel nach eins war. Die Müdigkeit machte ihr immer mehr zu schaffen, und nur mit größter Willensanstrengung gelang es ihr, die Augen offen zu halten.

Irgendwann forderte der viele Tee seinen Tribut: Telse merkte, dass sie dringend pinkeln musste. »Ich gehe aufs Klo, bin gleich wieder da«, raunte sie Nina und David zu, dann kletterte sie vorsichtig die Holzleiter herunter.

Mit schnellen Schritten ging Telse zur Sanitäranlage im Hafen. Sie hoffte inständig, dass das Häuschen nicht abgeschlossen war und sie sich im Dunkeln irgendwo in die Büsche schlagen musste, deshalb war sie heilfroh, als sie sah, wie sich die Eingangstür öffnete und eine zerzaust wirkende Frau im Jogginganzug heraustrat. Sofort sprintete sie los und bekam die Tür noch zu fassen, bevor sie wieder ins Schloss fallen konnte.

Sie wusch sich gerade die Hände, als plötzlich von draußen aufgeregtes Geschrei an ihr Ohr drang, dazu das Geräusch rennender Schritte. Ihr Pulsschlag beschleunigte sich, und sie spürte, wie ihr der Mund trocken wurde. Telse stieß die Tür auf und rannte zurück zur Hafenwiese.

Dort war die Hölle ausgebrochen.

In einem hektischen Pulk von Menschen blitzten Dutzende Taschenlampen auf, und sie sah, wie die Besetzer versuchten, sich gegen einen Trupp schwarz gekleideter Gestalten zur Wehr zu setzen. Einige der Angreifer waren mit Stangen und Holzlatten bewaffnet, mit denen sie auf Bewohner und Zelte einprügelten, andere traten mit Stiefeln auf jeden ein, der zu Boden gegangen war. Die Besetzer wiederum versuchten, sich inmitten des Camps zu verbarrikadieren, und setzten sich so gut es ging mit Zeltstangen zur Wehr. Manche warfen in ihrer Panik Holzscheite gegen die Aggressoren.

Der Lärm war unbeschreiblich. Von allen Seiten hörte man Gebrüll und Schreie. Telse stockte der Atem angesichts der rohen Gewalt der Angreifer. In diesem Moment fühlte sie, wie ihre Augen anfingen zu brennen. Hustend versuchte sie, vor der Wolke aus Pfefferspray zu flüchten, wusste aber nicht, wohin. Ihr tränender Blick flog zur Holzplattform. Dort standen Nina und Jannes, gestikulierten aufgeregt und schrien etwas in ihre Handys. David war nicht zu sehen. Siedend heiß fiel ihr ein, dass ihr Rucksack mit der Kamera dort oben lag. Alle Fotos waren noch auf der Speicherkarte, sie musste sie retten, koste es, was es wolle, sonst wäre ihre ganze Arbeit umsonst gewesen. Fast im gleichen Moment schämte sie sich für ihre Gedanken. Wie konnte sie sich um einen Fotoapparat sorgen, wenn die Campbewohner gerade um ihre Gesundheit fürchten mussten? Und warum war eigentlich keine Polizei zu sehen?

Telse schlug einen großen Bogen um das Kampfgetümmel, und näherte sich dem Holzpodest von der Rückseite. Hier war kaum jemand, nur in einem kleinen Igluzelt suchte ein Pärchen hektisch seine Sachen zusammen. Sie eilte durch das Gewirr der gespannten Leinen und hatte schon fast die Holzleiter erreicht, als sie plötzlich ein so heftiger Schlag gegen den Kopf traf, dass sie aufschrie, das Gleichgewicht verlor, taumelte und zu Boden ging.

Wie betäubt lag Telse auf dem feuchten Gras, unfähig, sich zu bewegen. Schmerzfontänen explodierten in ihrem Kopf. Sie schmeckte Blut und Dreck. Das beißende Brennen in ihrem Unterkiefer ließ ihr die Tränen in die Augen schießen. Vorsichtig tastete sie mit der Hand Hinterkopf und Kinn ab und fühlte eine klebrige Flüssigkeit. Mit größter Anstrengung hob sie den Kopf und starrte auf ihre Finger. Blut. Sie wischte sich den Matsch aus den Augen, dann versuchte sie, sich vorsichtig mit den Armen aufzurichten. Ihr Kopf fühlte sich an, als würde er bei der kleinsten Bewegung explodieren.

Unvermittelt schrak sie zusammen. Was, wenn der Angreifer noch hinter ihr stand? Telses Herz fing an zu rasen. Sie wagte kaum, sich zu rühren, als sie hinter sich eilige Schritte wahrnahm. Sie hielt die Luft an, kniff die Augen zusammen und spannte ihre Muskeln an.

»Scheiße. Komm, pack mit an.«

Telse spürte, wie sie links und rechts untergeärmelt und hochgezogen wurde, bis sie in einer sitzenden Position war. Das Blut rauschte in ihren Ohren, und ihr Schädel spendierte eine Runde Blitze.

»Alles klar bei dir?«

Bekannte Stimme. Mit Mühe öffnete sie ihre verklebten Lider. Vor ihr standen David und Nina und betrachteten sie prüfend. Der Lichtstrahl einer Handylampe leuchtete ihr grell ins Gesicht, und Telse schloss die Augen schnell wieder.

»Ich hole die Verbandstasche.« David machte kehrt und lief in Richtung Holzpodest, während Nina Telses Hinterkopf in Augenschein nahm.

»Kopfwunden bluten immer wie Sau. Das sieht böser aus, als es ist«, erklärte sie. »Hoffe ich zumindest.«

Das hoffte Telse auch. »Tut gar nicht mehr so weh«, log sie tapfer.

»Mit dem Kinn bist du wohl auf einen Hering geknallt. Sitzen deine Zähne noch alle fest?«

Telse probierte mit der Zunge schnell durch. »Ja«, sagte sie erleichtert, »alle noch da.«

»Hast du denn gesehen, wer das war?« Nina setzte sich neben sie auf den Erdboden und strich ihr sanft über den Rücken.

Telse schüttelte den Kopf, eine Bewegung, die sie sofort bereute. Ein stechender Schmerz, dann drehte sich alles um sie herum.

»Da bin ich wieder.« David tauchte samt Erste-Hilfe-Tasche aus der Dunkelheit auf. »Jetzt zeig mal her.« Er ließ sich auf die Knie sinken und besah sich Telses Kopf und Gesicht genauer. »Das muss verbunden werden«, stellte er fest, »aber hier ist es viel zu finster. Kannst du laufen?«

»Geht schon«, presste Telse hervor, »wenn ihr mich ein bisschen stützt.«

Ihre beiden Retter führten sie zu einem leeren Gemeinschaftszelt, wo ihr David im Schein einer Campinglaterne einen provisorischen Kopfverband anlegte und ein riesiges Pflaster auf ihr Kinn klebte.

»Sorry, aber ich muss wieder los und die anderen Sanis unterstützen. Es gibt noch mehr Verletzte.« Er nickte ihr zu und schlüpfte aus dem Zelt.

»Was ist denn vorne los?« Langsam konnte Telse wieder klar denken. »Ist die Polizei da?«

Nina schnaubte. »Die Bullen sind erst gekommen, als die Idioten schon wieder weg waren. Du bist dabei wohl einem von denen in die Quere gekommen, da hat er dir schnell noch was mitgegeben. Andere von uns hat es aber noch schlimmer erwischt.« Ihr gerade noch wütend lodernder Blick veränderte sich, und sie schaute Telse neugierig an. »Woher kennt ihr euch eigentlich? Du und David, meine ich.«

»Das hat sich über eine ehemalige Mitstreiterin der Klimapiraten ergeben«, antwortete Telse bewusst vage. »Anne Holthusen. Sagt dir der Name etwas?«

Nina schüttelte den Kopf. »Nein, nie gehört. Was ist mit der Frau?«

»Ich bin auf der Suche nach ihr«, erklärte Telse knapp. »Ist eine längere Geschichte. Ich hatte gehofft, David könnte mir weiterhelfen, aber leider hat er auch keine Ahnung, wo sie jetzt lebt.«

»War er mit dieser Anne zusammen?«

»Klang ganz danach«, sagte Telse vorsichtig. »Trotzdem ist sie verschwunden, ohne ihm eine Adresse zu hinterlassen.«

»Sie wird ihre Gründe gehabt haben«, sagte Nina lapidar. »Manchmal kann unser lieber David nämlich ein kleiner Kontrollfreak sein.«

»Wie meinst du das?«

Nina zuckte mit den Schultern. »Na ja, er tut sich schwer damit, Aufgaben zu delegieren und andere machen zu lassen. Immer der große Entscheider sein zu wollen, das nervt schon manchmal.« Sie machte eine Pause, dann fuhr sie fort: »Wenn er sich in seiner Beziehung auch so dominant verhalten hat, könnte das vielleicht Probleme gegeben haben. Das lässt sich nicht jede Frau gefallen.«

Genau in diesem Moment brach draußen erneut das Inferno aus.

Vielstimmiges Brüllen durchbrach die Nacht, dazu kamen ein undefinierbares Krachen und Scheppern. Nina sprang ruckartig auf und rannte aus dem Zelt, Telse brauchte etwas länger. Das Camp erinnerte sie an einen aufgewühlten Ameisenhaufen. Die Aktivisten irrten ziellos umher. Schreie, Rufe und lautes Schluchzen erfüllten die Luft. Was war hier geschehen? Telse sah sich mit wild klopfendem Herzen um. In knapp dreißig Metern Entfernung entdeckte sie emporlodernde Flammen und dichte Rauchwolken. Kurz darauf zischte es, weißer Dampf stieg auf, und das Feuer erstarb. In der Luft hing der beißende Geruch nach Rauch und verschmortem Kunststoff.

Mit wackeligen Schritten bahnte sie sich einen Weg durch das Getümmel. Als sie an der Brandstelle ankam, sah sie zuerst nur eine Gruppe kleinerer Igluzelte, von denen einige halb zusammengefallen waren. Dann fiel ihr Blick auf die Mitte des Platzes, und sie sog scharf die Luft ein. Anstelle des Zeltes, das vorher hier gestanden hatte, bedeckte jetzt eine zähe schwarze Pampe mit dicken, undefinierbaren Klumpen darin den Boden. Ein paar Metallstangen stachen wie überdimensionale Spinnenbeine daraus hervor. Reste von weißem Löschmittel klebten auf dem Rasen und den angekokelten Planen der übrigen Zelte. Der Gestank nach geschmolzenem Plastik war überwältigend.

»Was ist passiert?«, fragte Telse einen jungen Mann, der sich gerade an ihr vorbeidrängen wollte.

»Diese verdammte Mörderbande! Die haben versucht, das Camp abzufackeln. Siehst du ja.« Im nächsten Moment war er in der Dunkelheit verschwunden.

Telse war wie erstarrt, auf ihren Armen bildete sich eine Gänsehaut. Hoffentlich ist niemand ernsthaft verletzt worden, war ihr erster Gedanke.

In diesem Moment hörte sie Sirenengeheul. Zwei Rettungswagen, Feuerwehr und drei Funkstreifen der Polizei bogen auf das Hafenvorfeld ein. Ihr flackerndes Blaulicht verlieh dem Ort eine gespenstige Stimmung. Telse beobachtete, wie die Sanitäter an der Brandstelle aus ihrem Wagen sprangen. Besetzer führten sie sofort zu einem Zelt in der Nähe, während die Polizisten begannen, den Platz mit Flatterband abzusperren und Schaulustige zurückzudrängen. Telse überlegte noch, was sie jetzt tun sollte, als weitere PKW und ein weißer Transporter heranrauschten und hinter den Polizeifahrzeugen hielten. Kurz darauf sah sie, wie die Sanitäter eine Trage mit einem Verletzten zu dem Rettungswagen schoben, dessen Hintertüren offen standen. Ein zweites mutmaßliches Brandopfer wurde in den anderen Wagen geschoben, dann preschten beide Fahrzeuge mit Blaulicht und Martinshorn davon. Inzwischen wurden transportable Scheinwerfer aufgebaut, die den Tatort schon kurze Zeit später taghell ausleuchteten.

Suchend sah Telse sich um, vielleicht war jemand Bekanntes

in der Nähe, den sie fragen konnte, wie es den Verletzten ging. Der dunkle Schatten einer hochgewachsenen Gestalt neben dem Transporter erregte plötzlich ihre Aufmerksamkeit. Irgendetwas an der Körperhaltung kam ihr vertraut vor. Sie strengte sich an, konnte aber nichts erkennen und ging kurz entschlossen auf den Schatten zu. Ein Mann in einem dunklen Mantel. Sie hatte ihn fast erreicht, als dieser sich unvermittelt umdrehte.

Die Überraschung war beiderseitig.

»Du? Was machst du denn hier? Solltest du um diese Uhrzeit nicht im Bett liegen?« Olaf Wuttkes Miene war mürrisch. Er musterte Telses provisorischen Kopfverband. »Bist du etwa auch verletzt worden?«

Telse musste sich einen Moment sammeln. Mit ihrem Nachbarn hatte sie hier nicht gerechnet. Als ihr plötzlich klar wurde, was die Anwesenheit des Chefs der Mordkommission zu bedeuten hatte, lief ihr ein kalter Schauer über den Rücken. »Hat es etwa Tote gegeben?«, fragte sie mit banger Stimme.

Wuttkes Miene wurde noch finsterer. »Fast. Die beiden im Zelt haben unglaubliches Glück gehabt. Aber sie haben ziemlich schwere Verbrennungen erlitten.«

»Was ist denn passiert?«

»Ich habe weder Lust noch Zeit für Erklärungen.« Sein Handy klingelte. »Wuttke?« Der Kommissar lauschte. »In Ordnung, ich komme.« Er beendete das Gespräch und steckte das Gerät zurück in die Manteltasche.

Telse trat von einem Fuß auf den anderen und sah ihn fordernd an.

»Wir ermitteln wegen versuchten Mordes, mehr kann ich dir nicht sagen«, wimmelte Olaf Wuttke sie ab. »Und jetzt habe ich zu tun. Gute Nacht.« Mit diesen Worten verschwand er in der Dunkelheit.

Telse zögerte kurz, dann beschloss sie, sich auf den Heimweg zu machen. Sie drängelte sich durch die aufgewühlte Menge zum Holzpodest durch und bat dort eine junge Frau, nachzuschauen, ob ihr Rucksack dort oben lag. Zu ihrer Erleichterung befand er sich noch samt Inhalt an der Stelle, wo sie ihn zurückgelassen hatte. Was heute Nacht genau passiert war, würde sie noch früh genug erfahren. Denn eins war so vorhersehbar wie Regenwetter zur Kieler Woche: Sobald Wanda von dem Mordanschlag erfuhr, würde diese umgehend tun, was sie am liebsten tat – ihren Nachbarn Olaf Wuttke zu einem ausführlichen Rapport zitieren.

18

WANDA ÖFFNETE DIE TÜR der Villa, blinzelte mit verquollenen Augen in das Morgenlicht und erstarrte, als sie ihre Freundin erblickte. »Gute Güte, ist das Zeltlager etwa mit Bulldozern geräumt worden?«

Telse winkte ab. »Schlimmer.« Sie hatte in den letzten Stunden kein Auge zugetan, aber anstandshalber bis zum Sonnenaufgang gewartet, ehe sie ihre Freundin aus dem Bett klingelte. Nachdem sie sich nach Hause geschleppt hatte, waren die grausigen Bilder von dem Brand in Endlosschleife vor ihrem inneren Auge vorbeigezogen. »Es hat in der Nacht erst einen Überfall und dann einen Mordanschlag auf die Besetzer der Hafenwiese gegeben«, sprudelte sie hervor. »Hast du die Sirenen nicht gehört?«

Wanda gähnte. »Nö, ich habe geschlafen wie ein Bär.« Sie kratzte sich am Hinterkopf. »Dann ist es also doch geräumt worden?«

»Nein«, sagte Telse ungeduldig. »Irgendwelche Kriminellen haben mitten in der Nacht ein Zelt angezündet, in dem zwei Leute lagen! Die mussten anschließend ins Krankenhaus. Dann ist Olaf zum Tatort gekommen, er war aber nicht sehr auskunftsfreudig.«

Wanda musterte Telses Kopfverband und das Pflaster am Kinn. »Und du warst mittendrin?«

»Ja. Das heißt, nein.« Telses Hand fuhr zu der Mullbinde, die schon halb über dem Ohr hing. Sie hatte sich noch nicht die Mühe gemacht, den Verband zu erneuern.

»Fehlt nur noch die Augenklappe, dann kannst du auf der Black Pearl anheuern. Komm rein und erzähl der Reihe nach. Ich brauche einen Kaffee, sonst kann ich nicht klar denken.« Wanda zog den Bademantel enger, drehte sich um und ging zielstrebig in die Küche. Telse folgte ihr. Während ihre Freundin sich an der Siebträgermaschine zu schaffen machte, nahm Telse auf einem der Stühle Platz und erzählte in knappen Worten die Ereignisse der Nacht.

»Immerhin konnten die beiden aus dem verbrannten Zelt rechtzeitig gerettet werden. Hoffe ich zumindest. Ich habe noch mitbekommen, wie sie in die Krankenwagen verfrachtet wurden. Es muss ziemlich knapp gewesen sein.«

Wanda stellte zwei dampfende Kaffeetassen auf den Tisch. »So, zuerst mache ich wieder einen Menschen aus dir«, sagte sie bestimmt und lief zu ihrem Medizinschrank, um Desinfektionsspray, Schere und Verbandszeug zu holen.

»Nicht doch«, protestierte Telse schwach.

Wanda ignorierte sie, breitete das Material auf dem Küchentisch aus und begann, die blutverkrustete Mullbinde vom Kopf ihrer Freundin zu lösen. »Ich verstehe einfach nicht, wer so etwas tut«, stieß sie hervor. »Ist es die Lust an der Gewalt? An einer schweren Kindheit allein kann es kaum liegen, dass manche Männer jede Hemmung fallen lassen, sonst würden das auch Frauen machen. Tun sie aber nicht.« Sie warf die alte Bandage in den Mülleimer, nahm ihre Tasse und trank einen Schluck. Dann machte sie sich daran, die Wunde zu säubern und einen frischen Verband anzulegen.

»Ob Olaf schon einen Verdacht hat, wer für den Anschlag verantwortlich ist?«, überlegte Telse. »Vermutlich waren es dieselben, die schon vorher Krawall gemacht und mir eins über die Rübe gegeben haben.«

»Egal, was ich persönlich von dem Camp halte: Wer auch immer dafür verantwortlich ist, gehört hinter Schloss und Riegel, und zwar pronto.« Wanda zog Telses Pflaster ab und betrachtete prüfend das Kinn. »Das kann so bleiben, da muss nichts mehr drauf«, beschied sie und tupfte etwas Salbe auf die Wunde. »Schürfwunden heilen an der Luft besser. Die Schule solltest du heute aber lieber schwänzen. Nicht dass die lieben Kleinen einen Schock fürs Leben kriegen, wenn sie dich so sehen.«

Telse nickte. Diese Idee hatte sie auch schon gehabt. Punkt acht Uhr wollte sie sich telefonisch abmelden und gleich danach aufs Ohr legen.

Wanda trank ihren Kaffee aus und stellte die Tasse klirrend auf dem Unterteller ab. »So, meine Liebe. Ich denke, als besorgte Bürgerinnen, deren Bestreben es ist, den Untergang der Zivilisation nach Kräften aufzuhalten, sollten wir Freund Olaf unsere Aufwartung machen«, verkündete sie. »Und zwar umgehend, bevor er sich in sein Kommissariat verkrümeln kann.«

»Um die Uhrzeit?« Telse guckte zweifelnd. »Der arme Mann war wahrscheinlich die halbe Nacht auf den Beinen. Wenn du ihn jetzt aus dem Bett zerrst, wird das seine Auskunftsfreude mit Sicherheit nicht fördern.«

Wanda nickte nachdenklich. »Wahrscheinlich hast du recht.«

Sie erhob sich, um die nächste Runde Kaffee zu zapfen. Vor der Maschine drehte sie sich zu Telse um und grinste breit. »Was hältst du davon, wenn wir beiden Hübschen den Herrn Kommissar heute Abend mit unserem Besuch beehren? Ich bringe zwei Flaschen von meinem besten Riesling mit. Den für schwere Fälle. Ich habe nämlich auch noch etwas Interessantes mitzuteilen.« Telse setzte zu einer Antwort an, was von Wanda geflissentlich ignoriert wurde. »Nachher gehe ich mal rüber«, fuhr sie fort, »um Camilla auf den neuesten Stand zu bringen und ihr unser Kommen anzukündigen. Sie wird bestimmt nichts dagegen haben.«

Das glaubte Telse sofort.

Um Punkt neunzehn Uhr klingelten Wanda und Telse bei den Wuttkes.

Camilla öffnete und winkte sie mit einem Lächeln ins Haus. »Wie schön, dass wir wieder mal einen Abend zusammen verbringen.« Ihre Augen blitzten neugierig hinter der eckigen Designerbrille, als sie Telses Kopfschmuck sah. Sie nahm Wandas Weinflaschen in Empfang und deutete zum Wohnzimmer. »Immer reinspaziert, der Meister wartet schon.«

»Wahrscheinlich darauf, dass wir so schnell wie möglich wieder verschwinden«, flüsterte Telse ihrer Freundin zu.

»Da kann er lange warten«, raunte Wanda. »Es sei denn, der Herr rückt umstandslos mit allen Details zu dem Anschlag heraus. Außerdem will ich wissen, was er mit meiner neuen Info in Sachen Holthusen zu tun gedenkt. Danach darf er sich von mir aus in seine Koje verziehen, und wir drei machen es uns gemütlich.«

Der Kriminalhauptkommissar saß auf dem Sofa und war nicht in Plauderlaune, das konnten die Frauen ihm schon beim Eintreten ansehen.

»Moin Olaf«, begrüßte Wanda ihn munter. »Long time no see! Wie schön, sich mit dir in geselliger Runde zu treffen.«

»Ja, ja«, Wuttke winkte ab. »Ich hatte keine Wahl. Die Chefin hat gesprochen, ich füge mich.«

»Ist auch besser so.« Camilla war ins Wohnzimmer getreten, ein Tablett mit Gläsern in den Händen. »Das Geheimnis einer glücklichen Ehe, nicht wahr, Schatz?« Sie spitzte die Lippen und schickte einen Luftkuss in Richtung ihres Ehemanns.

»Bringen wir es hinter uns, ich fühle mich nicht besonders«, brummelte Wuttke. »Setzt euch.« Dann musterte er Telse. »Von dir würde ich übrigens gerne erfahren, was du nachts bei diesen Spinnern zu suchen hattest. Du scheinst ja ordentlich mitgemischt zu haben.« Mit hochgezogener Augenbraue warf er einen Blick auf ihren Kopfverband.

»Charmant, der olle Gnatterpott, wie wir ihn kennen und lieben.« Wanda schenkte für alle Wein und Wasser ein.

»Hast du den Nachteinsatz gut überstanden?«, erkundigte sich Telse bei Olaf, ohne auf dessen Vorwurf einzugehen.

»Danke der Nachfrage. Gewöhnlich liege ich zu dieser Stunde lieber im Bett, als irgendwelchen Mordbrennern hinterherzujagen.« Er schlug mit der Faust auf den Couchtisch. »Mit diesem idiotischen Camp muss jetzt Schluss sein, das zieht nur Gesindel an.« Wuttkes Miene war finster entschlossen.

»Aber für den Angriff können doch die Aktivisten nichts, das kannst du denen nicht in die Schuhe schieben«, widersprach Telse. »Warum sollen diejenigen, die sich für eine gute Sache einsetzen, daran schuld sein, dass irgendwelche ignoranten Deppen über Leichen gehen?«

»War das denn tatsächlich ein Mordversuch?«, fragte Wanda.

Wuttke stöhnte dramatisch. »Wusste ich's doch. Wenn du Wein mitbringst, muss man auf die Inquisition gefasst sein.«

»Niemand erwartet die Spanische Inquisition«, murmelte Telse.

Wanda grinste.

»So, jetzt im Ernst.« Camilla Wuttke stellte energisch ihr Glas auf dem Tisch ab. »Olaf, sag an, was ist im Camp genau vorgefallen?«

Alle drei Frauen fixierten den müde wirkenden Ermittler.

Der winkte ab. »Ihr lest es morgen sowieso in der Zeitung.«

Sie starrten ihn weiter stumm an.

Der Kriminalhauptkommissar verdrehte die Augen. »Also schön, wenn's denn unbedingt sein muss.« Er räusperte sich. »Gegen halb drei Uhr morgens haben Unbekannte zwei Molotow-Cocktails auf ein Zelt im Hafencamp geworfen, das dadurch umgehend in Brand geriet. Die beiden Bewohner konnten nicht rechtzeitig aus dem Zelt fliehen, weil die Angreifer den Reißverschluss vorher mit Sekundenkleber beschmiert hatten. Allein der glückliche Zufall hat den beiden das Leben gerettet. Oder vielmehr ein Typ aus dem Nachbarzelt, der gerade vom Pinkeln zurückkam. Er hat die Situation erkannt und die Zeltplane geistesgegenwärtig mit seinem Jagdmesser aufgeschnitten. Ohne ihn wären die beiden im Zelt bei lebendigem Leibe verbrannt. So sind sie mit Verbrennungen dritten Grades davongekommen. Wir ermitteln jetzt wegen versuchten Mordes.«

»Und hat er die Angreifer gesehen?«, fragte Wanda.

Olaf Wuttke schüttelte bedauernd den Kopf. »Leider nein, das hat niemand. Eine Stunde vorher hatte es schon einen ersten Vorfall gegeben, bei dem Angreifer die Besetzer mit Latten verprügelt haben.« Sein Blick wanderte zu dem Kopfverband seiner Nachbarin.

»Gibt es irgendwelche Anhaltspunkte, wer die Angreifer gewesen sein könnten?«, bohrte Telse nach. »Was ist mit euren Leuten von der Spurensicherung, haben die nichts gefunden?«

Wuttke zuckte mit den Schultern »Tja, Überwachungskameras wären hilfreich gewesen, die gibt es bei der Hafenwiese aber nicht. Die Karnickel wollen beim Rammeln nicht gefilmt werden.« Er grinste schwach, wurde aber sofort wieder ernst. »Die einzigen Anhaltspunkte sind ein angekokelter Stofffetzen sowie Scherben der Bierflaschen, die für die Molotow-Cocktails benutzt wurden. Die KTU konnte Reste des Etiketts sicherstellen, die Buddeln kamen von der Marke Noor.« Der Kommissar ergriff sein Weinglas. »Jetzt müssen wir nur noch die passenden Säufer finden.« Er lehnte sich zurück und trank einen tiefen Schluck. Dann setzte er das Glas ab, beugte sich auf dem Sofa vor und musterte Telse scharf. »So, ich höre. Was hast du zu nachtschlafender Stunde in diesem Besetzercamp gemacht?«

Telse lehnte sich zurück und kreuzte die Arme vor der Brust. »Es geht dich zwar nichts an, aber ich habe mich für unser aller Interessen eingesetzt. Das heißt, die Interessen derjenigen, denen Umwelt und Naturschutz nicht völlig egal sind.«

»Aha. Und das braucht vollen Körpereinsatz, oder wie?«

Telse rollte mit den Augen. »Einer von den Idioten hat mich von hinten niedergeschlagen. Der soll mitsamt seinen Kumpels in der Hölle schmoren.«

»Das ist alles keine Antwort auf meine Frage. Warum warst du in der Nacht auf der Hafenwiese?« Wuttke sah sie streng an. »Das hätte für dich noch viel schlimmer ausgehen können.«

»Warum hat die Polizei nicht schon bei dem ersten Überfall eingegriffen?«, fragte Telse zurück. »Die stehen mit ihrer Wanne Tag und Nacht nutzlos herum, und wenn es wirklich mal drauf ankommt, verkrümeln sie sich. Das nennt man unterlassene Hilfeleistung!«

»Die Kollegen sind keine Babysitter für deine selbst ernannten Weltretter, die sich auf der Wiese häuslich eingerichtet haben. Die Leute können sich doch denken, dass sie mit ihrer Aktion auch Gegner auf den Plan rufen.«

Telses Augen weiteten sich. »Ist das dein Ernst? Die Aktivisten sind also selbst schuld, wenn sie nicht nur mit Farbbeuteln und Müll beworfen, sondern auch noch von einem brutalen Mob angegriffen werden?«, rief sie empört. »Willst du das damit sagen? Ich fasse es nicht.«

Wuttke hob beschwichtigend die Hände: »Immer mit der Ruhe. Nein, das sage ich nicht. Die Kollegen hätten erst Verstärkung rufen müssen, um sich nicht selbst zu gefährden. Aber die Schläger sind dann genauso schnell wieder verschwunden, wie sie gekommen sind.«

»Das heißt, es gab keine Festnahme?«

»Leider nein.« Wuttke beugte sich vor und sah Telse direkt in die Augen. »Wenn ich dir einen Rat geben darf: Halte dich von illegalen Aktionen dieser Art zukünftig fern. Zu deiner eigenen Sicherheit.«

»Ich kann schon auf mich selbst aufpassen, vielen Dank«, gab Telse spitz zurück. »Aber wenn keiner den Hintern vom Sofa hochkriegt, ändert sich auch nichts in unserer Gesellschaft. Diese allgemeine Lahmarschigkeit widert mich an. Lieber bequem vom Rand aus zuschauen, wie andere sich für den Erhalt unserer Umwelt einsetzen. Wo bleibt denn da die Solidarität?«

»Jetzt reg dich nicht so auf«, mischte sich Wanda in beruhigendem Ton ein. »Olaf meint es doch nur gut. Ich bin auch der Meinung, dass es nichts bringt, sich selbst zu gefährden. Du hast ja gesehen, dass diese Typen vor nichts zurückschrecken.«

Der Kommissar nickte bestätigend. »Aber zumindest im Olympiahafen ist es vorbei damit. Das Besetzercamp wird morgen früh aufgelöst. Wie ich von den Kollegen erfahren habe, wollen die Camper nach den Ereignissen der letzten Nacht freiwillig das Feld räumen.«

»Eine weise Entscheidung«, kommentierte Wanda und schlürfte genussvoll ihren Wein.

Telse starrte wortlos in ihr Wasserglas. Nicht nur, dass sie wütend war, sie fühlte sich einsam und zutiefst unverstanden. Vielleicht war Schilksee doch nicht ihre Welt. Unvermittelt stieg die Sehnsucht nach Hamburg in ihr auf. Da waren die Leute einfach anders drauf.

»Lasst uns von etwas anderem reden«, schlug Wanda vor, um die Streithähne zu besänftigen. Sie hob den Zeigefinger. »Falls es euch interessiert, ich habe gestern etwas Interessantes im Zusammenhang mit dem Verschwinden von Anne Holthusen in Erfahrung gebracht.«

»Oh nein, bitte nicht.« Wuttke schlug die Hände vor das Gesicht.

»Bitte doch«, kam es von Camilla, die den Themenwechsel begrüßte. »Was hast du herausgefunden?«

»Telse und ich haben kürzlich das Hofcafé von Freya Bohm besucht, der Schwester von Clemens Holthusen. Die Frau wollte uns erst abwimmeln, war dann aber doch recht redselig. Sie hat uns sogar ein Foto von ihrem Neffen Kalli mit dem Familienhund Bonnie gezeigt. Angeblich hat Anne den Border Collie bei ihrem Auszug mitgenommen. Und jetzt kommt's …« Wanda setzte eine geheimnisvolle Miene auf.

»Sag schon!«, forderte Camilla, während Telse demonstrativ schwieg und die Unterlippe vorschob.

»Irgendwie hatte ich so ein Gefühl und habe noch mal bei dem Vermieter angerufen, der Anne im Fliegenden Holländer ein Appartement zugesagt hatte«, fuhr Wanda fort. »Ich habe ihn gefragt, ob sie angegeben hat, mit Hund einziehen zu wollen. So was muss ja vertraglich geregelt sein, wenn man keinen Ärger haben will.« Wanda machte eine Kunstpause. »Ihr ahnt es wahrscheinlich schon. Der Vermieter hat mir erzählt, dass Hundehaltung in seiner Wohnung nicht erlaubt ist und dass Anne auch gar nicht danach gefragt hat. Was sagt ihr nun?« Mit triumphierendem Gesichtsausdruck wartete sie auf eine Reaktion.

»Warum hat sie den Border Collie mitgenommen, aber eine Wohnung gemietet, in der Hunde nicht gestattet sind?«, fragte Camilla stirnrunzelnd.

»Tja. Genau das ist die große Frage.« Wanda lehnte sich zurück und schaute in die Runde.

»Dann seid ihr also immer noch hinter der verschwundenen Mutter des toten Jungen her?« Wuttke schüttelte den Kopf. »Habt ihr eigentlich nichts Besseres zu tun?«

»Da musst du Wanda fragen«, grollte es dumpf aus Telses Richtung. »Mir ist diese Anne im Grunde egal. Auch wenn sie bei den Klimapiraten mitgemacht hat und deshalb nicht ganz so borniert und saturiert sein kann.«

»Wie wir, meinst du?« Wanda zog die Augenbrauen hoch. »Madame will die Welt retten und uns ein schlechtes Gewissen machen, aber wenn vor ihrer Haustür eine junge Frau spurlos verschwindet und vielleicht einem Verbrechen zum Opfer gefallen ist, interessiert sie das nicht. Das nenne ich Doppelmoral.«

»Deine neue Erkenntnis hilft uns kein Stück weiter«, konterte Telse. »Und so langsam habe ich von der Suche genug. Das läuft doch alles ins Leere.«

Wanda schaute auf. »Ach ja? Am Sonntag, auf der Rückfahrt von Stohl, klang das noch anders.«

»Weil meine Ressourcen begrenzt sind und ich mit meiner Reportage lieber die Menschen unterstützen will, die sich für den Naturschutz an unserer Küste einsetzen. Das halte ich für sinnvoller, als einer frustrierten Ehefrau hinterherzujagen, die keinen Wert darauf legt, gefunden zu werden.«

»Falls sie nicht ermordet wurde«, gab Wanda zurück.

»Ermordet?«, schaltete sich Camilla ein. »Wie kommt ihr darauf?« In diesem Moment klingelte ihr Smartphone. »Bitte entschuldigt mich.« Sie erhob sich und verließ das Zimmer.

»Wir haben eindeutige Hinweise«, rief Wanda ihr nach.

Olaf Wuttke schüttelte resigniert den Kopf. »Ihr beide verrennt euch in irgendwelche Hirngespinste.«

Das war das Stichwort für Telse. Ihr Kopf schmerzte, sie war müde und sie hatte die Schnauze gestrichen voll. »Wenn geldgierige Investoren das letzte Restchen Grün im Olympiahafen zubetonieren und alles mit Neubauten vollstellen wollen, handelt es sich nicht um Hirngespinste, sondern um traurige Realität.

Das lassen sich die jungen Leute, die die Wiese besetzt haben, nicht einfach so gefallen. Ich finde das gut.«

Wanda seufzte. »Warum, bitte schön, soll dieser potthässliche Siebzigerjahre-Bau nicht endlich aufgehübscht und modernisiert werden? Die ganze Anlage rottet seit Jahrzehnten vor sich hin. Findest du grauen Waschbeton etwa schick?«

»Nichts gegen eine Renovierung, aber muss dazu die gesamte Hafenwiese platt gemacht werden?«, fragte Telse streitlustig zurück. »Nur damit irgendwelche Spekulanten, die nicht wissen, wohin mit ihrer Kohle, sich Eigentumswohnungen mit Meerblick kaufen können?«

Wanda betrachtete ihre Freundin fast mitleidig. »Hast du dir dieses traurige Stückchen Grün, das um jeden Preis gerettet werden soll, einmal genau angesehen? Da zelten zur Kieler Woche nur die auswärtigen Segler, ansonsten herrscht dort biologische Ödnis.«

»Es geht ums Prinzip!«, rief Telse aufgebracht. »Man kann doch nicht immer nur tatenlos zusehen, wenn die Natur dem Mammon geopfert wird. Ja, die Wiese ist kein einzigartiges Biotop, aber das bedeutet doch nicht, dass man sie einfach komplett versiegeln darf. Schon mal was vom Klimawandel gehört? Viel besser wäre es, sie endlich zu renaturieren und zu einem Habitat für gefährdete Arten zu machen. Versteht ihr das denn nicht?« Sie war von Satz zu Satz lauter geworden.

»Das verstehe ich durchaus, keine Sorge. Aber man sollte doch die Verhältnismäßigkeiten beachten«, widersprach Wanda ruhig. »Ist es wirklich so schlimm, wenn ein, zwei neue Restaurants im Hafen aufmachen und ein schicker Fußgängerboulevard gebaut wird?«

»Guck dir die neuen Hafenviertel in Oslo, Hamburg oder was weiß ich wo, an. Da steht preisgekrönte Architektur am Wasser, und alle fahren hin und finden es toll«, mischte sich Olaf Wuttke ein.

»Und du meinst, in unserem verschlafenen Schilksee fehlen ein paar Klotzbauten aus Stahl und Glas?« Telse konnte es nicht fassen. »Warst du mal in der Hamburger Hafencity? Alles todschick, glatt poliert und großkotzig, und wer kein Geld für die noblen Restaurants hat, soll eben draußen bleiben. Ist es das, was ihr wollt?«

»Auf jeden Fall will ich mir nicht vorschreiben lassen, was ich gut finden oder unterstützen soll«, sagte Wanda kühl.

»Klar, Hedonismus ist auch eine Haltung, die man haben kann. Und wenn die Natur den Bach runtergeht, zieht man halt woandershin. Solange es noch ein Woanders gibt. Der Rest kann sehen, wo er bleibt.« Telses Stimme bebte, sie konnte ihren Zorn nur mit Mühe im Zaum halten. »Wir stehen alle in der Verantwortung, diesen Planeten zu erhalten, auch du!«

»Ja, lass ruhig den Ökodiktator heraushängen. Beeindrucken wirst du mich damit nicht.« Wanda erhob sich. »Gute Nacht, ich gehe nach Hause.« Sie nickte in die Runde und schritt aufrechten Hauptes aus dem Zimmer.

Telse sah ihr stumm nach. Sie wartete noch einen Moment, dann verabschiedete sie sich ebenfalls.

Olaf Wuttke schenkte sich ein weiteres Glas Wein ein, wobei er leise vor sich hin murmelte: »Na denn, Prost.«

19

ALS WANDA DIE HAUSTÜR hinter sich geschlossen hatte, fühlte sie sich hundeelend. Wütend und elend zugleich, um genau zu sein. Im Wohnzimmer ließ sie sich auf das Sofa fallen und starrte die Decke an.

War es das wert gewesen? Einen Streit vom Zaun zu brechen und damit ihre Freundschaft aufs Spiel zu setzen? Wanda kannte Telse gut genug, um zu wissen, wie schnell sie sich entflammen ließ, wenn es darum ging, das Gute, Wahre und Schöne zu verteidigen. Meistens konnte sich Wanda dem auch anschließen. Eine Welt ohne Kunst, Kultur und selbstverständlich auch intakter Natur war für sie nicht lebenswert. Warum musste sie der Freundin dann so vehement widersprechen und sich eine unkritische Ignorantin schimpfen lassen? Um aus Prinzip Recht zu behalten? Jetzt hatte sie Telse die Meinung gesagt und saß als Belohnung für ihre Dickköpfigkeit allein in ihrer viel zu großen Villa. Glückwunsch, Wanda Holle, das hast du mal wieder toll hingekriegt.

Aber ehe das Selbstmitleid überhandnehmen konnte, meldete sich der alte Trotz zurück. Hätte sie etwa die Klappe halten sollen, nur um auf Telses Befindlichkeiten Rücksicht zu nehmen? Durfte sie von der Freundin nicht erwarten, dass diese auch abweichende Meinungen akzeptierte, zumal, wenn sie begründet waren?

Wanda seufzte, legte sich ein Sofakissen auf den Bauch und hielt es mit gefalteten Händen fest. Was jetzt? Den Streit aussitzen und in ein paar Tagen so tun, als ob nichts wäre? Oder rübergehen und um Entschuldigung bitten, obwohl sie weiterhin zu dem stand, was sie gesagt hatte?

»Ihr führt euch auf wie im Kindergarten.« Camilla Wuttke saß mit zwei Kissen im Rücken im Ehebett und blickte ihren Gatten streng über ihre Lesebrille hinweg an. Der hatte sich die Daunendecke über die Ohren gezogen und stellte sich schlafend. Was ihm natürlich nichts half.

»Olaf!« Camilla legte ihren Krimi zu Seite und zog ihm die Decke vom Gesicht.

Wuttke kniff die Augen fest zusammen und blieb stocksteif auf der Seite liegen. Er hätte sich beißen können. Warum musste er nur so geschwätzig sein. Hätte er vorhin geschwiegen und sich nicht so über die beiden Nachbarinnen aufgeregt, hätte er jetzt in Frieden schlummern können. Hätte, hätte, Fehlerkette.

»Ich weiß genau, dass du nicht schläfst. Nicht nur, weil das Sägewerk verdächtig still ist.« Camilla knuffte ihren Gatten leicht in die Seite. »Komm schon, knips die Augen auf.«

Seufzend gab Wuttke sich geschlagen. Besser, er brachte die Angelegenheit schnell hinter sich, vorher war an Schlaf nicht zu denken. Er kannte seine Frau gut genug, um zu wissen, dass das Wörtchen ›aufgeben‹ in ihrem Wortschatz nicht existierte. »Was willst du denn?« Er wälzte sich auf den Rücken und gähnte demonstrativ.

»Dass ihr euch wieder vertragt, was sonst. Ich möchte für diesen Kinderkram nicht unsere Freundschaft aufs Spiel setzen. Euer Streit ist einfach lächerlich.«

»Ist er nicht.«

»Doch.«

»Man muss auch mal Klartext reden, wenn sich Leute verrennen und das nicht einsehen wollen. Dein Reden, wohlgemerkt.« Wuttke schnaubte verdrießlich. »Es ist nicht aufzulösen. Wanda will unbedingt diese Anne Holthusen finden. Telse ist daran plötzlich nicht mehr interessiert und will stattdessen lieber die Hafenwiese retten, während Wanda sich mehr Restaurants im Olympiahafen wünscht. Die beiden halten mich aus individuellen Gründen für ignorant und borniert, ich halte sie für überspannt und will weder mit der einen noch mit der anderen Sache zu tun haben. Ich will schlafen.«

Camilla holte tief Luft. »Schatz. So, wie ich eure Auseinandersetzung, die ich leider wegen meines Telefonats verpasst habe, interpretiere, lauft ihr auf drei parallelen Spuren euren Lebensweisheiten hinterher. Am Ende jeder Bahn befindet sich das persönliche Ziel, das der Läufer oder die Läuferin unbedingt erreichen will. Es gilt jetzt, diese Ziele zu bündeln und zu einem gemeinsamen zu machen. Das bedeutet, den gemeinsamen Nenner für die unterschiedlichen Bedürfnisse aller Beteiligten zu finden und die Kräfte zu vereinen, anstatt sie aufzuspalten. Ihr müsst den Synergieeffekt nutzen! Wenn ihr euch gegenseitig unterstützt, anstatt euch zu bekämpfen, gewinnen alle. Wer anderen bei seinen Projekten hilft, bekommt Beistand zurück und erreicht seine Ziele besser und schneller. Das ist meine Erfahrung im Beruf, ich weiß, wovon ich rede. Außerdem hebt es die Stimmung, wenn alle wieder das Gefühl haben, an einem Strang zu ziehen. Wir wollen doch noch weiter zusammen feiern können, nicht wahr?«

Die Antwort war ein tiefes, regelmäßiges Atmen.

Aber nicht mit Camilla.

»Olaf!« Dann eine Umdrehung lauter: »OLAF!«

Wuttke zuckte zusammen.

»Ich war noch nicht fertig. Ich habe mir nämlich etwas überlegt. Ein kleines Teambildungsprojekt.«

»Was?«, grunzte es von der anderen Seite des Ehebetts herüber.

»Teambildungsprojekt«, wiederholte Camilla bereitwillig. »Ist mir gerade eingefallen. Das machen wir in der Firma auch, wenn es irgendwo Konflikte gibt.« Sie klatschte in die Hände. »So löst man heutzutage Probleme!«

»Nicht dein Ernst.« Wuttke wälzte sich herum und starrte seine bessere Hälfte an, als hätte sie ihm vorgeschlagen, eine Paartherapie zu machen. Dann drehte er sich ohne ein weiteres Wort wieder auf die andere Seite und streckte ihr den Mors zu.

»Doch, ist es, mein kleiner Nieselpriem.« Camilla nahm ihre Brille ab und legte sie neben den Krimi auf den Nachttisch. Dann rutschte sie tiefer und zog ihre Decke bis zum Kinn hoch. »Ich habe auch schon eine Idee.«

Wanda schüttelte entschieden den Kopf. »Nein, meine Liebe, ohne mich. Für Kindergeburtstage bin ich zu alt. Außerdem kriege ich es im Kreuz, wenn ich nur daran denke.«

Bei Telse lief es auch nicht besser.

»Wirklich, Camilla, das ist nett gemeint, aber mir reichen die

Kids in der Schule, da muss ich mich nicht auch noch in meiner Freizeit zum Affen machen. Tut mir leid.«

Als Camilla von ihrem Besuch bei den Nachbarinnen zurückgekehrt war und in die Küche trat, saß Olaf noch am Frühstückstisch. Er trank Kaffee und warf einen schnellen Blick auf seine Armbanduhr. »Ich muss um zehn Uhr in der Dienststelle sein. Wie ist es denn drüben gelaufen?«, erkundigte er sich bemüht harmlos.

»Die zwei Damen haben freundlich, aber entschieden abgelehnt. Das hatte ich fast erwartet. In meiner Firma zieren sich die Kollegen gewöhnlich auch erst ein wenig.« Camilla zog sich einen Stuhl heran, ließ sich darauf fallen und schenkte sich Kaffee ein. »Jetzt liegt es an dir, deinen umwerfenden Charme ins Spiel zu bringen und sie zu überzeugen.«

Der Kommissar machte mit beiden Händen eine abwehrende Geste. »Keine Chance. Wenn sie nicht wollen, wollen sie nicht, so ist das nun mal.« Er erhob sich und schüttelte die Brotkrumen von seinem Pullover.

»Aber du findest die Idee doch auch gut.« Das war keine Frage, sondern eine Feststellung.

»Nein, Schatz, da handelt es sich um ein Missverständnis. Nur weil ich im Tiefschlaf nicht in der Lage bin, dir zu widersprechen, heißt das noch lange nicht, dass ich dir zustimme. Ich halte solche Spielchen für Zeitverschwendung.«

Camilla legte den Kopf schief und fixierte ihren Mann. »Komisch, viele erfolgreiche Unternehmen sehen das anders. Spielen heißt, von sich selbst und anderen neue Seiten kennenzulernen. Es bedeutet, über den eigenen Schatten zu springen, um schließlich als Team zu gewinnen.«

»Du klingst wie einer dieser Motivationstrainer, die die Leute für haufenweise Schotter über glühende Kohlen scheuchen.«

»Die Dinge einfach laufen lassen und zusehen, wie Freundschaften den Bach runtergehen, ist natürlich viel bequemer«, gab Camilla unbeeindruckt zurück.

Wuttke ließ die Schultern sacken und setzte sich wieder. Mit seiner Ehefrau zu diskutieren, strengte ihn unglaublich an. Vor ihm lag ein langer Arbeitstag, und dies war sein Heim, hier suchte er Ruhe, Geborgenheit und eine entspannte Gattin, die ihm mit zarter Hand die Sorgenfalten glättete. Er seufzte. »Was soll ich tun?«

Camilla strahlte. Sie sprang vom Stuhl auf, umrundete den Küchentisch und drückte ihrem Mann einen Kuss auf die Wange. »Ich wusste es, du bist ein Goldstück!«

Dann kehrte sie zu ihrem Platz zurück, während Wuttke mit seiner Papierserviette unauffällig blutrote Lippenstiftspuren von seinem Gesicht entfernte.

»Kommen wir zur Sache.« Camilla hatte nun einen geschäftsmäßigen Ton angeschlagen. »Ich möchte, dass du Wanda und Telse überzeugst, bei meiner kleinen Teambildungsaktion mitzumachen.«

Wuttkes Augenbrauen schoben sich zusammen. »Und wie soll ich das bitte schön hinkriegen, wenn du dir schon eine Abfuhr eingehandelt hast?«

»Ganz einfach.« Camilla lächelte das Haifischlächeln, das gewöhnlich ihrem Berufsleben vorbehalten war. »Du erhöhst den moralischen Druck, indem du den Preis für eine Absage in die Höhe treibst.«

»Was?« Er verstand nur Bahnhof.

»Das korrekte Fragewort wäre hier ›wie‹ gewesen«, klärte Camilla auf und goss sich Kaffee nach. »Aber sei's drum.« Sie sah ihm direkt in die Augen. »Olaf, mein Vorschlag wird dir nicht gefallen. Aber du weißt, ich hasse kaum etwas so sehr wie beleidigte Leberwürste, erst recht in meinem privaten Umfeld. Da ich großen Wert auf ein entspanntes Miteinander und mein Seelenheil lege, müssen sich also entweder die Leberwürste ändern oder ich. Falls es auf das Zweite hinauslaufen sollte, werde ich die Konsequenzen ziehen und das tun, was mir sowieso schon eine Weile im Kopf herumgeistert.« Sie hielt inne.

Olaf Wuttke nahm auf seinem Stuhl eine gerade Haltung an.

»Um es kurz zu machen«, fuhr Camilla fort, »ich beabsichtige, mich auf einen längeren Auslandsaufenthalt zu begeben, wenn hier nichts passiert. Meine Firma sucht händeringend Freiwillige, die sie in ihre Zweigstellen an diversen Enden der Welt verbannen kann, natürlich zu top Konditionen. Wenn ihr hier allesamt bockig bleibt, werde ich mir das nicht länger ansehen, sondern mich für einen Einsatz in Südkorea, Alaska oder Uruguay zur Verfügung stellen. Von mir aus auch Tasmanien, und zwar für ein Jahr. Unter Umständen auch länger, die Tasmanier sollen ja ganz reizend sein. Du darfst mich gerne mal besuchen kommen.«

Olaf Wuttke blieb der Mund offen stehen. »Nicht dein Ernst, oder?«

Camilla lächelte so breit, dass ihre hinteren Backenzahnkronen hervorblitzten. »Doch Schatz, ist es.«

»Das ist ja ein Witz.« Wuttke wusste nicht, ob er seine Frau für übergeschnappt halten oder sich Sorgen machen sollte. »Übertreibst du nicht ein wenig?«

»Falls es so weit kommen sollte, empfehle ich dir jetzt schon ein Abo bei einem Lieferdienst. Von Tiefkühlpizza allein kann ja kein Mensch leben«, erklärte Camilla ungerührt.

Wuttke suchte bei seiner Frau nach einem Anzeichen, dass sie die Worte nicht ernst meinte, konnte aber nichts dergleichen entdecken. »Und warum sollten sich unsere verehrten Nachbarinnen von deinen Reiseplänen beeindrucken lassen?«, warf er das in seinen Augen ultimative Argument in den Raum. »Das kann ihnen doch egal sein, wo du deine Brötchen verdienst.«

»Ihnen schon, aber dir nicht. Das hoffe ich zumindest.«

»Kapiere ich nicht.«

Camilla seufzte. »Mein lieber Olaf, du musst Wanda und Telse einfach die verheerenden Konsequenzen ausmalen, die ein jahrelanges Dahinvegetieren als Strohwitwer nach sich ziehen würden.« Sie zählte an den Fingern ab: »Vereinsamung, Gewichtszunahme durch Junkfood, schlampige Kleidung und allgemeine Verwahrlosung. Von kultureller Diaspora will ich gar nicht erst reden. Die Liste lässt sich problemlos verlängern.«

Olaf Wuttke hatte sichtlich Mühe, das Gesagte zu verarbeiten. »Glaubst du das wirklich?«, presste er hervor.

»Darauf kommt es nicht an, Dummerchen.« Camilla lachte gutmütig auf. Lächelnd sagte sie: »Wichtig ist allein, dass die beiden Frauen dir dieses elende Leben ersparen wollen. Wanda ist doch deine beste Freundin. Wenn sie und Telse dir nicht glauben, kann ich notfalls selbst noch etwas nachhelfen, aber ich bin fest davon überzeugt, dass du es allein schaffst.« Sie machte eine Pause und das Lächeln verschwand aus ihrem Gesicht. »Ich meine es nämlich ernst.«

Wuttke schaute seine Frau an, als sehe er sie zum ersten Mal.

Diese hielt dem Blick stand.

Langsam nickte der Kommissar, erhob sich vom Stuhl, gab seiner Gattin einen Kuss auf die Wange und verließ die Küche.

20

»WIE SCHÖN, DASS WIR an diesem Freitag endlich zusammengefunden haben.« Camilla Wuttke ließ ihren Blick zufrieden über den kleinen Trupp gleiten, der sich mit hängenden Schultern auf der Terrasse ihres Hauses eingefunden hatte. Begeisterung sah anders aus, aber das störte sie nicht. Olaf hatte ihre nicht sonderlich subtile Drohung ernst genommen und bei den Nachbarinnen Überzeugungsarbeit geleistet. »Habt ihr eure Handys dabei?«

Kollektives Nicken. Telse kramte ihr Smartphone hervor und präsentierte es auf der Handfläche.

»Wunderbar, die werdet ihr auch brauchen.«

»Um was geht es denn eigentlich?«, meldete sich Wanda zu Wort. »Olaf hat so merkwürdige Andeutungen gemacht, aus denen ich nicht wirklich schlau geworden bin. Nur, dass ihm ein furchtbares Leben in Askese und Einsamkeit bevorsteht, wenn wir nicht bei deinem Spielchen mitmachen.« Ganz offensichtlich war sie not amused.

Camillas knallrot geschminkter Mund verzog sich zu einem breiten Lächeln. »Diese Befürchtung meines treuen Gatten ist durchaus begründet. Aber Rettung naht, ihr seid schließlich hier angetreten, um ihm aus der Patsche zu helfen. Das nenne ich wahre Freundschaft. Und um genau die zu erhalten, machen wir unser kleines Teambuilding-Projekt. Damit wir uns alle wieder lieb haben, die Welt ist schon schlecht genug.« Sie nahm einen gelben Briefumschlag vom Gartentisch und hielt ihn gut sichtbar in die Höhe. »Damit geht es los. Aber vorher werde ich euch erläutern, was heute Nachmittag Sache ist.« Sie musterte die Kleidung ihrer Freundinnen. »Wanda, ich sehe, du hast heute auf Pumps verzichtet. Deine Füße werden es dir danken. Ihr habt nämlich einen kleinen Spaziergang zu bewältigen, da empfiehlt sich bequemes Schuhwerk. Zum Glück ist kein Regen angesagt.«

»Nun komm bitte auf den Punkt.« Olaf Wuttke sah aus, als stünde ihm ein Zahnarztbesuch bevor, den er so schnell wie möglich hinter sich bringen wollte.

Camilla blieb unbeeindruckt. »Nicht so ungeduldig, Schatz. Ich weiß es zu würdigen, dass du dir den Freitagnachmittag freigenommen hast, aber eine detaillierte Einweisung ist wichtig, sonst verlauft ihr euch noch.« Sie räusperte sich. »Also, wo war ich stehen geblieben?«

»Bei Wandas Schuhen«, war Telse behilflich. Bei aller Skepsis nötigte ihr die Tatsache, dass Camilla sich derart um die Freundschaft bemühte, Respekt ab. Da wollte sie keine Spielverderberin sein.

»Ach ja, danke. Die Frage nach dem richtigen Schuhwerk wäre also geklärt, damit zum Wesentlichen«, fuhr Camilla fort. »Ihr wisst doch, was eine Schnitzeljagd ist?« Telse und Wanda stöhnten gleichzeitig auf.

Camilla lächelte. »Ja, das habe ich erwartet.«

»Bitte keinen Kindergeburtstag, das überlebe ich nicht«, maulte Olaf und schaute demonstrativ auf seine Armbanduhr.

»Es läuft folgendermaßen ab«, erklärte Camilla ungerührt. Sie schwenkte den Umschlag. »Hier drin findet ihr die Aufgabe, die zu eurem ersten Ziel führt, sowie eine zweistellige Ziffernkombination. Wenn ihr damit die erste Station erreicht habt, müsst ihr nach dem nächsten Hinweiszettel suchen. Auch hier findet ihr eine Aufgabe und ein Papier mit einer Zahl darauf. Die Ziffernkombinationen müsst ihr in der Reihenfolge aufschreiben, wie ihr sie erhaltet. Zum Schluss ergeben sie die Koordinaten des Ortes, an dem der Schatz vergraben ist. Den dürft ihr dann gemeinsam ausbuddeln und euch über den Inhalt freuen. Alles klar?«

»Kommst du denn nicht mit?«, fragte Wanda.

»Natürlich nicht«, stellte Camilla klar. »Schließlich sollt ihr drei Kratzbürsten die Rätsel zusammen lösen. Der gemeinsame Weg ist das Ziel. Aber es ist ganz harmlos, keine Angst.« Sie grinste. »Wenn ihr es allerdings nicht vor Einbruch der Dunkelheit zum Zielpunkt schafft, müsst ihr morgen noch mal ran. Strafe muss sein.«

»Denn man tau. Los, umso schneller sind wir mit dem Kinderkram durch.« Olaf Wuttke streckte fordernd die Hand nach dem Umschlag aus.

»Wenn die beiden Damen nichts dagegen haben?« Camilla reichte ihm das Kuvert. »Ab jetzt bin ich raus. Viel Glück.«

Der Kommissar riss den Umschlag auf und fischte eine Karte hervor. Anschließend zog er seine Lesebrille aus der Jackentasche und setzte sie auf die Nase. »Also …«

Telse und Wanda traten unwillkürlich einen Schritt näher.

»Tief verlassen in der Erde ruht die Angst, seit Jahren schon.« Wuttke blickte auf, dann las er weiter. »Vierundfünfzig.«

Ein andächtiges Schweigen machte sich breit.

Drei Augenpaare wandten sich Camilla zu. Die hob beide Hände in einer abwehrenden Geste.

»Keine Chance. Ab jetzt seid ihr auf euch allein gestellt.« Mit diesen Worten machte sie kehrt, ging in das Innere des Hauses und schloss demonstrativ die Terrassentür hinter sich.

»Tja, dann wollen wir mal.« Wanda klatschte in die Hände. »Irgendwelche Eingebungen oder Vorschläge?« Sie musterte ihre Mitstreiter. »Ihr schaut genauso belämmert aus der Wäsche, wie ich mich fühle«, stellte sie fest.

»Die Zahl ist zumindest klar, das dürfte der Anfang der gesuchten Koordinatenkombination sein«, bemerkte Telse, um überhaupt etwas zu sagen. »Der Rest hört sich für mich ziemlich sinnfrei an.«

»Tief verlassen in der Erde ruht die Angst … Das erinnert mich an Schiller, *Die Glocke*.« Wanda stellte sich in Positur und begann zu deklamieren: »Fest gemauert in der Erden, steht die Form …«

»… aus Lehm gebrannt. Kennen wir. Bringt uns aber nicht weiter.« Olaf Wuttke seufzte schwer. »Wenn das in diesem Tempo weitergeht, stehen wir morgen noch hier.«

»Jetzt lasst uns mal logisch denken«, übernahm Wanda. »Was wir suchen, ist erstens unter der Erde und hat zweitens mit Angst zu tun. Das alles ruht schon seit Jahren. Also ist es nichts Aktuelles, sondern etwas Altes.«

»Ich hätte da vielleicht eine Idee.« Olaf Wuttke starrte auf das Papier mit dem Spruch. »Unter der Erde gibt es in Schilksee nicht viel. Genau genommen fällt mir nur ein Ort ein, und der ist eindeutig mit Angst besetzt.«

»Wo?« Telse starrte ihn wie elektrisiert an.

»Den Platz kennen oder erinnern nur ein paar der älteren Schilkseer. Ich rede von dem unterirdischen Bunker am Funkstellenweg. Da haben meine Kollegen vor Jahren mal ein paar vorwitzige Bengels rausholen müssen, die in dem Kellergewölbe Party gemacht haben.«

»Welcher Bunker?«, fragte Wanda. »Den habe ich im Funkstellenweg noch nie gesehen.«

»Da sieht man auch nicht viel, das Ding ist ja unterirdisch«, erklärte der Kommissar geduldig. »Wenn man davon nichts weiß, rennt man einfach daran vorbei. War im Krieg ein Flak-Maschinenbunker und eine Zivilschutzanlage, später hat unter anderem die Post das Bauwerk genutzt.«

»Das ist es!«, rief Telse. »Los, lasst uns hingehen.« Sie war schon dabei, den Funkstellenweg bei Google einzugeben.

»Du brauchst nicht zu suchen, ich kenne den Weg.« Olaf Wuttke schritt voran, die beiden Frauen folgten ihm wie aufgeregte Schulkinder.

Wenig später starrten Wanda, Telse und Olaf auf ein mit Sträuchern und Buschwerk überwuchertes Hügelchen. In der Mitte des leicht ansteigenden Geländes verbarg sich eine Metalltür schräg im Boden, die größtenteils mit vermoderndem Laub bedeckt war. Eingerahmt wurde sie an drei Seiten von einem schlichten Metallgeländer. Die Anlage wirkte so unscheinbar, als würde sich dahinter lediglich ein Zugang in die Kanalisation verbergen.

»Ich hätte nicht gedacht, dass es hier einen Kriegsbunker gibt«, wunderte sich Wanda. »Mich würden keine zehn Pferde in so ein Loch kriegen.«

»Wenn dir die Bomben auf den Kopf fallen, vielleicht doch«, gab Telse trocken zurück.

Unterdessen war Olaf Wuttke dabei, den Eingang zur Unterwelt abzusuchen. Kurz darauf entdeckte er im Gebüsch einen kleinen gelben Umschlag, den er triumphierend hervorzog. »Tadaa! Nächste Runde.«

»Wir sollten die Karten durchnummerieren, damit wir zum Schluss die Koordinaten richtig zusammensetzen«, schlug Wanda vor. »Sonst kriegen wir womöglich einen Platz in Spitzbergen zum Buddeln angezeigt.« Sie kramte einen Kugelschreiber aus ihrer Umhängetasche.

»Darf ich diesmal?«, fragte Telse in bettelndem Ton.

Der Kommissar überreichte ihr den Umschlag. »Aber gerne doch.«

Telse zog die Karte heraus und las laut: »Die Wesen des Meeres tragen die Last der Vergänglichkeit. Zweiundvierzig.«

Erneut machte sich auf den Mienen Ratlosigkeit breit.

»Wenn das in dem Stil weitergeht, sterben demnächst meine Gehirnzellen ab.« Wanda atmete hörbar aus.

Olaf Wuttke strich sich über sein Stoppelhaar. »Das erste Rätsel war eindeutig leichter zu lösen. Die Wesen des Meeres … Das sind doch Fische, Schweinswale und ähnliches Wassergetier. Von mir aus noch Muscheln und Quallen. Was können die denn tragen?«

»Na, vielleicht Neptuns Unterwasserkutsche, die von einem Schwarm Seepferdchen gezogen wird«, witzelte Wanda. »Der Kahn hat bestimmt schon Roststellen und kommt nicht mehr durch den TÜV, das wäre dann die Last der Vergänglichkeit.«

»Ich liebe deine romantische Seele, aber als Versteck für die nächste Aufgabe taugen mythologische Fahrzeuge nicht. Was meinst du denn? Irgendeine Idee?«, wandte sich Wuttke an Telse.

»Hm. Was steht denn für Vergänglichkeit?« Telse überlegte laut: »Verwelkte Blumen und heruntergebrannte Kerzen. Oder zum Beispiel eine Uhr.«

»Eine Uhr!«, platzte Wanda heraus. »Ich weiß es, ich weiß es!«, rief sie aufgeregt und hüpfte wie ein Gummiball auf und ab.

»Schieß los.« Wuttke guckte gespannt, und auch Telse hing an den Lippen ihrer Freundin.

»Da seid ihr Blindfische schon tausendmal dran vorbeigelaufen.« Wanda kicherte.

In diesem Moment schlug sich Telse mit der flachen Hand gegen die Stirn. »Natürlich! So einfach, und man kommt trotzdem nicht drauf.«

»Wenn die Damen so freundlich wären, einen alten Mann in ihre Erkenntnisse einzuweihen?«

»Mensch, Olaf, der Uhrenturm am Hohen Ufer, kurz bevor der Weg zur Strandpromenade wird!«, erbarmte sich Telse. »Der ist aus Granitsteinen gemauert, und auf einigen davon gibt es Reliefs von Seesternen, Quallen und Fischen – Meeresgetier! Siehst du gleich, wenn wir da sind.«

»Ist mir noch nie aufgefallen«, grummelte der Kommissar.

»Das kommt davon, wenn man immer nur Verbrechern hinterherjagt und kein Auge für Kunst und Kultur hat«, ließ Wanda ihn wissen. Dann hastete sie ihrer Freundin hinterher, die sich schon mit schnellen Schritten auf den Weg gemacht hatte.

Wohl oder übel trottete Wuttke ihnen nach. Wandas Spruch hätte wortwörtlich von Camilla kommen können, dachte er. War er wirklich so ein Banause, wie die Frauen behaupteten? Na, die würden sich noch wundern, wenn er blitzartig das nächste Rätsel löste.

Am Anfang des Promenadenwegs, der parallel zum Strand verlief, hatte er Telse und Wanda eingeholt. Gemeinsam steuerten sie den zirka vier Meter hohen Granitturm an, auf dessen Spitze eine weithin sichtbare, würfelförmige Uhr thronte. Der Kommissar hatte dem wuchtigen Bauwerk auf dem Spazierweg nie viel Beachtung geschenkt. Ihm war schleierhaft, warum der Klotz hier stand, in seinen Augen war er anachronistisch und komplett fehl am Platz. Aber die Tierfiguren waren ganz hübsch, musste er zugeben, als sie an dem Turm angekommen waren.

»Wo soll denn hier bitte schön ein Umschlag versteckt sein?« Wanda umrundete das viereckige Bauwerk und ließ auf allen Seiten ihren Blick von unten nach oben über das Mauerwerk wandern.

»Genauso ein phallisches Objekt wie das Laboer Ehrenmal, nur in klein«, bemerkte Telse. »Da haben sie hier anscheinend ein Faible für. Warum kam niemand von den Künstlern auf die Idee, mal eine Kugel zu bauen, oder zumindest etwas in organischen Formen?«

»Weil es Männer waren, Schätzchen.« Wanda drehte den Kopf, um einen Blick auf das Marine-Ehrenmal auf der gegenüberliegenden Seite der Kieler Bucht zu werfen. Da blitzte plötzlich etwas Gelbes in ihrem Augenwinkel auf. Sie musterte das niedrig geschnittene Strauchwerk, das die gesamte Promenade begleitete. Kurz darauf entdeckte sie einen kleinen gelben Umschlag, der tief verborgen in den austreibenden Heckenrosen steckte. Mit spitzen Fingern angelte sie ihn aus seinem stacheligen Versteck. »Jetzt bin ich dran«, erklärte sie und öffnete das Kuvert.

»Nun lies schon vor!« Telse stellte sich neben ihre Freundin, um zu spicken, wurde aber weggescheucht.

Wanda räusperte sich. »Rätsel Nummer drei: für zugewanderte böse Zungen das Schönste an Kiel, hier aber nur im kleinen Rahmen. Fünfundsiebzig.« Sie stutzte, dann erschien ein breites Grinsen auf ihrem Gesicht. »Das müsste für dich als Zugezogene doch ein Klacks sein.«

Telses Gesicht war ein einziges Fragezeichen.

»Na, gut, dann helfe ich ein bisschen. Überleg mal, was haben deine Freunde in Hamburg gesagt, als du ihnen verkündet hast, nach Kiel ziehen zu wollen?«

»Welche Freunde?«, fragte Telse missmutig. »Hast du jemals einen von denen hier gesehen? Für die habe ich mich am Ende der zivilisierten Welt niedergelassen. Die für sie übrigens gleich hinter Hamburgs Stadtgrenze beginnt.«

»Exakt.« Wanda genoss es sichtlich, sie zappeln zu lassen. »Und was ist deshalb das Schönste an Kiel?«

»Die Segelboote auf der Förde vielleicht?«, meldete sich Olaf zu Wort.

»Wird schon wärmer.« Wanda konnte kaum noch stillstehen vor Vergnügen.

»Die Kieler Woche!«, rief Wuttke triumphierend.

Telse schüttelte entschieden den Kopf. »Die Hamburger haben ihren Hafengeburtstag. Das beeindruckt die wohl kaum.« Sie stupste ihre Freundin ungeduldig an. »Komm schon, lass uns nicht ewig zappeln.«

»Es wird bald dunkel«, ergänzte der Kommissar.

Wanda seufzte theatralisch. »Na gut, dann will ich euch mal auf die Sprünge helfen. Also, das Schönste an Kiel ist, wie jeder

Nicht-Kieler weiß, dass man schnell wieder wegkann. Mit den täglichen Fähren nach Skandinavien nämlich.«

Telse zog die Stirn kraus. »Müssen wir jetzt etwa in die Innenstadt zum Schwedenkai?«

»Halt, nicht so schnell. Wie ging das Rätsel denn weiter?« Olaf Wuttke streckte die Hand nach dem Kärtchen aus. »Für zugewanderte böse Zungen das Schönste an Kiel, hier aber nur im kleinen Rahmen«, las er vor. Er hielt inne und überlegte einen Moment, dann wedelte er mit dem Papier in der Luft herum. »Ich hab's! Der Fördedampfer!«

Wanda lächelte. »Für die kleinen Fluchten am Nachmittag. Einmal rund um die Förde.«

Telse nickte anerkennend. »Gut kombiniert, Nick Knatterton.«

Wuttke wandte sich erstaunt um. »Woher kennst du den prähistorischen Meisterdetektiv?«

Telse zuckte mit den Schultern. »Meine Großeltern haben mich schon in jungen Jahren mit ihren literarischen Vorlieben geprägt.«

»So, können wir denn mal?«, drängelte Wanda. »Auf zum Anleger.«

Der Fußweg in den Olympiahafen dauerte nur ein paar Minuten. Seit Mai galt der Sommerfahrplan, und die kleinen Dampfer machten bei ihrer Rundfahrt zwischen dem West- und Ostufer der Förde endlich wieder in Schilksee halt, das im Winterfahrplan schnöde ignoriert wurde. Als die beiden Frauen und der Kommissar den Anleger erreicht hatten, war dort kaum Betrieb. Auf der Brücke zum Ponton kam ihnen ein einsames Touristenpärchen entgegen, danach hatten sie die schwimmende Haltestelle für sich allein.

Sofort machten sich alle drei auf die Suche nach dem nächsten Umschlag. Auf den Holzplanken gab es lediglich einen einseitig offenen, gläsernen Unterstand, einen schmalen Sichtkasten mit Fahrplänen und eine Bank mit drei Sitzgelegenheiten. Umrahmt wurde das schlichte Ensemble von einem Geländer aus Stahlrohren. Schon nach kurzer Zeit kapitulierte der kleine Trupp.

»Hier bekäme auch der Osterhase Probleme«, bemerkte Telse enttäuscht. »Der Platz ist so übersichtlich wie eine Glatze. Es gibt nicht die kleinste Möglichkeit für ein Versteck.« Sie ließ sich auf die Sitzbank plumpsen und streckte die Beine lang aus.

Wanda tat es ihr nach. Sie nutzte die Gelegenheit, ihr Gesicht noch in die letzten Sonnenstrahlen zu halten, während das Ufer schon im Schatten lag. »Das kann nicht sein«, erklärte sie mit geschlossenen Augen. »Der Zettel muss hier irgendwo sein, ich bin mir hundertprozentig sicher.«

»Mit Prozenten kennst du dich als Weinsachverständige ja aus«, stichelte Olaf.

Wanda öffnete die Augen und bedachte ihn mit einem eisgekühlten Blick. »Was du nicht sagst. Immerhin habe ich das letzte Rätsel gelöst und euch hierhergeführt. Ohne mich würdet ihr immer noch am Uhrenturm stehen.«

»Nur blöd, dass wir hier nichts gefunden haben. Rutscht mal.« Der Kommissar drängelte sich neben die Frauen auf die Bank. »Wenigstens sitzt es sich hier ganz nett. Freier Blick aufs Wasser und ein leichtes Schaukeln …« Wuttke seufzte wohlig und schaute den Segelbooten nach, während die beiden Frauen fühlten, wie sie von den sachten Wellenbewegungen langsam schläfrig wurden.

Telse gähnte. »So lösen wir das Rätsel aber nicht.« Sie schloss die Augen und glitt ein Stückchen tiefer, bis ihr Kopf auf der Rückenlehne ruhte.

»Macht nichts.« Wanda war im Augenblick damit zufrieden, die Sonnenwärme auf ihrer Haut zu spüren.

»Wir dürfen Camilla nicht enttäuschen«, mahnte der Kommissar mit träger Stimme. »Das gibt sonst mächtig Ärger.«

Für dich, mein Lieber, wollte Wanda entgegnen, verkniff es sich aber. Die Stimmung war gerade so schön friedlich.

»Igitt!«, rief Telse plötzlich. »So eine Schweinerei!«

Wanda und Olaf zuckten gleichzeitig zusammen.

Telse deutete auf ihren rechten Sneaker. Dort prangte ein stattlicher, grün-gelb-grau schillernder Möwenschiss, der langsam seitlich herabtropfte.

»Bringt Glück«, tröstete Wanda.

Statt zu antworten, kramte Telse eine Packung Papiertaschentücher aus ihrer Jacke, nahm eins heraus, beugte sich nach unten und begann den gröbsten Dreck zu entfernen. »Elende Mistviecher!«

Olaf grinste. »Ich dachte, du bist die Tierfreundin unter uns. So kann man sich täuschen.«

Telse hob den Arm und drohte ihm spielerisch mit der Packung Taschentücher, die ihr plötzlich aus der Hand flutschte, über die Bretter schlidderte und kurz vor dem Fahrplanaushang am Rand des Pontons liegen blieb. Unwillig stöhnend erhob sie sich und stapfte mit schweren Schritten zur Infotafel. Sie bückte sich, um das Päckchen aufzuheben. Als sie sich wieder aufrichten wollte, sah sie es.

Das kleine gelbe Kuvert.

Es klebte mit Malerkrepp befestigt an der Unterseite des Fahrplankastens. Unsichtbar für jeden, der größer als achtzig Zentimeter war oder nicht auf Knien herumrutschte.

Im Bruchteil einer Sekunde erwachten alle drei aus ihrem Entspannungsmodus. Wanda und Olaf sprangen auf und eilten zu Telse, die schon dabei war, das Klebeband abzuknibbeln.

Als sie den Umschlag abgelöst hatte, zog sie die Karte heraus. »Alle mal herhören, hier kommt Rätsel Nummer vier.« Sie machte eine Kunstpause und las langsam vor: »Lichtenberg trug sie durch ein Gedränge, hier ist sie am Boden festgeschraubt. Vierundsiebzig.« Dann steckte sie die Karte zurück und musterte ihre Mitstreiter.

Olaf Wuttke legte die Stirn in Falten. »Lichtenberg? Sagt mir nix.«

Wanda guckte auch nicht schlauer.

Telse überlegte. »Warum nicht das Google-Orakel befragen? Das Internet weiß bekanntlich alles.« Sie zückte ihr Smartphone und tippte darauf herum. Dann scrollte sie mit dem Daumen durch die Ergebnisse. Plötzlich erschien ein zufriedener Ausdruck auf ihrem Gesicht. »Das könnte passen.« Sie stellte sich in Positur und deklamierte: »Es ist unmöglich, die Fackel der Wahrheit durch ein Gedränge zu tragen, ohne jemandem den Bart zu versengen.« Sie pausierte. Als sie die verständnislosen Blicke sah, las sie weiter: »Aphorismus von Georg Christoph Lichtenberg, deutscher Naturforscher, 1742 bis 1799.« Sie setzte einen strengen Blick auf und fragte mit ihrer Lehrerinnenstimme: »Na? Das war doch schon fast zu leicht.«

Wanda und Olaf sahen sich ratlos an. »Aus dem Spruch werde ich nicht schlau«, sagte der Kommissar.

Telse schnalzte missbilligend mit der Zunge. »Olaf, das wird nichts mit der Versetzung, wenn du dich nicht ein bisschen mehr anstrengst.« Ihre Mundwinkel zuckten. »Wollen wir doch mal sehen, ob Wanda besser aufgepasst hat.« Sie deutete mit ausgestrecktem Zeigefinger auf ihre Freundin. »Also, was trägt Lichtenberg durch ein Gedränge?«

»Die Fackel der Wahrheit«, antwortete Wanda.

»Sehr gut«, lobte Telse. Sie schaute wieder zu Wuttke. »Und wo ist die Fackel am Boden festgeschraubt? Das weißt sogar du, Olaf.«

»Oh Mann, Telse, du nervst.« Der Kommissar fuhr sich mit beiden Händen über die raspelkurzen Haare. »Ich kenne hier nur eine Fackel, und zwar das olympische Feuer.«

»Bingo.« Telse schenkte ihm ein zufriedenes Lächeln. »Du hast die Versetzung gerade noch geschafft.«

21

DIE FACKEL DES OLYMPISCHEN Feuers von 1972 – als in Schilksee die Segelwettbewerbe ausgetragen wurden – thronte auf der höchsten der drei Aussichtsplattformen der Hafenmeisterei. Sie bestand aus einer gut fünf Meter hoch in den Himmel ragenden Stange, an deren Spitze eine Art überdimensionales, liegendes Wagenrad montiert war. Ein Kranz aus mehr als einem Dutzend Gasbrennern fasste das Rad ein, aus denen damals das olympische Feuer in alle Himmelsrichtungen gelodert hatte. Jetzt, wo schon lange kein Feuer mehr brannte, wirkte die Anlage wie ein nutzloses Fossil aus vergangenen Zeiten. Aber allein der Blick von hier oben über den Schilkseer Hafen war den Aufstieg wert.

Als sie die zweite Aussichtsplattform erklommen hatten, sah Telse zur Hafenwiese hinüber. Nachdem die Besetzer freiwillig abgezogen waren, machte die Wiese einen trostlosen, verlassenen Eindruck. Der Anblick wühlte Telse auf, sie fühlte, wie sie gleichzeitig wütend und traurig wurde. Schnell wandte sie sich ab und folgte Wanda und Olaf auf die oberste Plattform.

Sie brauchten nicht lange, um den nächsten Umschlag zu entdecken. Er steckte am Standfuß der Feueranlage zwischen zwei Stahlteilen und leuchtete ihnen entgegen.

»Camillas Einfallsreichtum lässt langsam nach. Ein Wunder, dass niemand den Umschlag gemopst hat«, sagte Wanda.

Diesmal war Olaf wieder an der Reihe, die Karte vorzulesen. Er nahm den Umschlag und zog das Papier heraus. Dann setzte er sich umständlich die Brille auf die Nase und hielt den Text ins Licht. »Aufgemerkt, ich bitte um Konzentration.« Er räusperte sich. »Rätsel Nummer fünf: Hier findet der Kollege das einsame Herz in Bewegung. Zehn.«

Wanda stöhnte auf. »Ich könnte sie killen.«

»Ich hoffe, du sprichst nicht von meiner ebenso treuen wie exzentrischen Gattin«, tadelte Olaf. »Auch wenn sie uns das Leben zugegebenermaßen nicht leicht macht.«

»Sie treibt mich langsam in den Wahnsinn.«

»Können wir mal wieder sachlich werden?«, unterbrach Telse. »Lasst uns logisch denken, umso schneller sind wir am Ziel.«

»Wo uns die liebe Camilla wahrscheinlich schon mit einem Fernglas beobachtet und sich dabei köstlich amüsiert.« Wanda zog eine Grimasse, sah dann aber ein, dass es ohne vereinte geistige Anstrengung nicht weiterging. »Na gut, dann eben logisch. Ein Kollege findet ein einsames Herz, das sich bewegt. Das tun ja nun alle Herzen, solange man nicht tot ist.«

»Warum ist es einsam?« Telse knetete gedankenverloren ihre Unterlippe.

»Ich frage mich vielmehr, wo man hier ein Herz finden kann«, gab Olaf zu bedenken. »Körperorgane liegen gewöhnlich nicht in der Gegend herum.«

»Das ist bestimmt symbolisch gemeint. Ein einsames Herz ... Das ist ein einsamer Mensch.« Telse überlegte. »Wo bewegen sich einsame Menschen?«

»Allein in ihren vier Wänden«, sagte Wanda. »Sonst wären sie ja nicht einsam.«

»Vielleicht sollten wir zuerst klären, was es mit dem ominösen Kollegen auf sich hat, der in dem Rätsel angesprochen wird«, schlug Olaf vor.

»Da ich in der glücklichen Lage bin, mein Leben ohne Fronarbeit genießen zu dürfen, habe ich keine Kollegen. Ergo kommt da nur ihr beide infrage«, sagte Wanda. »Wir suchen also eine Lehrerin oder einen Polizisten.«

»Ich bin freischaffende Journalistin und Fotografin, die Schule ist doch nur eine Übergangslösung«, maulte Telse.

»Meine korrekte Berufsbezeichnung lautet Kriminalhauptkommissar, wenn ich so bescheiden sein darf«, ergänzte Olaf Wuttke. »So viel Zeit muss sein.«

Wanda schien gar nicht zuzuhören. Ihr abwesender Gesichtsausdruck ließ darauf schließen, dass es in ihr arbeitete.

»Ich hab's!«, rief sie plötzlich und umarmte ihren Nachbarn, der nicht wusste, wie ihm geschah. »Ich dachte schon, mein Gehirn verweigert endgültig den Dienst, aber dann hat es die richtigen Synapsen verknüpft.«

»Könntest du meinem Denkapparat bitte auf die Sprünge helfen«, forderte Telse, »der dreht noch in der Warteschleife.«

»Gerne doch. Mein lieber Freund Olaf hat mich mit seiner pedantischen Titelhuberei darauf gebracht. Ich sage nur: Krimis zu gucken, bildet.« Wanda freute sich spitzbübisch über ihre Erkenntnis.

»Nun mach es nicht so spannend«, sagte Olaf Wuttke ungeduldig.

»Es handelt sich um deinen Kollegen Klaus Borowski.«

Er stutzte. »Kenne ich nicht. Wer soll das …«

»Natürlich!«, fuhr Telse dazwischen, bevor er ausreden konnte, und schlug sich klatschend die flache Hand gegen die Stirn. »Das ist ja gerissen. Wie hieß der Titel noch mal genau?«

»Borowski und die einsamen Herzen.«

Jetzt schien auch bei Olaf Wuttke der Groschen zu fallen. »Das ist dieser Kieler Tatort-Kommissar, oder?«

»Ein Kollege, sage ich doch«, bestätigte Wanda. »Ich habe sogar eine Ahnung, wo das nächste Rätsel versteckt sein könnte.«

»Es muss irgendwie mit Bewegung zu tun haben«, folgerte Telse messerscharf.

»So ist es. Was meint ihr, wo schwitzten die einsamen Herzen von Schilksee im besagten Tatort?«

»In der Sauna?« schlug Wuttke vor.

»Gibt es hier nicht mehr. Na gut, ich verrate es euch: in der alten Vaasahalle. Mir nach!«

Gemeinsam machten sie sich auf den Weg zur Sporthalle am nördlichen Ende des Fliegenden Holländers, die wie der ganze Apartmentblock mit seiner Ladenzeile schon etwas in die Jahre gekommen war. Die bodentiefen Fenster boten einen ungehinderten Blick in das Innere der Halle.

Telse trat dicht an die Scheibe, schirmte die Augen seitlich mit den Händen ab und spähte in die Turnhalle, die schon aus der Entfernung dunkel und verlassen gewirkt hatte. »Tote Hose, würde ich sagen.«

Wanda lief unter dem Arkadengang bis zur Eingangstür und rüttelte daran. Natürlich abgeschlossen.

»Da drin finden wir bestimmt nichts«, bemerkte Wuttke. »Ich kann mir kaum vorstellen, dass Camilla freiwillig eine Sporthalle betreten würde. Der Geruch von Sportsocken und altem Schweiß hat auf sie die gleiche Wirkung wie Knoblauch auf einen Vampir. Dieser Umschlag muss irgendwo draußen sein.« Da der Arkadengang schon auf den ersten Blick nicht das kleinste Versteck bot, trat er vor das Gebäude und begann systematisch die Vorderseite abzusuchen. Der Bogengang wurde zur Straße hin von neun viereckigen Säulen abgestützt, die an ihren Frontseiten jeweils mit einem formschönen Regenwasserrohr verziert waren. Es dauerte keine Minute, dann hatte er den Umschlag entdeckt. Er klebte an der Rückseite des drittletzten Fallrohres, nahezu unsichtbar für einen Amateur, nicht aber für einen erfahrenen Kriminalhauptkommissar. Mit stolzgeschwellter Brust schwenkte er das gelbe Papier durch die Luft. »Na, bin ich nicht gut?«

»Bist du«, lobte ihn Wanda. »Und jetzt gib her.« Sie versuchte, ihm das Kuvert zu entreißen, aber Wuttke hielt es so hoch über seinen Kopf, dass sie auch auf Zehenspitzen stehend nicht drankam.

»Nix da. Jetzt darf Vaddern auch vorlesen«, sagte er in einem Ton, der keinen Widerspruch zuließ. »Alle mal hergehört, hier ist Rätsel Numero sechs. Eine kühle Belohnung erhält, wer nur das Zauberwort sagt: drei mal zwei, dann ist's vorbei. Siebzehn.« Wuttke ließ die Karte sinken und zog sich die Brille von der Nase. »Sieht ganz so aus, als ob wir uns dem Ende unserer Reise nähern.«

»Wird auch langsam Zeit.« Wanda blickte in die Runde. »Irgendwelche Vorschläge?«

»Eine kühle Belohnung«, überlegte Telse. »Was könnte das sein?«

»Ein kühles Bier zum Beispiel«, schlug Wuttke vor. »Das käme mir gerade recht. Rätseln macht durstig.«

Telse nickte nachdenklich. »Getränk hört sich gar nicht verkehrt an. Da war aber doch noch das Zauberwort.«

»Drei mal zwei, dann ist's vorbei.«

»Zwei Gläser für jeden, könnte das heißen«, sagte Wanda. »Fragt sich nur, in welcher Bar.« Telse, die in Gedanken herumgeschlendert war, blieb plötzlich stehen und starrte auf eine Familie mit zwei kleinen Kindern, die tropfende Eiswaffeln in den Händen hielten. »Ich habe eine Idee. Kommt mit!«, rief sie.

Wanda und Olaf sahen einander an, zuckten mit den Schultern und setzten sich in Bewegung. Telse lief an der Vaasahalle vorbei in südliche Richtung und bog an der Schwimmhalle rechts ab. Dort gab es eine lange Treppe, die von der Straße hoch auf die Flanierebene des Fliegenden Holländers mit ihren Geschäften und Restaurants führte.

»Ich hoffe, das Ziel lohnt die Anstrengung«, brummte Wanda missmutig.

Telse sprang die Stufen hoch, Wanda und Olaf folgten langsamer nach.

Oben angekommen sah Olaf sich um. »Und nun?« Hier auf dem Promenadendeck war eindeutig mehr Betrieb als unten auf dem Hafengelände. »Wo krieg ich mein kühles Blondes?«

»Hier lang.« Telse marschierte weiter, bis sie vor einem Eiscafé anhielt. »Voilà, da sind wir.«

»Bist du sicher?« Wanda schien nicht überzeugt.

»Ob ich richtigliege, werden wir gleich erfahren, wenn ich den Zauberspruch sage. Notfalls verschwinden wir schnell wieder«, erklärte Telse und wandte sich an Olaf. »Gib mir bitte mal die Karte.«

Umständlich fummelte er das Kärtchen aus seiner Jackentasche und reichte es ihr.

»Danke.« Telse trat an die Theke des Eisladens. Sie musste einen Moment warten, bis das Paar vor ihr seine Bestellung bekommen hatte, dann wandte sich der junge Mann hinter dem Tresen ihr zu.

»Buongiorno! Was darf's denn sein?«

Telse räusperte sich und las dann von der Karte ab: »Drei mal zwei, dann ist's vorbei.« Erwartungsvoll blickte sie den Mann an.

Der schaute irritiert zurück. »Wie bitte?«

Wanda zog Olaf ein Stückchen zurück. »Ich glaube, jetzt wird's peinlich«, flüsterte sie.

»Sagt Ihnen das nichts?«, fragte Telse mit einer Stimme, in der Enttäuschung mitschwang.

»Nö«, war die lapidare Antwort. »Wie viele Kugeln möchten Sie denn?«

»Drei mal zwei«, sagte Telse flehentlich.

»In der Waffel oder im Becher?«

Scheißegal, wollte sie gerade antworten, als aus der Tiefe des Cafés plötzlich eine Frauenstimme ertönte.

»Halt, Mario, ich übernehme das.« Eine Frau mit wippendem blondem Pferdeschwanz und Servierschürze kam aus dem hinteren Teil des Ladens nach vorne geeilt. Der junge Mann drehte sich um und reichte ihr den Portionierer.

Die Frau trat an die Theke und lächelte Telse freundlich an. »Das hat ja gerade noch geklappt«, erklärte sie vergnügt. Sie setzte eine verschwörerische Miene auf. »Drei mal zwei, dann ist's vorbei, nicht wahr? Welche Sorten hätten Sie denn gerne?«

»Ich nehme Schoko und Vanille«, meldete sich Olaf Wuttke aus der zweiten Reihe zu Wort.

»Ein entschlussfreudiger Herr, sehr gerne. Und was darf es für die Damen sein?« Die Frau hielt den Eisportionierer wie eine Polizeikelle hoch und wartete.

»Himbeere und Joghurt!«, rief Wanda.

»Na gut, für mich bitte Walnuss und Pistazie.« Telse lächelte höflich, insgeheim wartete sie darauf, dass noch irgendetwas passieren würde.

Die gut gelaunte Pferdeschwanzträgerin streckte sich, angelte drei separat stehende Eisbecher von einem Regal und befüllte sie. Dann stellte sie die Becher auf den Glastresen und verzierte sie jeweils noch mit einer Waffel und einem kleinen Holzlöffel. »Bitte sehr, ich wünsche guten Appetit.« Als Telse Anstalten machte, ihre Geldbörse hervorzukramen, winkte sie ab. »Ist alles schon erledigt.« Im nächsten Moment verschwand sie wieder in den Tiefen des Eisladens.

Telse nahm die Becher und verteilte sie. »Wollen wir uns nicht hier hinsetzen?« Sie nahm an einem Tischchen vor dem Café Platz. Wanda tat es ihr nach, und auch Olaf zog sich einen Stuhl heran.

»Da!«, rief Wanda plötzlich. Sie deutete auf Olafs Eisbecher, den dieser schon in Arbeit hatte. »Da steht was! Unten, am Boden.«

Der Kommissar hielt inne, hob den Pappbehälter hoch und linste darunter. »Das ist eine Zahl. Einundzwanzig.«

Sofort untersuchten auch die Frauen ihre Becher.

»Bei mir steht nichts«, sagte Telse.

»Aber bei mir. Eine Elf!«, freute sich Wanda. »Das dürften die restlichen Koordinaten sein.«

»Jetzt essen wir erst mal auf, danach schreiben wir die Ziffern zusammen«, bestimmte Wuttke und stieß damit auf keinerlei Einwände.

Als alle Becher leer gekratzt waren, holte Wanda einen kleinen Block und einen Bleistift aus ihrer Tasche. »Nun legt mal alle Karten auf den Tisch«, forderte sie. Sie brachte die Rätsel in die richtige Reihenfolge und notierte die Ziffernpaare.

»Kannst du denn Koordinaten aufschreiben?«, fragte Telse vorsichtig. »Ich meine, Längen- und Breitengrad auseinanderhalten und so.«

Wanda schenkte ihr einen strengen Blick. »Schätzchen, für mich als erfahrene Seglerin ist das ein Klacks. Vertraut mir.« Es dauerte keine Minute, dann drehte sie das Papier und schob es den Freunden zu. »Bitte schön. Ich bin mal davon ausgegangen, dass unsere liebe Camilla die Werte in Dezimalgrad angegeben hat, weil das für die Ortung mit dem Handy am einfachsten ist. Der Platz, wo wir buddeln müssen, um unseren Schatz zu heben, liegt exakt hier: 54.427574 nördliche Breite und 10.171121 östliche Länge. Alles klar?«

Olaf und Telse schwiegen beeindruckt.

»Äh, und wie finden wir den Ort jetzt genau?«, traute sich Telse irgendwann zu fragen.

Wanda schüttelte nachsichtig den Kopf. »Ein Glück, dass Julianne nicht hier ist, die würde sich für ihre Mutter schämen.«

Telse guckte beleidigt und Olaf ging schnell dazwischen. Bloß nicht die gute Stimmung gleich wieder zerstören. »Ich weiß das auch nicht mehr genau. Sei so nett und erkläre uns Dösbaddeln doch, wie man das macht.« Er schenkte seiner Nachbarin das charmanteste Lächeln, das er verfügbar hatte.

Wanda fühlte sich prompt geschmeichelt. »Wenn ihr mich so lieb bittet.« Sie nahm ihr Smartphone, rief Google Maps auf und gab in der Suchleiste die Zahlenkombinationen ein. Sofort erschien die Karte vom Schilkseer Olympiazentrum auf dem Display. Dort, wo der Strand an den Fähranleger grenzte, leuchtete direkt neben dem kleinen Kinderspielplatz ein dicker roter Punkt auf. Wanda deutete mit dem manikürten Zeigefinger drauf. »Genau hier hat unsere Störtebekerin ihre Beute vergraben. Holen wir sie uns.«

Telse spürte das Jagdfieber aufsteigen. Sie hatten es tatsächlich geschafft, die Rätsel zu lösen. Jetzt wollte sie auch die Belohnung einfahren. Bis zu dem kleinen Spielplatz war es vom Eiscafé auf der Flanierebene nur ein Katzensprung, sie konnte ihn von hier oben fast schon mit bloßem Auge erkennen. »Camilla sitzt bestimmt da und wartet auf uns«, prophezeite sie. »Wird Zeit, dass wir sie erlösen.«

Ein paar Minuten später hatte das Trio den von einer Reihe Schwarzkiefern gesäumten Anfang des Hafenvorfelds erreicht. Der erhöht liegende Platz vor dem Fähranleger bot ihnen einen guten Überblick über die weite Strandfläche, die sich vor ihnen ausbreitete. Am Ende des Edelstahlgeländers führte eine lange Rampe zu dem Spielplatz hinunter, der nachmittags gewöhnlich vom Geschrei der Kinder erfüllt war, die sich um die wenigen Spielgeräte stritten. Zu dieser späteren Uhrzeit schwangen die Schaukeln leer im Seewind.

Von Camilla war weit und breit nichts zu sehen.

Telse entdeckte es zuerst. »Guckt mal da. Sie hat uns einen Gruß hinterlassen.«

Olaf und Wanda schauten in die Richtung, in die ihr ausgestreckter Arm wies.

»Wir sind richtige Blindfische«, stellte Wanda fest, »die Dinger sind eigentlich kaum zu übersehen.«

An der Querstange einer Doppelschaukel baumelten drei kleine gelbe Plastikschippen an roten Geschenkbändern. Die stetige Brise ließ sie leise aneinanderklacken.

»Also, an die Arbeit«, brummte Wuttke in lustlosem Tonfall.

Wanda ging mit gezücktem Handy voran und verfolgte auf dem Display, wie sie sich dem roten Punkt näherten. An einer Stelle zwischen Hafenmauer und Schaukel blieb sie stehen. »Hier muss es sein«, verkündete sie. Sie machte drei große Schritte als Grundlinie und markierte dann mit ihrer Schuhspitze ein mehr oder weniger schiefes Quadrat im Sand.

Olaf pflückte derweil die Schaufeln von der Schaukel und verteilte sie.

Anschließend suchte sich jeder eine Ecke des Vierecks, ließ sich auf die Knie fallen und begann zu buddeln.

Ein älteres Paar im Partnerlook – beigefarbene Multifunktionsjacken –, das oberhalb am Geländer aufgetaucht war, sah ihnen interessiert zu. »Was suchen Sie denn da?«, wollte der Mann wissen.

»Das Kind in uns«, rief Telse zurück, ohne ihre Arbeit zu unterbrechen.

Der Mann schüttelte verständnislos den Kopf und zog seine Partnerin weiter.

Die Wühlerei war schweißtreibend und staubig, und außer

ein paar Kronkorken, zwei leeren Chipstüten und Unmengen von Zigarettenkippen förderten sie nichts Aufregendes zutage.

Wanda erhob sich aus ihrer gebückten Haltung und klopfte sich den Sand von den Beinen. Telse und Olaf taten es ihr nach.

»Und jetzt?«, fragte der Kriminalkommissar ratlos.

Wanda schwieg, während sie mit gerunzelter Stirn auf das Display ihres Smartphones und dann auf den markierten Strandabschnitt starrte. »Da stimmt was nicht«, murmelte sie nach einer Weile.

»Vielleicht hast du ja einen Zahlendreher eingebaut«, schlug Olaf vor.

Wanda strafte ihn mit einem finsteren Blick, holte dann aber alle Kärtchen und die Eisbecher hervor, die sie in eine Papierserviette eingewickelt hatte. »Du liest vor, ich überprüfe die Zahlen.«

Olaf tat wie geheißen. »Vierundfünfzig, zweiundvierzig, fünfundsiebzig, vierundsiebzig.«

»Der Breitengrad ist korrekt. Jetzt die Länge.«

»Wie Madame wünschen. Zehn, siebzehn, zwölf, einund…«

»Halt! Wieso zwölf?« Wanda schaute auf. »Da stand doch elf.«

Wuttke schüttelte den Kopf. »Niemals. Das ist eine Zwölf.« Er hob den klebrigen Eisbecher hoch und hielt ihn so, dass seine Nachbarin die Unterseite sehen konnte.

Wanda kniff die Augen zusammen. »Meinst du wirklich? Für mich sieht das wie eine Elf aus.«

»Ich kenne die Sauklaue meiner Frau, das ist definitiv eine Zwölf«, beharrte Wuttke.

Wanda gab den korrigierten Wert in ihr Handy ein. Sie ging

ein paar Schritte in Richtung Wasser, dann blieb sie stehen und deutete auf den Sand zu ihren Füßen. »Da muss es sein.«

Sie markierte einen Kreis von zirka zwei Meter Durchmesser, kniete sich hin und begann zu buddeln. Olaf blieb nichts anderes übrig, als sich mit einem leichten Stöhnen ebenfalls herabsinken zu lassen. Auch Telse gesellte sich dazu.

Sie musste nicht lange arbeiten, denn schon nach kurzer Zeit stieß der Kommissar auf etwas Hartes. Als er mit der Schippe darauf klopfte, klang es hohl. Er grub weiter und legte schließlich eine kleine braune Holzkiste frei. »Dieser Frau ist nichts heilig«, entfuhr es ihm.

»Wieso, was ist das?«, fragte Wanda und betrachtete das Kästchen neugierig. Auch Telse rückte näher.

»Das ist eine uralte Zigarrenkiste, die ich von meinem Vater geerbt habe. Da hebe ich normalerweise Quittungen drin auf.« Wuttke seufzte.

»Jammer nicht«, antwortete Wanda lapidar. »Mach endlich auf.«

Wuttke schüttelte das Kistchen vorsichtig. Als er das Scharnier des kleinen Schlosses hochdrückte, rückten die beiden Frauen noch ein Stückchen näher an ihn heran. Der Kommissar hielt inne, um die Spannung zu erhöhen, dann öffnete er endlich das Kästchen.

Auf einer Unterlage aus rotem Samt ruhte ein elfenbeinfarbener Umschlag aus Büttenpapier.

Wuttke nahm ihn heraus und las laut vor, was in Schnörkelschrift darauf geschrieben stand: »Herzlichen Glückwunsch, ihr Spürnasen. Hier ist eure Belohnung.« Nach einem kurzen Blick auf die beiden Frauen brach er den Umschlag auf und zog ein

Klappkärtchen hervor. Auf der Vorderseite prangte der Name des besten Schilkseer Restaurants.

»Oh, wie wunderbar!«, rief Wanda und klatschte in die Hände.

Wuttke räusperte sich und las: »Einladung zu einem mehrgängigen Versöhnungsmenü am Sonnabend um neunzehn Uhr. Ich freue mich auf euch, Camilla.«

Wanda legte den Kopf schief und grinste ihn an. »Na, mein Lieber, da bist du ja noch mal knapp an einer Verurteilung zu lebenslänglich Tiefkühlpizza vorbeigeschrammt.«

22

»FINDE ICH TOLL, DASS DU deinem inneren Schweinehund einen Tritt gegeben hast und dich zur Besetzerwiese traust. Jetzt, wo endlich keine Gefahr mehr für Handtasche und Leben lauert.«

Telse konnte sich die Bemerkung nicht verkneifen. Es war später Sonntagnachmittag, und sie hatte ihre Freundin zu einem Spaziergang nach Strande überreden können. Der eigentliche Grund war, dass sie für ihre Reportage noch ein paar Abschlussfotos von der geräumten Wiese und der Brandstelle machen wollte.

Wanda ließ sich von Telses Sprüchen nicht beeindrucken. Bei dem gemeinsamen Essen am Vorabend hatte sie versprochen, nicht mehr über Telses Umweltschutzengagement zu lästern. Die wiederum hatte Olaf Wuttke um des lieben Friedens willen gelobt, sich nicht mehr leichtsinnig in gefährliche Situationen zu begeben. Wuttke steuerte schließlich seinen Teil bei, indem er Wanda und Telse zusicherte, sie bei ihrer Suche nach Anne Holthusen im Rahmen seiner Möglichkeiten zu unterstützen, ohne sich jedoch konkret zu äußern, wie das aussehen könnte. Camilla hatte sich nicht lumpen lassen und ein Menü geordert, das keine Wünsche offen ließ. Pappsatt und tiefenentspannt hatten zum Schluss alle ihre Gläser erhoben und feierlich auf ihre Freundschaft angestoßen.

Inzwischen hatten die Freundinnen den Fliegenden Holländer hinter sich gelassen und steuerten auf die Zeltwiese am Nordrand des Olympiahafens zu.

»Schade, dass ich deinen David nicht mehr kennenlernen kann«, meinte Wanda. «Wie war das jetzt eigentlich genau mit ihm und Anne? Vermisst er sie nun, oder ist er sauer, weil sie ihn sitzen gelassen hat?«

»Das wüsste ich auch gerne«, sagte Telse. »Ich bin aus dem Kerl einfach nicht schlau geworden. Zu mir war er sehr charmant und hilfsbereit, andererseits hat er wohl auch eine dominante Seite. Jedenfalls meinte das eine der Aktivistinnen, die ihn schon länger kennt. Sie nannte ihn einen Kontrollfreak, der will, dass alles nach seiner Nase läuft. Wenn er in der Beziehung zu Anne auch einen auf Alpha-Männchen gemacht hat, war Stress garantiert vorprogrammiert. Allerdings kann ich mir nicht vorstellen, dass er etwas mit ihrem Verschwinden zu tun hat.«

Wanda ging nachdenklich weiter. »Ich denke, wir sollten diesen David trotzdem nicht aus den Augen verlieren«, sagte sie. »Wo zwei Dickköpfe aufeinandertreffen, kracht es.« Plötzlich blieb sie wie angewurzelt stehen. »Was ist das denn?« Sie deutete zur Mitte der Wiese, wo sich ein riesiger braungrauer Haufen erhob, der wie ein mumifizierter Strohberg anmutete. Der frische Wind war unübersehbar dabei, ihn in seine Einzelteile aufzulösen und das trockene Material über den ganzen Rasenplatz zu verteilen.

»Das dürften die Reste unseres Seegraslagers sein«, erklärte

Telse. »Bei mehreren Gruppenzelten kommt so einiges zusammen, das wird wohl noch irgendwann abgeholt. War richtig weich und gemütlich.«

Wanda verzog das Gesicht. »Ihr habt auf Seegras geschlafen?«

Telse nickte nur.

»Das will ich mir ansehen.« Wanda marschierte auf den Seegrashaufen zu. Dort angekommen, ging sie in die Knie. Sie befühlte das trockene Meereskraut, hielt es an die Nase und schnupperte. »Olfaktorisch eine Herausforderung«, urteilte sie, »aber tatsächlich schön weich. Wie auf einem Heuboden.«

»Ich gebe zu, es riecht ein bisschen gewöhnungsbedürftig«, bestätigte Telse, die ihr gefolgt war, »aber das liegt an dem, was da noch drinhängt: Tang, Algen, Krebsschalen und so weiter. Wahrscheinlich war das Seegras auch noch gar nicht richtig trocken, als es in die Zelte gebracht wurde. Hat mich aber nicht weiter gestört.« Wie zum Beweis ließ sie sich auf das weiche Lager fallen.

»Ich hab mal gelesen, dass Seegras schon früher als Füllmaterial für Kissen oder Matratzen genutzt wurde«, sagte Wanda nachdenklich. »Keine Ahnung, warum das heute nicht mehr gemacht wird. Ist doch viel zu schade, um es am Strand verrotten zu lassen.«

»Schaumstoff ist billiger«, mutmaßte Telse. »Außerdem gibt es wohl nicht genug von dem Zeug. Die Seegraswiesen werden wegen Überdüngung und Erwärmung des Wassers immer weniger. Wusstest du, dass Seegras riesige Mengen von CO_2 in Sauerstoff umwandeln kann? Auf gleicher Fläche fünfmal mehr als der Amazonas-Regenwald. Ist das nicht toll?«

»Hm«, brummte Wanda. Gedankenverloren ließ sie das trockene Gras durch ihre Hände gleiten, knetete und drückte es.

»Hörst du mir überhaupt zu?«

»Jaja.« Wanda richtete sich aus der Hocke auf. »Ich habe eine Idee«, verkündete sie und klopfte ihre Kleidung sauber.

»Sag an.« Telse machte keine Anstalten, sich von ihrem Lager zu erheben. Sie ruhte so gemütlich, dass sie direkt Lust auf ein kleines Nickerchen bekam.

»Ich werde Unternehmerin. Was hältst du davon?«

Telse gähnte. »Aha. Und was willst du unternehmen?«

Wanda griff sich ein Büschel Heu und ließ es auf die Freundin herabrieseln. »Ich werde eine Produktionsfirma für Seegraskissen gründen. Das Material liegt ja quasi auf der Straße beziehungsweise am Strand. Muss nur aufgesammelt werden. Eine klassische Win-win-Situation.«

»Hä?« Unwillig wischte sich Telse die Halme aus dem Gesicht.

»Na, ich bekomme billig meinen Rohstoff und die Gemeinden dafür saubere Strände«, erläuterte Wanda ihre Geschäftsidee. »Die wissen doch nach jedem Sturm nicht wohin mit den Tonnen angeschwemmter Biomasse.«

Telse rappelte sich hoch, stützte sich auf die Ellenbogen und betrachtete ihre Freundin ungläubig. »Verstehe ich das richtig? Du willst auf deine alten Tage als Fabrikantin durchstarten, und das, ohne die kleinste Ahnung von der Sache zu haben. Tut es nicht auch eine Aquarellmalgruppe an der Volkshochschule, wenn du dich nicht ausgelastet fühlst?«

Wanda blieb unbeeindruckt. »Erstens, das Wörtchen ›alt‹ überhöre ich grundsätzlich. Zweitens kann es wohl nicht so schwierig sein, simple Kissen herzustellen. Und drittens schwebt mir keine Fabrik vor, sondern eine kleine, feine Manufaktur. Telse, das wird ein Knaller! Die Touristen werden mir die Teile aus den Händen reißen.«

»Und wo genau willst du die Unmengen von Grünzeug deponieren? Im heimischen Garten?«

»Darüber mache ich mir später Gedanken, wenn ich die ersten Prototypen fertiggestellt habe.«

Telse beschloss, auf eine Fortsetzung der Diskussion zu verzichten. Wahrscheinlich verschwand Wandas Idee so schnell wieder in der Versenkung, wie sie aufgetaucht war, da lohnte es nicht, einen neuen Streit vom Zaun zu brechen. Sie erhob sich und entfernte notdürftig die Gräser, die sich an ihrem Pullover festgehakt hatten.

Eine halbe Stunde später, als sie gerade die Strander Promenade erreicht hatten, verdunkelte sich der Himmel. Am Horizont tauchten schwere Regenwolken auf, deren Vorboten schon über die Küste zogen. Der Wind frischte auf, und die Frauen beschlossen, ihren Spaziergang abzubrechen und nach Hause zurückzukehren.

Gerade noch rechtzeitig. Als die ersten Regentropfen gegen die Scheiben ihres Häuschens klatschten, saß Telse schon im Wohnzimmer auf dem Sofa und überlegte, wie sie den Sonntagnachmittag zu Ende bringen sollte. Einem plötzlichen Impuls folgend stand sie auf und lief zu ihrem Schreibtisch. Sie setzte sich auf den Stuhl und öffnete den Laptop. Jetzt war der Moment gekommen, um noch einmal in Ruhe die Fotos durchzusehen, die sie im Gutshaus der Holthusens gemacht hatte. Bisher hatte sie die Bilder nur kurz durchgeklickt, ohne sie genauer zu betrachten.

Telse wählte den Bildordner aus. Zuerst sichtete sie die Außenaufnahmen und hielt einen Moment inne, als sie bei den Fotos der alten Eiche angelangt war. Der Gedanke, dass sie den Baum fotografiert hatte, als noch die Leiche des Kindes darin verborgen lag, ließ sie frösteln. Schnell machte sie weiter, bis sie bei den Bildern angelangt war, die sie im Inneren des Hauses aufgenommen hatte. Die Trostlosigkeit der leeren Räume ließ nichts mehr von dem früheren Familienleben erahnen. Was sie aber eigentlich interessierte, war das Kinderzimmer.

Der merkwürdig museale Charakter des Raumes hatte sie schon bei ihrem Besuch dort irritiert, und genauso fühlte es sich jetzt wieder an, als sie die Fotos betrachtete. Wieso hatte Clemens Holthusen das Zimmer bei seinem Auszug nicht ausgeräumt? Selbst wenn er anfangs gehofft hatte, dass sein Sohn irgendwann zurückkommen würde, ergab das keinen Sinn mehr, nachdem er das Gutshaus selbst verlassen hatte. Sie klickte sich durch ihre Aufnahmen, und ihr Blick verweilte auf Kallis staubigen Spielsachen. Auf dem obersten Regalbrett ließen zwei porös gewordene Gummisaurier ihre Köpfe hängen, eine Etage darunter wellten sich Bilderbücher, die niemand mehr lesen würde. In einer Holzkiste auf dem Boden stapelten sich Blechautos, daneben lagen tote Fliegen.

Schließlich gelangte sie zu der Kinderzeichnung, die sie bei ihrem Besuch hinter der Kommode gefunden hatte. Auf dem Bild hatte Kalli mit Wachsmalstiften sich selbst, seine Eltern sowie den Familienhund abgebildet. Sie hatte das kleine Gemälde damals schnell fotografiert, ohne es im Detail zu betrachten.

Irgendetwas irritierte sie. Sie betrachtete die Zeichnung – und auf einmal wusste sie, was sie stutzen ließ.

Auf der linken Bildhälfte hatte Kalli sich selbst dicht neben seiner lächelnden Mutter und dem Hund gemalt, sein Vater nahm dagegen ganz allein die rechte Bildhälfte ein. Im Verhältnis zu den beiden anderen Personen hatte der Junge die Figur überdimensional groß dargestellt. Das Gesicht wirkte düster.

Das Auffälligste aber waren die Hände.

Kalli hatte die Hände seines Vaters wie zwei riesige schwarze Pranken gezeichnet.

Telse war keine Kinderpsychologin, aber das sah nicht wie das Bild einer glücklichen Familie aus. Hatte sich das Kind vor seinem Vater gefürchtet? War der Mann dem Jungen gegenüber gewalttätig gewesen?

Plötzlich hatte sie das Gefühl, in ein bodenloses Loch zu starren. Sie brauchte ein paar Minuten, dann holte sie ihr Handy aus der Tasche und tippte eine Nummer ein. »Ich bin's. Kannst du mal rüberkommen, ich will dir etwas zeigen. Mir ist da etwas aufgefallen, als ich mir gerade die Fotos aus dem Gutshaus angesehen habe.« Pause. »Nein, das musst du dir selbst ansehen. Bis gleich.«

Kurz darauf klingelte es. »Du machst es ganz schön spannend. Was gibt es denn?«, platzte Wanda heraus, noch bevor Telse die Tür ganz geöffnet hatte.

»Komm erst mal rein.«

Telse lotste ihre Freundin zum Schreibtisch und deutete auf das geöffnete Notebook. »Sieh dir das an. Fällt dir etwas auf?«

Wanda musterte das Foto auf dem Display. »Das ist doch die Zeichnung, die du in Kallis Zimmer hinter der Kommode gefunden hast. Was ist damit?«

»Schau dir das Bild mal genauer an.«

Wanda beugte sich ein Stückchen vor und studierte die Zeichnung mit zusammengekniffenen Augen. Dann richtete sie sich ruckartig auf. »Ich glaube, ich weiß, was du meinst«, sagte sie. »Der Vater. Er macht nicht gerade einen vertrauenerweckenden Eindruck. Im Gegenteil, so, wie ihn der Junge gemalt hat, sieht er geradezu furchteinflößend aus.«

Telse nickte zustimmend. »Ganz meine Meinung. Das klingt vielleicht nach Küchenpsychologie, aber ich würde vermuten, dass Kalli Angst vor seinem Vater hatte.«

»Ich hab's ja gesagt: Dr. Jekyll und Mister Hyde. Holthusens Wutanfälle und die Aggressivität sind uns von seiner Schwester auch bestätigt worden«, sagte Wanda nachdenklich. »Wobei sie meinte, dass das nur gegen seine Frau ging. Und ich kann mir kaum vorstellen, dass Anne ihr Kind nicht schützen würde. Nach allem, was ich von ihr weiß.«

»Man kann den Menschen nur vor den Kopf gucken.« Telse verschränkte die Arme und starrte mit finsterer Miene auf den Wachsmalstiftvater. »Dieser Clemens Holthusen wird mir immer unsympathischer. Ich traue dem so langsam alles zu.«

23

ALS TELSE AM NÄCHSTEN MORGEN in die Schule kam, wurde sie schon erwartet. Sie hatte kaum das Foyer betreten, als die Schulleiterin Ute Lohmeyer sie abfing und ihr mit knappen Worten bedeutete, ihr ins Büro zu folgen. Die Miene der Rektorin war unergründlich, und Telse beschlich ein ungutes Gefühl.

»Bitte.« Ute Lohmeyer wies auf den Besucherstuhl und nahm selbst hinter ihrem Schreibtisch Platz. »Wir müssen reden.«

Telse setzte sich gehorsam. »Um was geht es denn?«

»Es gab Beschwerden über dich.« Die Rektorin fixierte ihr Gegenüber mit unbewegtem Blick.

Telse schluckte trocken. »Beschwerden? Von wem? Mit mir hat niemand gesprochen.«

»Es handelt sich um zwei Elternpaare von Schülern aus der Vierten, die mich persönlich aufgesucht haben.« Ute Lohmeyer räusperte sich. »Sie haben dich zwischen diesen Protestlern im Olympiahafen gesehen. Laut ihrer Aussage hast du dort auch übernachtet und Wache gehalten.« Sie sah streng über ihre Brille.

Telse spürte, wie die Empörung in ihr hochstieg. »Ja und? Was geht die das an? Was ich in meiner Freizeit mache, ist schließlich meine Privatangelegenheit.«

»Nicht unbedingt«, sagte Ute Lohmeyer kühl und faltete die Hände auf dem Tisch. »Als Lehrkraft hat man eine Vorbildfunktion für die Schülerinnen und Schüler, das dürfte dir bekannt sein. Und du hast mit deiner Aktion ganz offen Recht und Ordnung ignoriert. Die Besetzung der Wiese war illegal, daher sind deine Aktivitäten dort ebenfalls als ungesetzlich anzusehen.«

Telse konnte nicht fassen, was ihr da mit gestelzten Worten vorgeworfen wurde. Witterten diese Eltern schon Revolution und Umsturz, wenn junge Leute auf einem Rasenplatz ein paar Zelte aufbauten, um gewaltfrei gegen Betonwahn und für den Erhalt der Umwelt zu protestieren? Das durfte doch nicht wahr sein. »Es ging darum, zu verhindern, dass im Hafen klammheimlich vollendete Tatsachen geschaffen werden, für ein paar Investoren, die sich eine goldene Nase verdienen wollen«, gab sie trotzig zurück und reckte ihr Kinn in die Höhe. »Wer friedlich für mehr Naturschutz demonstriert und die Öffentlichkeit über geplante Bauvorhaben informiert, verhält sich nicht kriminell, das will ich hier mal klarstellen.«

Ute Lohmeyer schüttelte den Kopf. »Mit Verlaub, das sehe ich anders. Wenn sich das Lehrpersonal nicht an Recht und Gesetz hält, sondern mit Anarchisten gemeinsame Sache macht, kann und darf die Schule das nicht dulden. Ich erwarte, dass du an Aktivitäten dieser Art nicht mehr teilnimmst, sonst …«

»Sonst was?« Telse verschränkte die Arme vor der Brust und schaute die Rektorin herausfordernd an.

»Ich denke, wir haben uns verstanden. Und jetzt habe ich zu tun.« Die Schulleiterin begann demonstrativ in den Unterlagen auf ihrem Schreibtisch zu blättern.

Telse saß einen Moment da und starrte ihr Gegenüber mit offenem Mund und völlig perplex an, dann sprang sie auf, stürmte aus dem Büro und knallte die Tür hinter sich zu.

Die anschließende Unterrichtsstunde überstand sie nur mit Mühe, so aufgebracht war sie. Was erlaubten die sich? Sie wusste zwar nicht, ob man ihr tatsächlich aus der Übernachtung im Camp einen Strick drehen konnte, aber eine Unverschämtheit war diese Art von Gesinnungspolizei allemal. Sie hatte nicht übel Lust, der Lohmeyer sofort den Kram vor die Füße zu werfen und zu kündigen. Lediglich der Gedanke an ihren Kontostand ließ sie davon Abstand nehmen. Im Gegenzug wurde der Wunsch übermächtig, als freie Journalistin Fuß zu fassen. Dieser Schuljob musste ein Ende haben, und zwar so schnell wie möglich, das schwor sie sich.

Als es endlich zur großen Pause klingelte, lief Telse nach draußen, um frische Luft zu schnappen. Wie von selbst führten ihre Schritte sie in den Schulgarten, wo sie den Hausmeister Johannes Paulsen beim Rasenmähen entdeckte. Das warme Gefühl echter Freude durchströmte sie; der ehemalige Philosoph war so ziemlich der einzige Mensch an dieser Lehranstalt, mit dem sie offen und ehrlich reden konnte.

Telse ging ihm entgegen und winkte. »Hallo Paule, schön, dich zu sehen.«

Der Hausmeister blieb stehen, stellte den Rasenmäher ab und schob sich die Ohrschützer herunter. »Moin Telse. Alles klar bei dir?« Er musterte sie. »Du machst einen etwas gestressten Eindruck, wenn ich das so sagen darf.«

Telse ließ sich auf die Holzbank neben dem Insektenhotel fallen. »Gestresst ist gut. Ich bin stinkwütend! Ich platze gleich!«

»Oh je.« Paule zögerte kurz, dann setzte er sich neben sie. »Erzähl schon. Was ist denn passiert?«

Telse seufzte tief. »Ich halte das hier bald nicht mehr aus. Nicht nur, dass die Eltern einen anschwärzen, wenn man nicht in ihr spießiges Weltbild passt. Die Schulleitung steht auch noch voll auf deren Seite. Ich hasse vorauseilenden Gehorsam.«

»Geht es etwas weniger kryptisch?«, hakte Paule nach.

»Laut Frau Lohmeyer bin ich in die Illegalität abgerutscht und verachte gemeinsam mit gesetzlosen Chaoten und Anarchisten die Staatsmacht. Weil ich bei den Leuten im Besetzercamp, die den Bauwahnsinn im Olympiahafen verhindern wollen, übernachtet habe. Das wäre ein ganz schlechtes Beispiel für die Schulkinder.«

Johannes Paulsen schüttelte den Kopf. »Es ist schon traurig, dass die meisten Menschen, die mit dem Begriff jonglieren, keine Ahnung haben, was Anarchismus eigentlich bedeutet.«

»Und was bedeutet er?«, fragte Telse mit müder Stimme.

»Genau das Gegenteil von Chaos.« Paule holte Luft, dann hob er den Zeigefinger und begann zu dozieren: »Anarchie steht für Ordnung ohne Herrschaft. Man kann auch sagen, für eine machtfreie, solidarische Gesellschaft, die sich selbst organisiert, ohne Ausbeutung oder Egoismus. Mit Randale und Aufruhr hat das nichts zu tun, sondern mit Verantwortung und gegenseitiger Hilfe. Im Anarchismus beinhaltet der Weg das Ziel, was bedeutet, dass eine friedliche Gesellschaft mit friedlichen Mitteln erreicht werden soll. Was zugegebenermaßen in der Geschichte nicht immer geklappt hat.«

»Gab es denn schon mal anarchistische Gesellschaften, die funktioniert haben?«, erkundigte sich Telse.

»Sicher.« Paule nickte. »Zum Beispiel der Anarchosyndikalimus in Katalonien zur Zeit des Spanischen Bürgerkriegs. Das Experiment lief so erfolgreich, auch wirtschaftlich wohlgemerkt, dass es sowohl von Franco und seinen Faschisten als auch von stalinistischen Kommunisten niedergeschlagen wurde. Freie Menschen, die über sich selbst bestimmen, passen halt weder den einen noch den anderen ins Weltbild.«

»Das überrascht mich nicht.« Telse rutschte auf der Bank tiefer und ließ ihren Blick in die Krone des Apfelbaums wandern, dessen letzte Blütenblätter bei jedem Windhauch sachte zur Erde schwebten. »So schön es hier im Garten und mit dir ist, ich glaube, ich gehöre einfach nicht in die Schule.«

Paule legte den Kopf schief und schaute sie an. »Das sieht dir aber nicht ähnlich, gleich klein beizugeben, nur weil die Lohmeyer den Moralischen bekommt. Ignorier das Gerede doch einfach, schließlich bist du nicht verbeamtet und hast nichts zu befürchten.«

Telse lächelte. »Keine Angst, so schnell lasse ich mich nicht einschüchtern, zumal die Vorwürfe einfach nur lächerlich sind. Es ist mir aber ernst damit, dass ich den Schuljob schmeißen werde, sobald ich mich anderweitig finanzieren kann. Ich arbeite gerade an einer Reportage über das Hafencamp, die ich hoffentlich irgendwo verkaufen kann. Vielleicht ergeben sich dadurch weitere Aufträge, mal sehen. Auf jeden Fall will ich mittelfristig als freie Journalistin mein Geld verdienen.«

Paule zog skeptisch die Augenbrauen zusammen. »Die goldenen Zeiten des Journalismus sind bekanntlich vorbei. Du tummelst dich da auf einem Feld, das ziemlich überlaufen ist, aber das dürfte dir bewusst sein.« Der letzte Satz klang wie eine Frage.

»Ist es, keine Sorge«, gab Telse etwas schärfer als beabsichtigt zurück. »Aber wenn ich nicht irgendwann komplett frustriert enden will, muss ich es versuchen. Das ist meine einzige Chance.«

Paule nickte verstehend. »Ich fände es jedenfalls sehr schade, wenn du kündigen würdest. Wo wir uns doch gerade erst vor ein paar Monaten kennengelernt haben.«

Sein sanfter braunäugiger Blick ruhte auf Telse, was sie plötzlich seltsam berührte. Seit zwei Wochen trug er die Haare nicht mehr lang, sondern eine modische Kurzhaarfrisur, die ihn stylemäßig in ganz neue Sphären katapultiert hatte. Ihr war schon letztes Jahr bei der Vernissage auf Seekamp aufgefallen, dass Paule richtig was hermachen konnte, wenn er seine graue Hausmeisterkluft gegen ein gut geschnittenes Sakko eintauschte.

»Ich bin ja nicht aus der Welt, selbst wenn ich hier nicht mehr arbeiten sollte.« Telse lächelte und er schenkte ihr einen langen Blick. Ihr Herz machte einen kleinen Satz. »Noch ist das alles Wunschdenken mit meiner neuen Karriere. Kann gut sein, dass ich dir noch eine Weile erhalten bleibe«, sagte sie schnell, um ihre plötzliche Nervosität zu überspielen.

Paule lächelte zurück, seine Augen funkelten. »Ich hätte nichts dagegen.«

In diesem Moment schrillte die Pausenklingel über das Schulgelände. Telse erhob sich von der Bank. »Ich muss dann wieder. Danke fürs Zuhören.«

Paule stand ebenfalls auf. »Mit dem allergrößten Vergnügen.«

Im leichten Trab machte sich Telse auf den Weg zurück zum Pausenhof. Kurz bevor sie den Garten verließ, hörte sie, wie Paule ihren Namen rief.

»Telse?«

Sie drehte sich um.

Paule reckte den Daumen. »Halt dich senkrecht!«

Telse rang sich ein Lächeln ab, winkte kurz zurück und verschwand um die Hecke.

Als sie den Schultag endlich überstanden hatte und wieder zu Hause war, gönnte sie sich zuerst eine üppige Portion Pasta mit Gemüse und extraviel Parmesan, anschließend machte sie sich auf den Weg zum Gartenschuppen. Dort schob sie zwei Kartons mit ausrangierten Büchern und Flohmarktzeug zur Seite, um an den alten Teak-Liegestuhl zu gelangen, den sie dort im letzten Herbst bei ihrem Einzug entdeckt hatte. Sie zerrte den zusammengeklappten Stuhl aus seiner Winterruhe ans Tageslicht, fegte den Staub herunter und baute ihn schließlich draußen auf dem Rasen auf. Dann zog sie das dazugehörige gelb-weiß gestreifte Polster aus seiner löchrigen Plastiktüte. Als sie sich schließlich mit Kissen, Buch und Sonnenbrille ausstaffiert auf dem Liegestuhl ausstreckte und die Augen schloss, seufzte sie vor Behagen und genoss den wunderbar friedlichen Moment.

Der nicht lange währte. Plötzlich fiel ein Schatten auf Telses Gesicht.

»Wo hast du denn dieses Monstrum aufgegabelt?«, ertönte eine wohlbekannte Stimme direkt über ihr.

Telse öffnete ihre Augen einen Spaltbreit und blinzelte ins Gegenlicht. »Wenn du den Liegestuhl meinst, den habe ich aus seinem Dornröschenschlaf in deinem Schuppen befreit, entmottet und endlich seiner Bestimmung zugeführt. Wirklich sehr bequem, das Teil, nur die Auflage müffelt etwas.«

Wanda schnalzte missbilligend mit der Zunge. In tadelndem Ton sagte sie: »Wir haben keine Zeit zum Faulenzen, es gibt viel zu tun. So ein Kriminalfall löst sich nicht von selbst!« Sie packte die Liege mit beiden Händen am unteren Ende, als wollte sie sie umkippen.

Telse seufzte. »Ich hatte heute einen Scheißtag. Gönn mir etwas Frieden.«

Wanda ließ das Fußteil der Liege los und hockte sich neben ihre Freundin auf das Gras. »Was ist denn passiert?«

Telse holte Luft. »Ach, das will ich nicht alles noch mal erzählen, ich habe mich schon bei Paule ausgeheult. Nur so viel: Nach Ansicht mancher Schilkseer Eltern bin ich eine Gefahr für ihre Blagen, und die Lohmeyer ist leider voll auf deren Seite. Tja, ich denke, meine Tage an der Schule sind gezählt.«

»Geht es um deine Aktivitäten im Hafencamp?«

»Du hast es erraten.«

Wanda verdrehte die Augen. »Meine liebe Telse, du bist diejenige, die entscheidet, wie es in deinem Leben weitergeht, nicht diese Eltern und auch nicht die gute Ute. Wenn du es aber an der Schule absolut nicht mehr aushältst, solltest du für dein Seelenheil einen Schlussstrich ziehen. Finanziell wirst du nicht ins Bodenlose fallen, das verspreche ich dir.«

Telse lächelte schwach. »Das ist wirklich lieb von dir, aber du hilfst mir schon so unglaublich viel. Allein dafür, dass ich in dem zauberhaften Häuschen hier wohnen darf, bin ich dir ewig dankbar.«

»Ach was, du tust mir einen Gefallen damit«, unterbrach Wanda mit rauer Stimme. »Das habe ich dir doch schon gesagt.« Gefühligkeit konnte sie noch nie gut aushalten. Sie tätschelte Telses Hand. »Ich finde, du solltest diesen Schulärger an dir abperlen lassen und dich lieber den angenehmen Seiten des Lebens zuwenden. So wie ich. Seit ich das mit dem hohen Blutdruck weiß, habe ich mir vorgenommen, jeden Tag eine schöne Sache zu machen. Wer weiß, wie oft ich dazu noch Gelegenheit habe.«

Jetzt war es an Telse, erschrocken zu gucken. »Ist es etwa schlimmer geworden?«

»Nein, nein«, beruhigte Wanda, »alles im grünen Bereich. Ich dachte nur, wir beide könnten vielleicht einen kleinen, frühsommerlichen Ausflug in die Umgebung machen.«

»Aber bitte nicht mehr heute.« Telse gähnte demonstrativ. Dann musterte sie ihre Freundin prüfend. »Du hast doch was im Hinterkopf, ich sehe es dir an.«

»Woher nimmst du nur deine hellsichtigen Fähigkeiten?« Wanda schenkte ihrer Freundin ein breites Lächeln.

»Wo willst du denn hin?«, fragte Telse, obwohl sie die Antwort bereits ahnte.

24

AM NÄCHSTEN TAG TAUCHTE die Frühlingssonne die Landschaft in mildes, leicht dunstiges Licht, und Telse beschloss, die Gelegenheit zu nutzen und noch einmal den Garten des Gutshauses Holthusen aufzusuchen, um zu fotografieren. Nicht nur dass die verwunschene, verwucherte Natur sie anzog, sie verspürte auch ein schwer zu deutendes Bedürfnis, sich erneut an den Ort von Kallis Leben und Sterben zu begeben. Das Kind forderte etwas von ihr. Also packte sie am frühen Nachmittag die Kamera in ihre Tasche und radelte los, bevor Wanda Gelegenheit hatte, sie abzufangen.

Eine Viertelstunde später stand Telse in der einsamen Schilkseer Au vor dem ehemaligen Wohnhaus der Familie Holthusen. Die Kletterhortensien, die sich daran emporrankten, ließen das Gebäude im Nachmittagslicht trotz der staubigen Fensterscheiben romantisch wirken. Der Frühling hatte alles Grün in der Umgebung explodieren lassen, stellte sie mit einem zufriedenen Rundumblick fest. Da es von keiner Hand mehr gestutzt wurde, hatte sie Mühe, sich durch die wuchernden Pflanzen einen Trampelpfad in den rückwärtigen Teil des Gartens zu bahnen. Auch hier wuchs die Natur inzwischen, wie sie wollte, und eroberte sich mit ungezähmter Kraft ihr Reich zurück.

Telse bewegte sich mit langsamen Schritten durch nur noch zu erahnende Stauden- und Gemüsebeete, die sich bis auf eine kleine Ecke mit trotzig blühenden Erdbeeren dem Giersch ergeben mussten. Obwohl Meisen zwitscherten und Hummeln brummten, umfing sie ein seltsames Gefühl von Stille.

Die Art von Stille, die entsteht, wenn etwas Wichtiges fehlt.

Auf einem von Apfelbäumen umschlossenen Stückchen Wiese blieb sie stehen und ließ die grüne Wildnis auf sich wirken. Sie schloss die Augen und lauschte, ohne sich zu bewegen, auf den Wind in den Baumkronen und ihren eigenen Atem. Etwas Unbestimmtes rührte ihr Inneres an, etwas, das sie vermisst hatte, ohne es zu wissen. Hier, an diesem Ort und in diesem Moment, fühlte sie eine tiefe Verbundenheit mit dem Wesen der Natur, mit allem Lebendigen um sich herum.

Sachte, um den Zauber des Augenblicks nicht zu vertreiben, holte Telse ihre Kamera aus dem Rucksack und machte sich auf die Suche nach Motiven. Die zerborstene Eiche am Ende des Geländes streifte sie dabei nur mit einem schnellen Blick. Das brauchte noch Zeit.

Sie wusste nicht, wie lange sie schon fotografiert hatte, als ein seltsames Summen an ihr Ohr drang. Ein Summen, das definitiv nicht von den Bienen und Hummeln kam, die um sie herum schwirrten. Das Surren wurde lauter. Sie drehte den Kopf, suchte die Quelle des Geräuschs – vergebens. Es schien von allen Seiten gleichzeitig zu kommen. Und dann hörte sie es plötzlich ganz deutlich aus einer Richtung, die sie nicht erwartet hatte: von oben.

Telse legte den Kopf in den Nacken und entdeckte direkt über sich in ein paar Meter Höhe eine kleine Drohne, die auf der Stelle schwirrte. Das Gerät war kaum größer als ihre Kameratasche und wirkte wie ein urzeitliches schwarzes Insekt mit vier Beinen. Ein Insekt, das ihr viel zu neugierig war. Da sie keine Lust hatte, von irgendwelchen Hobbyfilmern aufgenommen zu werden, wedelte Telse mit beiden Armen und machte wegscheuchende Bewegungen. Einem jähen Impuls folgend streckte sie die Zunge raus.

Mit dem Erfolg, dass das Gerät noch tiefer sank und anfing, sie zu umkreisen.

Telse wurde wütend. Hatten die Leute nichts Besseres zu tun, als ihren Mitmenschen damit auf die Nerven zu gehen?

Die Drohne schien zu zögern, sie verharrte jetzt auf der Stelle und bewegte sich unentschlossen auf und ab, bis sie langsam den Rückzug antrat.

In diesem Moment fasste Telse einen Entschluss. Sie würde den Besitzer des Fluggeräts ausfindig machen und ihn zur Rede stellen. Zwar war die Erfolgsaussicht gering, aber es sprach nichts gegen einen Versuch. Ein bisschen Bewegung würde ihr sowieso guttun. Ohne Rücksicht auf die überall wuchernden Brombeerranken sprintete sie durch den Garten und hielt den Blick dabei fest auf das dunkelgraue Rieseninsekt geheftet. Mit der Folge, dass sie kurz darauf in eine überwucherte Senke trat, stolperte und lang hinfiel. Als sie sich wieder aufgerappelt hatte, konnte sie gerade noch sehen, wie die Drohne hinter der alten Eiche verschwand und anschließend nach links abschwirrte. Sie beeilte sich, um den schmalen Weg am Ende des Grundstücks zu erreichen. Kaum war sie dort angekommen, musste sie feststellen, dass der Brummer Fahrt aufgenommen hatte und in einem Tempo davonrauschte, bei dem sie nicht mehr mithalten konnte.

Telse stand da, schnappte nach Luft und ärgerte sich. Die ganze Aktion hatte ihr nichts gebracht, außer zerkratzten Armen und einer verdreckten Hose. Sie wollte gerade kehrtmachen, als sie im Augenwinkel bemerkte, wie die Drohne plötzlich senkrecht nach unten flog.

Hab ich dich, dachte sie. Kurzerhand spurtete sie den Trampelpfad in Richtung des vermuteten Landeplatzes entlang, bis hinter einer Kurve ein reetgedecktes Backsteinhäuschen in ihr Blickfeld geriet, das ihr bekannt vorkam. Sie brauchte einen Moment, bis es in ihrem Kopf klick machte. Natürlich, hier wohnte die einzige Nachbarin der Holthusens, die seltsame Kartografin Matilde Albers!

Telse hätte schwören können, dass die Drohne hier gelandet war, aber sie konnte sich beim besten Willen nicht vorstellen, dass die alte Dame mit technischen Spielzeugen dieser Art hantierte. Trotzdem wollte sie der Sache auf den Grund gehen. In leichtem Trab lief sie weiter, bis sie vor dem rückwärtigen Garten des Hauses stand, dessen morscher Jägerzaun fast vollständig von Büschen eingeschlossen war. Dazwischen gab es eine kleine Lücke mit Gartentür, die nur angelehnt war.

Langsam näherte sich Telse der Pforte und spähte hinüber. Niemand war zu sehen.

»Kommen Sie ruhig rein, die Tür ist offen.«

Telse zuckte zurück und erblickte im selben Moment Matilde Albers, die hinter einer übergroßen blauen Regentonne auftauchte und ihr zuwinkte. Sie zögerte kurz, dann fasste sie sich ein Herz und trat ein.

»Wie nett, dass Sie mich wieder besuchen kommen.« Die Kartografin strahlte Telse an. »Leider habe ich auch diesmal keinen

Kuchen im Haus. Aber eine Tasse Tee trinken Sie mit mir, nicht wahr?«

»Na ja, also … ich bin nur zufällig hier vorbeigelaufen«, erklärte Telse. »Machen Sie sich bitte keine Mühe.«

»Ach was, ich freue mich doch«, widersprach Matilde Albers energisch. »Das Wetter ist so schön, wir können sogar draußen sitzen. Immer herein.« Sie wies einladend zu dem kleinen Tisch unter einem Apfelbaum, neben dem zwei Eisenstühle mit karierten Polstern standen.

Telse zögerte noch, als ihr Blick unvermittelt auf das längliche Etui fiel, das Matilde Albers in der Hand hielt. Es sah aus wie ein Schlampermäppchen von der Größe einer Packung Spaghetti.

Der Kartografin entging das nicht. »Raten Sie mal, was ich hier habe«, lockte sie und hielt das Futteral in die Höhe. »Da kommen Sie nie drauf.«

Telse ahnte das Gegenteil. »Ich weiß nicht«, behauptete sie. Doch sie kannte die Antwort, bevor sie kam.

»Eine Drohne!« Der Stolz in Matilde Albers' Stimme war unüberhörbar.

Telse stemmte die Hände in die Hüften. »Dann haben Sie mich also vorhin gefilmt. Das war aber ziemlich forsch von Ihnen.« Am liebsten hätte sie ›aufdringlich‹ und ›frech‹ gesagt, aber bei der freundlichen alten Dame brachte sie das nicht übers Herz.

»Ja, aber nur, weil ich wissen wollte, wer da im Garten des Gutshauses herumstreicht. Hätte ja ein Tunichtgut sein können, der Böses im Schilde führt.« Matilde Albers marschierte zum Gartentisch. »Kommen Sie, ich zeige Ihnen das tolle Gerät.«

Jetzt war Telse doch neugierig geworden. Sie folgte ihrer Gastgeberin und ließ sich auf einem der Eisenstühle nieder.

Matilde Albers legte das graue Etui auf den Tisch und zog den Reißverschluss auf. Dann hob sie die Drohne so vorsichtig wie ein aus dem Nest gefallenes Vogelküken heraus und klappte die vier Beinchen zur Seite. »Ist sie nicht wunderschön?«, sagte sie liebevoll. »Und was sie alles kann, unglaublich.«

Obwohl sie den Apparat am Himmel gesehen hatte, war Telse überrascht. Was hier auf dem Tisch stand, schien ein Kinderspielzeug zu sein, so klein und grazil wirkte die Drohne. An dem schmalen, dunkelgrauen Körper war vorne eine bewegliche Kameraoptik angebracht, und die vier Spinnenbeinchen trugen an ihren äußeren Enden jeweils einen zweiflügeligen Propeller. Das war alles, schlichter ging es kaum.

»Da gehört natürlich noch die Steuerungseinheit dazu«, erklärte Matilde Albers, als hätte sie Telses Gedanken gelesen. »Auf einem Display kann ich in Echtzeit verfolgen, was mein kleiner Freund sieht. Einfach toll, diese moderne Technik.« Sie streichelte sanft über das matt schimmernde Gehäuse. »Habe ich vor ein paar Jahren von meinem Enkel geschenkt bekommen. Zum Geburtstag. Der Junge hat mir eine riesige Freude damit gemacht.«

»Kann so ein kleines Ding denn was?«, erkundigte sich Telse interessiert. Matilde Albers strahlte. »Gewiss. Aber jetzt mache ich uns erst mal einen Tee und hole meinen Laptop mit nach draußen, da habe ich ein paar hübsche Aufnahmen drauf. Dauert nicht lange.« Sie erhob sich.

Telse nickte. Die perfekte Gelegenheit, die Löschung der Aufnahmen mit ihr als Hauptdarstellerin zu verlangen.

Keine fünf Minuten später kehrte Matilde Albers mit einem

großen Tablett in den Händen zurück, auf dem neben zwei dampfenden Tassen ein Notebook lag. Sie lud alles auf dem Eisentischchen ab, schob Telse ihre Tasse hin und setzte sich. Dann klappte sie den Laptop auf und ließ ihn hochfahren.

»Sie erinnern sich vielleicht, bei unserem ersten Treffen hatte ich Ihnen erzählt, dass die Leidenschaft für Kartografie mich selbst als Rentnerin nicht losgelassen hat.« Albers lächelte verschmitzt. »Seit mir mein Enkel die Drohne geschenkt hat, ist es für mich viel leichter geworden, die Veränderungen in der Natur zu dokumentieren. Die Filme und Fotos meines kleinen Helfers sind eine unersetzliche Fundgrube für mich geworden, gerade wo ich nicht mehr so gut zu Fuß bin.«

Telse pustete in die grüngelbe Flüssigkeit in ihrem Becher. »Lassen Sie das Gerät denn immer über Privatgrundstücke fliegen? Sie wissen bestimmt, dass das nicht erlaubt ist.« Ihr war bewusst, dass sie gerade genauso spießig wie die Schulrektorin klang, aber ihren Unmut über die zudringliche Filmerei im Garten konnte sie nicht verbergen.

»Weiß ich natürlich.« Matilde Albers kicherte. »Mache ich auch nur, wenn ich niemanden auf meinem Display entdecken kann. Bei Ihnen war das anders, aber das lösche ich wieder, versprochen.« Sie klickte eine Datei an. »Hier, das ist ganz hübsch, ein Flug die Küstenlinie entlang.«

Der Film startete, und Telse saß mit offenem Mund da. Die Qualität der Aufnahme war unerwartet brillant, selbst kleinste Details waren präzise zu erkennen. Sie meinte sogar einzelne Grashalme ausmachen zu können.

»Nicht übel, was?« Die Kartografin betrachtete ihre Aufnahme mit stolzem Wohlgefallen. »Ist halt eine 4K-HDR-Kamera.

Die hat nicht jeder, hat mein Enkel gesagt. Ich habe seine alte Drohne auch nur geschenkt bekommen, weil er sich eine noch bessere gekauft hat.«

Telse hatte keinen Schimmer, was 4K-HDR-Kamera bedeutete, aber es hörte sich teuer und hochmodern an. »Wirklich beeindruckend«, sagte sie und meinte es auch so. Die Kamerafahrt über die Steilküste stand den Naturdokumentationen im Fernsehen in keiner Weise nach.

»Hier, das müssen Sie auch unbedingt ansehen«, bestimmte die Drohnenpilotin und klickte eine weitere Datei an. »Mein Enkel hat mich vor zwei Jahren mal in die Geltinger Birk mitgenommen.«

Telse war begeistert, als sie in dem Film die Herde der Wildpferde entdeckte, die an diesem Teil der Küste frei und sich selbst überlassen lebte. Die Tiere, Koniks genannt, kannte sie bisher nur vom Hörensagen. So nah würde sie den zotteligen, kleinen Pferden, die sich von der fliegenden Kamera nicht stören ließen, in der Natur niemals kommen.

»Fotos kann das Gerät natürlich auch machen, und zwar gestochen scharfe. Ich zeige Ihnen gern eine kleine Auswahl, wenn Sie das interessiert«, bot Matilde Albers an.

»Vielleicht später«, wiegelte Telse ab. »Ich muss langsam wieder«, erklärte sie und erhob sich von ihrem Stuhl. »Hoffentlich steht mein Fahrrad noch da, wo ich es am Gutshaus abgestellt habe.«

»Bestimmt, hier ist doch niemand außer uns und meinen beiden Katzen. Und die klauen keine Räder, dafür sind sie viel zu faul.« Die Kartografin klappte das Notebook zu. »Ich würde mich jedenfalls freuen, wenn Sie mal wieder vorbeikämen und mir ein paar von Ihren Aufnahmen zeigen würden. Ich habe gesehen, wie Sie im Garten fotografiert haben.«

Telse fühlte sich ertappt, obwohl sie die Erlaubnis von Morten hatte, sich dort aufzuhalten. »Ein andermal gerne. Aber jetzt muss ich los, vielen Dank für den Tee.«

»Es war mir eine Freude«, erwiderte Albers. »Bringen Sie nächstes Mal gerne wieder Ihre reizende Freundin mit.«

Am Gartentor drehte sich Telse noch einmal um und winkte ihrer Gastgeberin zum Abschied. Matilde Albers war schon eine eigenartige Frau, dachte sie. Es beeindruckte sie, wie aktiv und geistig fit die alte Dame war, gleichzeitig hatte sie auch deren Einsamkeit spüren können. Ich komme bestimmt wieder, nahm sie sich vor, vielleicht darf ich dann auch mal die Drohne steuern. Ihr Blick ging nach oben in die Krone der alten Eiche neben dem Haus.

Dort hockte der Uhu und starrte sie an.

25

WANDA SASS IN EINEM IHRER Korbstühle auf der Terrasse und trommelte mit den Fingern auf die Lehne. Sie wusste an diesem Nachmittag nichts mit sich anzufangen, und Telse war drüben nirgends zu sehen. Sie beugte sich zu dem Gartentisch vor und füllte sich Tee nach. Dann nahm sie ihre Tasse in beide Hände, pustete hinein und überlegte. Wenn sie hier schon so unterbeschäftigt herumsaß, konnte sie ihre Energie darauf verwenden, den Fall Anne Holthusen noch einmal gründlich zu durchdenken. Langsam war es an der Zeit, dass sie diese vertrackte Geschichte endlich aufklärten. Wenn eine junge, lebenslustige Frau einfach so von der Erdoberfläche verschwand, ohne die geringste Spur zu hinterlassen, konnte das eigentlich nur eins bedeuten: dass sie tot war. Aber war Anne tatsächlich ermordet worden? Und wenn ja: War ihr Ehemann der Täter? Und wo war dann ihre Leiche?

Sie kamen nicht weiter, aber eine Wanda Holle war nicht bereit aufzugeben. Wozu hatte man schließlich einen Kriminalhauptkommissar als Nachbarn?

Sie erhob sich entschlossen und trug ihre Teetasse samt Kanne in die Küche. Als sie auf die Terrasse zurückkehrte, stand dort Camilla und strahlte sie mit einem kirschroten Lächeln an.

»Moin Wanda, ich wollte mich nur schnell verabschieden. Morgen früh geht mein Flieger nach London. Wird auch Zeit, dass ich den Laden dort auf Vordermann bringe.«

»Freut mich für dich«, lächelte Wanda. »Aber setz dich doch. Möchtest du einen Tee oder Kaffee?« Sie wies einladend auf den Sessel, der neben ihrem stand.

»Danke, nein.« Camilla winkte ab. »Ich will gleich wieder rüber. Olaf hat sich meinetwegen den Nachmittag freigenommen, und ich muss ihn noch einnorden, damit er keinen Quatsch macht, solange ich weg bin. Der Mann findet allein nicht mal seine Unterhosen.«

»Dann geht er halt ohne«, kommentierte Wanda ungerührt und ließ sich in den Korbstuhl fallen. »Die Welt wird es überleben.«

Camilla lachte. »Ein paar klare Instruktionen für seine Zeit als Strohwitwer sind unverzichtbar.«

»Du weißt, dass ich ein Auge auf ihn haben werde«, sagte Wanda. »Mach dir mal keine Sorgen.«

»Davon bin ich überzeugt«, erwiderte Camilla trocken. Plötzlich kräuselte sich ihre Stirn unter dem schwarzen Pony, und sie schnupperte konzentriert. »Sag mal, was riecht denn hier so komisch? Haben dir die Strander Fischer gammeligen Butt von letzter Woche aufgeschwatzt?«

»So schlimm?« Wanda seufzte leicht. »Das sind keine toten Fische, höchstens ein paar Gräten. Der Rest sind Muscheln, Krebsreste und …«

»Wasserleichen?« Camilla grinste.

»Blasentang. Der entwickelt nach ein paar Tagen auch ein recht strenges Aroma. Warte, ich zeige dir, worum es geht.«

Wanda stemmte sich hoch und verschwand im Inneren des Hauses. Kurz darauf kehrte sie zurück. In den Händen trug sie ein mit feinem weißen Leinen bezogenes, voluminöses Sofakissen. »Hier, meine eigene Kreation. Ist gerade fertig geworden. Ich hab noch mehr davon.« Aus ihrer Stimme klang Stolz.

Camilla wich unwillkürlich einen Schritt zurück und hielt sich demonstrativ die Nase zu. »Äh, hast du das Fischfutter da drin entsorgt?«, fragte sie mit dumpfer Stimme.

»Blödsinn.« Wanda hielt ihr das Kissen unter die Nase. »Überzeuge dich selbst, das riecht wie eine frische Meeresbrise.«

Camilla schnupperte vorsichtig. »In der Tat. Gar nicht so übel.«

»Ich habe vor, eine Manufaktur für Seegraskissen aufzubauen«, erklärte Wanda. »Das hier ist mein Prototyp. Seegras ist ein super Füllmaterial und hat nur positive Eigenschaften. Es schimmelt nicht, und Milben meiden es, was jeden Allergiker freut. Außerdem ist Seegras schön bauschig und kann viel mehr Feuchtigkeit als Daunenkissen aufnehmen. Das Beste aber ist, dass das Zeug nach einem Oststurm in rauen Mengen am Strand herumliegt und nichts kostet. Es muss nur eingesammelt werden. Die Leute werden mir die Kissen aus den Händen reißen, das schwöre ich dir. Was hältst du davon?«

Camilla holte Luft, kam aber nicht dazu, zu antworten.

»Das Reinigen der angeschwemmten Pflanzen ist der komplizierteste Teil«, fuhr Wanda eifrig fort. »Ist wirklich eine Höllenarbeit, aber nach dem Waschen und Trocknen duftet das Seegras wunderbar.«

»Und warum muffelt es hier dann so?«

»Ich habe mir ein paar Kilo Übungsmaterial von der Hafenwiese besorgt«, erklärte Wanda. »Das lag da noch massenhaft herum, die Besetzer haben es in ihren Zelten als Schlafunterlage benutzt. Das Gras war zwar schon trocken, aber leider nicht gesäubert worden. Ich lüfte schon die ganze Zeit.«

»Du lagerst den Kram hoffentlich in hermetisch abgeschlossenen Castorbehältern. Sonst treffen sich sämtliche Schmeißfliegen von Schilksee bei dir zum Picknick.« Camilla reichte das Kissen mit spitzen Fingern zurück. »Aber schön weich ist es, das muss ich zugeben.«

»Nicht wahr? Und komplett ökologisch noch dazu, das wird besonders Telse gefallen. Vielleicht hilft sie mir ein bisschen.«

»Dann hoffe ich für sie, dass sie Schnupfen hat und an einer verstopften Nase leidet«, sagte Camilla. »Zum Glück bin ich ab morgen weg. Aber wenn du Hilfe beim Business-Plan brauchst, sag Bescheid.« Sie blickte auf ihre Armbanduhr. »So, jetzt muss ich leider los. Grüß Telse von mir.«

»Weißt du was, ich komme rasch mit rüber«, sagte Wanda schnell und legte das Kissen auf einem Sessel ab. »Ich habe nämlich ebenfalls mit deinem Olaf zu reden. Dauert auch gar nicht lange.«

Camilla grinste. »Kein Problem, der alte Mann freut sich über Besuch.« Sie machte kehrt und steuerte die Lücke in der Hecke an. Wanda folgte ihr. Auf der Terrasse der Wuttkes verabschiedete Camilla sich. »Ich muss noch packen. See you later!« Damit verschwand sie im Haus.

Olaf saß am Gartentisch. Ein Baumarktkatalog lag aufgeschlagen vor ihm.

»Moin Meister«, grüßte Wanda. Sie trat näher und musterte die Werbebroschüre. »Na, hast du einen Renovierungsauftrag von der Chefin bekommen oder willst du endlich das Hochbeet in Angriff nehmen? Dann aber husch, die Pflanzzeit ist bald vorbei.«

Der Kommissar klappte den Katalog schnell zu. »Nein, ich habe nur was gesucht. Ist nicht wichtig.« Er schnüffelte. »Sag mal, was riecht denn hier so streng? Bist du das?«

»Danke, charmant wie immer.« Wanda nahm unaufgefordert auf dem Stuhl neben ihm Platz. »Ich könnte böse sein, gebe dir aber eine Chance, es wiedergutzumachen.« Sie beugte sich vor. »Ich habe dich sofort wieder lieb, wenn du mir erzählst, was die Untersuchung des Brandanschlags ergeben hat. Habt ihr auf den Scherben der Bierflaschen Fingerabdrücke gefunden?«

Der Kommissar stöhnte auf. »Warum nehmen wir eigentlich nicht gleich den kurzen Dienstweg? Ich werde Jochen Moders darum bitten, dass die KTU ihre gesammelten Erkenntnisse zukünftig in Kopie an dich weiterleitet. Gern geschehen.«

Wanda tätschelte ihm das Knie. »Nun werde mal nicht biestig. Fingerabdrücke sind keine Staatsgeheimnisse, da brauchst du es mit der Diskretion nicht zu übertreiben. Es geht schließlich um einen feigen Mordanschlag, der aufgeklärt gehört.«

»Eben drum. Das sind ermittlungstechnische Interna zu einem Kapitalverbrechen, die du mir hier entlocken willst. Die gibt es nicht frei Haus.«

»Also habt ihr einen Treffer gelandet.« Wanda lehnte sich zufrieden zurück. »Wusste ich es doch. Sonst würdest du dich nicht so zieren.«

Wuttke setzte eine genervte Miene auf. »Ich stelle mich nicht an, sondern bin pflichtbewusst und diskret, nur um das mal klarzustellen.«

»Ich auch, damit sind wir schon zwei.« Wanda fixierte ihr Gegenüber. »Außer Telse erfährt niemand von euren Erkenntnissen, versprochen.« Sie setzte einen bittenden Hundeblick auf.

Der Kommissar seufzte schwer. »Ja, wir haben einen Fingerabdruck auf einer Scherbe des Molotowcocktails sicherstellen können. Leider gab es keinen Treffer in unserer Datenbank. Im Klartext: Wir haben nichts in der Hand.«

Wanda kaute in Gedanken auf ihrer Unterlippe herum, etwas rosa Lippenstift blieb an ihren Schneidezähnen hängen. »Was ist eigentlich mit den Überwachungskameras im Olympiahafen, habt ihr euch die Aufnahmen schon alle angesehen? Die Täter werden doch kaum fertig präparierte Molotow-Cocktails zu Fuß zum Camp geschleppt haben. Die müssen sie irgendwo in der Nähe gebaut haben. Die Frage ist: Wie haben sie Benzinkanister und Flaschen transportiert?«

Wuttke winkte ab. »Auf die Idee sind wir natürlich auch schon gekommen. Unsere Leute haben alle Aufnahmen der Kameras vom Hafenvorfeld und vom Parkplatz des Strander Segelklubs ausgewertet, aber da gab es nichts. Die Dinger decken ja nicht den kompletten Hafen ab, da finden sich überall noch dunkle Ecken.«

»Hm.« Wanda dachte nach. Sie überlegte, wie sie am geschicktesten vorgehen sollte. »Olaf?«

»Ja?« Wuttke war sofort in Habachtstellung.

»Wenn ihr mit der Aufklärung des Brandanschlags gerade ohnehin nicht richtig weiterkommt, könntest du doch einen kleinen Liebesdienst für mich einschieben, nicht wahr?« Wanda schenkte ihrem Nachbarn ein zuckersüßes Lächeln.

Die Alarmglocken in Wuttkes Kopf schrillten. »Worauf willst du hinaus?«

Wanda lächelte noch gewinnender. »Wie wäre es mit einer klitzekleinen Gegenleistung dafür, dass Telse und ich dir schwer beschäftigtem Mann die Arbeit abnehmen, indem wir nach der Mutter des armen Kalli Holthusen suchen?«

»Oh nein!« Wuttke schüttelte energisch den Kopf. »Das kannst du dir abschminken.«

Wanda lächelte so breit, dass sie fast einen Krampf in den Wangenmuskeln bekam. »Wir haben Grund zu der Annahme, dass es in der Familie Gewalt gab. Da habe ich mich gefragt, ob Clemens Holthusen schon früher mit seiner Unbeherrschtheit Probleme hatte.« Bevor der Kommissar antworten konnte, hob sie beschwichtigend die Hände. »Es handelt sich nur um eine winzige Auskunft aus eurer Polizei-Datenbank, die für unsere Nachforschungen aber von großer Bedeutung ist.«

Erneut setzte Wuttke zu einer Gegenrede an, doch Wanda ließ es nicht so weit kommen. »Denk an den armen Jungen«, fuhr sie fort und sah ihn eindringlich an. »Ich weiß, dass du nichts auf Clemens Holthusen kommen lässt, aber seine Frau ist verschwunden. Es gibt kein Lebenszeichen von ihr, und dir muss ich nicht sagen, wie häufig sich so etwas als Beziehungstat entpuppt. Wir wollen nur wissen, ob Clemens Holthusen schon mal polizeilich auffällig geworden ist und vielleicht von einer Frau wegen körperlicher Gewalt angezeigt wurde.«

Der Kommissar seufzte. Er sah aus wie ein geprügelter Hund. »Dir ist klar, dass ich das nicht darf«, sagte er. Gleichzeitig wusste er, dass seine Nachbarin auf diesem Ohr grundsätzlich taub war.

Wanda tätschelte ihm erneut das Knie. »Von mir erfährt niemand ein Sterbenswörtchen«, raunte sie verschwörerisch. »Meine Lippen sind versiegelt.« Sie machte eine Geste, als würde sie ihren Mund mit einem Reißverschluss zuziehen.

Olaf Wuttke schaute in die Ferne und schwieg, während Wanda sich von ihrem Stuhl erhob. »Ab morgen bist du ja wieder Strohwitwer. Ich kenne da ein Rezept für Maischollen im grünweißen Spargelbett. Köstlich«, erklärte sie wie beiläufig. »Für eine Person lohnt sich der Aufwand allerdings nicht …« Bedauernd zuckte sie mit den Schultern. »Wobei« – sie tat so, als hätte sie einen spontanen Einfall – »was hältst du davon, wenn ich dir morgen Abend eine ordentliche Portion vorbeibringe? So gegen neunzehn Uhr?«

Der Kommissar nickte ergeben.

Gegen Wandas schärfste Waffe war er machtlos.

26

AM MITTWOCHABEND STAND Wanda pünktlich zur abgemachten Uhrzeit vor der Tür des Nachbarhauses und klingelte – allerdings ohne Schollen. Als Olaf Wuttke öffnete, registrierte sie seine noch feuchten Haare und den herben Duft von Männerduschgel.

»Du hast dich extra für uns frisch gemacht. Das wäre doch nicht nötig gewesen«, begrüßte sie den Kommissar. »Der Plan hat sich geändert, Telse leistet uns Gesellschaft, sie wartet drüben bei mir. Wir essen dort, das ist praktischer. Der Fisch ist übrigens in drei Minuten servierbereit, also husch, husch!«

»Ich freue mich auch, dich zu sehen«, brummte Wuttke. Er wusste, dass er nichts zu melden hatte, außerdem knurrte sein Magen. »Na gut. Warte kurz.« Er machte kehrt und kam wenig später mit einer Vase voller Pfingstrosen zurück, die er Wanda in die Hand drückte. »Bitte schön. Deine Lieblingsblumen.«

In der Villa wurden sie bereits von Telse erwartet, die den Tisch im Blauen Salon gedeckt hatte. Es duftete verführerisch, und dem Kommissar lief das Wasser im Munde zusammen.

»Moin Telse, hat dich ebenfalls der Hunger hergetrieben?« Wuttke begrüßte sie mit Handschlag, dann ließ er sich am Esstisch nieder, während Wanda in die Küche eilte.

»Hallo Olaf, willkommen zur Fütterung der talentfreien Dosenöffner. Was würden wir nur ohne unsere Spitzenköchin machen?«

»An Nudeln mit Ketchup und Tiefkühlpizza verenden«, rief Wanda, die mit einer dampfenden Servierplatte den Raum betrat. Sie stellte die Platte auf dem Tisch ab, zog ihren Stuhl heraus und setzte sich. »Bitte, bedient euch. Aber denkt daran, nachher gibt es noch einen kleinen Nachtisch.«

Das ließen sich Olaf und Telse ließen nicht zweimal sagen und langten zu. Wanda hatte sich wieder selbst übertroffen. Spargel und Maischolle zergingen auf der Zunge, und der Pfälzer Riesling bot dazu die perfekte Begleitung. Die Krönung war das Dessert: selbst gebackener Apfelstrudel mit Vanilleeis und Schlagsahne. Satt und glücklich lehnten sich ihre Gäste schließlich auf ihren Stühlen zurück, Olaf klopfte sich zufrieden auf den Bauch.

Wanda lächelte. »Noch jemand einen Kaffee zum Abschluss?«

»Gerne schwarz«, nahm Wuttke das Angebot an.

Telse nickte. »Ich auch. Mit etwas Milch bitte.«

»Weiß ich doch.« Wanda ging in die Küche und kehrte kurz darauf mit den Heißgetränken zurück. »Ach, Olaf, fast hätte ich es vergessen«, sagte sie wie nebenbei, während sie die Tasse vor ihm abstellte.

»Was denn?« Wuttkes Wachsamkeit war durch übermäßige Kalorienzufuhr eingeschläfert worden.

»Du wolltest dich doch erkundigen, ob gegen Clemens Holthusen schon einmal Anzeige erstattet wurde.«

»Wollte ich das?«, fragte Wuttke mit matter Stimme. Er trank einen Schluck Kaffee. »Das ist mir neu.«

»Sich erst durchfuttern und dann dumm stellen gilt nicht«,

erwiderte Wanda streng. »Ohne eine Antwort auf meine Frage lasse ich dich heute Abend nicht gehen.«

Telse kicherte.

Der Kommissar schloss die Augen, schnaufte tief durch und öffnete sie wieder. »Du lässt ja eh nicht locker. Ja, gegen Holthusen ist in der Tat schon mal Strafanzeige gestellt worden«, bequemte er sich zu einer Antwort. »Wurde aber fallen gelassen. Die Ermittlungen haben nichts ergeben.«

»Wie, nichts ergeben?«, fragte Wanda ungeduldig.

Auch Telse drängte: »Erzähl!«

Was blieb Wuttke anderes übrig. »Das ist eine alte Geschichte, schon weit über zehn Jahre her. Damals hat Clemens Holthusen noch in Hamburg gelebt, und eine seiner damaligen Freundinnen hatte ihn wegen Vergewaltigung angezeigt.«

Beide Frauen waren mit einem Mal hellwach, wie elektrisiert.

»Ist er nicht verurteilt worden?«, wollte Telse wissen.

»Nein, es stand Aussage gegen Aussage. War leider niemand dabei, der es bezeugen konnte.«

»Ach so, die Frau hat sich das natürlich alles ausgedacht«, konterte Wanda bissig. »Wo es doch so viel Spaß macht, vor Gericht sein Intimleben auszubreiten und sich der Öffentlichkeit zum Fraß vorzuwerfen.«

»Wer war das denn?«, fragte Telse.

Wuttke hob beide Hände in einer abwehrenden Geste. »Darf ich dir nicht sagen, das musst du verstehen.«

»Mensch, Olaf, nun hab dich nicht so«, sprang Wanda ihrer Freundin bei. »Das ist doch alles schon ewig her. Außerdem werden wir mit der Information nicht hausieren gehen, das weißt du.« Sie blickte ihn scharf an. »Also, wer hat ihn angezeigt?«

»Keine Chance.« Wuttke schüttelte den Kopf. »Auch wenn du drohst, mich für immer von deinen Tafelfreuden auszuschließen, der Name kommt nicht über meine Lippen. So viel Berufsethos habe ich noch.«

»Es wäre aber wirklich wichtig«, gab Wanda immer noch nicht auf.

»Keine Chance.«

Schweigen.

Der Kommissar blickte in enttäuschte Gesichter. Die gerade noch so fröhliche Stimmung drohte zu kippen. Er dachte fieberhaft über einen Themenwechsel nach und gab sich einen Ruck. »Die Überwachungskameras im Olympiahafen haben übrigens doch einen Treffer geliefert.«

Sofort hatte er die Aufmerksamkeit seiner Nachbarinnen.

»Dann habt ihr die Attentäter gefasst?«, fragte Telse und beugte sich vor.

»Leider noch nicht«, musste Olaf Wuttke zugeben. »Obwohl es an dieser Ecke sehr dunkel war, hat eine Kamera auf dem Hafenvorfeld aufgezeichnet, wie vier Personen zur fraglichen Zeit mit einem Auto angekommen sind. Sie waren nur schemenhaft zu sehen und haben etwas aus dem Kofferraum ausgeladen, das nach einer großen Sporttasche aussah. Anschließend sind sie damit in Richtung Besetzercamp gelaufen.«

»Was hat die Überprüfung des Autokennzeichens ergeben?«, drängelte Wanda. »Das habt ihr doch sicher gleich gemacht.«

»War geklaut«, antwortete Wuttke lapidar.

»Und ihr habt wirklich keine Gesichter erkennen können?«, hakte Telse nach.

»Diese Typen waren von Kopf bis Fuß in Schwarz gehüllt,

vermummt mit Kapuzen und Skimasken.« Wuttke zuckte mit den Schultern. »Immerhin hat die Kamera auch aufgezeichnet, wie sie nach einer Weile zu ihrem Auto zurückgerannt und davongerast sind. Zeitlich passt das genau zum Tathergang.«

»Das waren bestimmt irgendwelche Neonazis«, stieß Telse zwischen zusammengebissenen Zähnen hervor. Beim Gedanken an den Brandanschlag fühlte sie immer noch Wut in sich aufsteigen.

»Mag sein«, erwiderte Olaf Wuttke, »nur beweisen können wir es nicht.« Er trank den letzten Schluck Kaffee und stellte seine Tasse klirrend auf der Untertasse ab. »Ich will niemandem etwas unterstellen, aber es gibt noch genug andere Leute, die etwas gegen die Aktionen der Hafenbesetzer hatten. Wir müssen alle Möglichkeiten in Betracht ziehen.«

Ein Seitenblick auf Wanda zeigte Telse, dass die Freundin mit den Gedanken woanders zu sein schien. Telse berührte sie sacht am Arm. »Woran denkst du?«

»Och, an nichts Besonderes«, erwiderte Wanda mit einem treuherzigen Lächeln, »nur an einen kleinen Ausflug ins Grüne.«

Telse beließ es dabei und fragte nicht weiter. Erst nachdem sich Olaf Wuttke bald darauf verabschiedet hatte, griff sie das Thema wieder auf. »Nun sag schon, was hast du vorhin ausgebrütet?«

Wanda guckte spitzbübisch. »Ich habe vor, die Schwester von Clemens Holthusen mit einem zweiten Besuch zu beehren. Schließlich haben wir noch nicht alle ihre Torten durchprobiert.«

Telse verdrehte die Augen. »Legst du es darauf an, deine Seidenkostümchen zu sprengen?« Sie blies die Backen dick auf. Als

Wanda nicht reagierte, ließ sie die Luft wieder entweichen und fragte: »Jetzt mal im Ernst: Warum willst du noch mal nach Stohl rausfahren?«

Wanda begann damit, die Tassen vom Tisch auf ein Tablett zu räumen. »Weil Freya Bohm möglicherweise weiß, welche Exfreundin ihres Bruders ihn damals wegen Vergewaltigung angezeigt hat.«

Telse nickte nachdenklich. »Möchtest du, dass ich mitkomme?«

»Ich glaube, diesmal sollte ich allein hinfahren. Es geht schließlich um eine heikle Angelegenheit. Ist wohl besser, das unter vier Augen zu besprechen, sonst fühlt sie sich möglicherweise unter Druck gesetzt und macht komplett dicht. Ich werde dir aber danach alles haarklein berichten, keine Sorge.« Wanda stemmte das Tablett hoch und richtete sich kerzengerade auf. »Clemens Holthusen«, verkündigte sie mit grimmigem Ernst, »ich verspreche, wir werden an dir kleben bleiben wie die Klimaaktivisten auf den Kieler Straßen und dir die Hölle heißmachen.«

»Die Holle«, verbesserte Telse und gähnte.

27

FREYA BOHM SCHAUTE überrascht hinter ihrem Kuchentresen hervor, als Wanda um genau eine Minute nach vierzehn Uhr das Hofcafé in Stohl betrat. »Moin, heute schon so früh?«, grüßte sie. »Ich habe gerade erst aufgemacht. Wo ist denn deine Freundin geblieben?«

»Die ist heute leider anderweitig beschäftigt. Pech gehabt.« Wanda nahm wieder an dem Fenstertisch vor den halbhohen Spitzengardinen Platz. Es passte ihr gut in den Kram, dass sie der einzige Gast war, genau darauf hatte sie es mit ihrem zeitigen Erscheinen angelegt. So war die Wahrscheinlichkeit, dass sich die Schwester von Clemens Holthusen in ein Gespräch verwickeln ließ, am größten.

»Wanda, nicht wahr? Wanda Holle.« Freya Bohm trat an den Tisch und lächelte verbindlich.

Wanda nickte beeindruckt. »Ein gutes Namensgedächtnis, das muss ich schon sagen.«

»Gehört zu meinem Job. Was darf ich dir bringen?«

Ein kurzer Blick auf die Karte genügte. »Ich glaube, heute nehme ich nur einen großen Pott Kaffee. Nach der Kuchenorgie beim letzten Besuch muss ich mich etwas zurückhalten.« Wanda verzog bedauernd den Mund. »Auch wenn es mir schwerfällt.«

»Kommt sofort.« Damit ging Freya Bohm Richtung Tresen, und Wanda überlegte, wie sie das Gespräch am geschicktesten auf Clemens Holthusen lenken konnte. Sie wollte schnell zum Punkt kommen, schließlich war jederzeit mit weiteren Besuchern zu rechnen, andererseits galt es, nichts zu überstürzen.

Bohm kehrte zurück und stellte einen dampfenden Kaffeebecher vor ihr ab. »Bitte schön.«

»Danke.« Wanda nahm das Heißgetränk, blies sachte hinein, nippte daran.

Als Freya Bohm sich schon zum Gehen wandte, hob sie schnell die Hand und berührte sie am Arm. »Ich weiß nicht, ob es zu aufdringlich ist, aber ich hätte eine Bitte.«

»Ja?« Bohms Miene wirkte überrascht und ein klein wenig beunruhigt. »Um was geht es denn?«

»Dürfte ich wohl noch einmal das Foto von Ihrem Neffen sehen? Der kleine Kalli geht mir einfach nicht aus dem Kopf.«

Die Cafébetreiberin stutzte. Dann zuckte sie mit den Schultern. »Warum nicht? Dauert aber einen Moment, ich muss erst noch die Kuchen aufschneiden.«

»Kein Problem, ich sitze hier gerne noch eine Weile.« Wanda nahm noch einen Schluck Kaffee und lächelte sie über den Rand ihrer Tasse hinweg an.

Nach ein paar Minuten brachte Freya Bohm das gerahmte Bild. Sie betrachtete es, strich sachte über das Glas und legte es dann auf den Tisch. »Armer Junge«, seufzte sie.

»Setz dich doch einen Moment zu mir«, forderte Wanda sie mit einem offenen Lächeln auf.

Bohm zögerte einen Augenblick, dann nahm sie ihr gegenüber Platz. »Aber nur kurz, die Arbeit ruft.«

Wanda hielt den Bilderrahmen in den Händen. »Ein wirklich hübsches Kind. Kommt nach seiner Mutter, nicht wahr?«

»Das Lachen und die fröhlichen Augen auf jeden Fall. Der Rest kommt mehr nach dem Vater«, erklärte Freya Bohm. Sie seufzte auf. »Mein Bruder hat schon immer sein Aussehen eingesetzt, um zu bekommen, was er wollte. Er weiß sehr wohl, dass die meisten Frauen ihn attraktiv finden.«.

Wanda kam plötzlich eine Idee. »Sag mal, ist dir zu der Zeit von Annes Verschwinden etwas Besonderes an deinem Bruder aufgefallen?«

Die Cafébetreiberin runzelte die Stirn. »Was denn zum Beispiel?«

»Ich meine äußerlich«, präzisierte Wanda. »Hatte er vielleicht irgendwelche Verletzungen, an die du dich erinnern kannst?«

»Warum willst du das wissen?«, fragte Freya Bohm eher irritiert als misstrauisch.

Wanda beschloss, mit offenen Karten zu spielen. »Weil ich gerne wissen möchte, ob es zwischen den Eheleuten möglicherweise zu Handgreiflichkeiten gekommen ist. Das könnte eine Erklärung für Annes Flucht und Verschwinden sein.« Das Wort »Tod« vermied sie hier wohlweislich.

Freya Bohm überlegte. Der Gedanke schien sie nicht sonderlich zu erschüttern. »Ich kann mir nicht vorstellen, dass er Anne geschlagen hat«, meinte sie schließlich. »So unbeherrscht Clemens auch manchmal war. Irgendwo gibt es doch eine Grenze.«

Die Frage ist, wer die definiert, dachte Wanda. »Du hast also damals nichts an ihm bemerkt, keine Kratzer oder blaue Flecken?«, hakte sie nach. »Anne war doch eine wehrhafte Frau.«

Freya Bohm schwieg und blickte an Wanda vorbei ins Leere,

aber das Zucken ihrer Gesichtsmuskeln verriet, dass es gerade heftig in ihr arbeitete. »Wenn du so fragst …«, sagte sie schließlich zögernd.

»Ja?«

»Clemens … In der Woche, in der Anne ausgezogen ist, hatte er einen Sportunfall, wenn ich mich richtig erinnere.« Die Worte kamen langsam. »Er war beim Joggen im Wald über eine Wurzel gestürzt und hat sich dabei das Gesicht aufgeschlagen. Das sah wirklich übel aus, er hatte einen großen Bluterguss unter dem Auge und einige Schrammen. Ich glaube, sogar seine Nase war angebrochen.« Sie schaute Wanda an. »Das ist aber nichts Ungewöhnliches, die Leute stolpern doch oft beim Laufen im Wald. Über Äste, Wurzeln, die eigenen Füße. Darum jogge ich nicht«, ergänzte sie mit einem schiefen Lächeln.

»Ich auch nicht«, stimmte Wanda mit aufrichtiger Überzeugung zu und grinste. »Sport ist Mord.« Dann wurde sie wieder ernst. Sie musste die Gunst der Stunde nutzen, bevor Freya Bohm wieder aufsprang, um in ihrer Küche zu werkeln. »Ich meine irgendwo aufgeschnappt zu haben, dass es gegen Clemens früher einmal eine Anzeige wegen Vergewaltigung gegeben hat, die aber eingestellt worden ist«, erwähnte sie wie nebenbei. »Weißt du zufällig, von wem die kam?«

Freya Bohm wirkte wie erstarrt. Aus großen Augen sah sie ihr Gegenüber an.

Jetzt schmeißt sie mich raus, dachte Wanda.

Bohm schwieg, während ihr Blick zum Fenster wanderte. »Wofür soll das gut sein?«, fragte sie schließlich leise. »Dieses Stochern in der Vergangenheit. Warum willst du das alles eigentlich wissen?«

Wanda fixierte sie. »Weil ich herausfinden möchte, ob Kallis Mutter möglicherweise nicht einfach abgehauen, sondern einem Verbrechen zum Opfer gefallen ist«, sagte sie mit fester Stimme. »Das sind wir dem Kind schuldig, denke ich.«

Freya Bohms Augen schimmerten plötzlich feucht. Sie nestelte ein zerknülltes Papiertaschentuch aus ihrer Servierschürze, tupfte damit schnell über die Augenwinkel und stopfte es wieder zurück.

Wanda holte ein Päckchen Taschentücher aus ihrer Handtasche, schob es wortlos über den Tisch und wartete geduldig.

Schniefend zog Freya Bohm ein Tuch aus der angebotenen Packung und schnäuzte sich. Dann blickte sie hoch und Wanda direkt in die Augen. »Ich kann und will solche Verdächtigungen nicht glauben«, erklärte sie bestimmt. »Clemens ist mein Bruder. Trotz allem.« Sie putzte sich erneut die Nase. »Die Ehe zwischen ihm und Anne war weiß Gott nicht harmonisch, aber mein Bruder ist kein Mörder.«

»Wer hat ihn angezeigt?« Wanda kannte kein Erbarmen.

»Ich weiß es nicht«, wisperte Bohm mit brüchiger Stimme. »Ich habe den Namen vergessen. Vielleicht wusste ich ihn auch nie.« Sie schaute ausdruckslos vor sich hin. »Das war, als er Assistenzarzt wurde. Nein, noch früher als Student, glaube ich.«

»Woher kannte er die Frau?«

»Sie war seine Freundin.«

»Seine Freundin«, wiederholte Wanda ruhig. Dann schwieg sie und fixierte ihr Gegenüber.

Freya Bohm wandte den Kopf zur Seite und biss sich auf die Lippen. Nach einer Weile huschte ihr Blick zu Wanda und wieder zurück.

»Svenja«, sagte sie tonlos. »Den Nachnamen weiß ich wirklich nicht mehr. Meier, Müller, irgendwas in der Art. So, ich muss dann.« Sie stand abrupt auf, schnappte sich den Bilderrahmen und hastete zurück in die Küche.

Wanda trank ihren mittlerweile kalt gewordenen Kaffee aus und dachte nach. Wie viele Svenja Meiers oder Müllers mochte es in Kiel geben? Sie hatte keine große Hoffnung, die Frau aufspüren zu können. Dieser Weg schien in eine Sackgasse zu führen, so ärgerlich es auch war.

In dem Moment öffnete sich die Tür, und ein junges Paar mit Kleinkind betrat den Gastraum. Das war ihr Signal. Wanda kramte ihr Portemonnaie aus der Handtasche, suchte einen passenden Geldschein und legte ihn auf den Tisch, wo sie ihn mit dem Kaffeebecher beschwerte. Anschließend erhob sie sich und verließ mit einem kurzen Winken zu Freya Bohm, die gerade einen Hochstuhl für das Kind herbeischleppte, das Hofcafé.

Keine halbe Stunde später saß Wanda bei Telse auf dem Sofa, um ihr den Besuch in Stohl in allen Einzelheiten zu schildern.

»Joggingunfall, dass ich nicht lache«, schnaubte sie. »Das ist doch ein Indiz dafür, dass es zu Handgreiflichkeiten gekommen sein muss, als er erfahren hat, dass seine Frau sich von ihm trennen wollte. Anne war eine sportliche Frau, die sich bestimmt zu verteidigen wusste.«

»Er konnte also nicht verkraften, dass sie ausziehen wollte, und ist durchgedreht.« Telse nickte nachdenklich.

»Manche Männer können es nicht ertragen, von ihrer Partnerin verlassen zu werden. Sie glauben, dass die Frau ihr Besitz ist und sie ein Recht auf die Beziehung haben. Eine Trennung empfinden sie als Demütigung ihres ausgeprägten Egos. Und wenn sie selbst diese Frau nicht haben können, soll sie auch niemand anderes bekommen.«

»Gott, wie erbärmlich.«

Beide Frauen schwiegen.

»Wir haben aber keine Beweise«, sagte Telse schließlich. »Es ist ja nicht auszuschließen, dass Holthusens blaue Flecken tatsächlich von einem Sportunfall stammen.«

»Genau deshalb müssen wir diese Svenja finden, die ihn damals angezeigt hat.«

»Wie war noch mal der Nachname?«, fragte Telse.

»Meier oder Müller oder – O-Ton seiner Schwester – ›irgendwas in der Art‹.« Wanda seufzte. »Die finden wir nie. Ich habe nur mal kurz gegoogelt, die Welt ist voll von Frauen, die so heißen. Keine Chance. Wäre auch zu schön gewesen.«

Telse dachte nach und schürzte die Lippen. »Wir könnten nachschauen, ob es in Kiel eine Ärztin mit dem Namen gibt«, schlug sie vor. »Vielleicht haben die sich damals an der Uni kennengelernt.«

»Ist einen Versuch wert. Aber sie kann natürlich auch etwas ganz anderes als Medizin studiert haben«, wandte Wanda ein. »Kunstgeschichte, Mathematik, prähistorische Archäologie, was weiß ich. Wenn sie überhaupt an der Uni war. Vielleicht haben sie sich über gemeinsame Freunde auf einer Party kennengelernt. Da gibt es unzählige Möglichkeiten. Ach, es ist hoffnungslos.« Sie ließ sich gegen die Rückenlehne des Sofas fallen und faltete die Hände im Nacken.

»Warum kann die Dame nicht Esmeralda von Funkelfisch heißen, das wäre einfacher.« Telse kaute nachdenklich an einem

Fingernagel. »Ob Morten von der Sache mit der Vergewaltigung weiß? Wohl kaum«, gab sie sich selbst die Antwort, »das war ja lange bevor Clemens seine Schwester geheiratet hat.« Ihr kam eine Idee. »Wir könnten doch Julianne auf diese Svenja ansetzen. Was meinst du? Wenn irgendwer sie im Netz aufspüren kann, dann mein nerdiger Nachwuchs. Die hilft uns ignoranten Boomern bestimmt gerne.«

»Boomern?« Wanda zog die Stirn kraus.

»Digitale Naive … nicht so wichtig. Ich wollte sie nachher sowieso anrufen. Kann ich dir einen Kaffee anbieten?«, wechselte Telse das Thema.

Wanda schüttelte den Kopf. »Nein danke, mein Bedarf ist für heute gedeckt. Ich gehe mal wieder rüber.« Sie stemmte sich aus dem Sofa hoch. »Melde dich, falls Julianne etwas rausfindet.«

»Mache ich. Jetzt habe ich gar keine Ausrede mehr, nicht mit der Arbeit anzufangen.« Auf Wandas fragenden Blick hin zog Telse eine Grimasse. »Ich muss endlich meine Reportage schreiben. Wenn ich nicht bald in die Hufe komme, interessiert sich kein Schwein mehr dafür. Falls sich überhaupt irgendjemand dafür interessiert.«

»Aber, aber! Du hast es doch noch gar nicht versucht. Gib dem Schicksal eine Chance.« Wanda versuchte, aufmunternd zu klingen. Insgeheim malte sie sich jedoch kaum eine Chance für das Projekt aus. Sie hätte sich aber lieber die Zunge abgebissen, als das ihrer Freundin gegenüber zuzugeben.

»Paule, unser philosophierender Schulhausmeister, wüsste sicher einen passenden Spruch von Konfuzius«, gab Telse missgelaunt zurück.

»Ach übrigens …« Wanda guckte betont harmlos. »Hast du eigentlich noch mal etwas von dem schönen David gehört?« Sie zwinkerte vielsagend.

Telse stemmte die Hände in die Hüften und schaute mit zu Schlitzen verengten Augen zu ihrer Freundin. »Was genau willst du damit andeuten?«

»Alles klar, bin schon weg.« Wanda hob beide Hände, winkte kurz und verließ den ›Seemannsfrieden‹.

Als die Freundin gegangen war, griff Telse zum Telefon. Julianne meldete sich sofort und schien sich ehrlich über den Anruf zu freuen. Nach den unvermeidlichen mütterlichen Fragen zum Befinden kam Telse zur Sache und schilderte ihrer Tochter das Problem. »Es gibt zahllose Svenja Meiers und Müllers, und Wanda ist bei Google nicht weit gekommen. In den sozialen Netzwerken kennen wir uns nicht aus«, gab sie unumwunden zu. »Für dich ist das doch ein Klacks.«

»Das Internet ist für uns alle Neuland«, versuchte Julianne mit verstellter Stimme Angela Merkel zu imitieren. Sie lachte. »Aber für dich mache ich das gerne. Du und Wanda, ihr könnt euch ja revanchieren, indem ihr mir demnächst beim Umzug nach Göteborg helft. Also, ich schaue, was ich finden kann, und melde mich dann heute Abend bei dir. Reicht das?«

»Äh, natürlich«, antwortete Telse überrascht. »Aber wir wissen doch nicht einmal den korrekten Namen der Frau. Brauchst du für die Recherche nicht ein paar Tage?«

Julianne kicherte. »Mamilein, das geht fix oder gar nicht. Wenn ich nachher Zeit habe, setze ich mich gleich ran. Bis dann!«

Telse legte das Handy zurück auf den Tisch und starrte es an.

Noch nie hatte sie so deutlich gefühlt, dass sie aus dem letzten Jahrtausend stammte.

Der Fakt, dass ihre Tochter dann exakt zur Sendezeit der Tagesschau zurückrief, untermauerte diese Empfindung nachträglich.

»Ich habe sie gefunden«, teilte Julianne ohne Umschweife mit. »War doch etwas komplizierter als gedacht. Das lag aber daran, dass die Dame geheiratet hat und inzwischen einen Doppelnamen trägt.«

»Und wie heißt sie nun?«, fragte Telse gespannt.

»Svenja Meier-Reppert, wohnhaft in Hamburg-Altona, arbeitet dort als Physiotherapeutin«, leierte Julianne herunter. »Hat früher zusammen mit diesem Clemens Medizin studiert, dann aber abgebrochen und eine Ausbildung zur Krankengymnastin absolviert. Die Adresse der Praxis findest du selbst raus.«

»Wie hast du das gemacht?« Telse war tief beeindruckt. »Ist sie bei Facebook oder so was in der Art?«

Aus dem Handy erklang ein lang gezogenes Stöhnen, als hätte sie gefragt, ob die Erde eine Scheibe ist. »Mama!«

»Was denn?« Das Gespräch driftete in eine Richtung, die Telse ganz schnell ändern wollte. »Nun sag schon, wie bist du auf die Spur von Svenja Meier-Rappel gekommen?«

»Reppert. Meier-Reppert«, korrigierte Julianne. »Das Schöne an der großen weiten Welt des Internets ist, dass so viele Leute ihr Leben komplett online stellen«, begann sie. »Das hat unsere gesuchte Svenja aber nicht getan, wäre auch zu einfach gewesen. Stattdessen haben ehemalige Kommilitonen in nostalgischer Anwandlung alte Uni-Zeitungen, Veranstaltungsplakate, Partyfotos und ähnliches Zeug aus ihrer güldenen Jugend gepostet.

Besonders interessiert haben mich die Partys der Medizin- und Pharmaziefakultäten, aus naheliegenden Gründen. Mit etwas Glück habe ich die beiden schließlich gefunden, zwar nicht auf einem gemeinsamen Bild, aber auf derselben Veranstaltung. So konnte ich mit der eigentlichen Recherche loslegen und habe nach einigem Hin und Her ihren korrekten Nachnamen gefunden. Der Rest war easy. Mit Einzelheiten will ich dich nicht langweilen, die verstehst du eh nicht.«

»Danke für die Blumen«, erwiderte Telse leicht verschnupft. »Dement bin ich noch nicht.«

»War nicht so gemeint. Wichtig ist doch nur, dass ich sie gefunden habe. Und was wollt ihr jetzt mit der Info anfangen?«

»Tja«, sagte Telse, »Wanda und ich würden gern mit dieser Svenja über Clemens Holthusen reden. Wenn ich nur wüsste, wie wir das am schlauesten anstellen.« Sie nagte an ihrem Daumennagel.

Sowohl in Kiel als auch in Göteborg wurde eine Weile still gegrübelt.

»Ich habe eine Idee«, tönte unvermittelt Juliannes Stimme durch das Handy. »Warum besuchst du sie nicht als freie Journalistin? Das ist doch dein neues Ding. Sag einfach, dass du über Gewalt gegen Frauen recherchierst. Genauer gesagt, über Frauen, die ihre Partner wegen Vergewaltigung angezeigt haben. Das kommt der Wahrheit immerhin nahe und du musst keinen Bandscheibenvorfall simulieren.«

»Keine schlechte Idee, mein kluges Kind«, musste Telse zugeben. »Hast du nicht gesagt, die Frau wohnt jetzt in Hamburg?«

»Ihre Praxis ist jedenfalls dort.«

»Dann rufe ich da mal an und mache ein Treffen aus«, entschied Telse. »Ein bisschen Großstadtluft wird mir zur Abwechslung ganz guttun.«

»Viel Erfolg.«

Werde ich brauchen, dachte Telse, nachdem sie sich verabschiedet und das Gespräch beendet hatte. Gänzlich geheuer war ihr die ganze Sache plötzlich nicht mehr. Was, wenn sie alte Wunden aufriss? Vielleicht war diese Svenja schwer traumatisiert? Aber es half nichts. Eine andere Frau war verschwunden, vielleicht einem Verbrechen zum Opfer gefallen, und sie hatten einen Fall zu lösen. Sie nahm sich vor, gleich morgen früh in der Praxis der Physiotherapeutin anzurufen.

28

AM NÄCHSTEN MORGEN musste Telse glücklicherweise erst zur zweiten Stunde in der Schule antreten. Die Praxis öffnete um acht Uhr, und Punkt eine Minute später erreichte Telse Svenja Meier-Reppert am Telefon, die sich geduldig anhörte, was sie zu sagen hatte. Nach anfänglichem Zögern erklärte sie sich zu einem Treffen in ihrer Mittagspause bereit. Telse fühlte sich ein klein wenig überrumpelt, stimmte aber sofort zu. Besser, sie erledigte die Sache so schnell wie möglich. Dann musste sie sich für die Schule halt eine Ausrede einfallen lassen, die Schüler würden es verschmerzen. Svenja Meier-Reppert versäumte es nicht, noch zu betonen, dass sie erstens nur eine knappe Stunde zur Verfügung hatte und sich zweitens einen jederzeitigen Abbruch des Gesprächs vorbehielt. Sie schlug für das Treffen ein asiatisches Selbstbedienungsrestaurant in der Nähe ihrer Praxis vor.

Vier Stunden später stieg Telse am Hamburger Hauptbahnhof aus der Regionalbahn. Sie genoss es, sich von den Menschenmassen Richtung S-Bahn mittreiben zu lassen. Herrlich! Endlich wieder Großstadtleben, wie hatte sie das vermisst! Ein Häuschen am Meer bot fraglos Vorteile: viel Natur, Ruhe und gute Luft. In Hamburg allerdings genoss sie das riesige Kulturangebot, die Betriebsamkeit und auch, dass sich niemand dafür interessierte, wie sie gekleidet war, ob sie die Haare gefärbt oder raspelkurz trug. Hier konnte sie rumlaufen, wie sie wollte, ohne von misstrauischen Schülereltern beäugt und beurteilt zu werden. Schon bald war das Geschubse und Gedrängel auf den Bahnsteigen aber nicht mehr ganz so herrlich, und Telse wunderte sich, wie viele Menschen um halb zwölf Uhr an einem Werktag unterwegs waren. Als sie in Hamburg gelebt hatte, war ihr das Gewühl noch ganz normal vorgekommen. Ich mutiere langsam zum Landei, dachte sie, als sie sich erleichtert auf einen Sitzplatz in der S-Bahn Richtung Altona fallen ließ.

Fünfundzwanzig Minuten später stand sie in der Ottensener Zeißstraße vor einem weiß getünchten, kleinen Haus mit Rosenstock neben dem Eingang. Sie hatte fast noch den Zeigefinger auf dem Klingelknopf, als schon die Tür geöffnet wurde. Eine Frau Mitte Dreißig in Strickjacke und weißer Stoffhose trat auf die Straße und betrachtete ihr Gegenüber mit routiniertem Blick. »Sie sind Frau Himmel?«

Telse nickte und streckte ihr die Hand entgegen. »Die bin ich. Vielen Dank, dass Sie sich die Zeit für mich nehmen, Frau Meier-Reppert. Ich werde Sie auch nicht allzu lange aufhalten, versprochen.«

»Etwas essen muss ich mittags sowieso, da kann ich auch nebenbei Ihre Fragen beantworten.« Die Physiotherapeutin lächelte. »Kommen Sie, es ist nicht weit.«

Sie nahm Kurs auf die Bahrenfelder Straße, und Telse folgte ihr. Das Frühstück war schon einige Stunden her, und sie freute sich auf eine ordentliche Portion knusprige Ente mit Bambussprossen.

Das Restaurant schien hauptsächlich von Studenten besucht

zu sein. In Grüppchen saßen sie unter roten Papierlaternen, der Duft ihrer Speisen zog verführerisch durch den Raum, und Telse fühlte sich in der ungezwungenen Atmosphäre sofort wohl. Die Frauen orderten am Tresen ihr Essen, nahmen die Zettel mit der Bestellnummer in Empfang und steuerten dann einen Tisch in einer ruhigeren Ecke an, auf dem Sojasoße, ein Serviettenspender und ein Becher mit Essstäbchen standen.

Als sie Platz genommen hatte, wusste Telse nicht, wie sie das Gespräch beginnen sollte. Unauffällig musterte sie die Physiotherapeutin, die ihre Holzstäbchen aus der Papierhülle puhlte. Die Frau machte einen angespannten Eindruck.

Telse suchte noch nach einem passenden Einstieg, als Svenja Meier-Reppert ohne jedes Vorgeplänkel auf den Grund ihres Besuchs zu sprechen kam. »Sie wollen also diese unsägliche Geschichte von damals wieder aufrollen.« Sie sah Telse fragend an. »Wie sind Sie gerade auf mich gekommen? Was mir vor Gericht passiert ist, mussten ja auch unzählige andere Frauen erleben. Ich bin in der deutschen Rechtsprechung leider kein Einzelfall.«

Telse entschloss sich, so nah wie möglich bei der Wahrheit zu bleiben. »Ich habe vor einiger Zeit Freya Bohm, die Schwester von Clemens Holthusen, kennengelernt, als ich über den ungeklärten Verbleib seiner Frau Anne recherchiert habe. Sie hat mir von Ihrer Anzeige erzählt, aber keine Details genannt. Mich würde interessieren, warum genau Sie ihn damals angezeigt haben. Keine Angst«, erklärte sie schnell, als sie Svenjas sich verdunkelnde Miene bemerkte, »alles, was Sie mir erzählen, werde ich vertraulich behandeln. Ehrenwort.«

»Pff«, machte die Physiotherapeutin und verzog den Mund

zu einer spöttischen Grimasse. »Ehrenworte sind heutzutage keinen Pfifferling mehr wert, das wissen Sie so gut wie ich. Sie haben am Telefon gesagt, Sie wären freie Journalistin. Wann und wo wollen Sie Ihre Arbeit denn veröffentlichen? Das muss ich vorher wissen, sonst können wir das Gespräch gleich an dieser Stelle abbrechen. Die Springer-Presse kommt für mich nicht infrage.«

Die Frau war vorsichtig und nicht blöd. Telse holte tief Luft und entschied sich spontan, die Karten auf den Tisch zu legen. »Ich will ehrlich zu Ihnen sein, an eine Veröffentlichung ist gar nicht gedacht. Ich spreche auch nicht mit weiteren Frauen, die Gewalt erlebt haben, sondern habe das nur als Türöffner benutzt, um mich mit Ihnen zu treffen. Es geht mir einzig und allein um Clemens Holthusen.«

»Warum haben Sie das nicht gleich gesagt?« Die Frage klang weniger zornig als skeptisch.

»Weil ich befürchtet habe, dass Sie mich dann sofort abwimmeln«, gab Telse zu. »Ich dachte, wenn ich vorgebe, auch noch andere Frauen mit ähnlichen Erfahrungen zu interviewen, fällt Ihnen eine Zusage leichter.«

Svenja Meier-Repperts Brauen zogen sich zusammen. »Ich kann es nicht leiden, für dumm verkauft zu werden. Das habe ich auch nicht nötig.« Sie machte Anstalten aufzustehen.

»Bitte«, sagte Telse, »bleiben Sie. Es tut mir wirklich leid, aber es war mir einfach so wichtig, mit Ihnen zu reden.« Ihr Ton war flehentlich. »Meine Freundin Wanda und ich, wir sind auf der Suche nach Anne Holthusen, die vor drei Jahren unter ungeklärten Umständen spurlos verschwunden ist. Wir befürchten, dass ihr etwas zugestoßen ist. Und dass ihr Ehemann dabei seine Finger im Spiel gehabt haben könnte. Clemens. Clemens Holthusen.«

»Und was habe ich damit zu tun?«

»Sie haben Clemens' gewalttätige Seite kennengelernt, die er sonst offenbar sehr gut zu verstecken weiß«, antwortete Telse. »Ich will keine alten Wunden aufreißen, aber mich würde interessieren, was genau damals passiert ist und warum Sie ihn angezeigt haben.«

Svenja Meier-Reppert runzelte die Stirn. »Sie glauben, er hat seiner Frau etwas angetan?«

Telse nickte. »Wir haben bloß keine Beweise.« Dann berichtete sie in einer knappen Zusammenfassung von dem Fund der Leiche des kleinen Kalli und von dem merkwürdigen Verschwinden seiner Mutter. »Anne ist wie vom Erdboden verschluckt. In die Wohnung, die sie gemietet hatte, ist sie nie eingezogen, und es gibt keinerlei Lebenszeichen von ihr. Ihr Bruder Morten geht davon aus, dass seine Schwester immer noch lebt. Meine Freundin und ich sind da anderer Ansicht.« Sie machte eine Pause.

»Und was sagt die Polizei dazu? Die hat doch genug Möglichkeiten, die Mutter suchen zu lassen.«

»Will sie aber nicht«, antwortete Telse. »Man ist der Ansicht, dass erwachsene Menschen sich aufhalten können, wo sie wollen, ohne sich bei irgendwem abzumelden.«

In diesem Moment wurden die Nummern ihrer Bestellung aufgerufen. Telse stand auf, um die dampfenden Teller vom Tresen abzuholen. Während sie sich schweigend ihrer Mahlzeit widmeten, bemühte sie sich, ihre Ungeduld im Zaum zu halten.

Die Mittagspause der Physiotherapeutin neigte sich langsam ihrem Ende zu.

Schließlich legte Svenja Meier-Reppert die Essstäbchen zur Seite und wischte sich mit der Serviette den Mund ab. »Clemens Holthusen ist ein Arschloch«, erklärte sie in gleichmütigem Ton. »Genau wie sein Vater.«

Telse, die sich gerade ein großes Stück Ente mit ihren Essstäbchen gegriffen hatte und in den Mund stecken wollte, hielt in der Bewegung inne. Sie legte die Stäbchen auf dem Teller ab und sah Svenja durchdringend an. »Was genau ist damals passiert?«

»Meine Anzeige wegen Vergewaltigung ist vom Gericht abgeschmettert worden, das ist passiert. Es stand Aussage gegen Aussage. Der reiche Papa Holthusen hatte für sein Söhnchen den teuersten und skrupellosesten Anwalt besorgt, der für Geld zu kriegen war. Der Typ hat dem Gericht dann weismachen können, dass ich nicht zurechnungsfähig bin, eine bösartige Schlampe und mir meine blauen Flecken und Schürfwunden selbst beigebracht habe.« Svenja Meier-Reppert lehnte sich zurück und fixierte einen Punkt im hinteren Teil des Restaurants.

Telse war fassungslos. Zwar wusste sie, dass viel zu viele Vergewaltiger mangels eindeutiger Beweise freigesprochen wurden, aber von so einem Fall aus dem Mund einer Betroffenen zu hören, ging ihr unter die Haut.

»Das muss furchtbar für Sie gewesen sein«, sagte sie mitfühlend.

»Zuerst wollte ich mich umbringen. Später dann ihn.« Svenja nahm ein Essstäbchen und bohrte es in ihre Handfläche. »Leider konnte ich mich nicht dazu durchringen.« Sie sah auf und schaute Telse in die Augen. »Warum kriegen solche Schweine nicht wenigstens irgendeine unheilbare Krankheit? Die Welt ist ungerecht.«

»Haben Sie und Clemens sich an der Uni kennengelernt?«, fragte Telse. »Seine Schwester hat so etwas angedeutet.«

»Ja, wir haben beide in Kiel Medizin studiert.« Svenja hatte den Blick auf ihren leeren Teller gesenkt. Dann hob sie ihn wieder. »Ich habe das Studium geschmissen. Es ging nicht mehr.«

»Und sind Physiotherapeutin geworden«, sagte Telse nachdenklich.

»So ist wenigstens nicht alles umsonst gewesen.« Svenja lachte freudlos auf.

»Ist Clemens Holthusen in Ihrer Beziehung öfter gewalttätig geworden?«, hakte Telse nach.

»Wenn er nicht seinen Willen bekam, hatte er sich schnell nicht mehr im Griff. Alle mussten nach seiner Pfeife tanzen, das hat er von seinem Vater gelernt. Die Mutter hat ja auch immer nur gekuscht, da gab es nie ein Widerwort gegen den Herrn Gemahl. Das hat Clemens wohl gut gefallen. Nur war er bei mir da leider an der falschen Adresse gelandet.« Svenjas Augen blitzten zornig auf. »Der Kerl hat einfach keinen Respekt vor Frauen. Wenn ihm die Argumente ausgehen, wird er handgreiflich. Was für eine Jammergestalt! Ich habe das zu Anfang einfach nicht wahrhaben wollen und es nicht geschafft, gleich die nötigen Konsequenzen zu ziehen.« Sie nahm ihre Serviette und zerknüllte sie so stark, dass die Knöchel weiß hervortraten. »Clemens konnte auch charmant und liebevoll sein. Ein charismatischer Mann, in den sich damals alle Frauen verliebt haben. Und ich war auch noch stolz darauf, dass er aus allen seinen Verehrerinnen ausgerechnet mich auserwählt hatte. Seine Unbeherrschtheit wollte ich lange nicht wahrhaben, selbst dann nicht, als er anfing, mich zu schlagen. Wie bescheuert kann man eigentlich sein?« Sie sah

Telse direkt ins Gesicht. »Wäre ich nur gleich abgehauen. Nein, besser, ich hätte ihn nie kennengelernt.«

»Anne Holthusen hat den Absprung versucht«, sagte Telse, »die Frage ist, ob es ihr tatsächlich geglückt ist oder ob sie den Versuch mit ihrem Leben bezahlt hat.«

Svenja Meier-Reppert lachte wieder dieses traurige Lachen. »Einen Holthusen verlässt man nicht.« Sie stand abrupt auf. »So, ich muss dann mal wieder an die Arbeit. Patienten warten nicht gerne.«

Telse erhob sich ebenfalls und streckte ihre Hand aus. »Danke, dass Sie sich die Zeit genommen haben. Sie haben uns wirklich sehr geholfen.«

»Abwarten. Ich wünsche Ihnen jedenfalls viel Glück.« Svenja Meier-Reppert räumte ihren Teller in das Ablageregal, nickte Telse zu und verließ dann schnellen Schrittes das Restaurant.

Kurz darauf stand Telse unschlüssig an der Bahrenfelder Straße. Und jetzt? Nach Kunst und Kultur war ihr nicht zumute, also entschied sie sich, vor der Heimreise noch einen Rundgang durch ihr geliebtes Ottensen mit seinen verwinkelten Straßen, kleinen Läden und Cafés zu machen und dabei ihre Gedanken schweifen zu lassen.

»Einen Holthusen verlässt man nicht.« Der Satz spukte ihr noch eine ganze Weile im Kopf herum.

29

ES WAR SPÄTER NACHMITTAG, als Telse wieder vor dem ›Seemannsfrieden‹ stand und den Türschlüssel aus der Tasche kramte. Sie fühlte sich nach ihrem Großstadtausflug gleichermaßen erschöpft wie aufgedreht. Ihr Körper wollte sich am liebsten sofort aufs Sofa werfen und entspannen, ihr Kopf war dazu nicht in der Lage. Zu viele Gedanken und Grübeleien hatten sie die Rückfahrt über beschäftigt, während vor dem Zugfenster endlose Felder, Weiden und Kuhdörfer vorübergezogen waren.

Noch bevor sie den Schlüssel im Schloss gedreht hatte, war ihr Entschluss gefasst. Sie zog das Handy hervor und wählte, obwohl sie von ihrer Position aus sehen konnte, dass Wanda oben auf dem Balkon der Villa im Sessel lümmelte. So viel Bequemlichkeit gönnte sie sich jetzt mal.

»Hallo, ich bin zurück, Hamburg hat mich wieder ausgespuckt. Lust auf einen kleinen Abendspaziergang?«

Und ob Wanda Lust hatte. Nicht unbedingt auf einen Spaziergang, wohl aber auf Telses Neuigkeiten. Gestern Abend hatte ihr die Freundin erst von Juliannes Suchtreffer berichtet, heute früh dann von dem geplanten Treffen mit der Physiotherapeutin. Jetzt wollte sie alle Einzelheiten erfahren.

Kurze Zeit später stapften beide Frauen über den Schilkseer

Strand in Richtung Falckenstein. Die Sonne stand schon so tief, dass die Steilküste im Schatten lag, aber der Wind wehte noch angenehm warm. Telse berichtete ausführlich von ihrer Begegnung mit Svenja Meier-Reppert und vergaß auch nicht, deren letzte Bemerkung zu erwähnen. Den Satz, der ihr nicht mehr aus dem Kopf gehen wollte.

Wanda hörte schweigend zu. Als Telse fertig war, wanderte sie noch eine Weile wortlos neben ihr her. Friedliche Wellen schwappten vor ihren Füßen über den Sand und luden grün glänzende Seegrashalme darauf ab.

Sie blieben stehen und sahen aufs Meer hinaus. »Ich bin mittlerweile felsenfest davon überzeugt, dass Clemens Holthusen mit Gewalt verhindert hat, dass Anne ihn verlässt«, sagte Wanda. »Er hat sie getötet, die Leiche irgendwo versteckt und der Welt anschließend den verzweifelten Ehemann vorgespielt, dessen egoistische Ehefrau unbekannt verzogen ist. Passt doch perfekt.«

»Zu seinem Charakter allemal«, sagte Telse nachdenklich. »Einen Holthusen verlässt man nicht.«

Die Frauen setzten sich wieder in Bewegung.

»Er konnte es nicht ertragen, dass Anne ihn sitzenlässt, womöglich noch für einen anderen Kerl. Das war für ihn die ultimative Demütigung. Vielleicht hat er von diesem David erfahren und sich da etwas zusammengereimt«, überlegte Wanda. »Und bevor er sein gefühltes Eigentum einem Nebenbuhler überlässt … na ja.«

»Was für eine kranke Egoscheiße.« Telse seufzte tief und kickte einen toten Krebs zurück ins Wasser.

»Du bringst es auf den Punkt«, stimmte Wanda zu. »Die große Frage ist jetzt …«

»… wo ist ihre Leiche?«, ergänzte Telse.

In nachdenkliches Schweigen versunken gingen sie nebeneinanderher.

»Also ich würde sie im Wald vergraben. Die Seekamper Au bietet sich doch an, die fängt direkt hinter dem Gutshaus an«, schlug Telse nach einer Weile vor. »Da hat er es nicht weit.«

»Ist aber ein ziemliches Risiko. Die Aktion könnte schnell irgendwelche neugierigen Spaziergänger auf den Plan rufen. So einsam ist es in dem Naherholungsgebiet nicht«, konterte Wanda. »Im Meer versenken wäre einfacher.«

»Denkst du«, widersprach Telse. »Wasserleichen tauchen gerne wieder auf und werden dann irgendwo angetrieben. Denk an den Fall der armen Kirsten Reinfeld.« Vor ihrem inneren Auge erschien die Leiche der Lehrerin, die in einem Schwarm Feuerquallen an Land getrieben worden war. Sie schüttelte den Kopf, um das Bild zu vertreiben.

»Stimmt«, sagte Wanda. »Außerdem ist da die Transportfrage. Holthusen besitzt meines Wissens kein Boot.« Sie überlegte. »Vielleicht hat er sich ja an bewährte Mafiamethoden erinnert, die Leiche zerstückelt und anschließend in einem Säurefass aufgelöst. Oder in Plastiksäcke verpackt und die Einzelteile in verschiedenen Müllcontainern entsorgt.«

»Ich glaube, du siehst zu viele Serien.« Telse wiegte den Kopf. »Alles zu kompliziert. Ich kann mir auch nicht vorstellen, dass Holthusen erst eine riesige Sauerei anrichtet und anschließend mit den blutigen Leichenteilen in der Gegend herumfährt. So etwas hinterlässt doch massenhaft Spuren im Auto. Viel zu riskant.«

»Was dann?«

»Vielleicht hat er Anne verbrannt und die Asche im Garten verbuddelt«, schlug Telse vor. »Oder er hat sie ins Meer gestreut, dafür benötigt er kein Boot, das geht überall.«

»Einen menschlichen Körper kann man nicht so einfach verbrennen, dazu braucht man extrem hohe Temperaturen«, stellte Wanda klar. »Wir bestehen zu siebzig Prozent aus Wasser, selbst mit meinen Speckröllchen würde das Probleme bereiten. Im Krematorium äschern sie ihre Kunden mit rund eintausendachthundert Grad ein, soviel ich weiß.«

»Beruhigende Vorstellung.«

»Holthusen hat sich der Leiche ganz in der Nähe entledigt, davon bin ich überzeugt. Irgendwo, wo er ungestört ist und nicht Gefahr läuft, dass die Tote jemals gefunden wird.« Wanda stapfte mit ungeduldigen, großen Schritten vorwärts. »Komm, denk nach! Was würdest du an seiner Stelle tun?«

»Vielleicht ist er einfach im Gutshaus geblieben?«, schlug Telse vor. »Er hat Anne dort umgebracht und sie anschließend im Keller vergraben. Oder in einem Hohlraum eingemauert, was weiß ich. In so alten Häusern gibt es bestimmt Möglichkeiten, einen Körper auf Nimmerwiedersehen verschwinden zu lassen. In den eigenen vier Wänden konnte er sich Zeit lassen und sicher sein, von niemandem gesehen zu werden. Ein idealer Platz, wenn du mich fragst.«

Wanda nickte nachdenklich. »Wo er sie immer in seiner Nähe hat.«

»Einen Holthusen verlässt man nicht.«

Wanda blieb stehen. »Wir müssen sie finden. Ohne Leiche kein Mord.« Sie überlegte. »Am besten, wir nehmen gleich morgen das Gutshaus unter die Lupe.«

»Ich war heute den ganzen Tag unterwegs und würde gern mal wieder Zeit für mich haben«, protestierte Telse schwach.

Wanda legte den Kopf schief und schaute ihre Freundin still an.

Telse gab sich geschlagen. »Wann?«, stöhnte sie.

Wanda lächelte breit. »Um zehn. Ich hole dich ab.«

30

PÜNKTLICH UM EINE MINUTE vor zehn klingelte Wanda an der Tür vom ›Seemannsfrieden‹. Telse öffnete sofort. Sie hatte sich einen alten Maleranzug übergezogen, der noch von den Renovierungsarbeiten anlässlich ihres Einzugs stammte. Das fleckenübersäte Teil würde sie nach dem heutigen Einsatz endgültig entsorgen. Sie musterte ihre Freundin, die sommerlich frisch in gebügelter Blümchenbluse vor ihr stand und über der Schulter eine geflochtene Einkaufstasche trug.

»Brauchen wir nicht irgendein Werkzeug?«, fragte Telse anstelle einer Begrüßung.

Wanda schüttelte den Kopf. »Ich denke, wir gucken erst mal, ob wir im Haus überhaupt etwas Verdächtiges finden. Dazu reichen Taschenlampe und Hämmerchen. Habe ich beides dabei.« Sie klopfte auf ihre Flechttasche. »Wände oder Fußböden aufreißen sollten wir erst, wenn wir konkrete Hinweise finden, dass da was sein könnte.«

»Klingt logisch«, musste Telse zugeben. Insgeheim hatte sie damit gerechnet, dass sie beide gleich mit Spitzhacke und Schaufel anrücken würden, was wohl etwas voreilig gewesen war. »Warte einen Moment.« Sie lief ins Haus und kehrte kurz darauf mit einem Stoffbeutel zurück, in dem es klackerte.

»Meine eigene Ausrüstung«, verkündete sie und hielt den Bündel hoch.

»Sehr gut.« Wanda nickte zufrieden. »Dann lass uns die Sache anpacken, ich fahre.«

Telse schloss schnell die Haustür ab. »Hast du eigentlich Olaf erzählt, was wir vorhaben?«, fragte sie auf dem Weg zu Wandas Wagen.

»Göttin behüte, nein!« Wanda hob abwehrend beide Hände. »Wir wollen doch nicht, dass dem armen Mann noch mehr graue Haare wachsen. Da unser lieber Herr Hauptkommissar durch Realitätsverleugnung und Arbeitsverweigerung glänzt, bleibt uns nichts anderes übrig, als den Job selbst zu erledigen. Auch ohne seine Erlaubnis. Hinterher werden wir ihm die Leiche auf dem Silbertablett präsentieren.«

Fünf Minuten später parkte Wanda den Wagen auf einem schmalen Feldweg, der kurz hinter dem Anwesen der Holthusens vom Seekamper Weg abbog. Direkt an der kaum frequentierten Straße zu halten, wäre ihrer Ansicht nach zu auffällig gewesen. Die Frauen stiegen aus und liefen die paar Meter bis zur Eingangspforte zurück. Als sie den zugewachsenen Pfad zum Gutshaus einschlugen, beschlich Telse ein flaues Gefühl. Gestern Abend am Strand hatte sich der Plan noch gut und richtig angefühlt, jetzt kam sie sich fast lächerlich vor. Sollte der Arzt wirklich seine tote Frau im eigenen Haus eingemauert haben? Der Gedanke erschien ihr plötzlich absurd.

Wanda schien nicht von derartigen Zweifeln geplagt zu werden. Tatendrang strömte ihr aus allen Poren, und je näher sie dem Gutshaus kamen, desto schneller wurde ihr Schritt. Sie schlug den bekannten Weg zur Hintertür ein und wartete dort, bis Telse aufgeholt hatte. Dann entfernte sie den Keil am Boden, öffnete und ließ ihr den Vortritt. »Willkommen im Haus des Horrors.«

Telse war nicht nach Scherzen zumute. Die bedrückende Atmosphäre der Villa schnürte ihr schon beim Schritt über die Türschwelle die Kehle zu. Am liebsten hätte sie die ganze Sache wieder abgeblasen, aber das konnte sie der Freundin nicht antun. »Wie wollen wir vorgehen?«, fragte sie stattdessen.

»Ich würde sagen, wir nehmen systematisch einen Raum nach dem anderen unter die Lupe«, erklärte Wanda. »Natürlich nur die, wo es überhaupt eine Möglichkeit für ein Versteck gibt. Also, wo würdest du hier am ehesten eine Leiche verschwinden lassen?«

Telse sah sich um und überlegte. »Keine Ahnung. Auf dem Dachboden oder im Keller? Aber ich kenne das Haus ja nicht so genau. Lass uns einfach oben anfangen und uns Etage für Etage nach unten vorarbeiten.« Dann kommt der gruselige Keller erst zum Schluss, dachte sie mit leichtem Schaudern.

Den Zugang zum Dachboden mussten die Frauen suchen. Sie entdeckten ihn schließlich am Ende des oberen Flurs hinter einer schmalen, weiß gestrichenen Tür, die sie zuerst für einen Einbauschrank gehalten hatten. Eine ausgetretene Holztreppe führte direkt dahinter steil nach oben. Vorsichtig machten sie sich daran, die Stufen zu erklimmen.

Der Staub von Jahrzehnten wirbelte auf, als sie den Dachboden betraten, und kitzelte Telse in der Nase. Unter den Schindeln roch es muffig, nach alter verbrauchter Luft. Sie standen in einem düsteren, weitläufigen Raum, dessen Ausmaße nur zu erahnen waren. Erhellt wurde er lediglich durch das dreckgefilterte Licht aus zwei kleinen Fenstern. Der Fußboden war nicht glatt und eben, sondern wurde durch regelmäßige Reihen grober Dachbalken strukturiert, die etwa fünfzehn Zentimeter in die Höhe ragten.

Wanda kramte die Taschenlampe aus ihrer Umhängetasche und leuchtete in die Schwärze des Raumes. »Pass auf, wo du hintrittst«, mahnte sie. »In so alten Gebäuden empfiehlt es sich, nur auf den Holzbohlen zu gehen. Ich hatte mal eine Tante, die ist in der Dachbodendecke eingebrochen und mit beiden Beinen darin stecken geblieben. Man hat sie fast nicht wieder rausgekriegt.«

»Danke für den Hinweis.« Telse tippte vorsichtig mit der Fußspitze auf den staubigen Boden zwischen den Balken, zog sie aber schnell wieder zurück. »Und nun?«

»Gute Frage.« Wanda sah sich um. »Hier gibt es nirgendwo etwas, wo man eine Leiche reinstopfen könnte. Scheint komplett leer geräumt zu sein.« Sie überlegte. »Dann bleiben uns nur noch irgendwelche Nischen in den Ecken, die frisch zugemauert worden sind. Wo wollen wir anfangen?«

Der Lichtkegel ihrer Taschenlampe wanderte über die Holzkonstruktion des Dachstuhls, die Wände, den verdreckten Boden. Da war absolut nichts Verdächtiges zu sehen. Vorsichtig machte Wanda auf ihrem Balken ein paar Schritte vorwärts. Ein Knacken, sie geriet ins Schwanken und musste sich mit der Hand an der Wand abstützen.

Telse hatte inzwischen ebenfalls ihre Lampe herausgeholt und leuchtete in alle Richtungen. »Mein lieber Watson«, erklärte sie, »wir können uns die weitere Arbeit hier oben sparen.«

»Warum?«

»Das liegt doch auf der Hand.«

»Nun sag schon.« Wanda klang ungeduldig.

»Guck mal da.« Telse ließ den Lichtstrahl über die Bodenbalken wandern. »Was siehst du?«

»Den unberührten Staub von Jahrhunderten.«

»Eben. Hier oben ist seit Ewigkeiten niemand mehr gewesen. Ganz zu schweigen davon, dass hier eine Frauenleiche herumgeschleppt wurde. Das hätte mit Sicherheit Schleifspuren im Dreck hinterlassen«, erklärte Telse.

»Klug kombiniert.« Wanda nickte anerkennend. »Außerdem wäre die Gefahr, mit dem Körper zwischen die Balken zu stürzen, zu groß gewesen.«

»Sollen wir diesen ungastlichen Ort also wieder verlassen?«

»Ich bitte darum.« Wanda klang nicht nur erleichtert, sie fühlte sich auch so.

In den Zimmern des ersten Stocks gab es nicht die kleinste Möglichkeit, einen Menschen verschwinden zu lassen, das hatten die Frauen schnell überprüft. Im Erdgeschoss fand sich ebenfalls kein Versteck für eine Leiche. Lediglich Küche und Bad machten auf den ersten Blick einen vielversprechenden Eindruck.

»Vielleicht gibt es hinter den Kacheln und Holzverkleidungen verborgene Hohlräume«, spekulierte Telse und begann sogleich, die blau-weißen Küchenfliesen abzuklopfen.

»Wenn, dann hier«, stimmte Wanda zu.

Die Frauen arbeiteten sich methodisch vorwärts. Sie klopften alle Wände ab, aber da war nichts.

Blieb nur noch der Keller.

»Tja, dann müssen wir wohl in den Untergrund absteigen.

Hilft ja nix.« Wandas Miene drückte das Gegenteil von Begeisterung aus, aber Aufgeben war keine Option.

Auch Telse musste sich innerlich wappnen. Dort unten lauerte mit Sicherheit ein modriger Gewölbekeller, in dem ein Gewimmel von schwarz behaarten Spinnen und angriffslustigen Ratten auf Besuch wartete. Zum Glück war in den hiesigen Breitengraden nicht mit Skorpionen zu rechnen, versuchte sie sich zu beruhigen.

Der Zugang zum Keller befand sich unterhalb der Treppe, die in die obere Etage führte. Vorsichtig probierte Wanda die Tür. Verschlossen. Sie rüttelte an der Klinke, ohne Erfolg.

In Telse keimte eine leise Hoffnung auf, um die Höhlenexkursion herumzukommen, aber sofort verdrängte sie den Gedanken wieder. Was war sie nur für eine Memme.

»Sollen wir aufbrechen?«, fragte sie.

»Du meinst die Tür, hoffe ich.« Wanda zuckte mit den Schultern. »Was bleibt uns anderes übrig? Wir könnten googeln, wie man so ein Türschloss am schnellsten knackt. Das Internet weiß alles.« Sie wollte ihr Smartphone aus der Umhängetasche holen, fand es aber nicht. »Ich hab mein Handy wohl zu Hause vergessen.« Fragend sah sie Telse an, die mit den Schultern zuckte.

»Sorry, aber mein Akku ist leer.«

»Na gut.« Wanda sah sich um. »Hast du hier etwas gesehen, was wir als Brechstange benutzen können? Ich fürchte, unsere Ausrüstung ist etwas zu minimalistisch.«

»Wie wäre es mit Dagegenschmeißen?«, schlug Telse vor. »Klappt im Film immer.«

»Schätzchen, falls du es nicht bemerkt hast, die Tür geht zu uns hin auf«, sagte Wanda mit nachsichtiger Stimme. »Und das ist auch gut so. Ansonsten würdest du nämlich bei deiner Aktion schnurstracks die Kellertreppe runtersegeln. Eine Leiche reicht mir.«

»Also doch mit irgendeinem Werkzeug aufbrechen.« Telse guckte zweifelnd. »Meinst du, wir bekommen Ärger, wenn wir die Tür zerstören? Könnte ja sein, dass …«

»Nun mach dir mal nicht ins Hemd«, fiel Wanda ihr ins Wort. »Wir sind schließlich im Dienst der guten Sache unterwegs. Wenn es um die Aufklärung eines Mordfalls geht, spielt doch so ein lächerliches Türschloss keine Rolle. Notfalls zahle ich das aus der Portokasse.«

Da war er wieder, der kleine Unterschied, dachte Telse. Geld macht zwar nicht glücklich, aber es beruhigt die Nerven.

»Mir fällt da gerade etwas Geniales ein«, riss Wanda sie aus ihren Überlegungen.

»So? Was denn?«

»Ich habe eine Werkzeugtasche im Wagen, da ist garantiert ein Schraubenzieher drin.«

»Schraubendreher«, korrigierte Telse automatisch.

»Wie auch immer. Mit so einem Schraubending können wir vielleicht das Schloss aufhebeln.«

»Soll ich die Tasche schnell holen«, bot Telse an, froh, eine Chance auf frische Luft zu bekommen.

»Gerne.« Wanda gab ihr den Autoschlüssel. »Ist im Kofferraum.«

Nachdem sie ein paarmal tief durchgeatmet hatte, betrat Telse den Hausflur geeilt, in der Hand schwenkte sie ein graues zusammengerolltes Bündel.

»Danke.« Wanda übernahm die Rolltasche, öffnete sie und zog einen großen Schraubendreher aus einem der Fächer. »Der müsste für unsere Zwecke genügen.« Sie steckte das Werkzeug in den Spalt zwischen dem altertümlichen Schloss und Türpfosten und hebelte mit aller Kraft daran herum. Es dauerte nicht lange, dann flog die Verkleidung davon, und mit ihr gleich ein ordentliches Stück Holz vom Türblatt. Wanda betrachtete das Ergebnis. »Jetzt ist es auch wurscht«, meinte sie lapidar und begann, weitere Stücke Holz herauszubrechen, bis die Tür schließlich nachgab und das komplette Schloss vor Wandas Füße schepperte. »Konfuzius sagt, um sein Ziel zu erreichen, braucht man den Willen, das Werkzeug und rohe Gewalt.« Sie grinste, steckte den Schraubendreher zurück in den Rollbeutel und packte das Bündel in ihre Flechttasche. »Den Kram können wir vielleicht noch brauchen.«

Telse zog die Kellertür auf und spähte hinunter. Die Steinstufen führten direkt vor ihr nach unten und verschwanden nach einer leichten Kurve im Dunklen. Die Wände des Gangs bestanden aus weiß gekalktem Mauerwerk, aus dem vereinzelt grobe Feldsteine hervorlugten. Oben links an der Wand entdeckte sie einen altmodischen Lichtschalter. Sie knipste ihn an, aber nichts passierte. Es blieb dunkel. »Kein Strom. War ja zu erwarten.«

»Dann nimm deine Leuchte und geh vor.«

Seufzend fummelte Telse die Taschenlampe aus ihrem Beutel und stieg tapfer hinab ins Ungewisse. Wanda folgte ihr auf den Fersen. Im Schein ihrer Lichtkegel bewegten sie sich vorsichtig die feuchten Stufen hinunter, bis sie schließlich auf einem Boden aus festgestampfter Erde landeten.

Beide Frauen leuchteten in den Keller hinein, der sich schwarz vor ihnen auftat. Er war kleiner als erwartet, doch sie sahen, dass sich hinter einem Durchgang noch ein weiterer Raum anschloss. Als Telses Lichtstrahl auf die Gewölbedecke traf, offenbarte er einen dichten Vorhang aus verstaubten Spinnennetzen. Schnell senkte sie die Taschenlampe wieder. Was da oben alles kreuchte und fleuchte, wollte sie gar nicht so genau wissen. Hauptsache, sie begegnete keiner Ratte.

»Wir müssen nach frisch verputztem Mauerwerk Ausschau halten«, erinnerte Wanda sie an ihre gemeinsame Mission. »Außerdem sollten wir den Boden genauer untersuchen, vielleicht wurde irgendwo gegraben. Wobei das bei dieser betonharten Erde kein leichtes Unterfangen gewesen sein dürfte.« Wie zur Bestätigung kratzte sie mit der Spitze ihrer Ledersneaker über den Boden. Ein schwarz glänzender Käfer huschte im Lampenschein schnell davon.

»Komm, lass uns anfangen«, drängelte Telse. Sie wollte diesen ungastlichen Ort so schnell wie möglich hinter sich lassen. »Ich diese Seite, du da.«

So einfach wie erhofft gestaltete sich die Arbeit jedoch nicht. An Telses Wand standen drei mannshohe Holzregale, in denen sich augenscheinlich nur Gerümpel befand. In ihrem Lichtkegel erschienen leere Farbeimer, eingetrocknete Malerrollen, Plastikplanen und ein angerosteter Fleischwolf, dazu gesellten sich alte Steintöpfe sowie einige Pappkartons mit undefinierbarem Müll. Sie leuchtete zwischen die einzelnen Bretter, um sich die Steinwand dahinter genauer anzusehen. Das Mauerwerk war großflächig mit einer dicken Schicht dunkler Ablagerungen und Spinnweben bedeckt. An diesen Steinen hatte seit Ewigkeiten niemand Hand angelegt, das war eindeutig. »Hier ist nichts«, rief sie laut.

Wanda leuchtete auf der gegenüberliegenden Raumseite hinter ein Weinregal von beträchtlichen Ausmaßen. »Hier auch nicht, nur der übliche Dreck. Und leider kein einziges Fläschchen mehr«, fügte sie bedauernd hinzu. »Holthusen gönnt uns aber auch gar nichts, dieser elende Geizkragen.«

Telse glaubte gerne, dass ihre Freundin nichts gegen ein paar vergessene gute Tröpfchen einzuwenden gehabt hätte. »Lass uns weitergehen«, drängelte sie. »Ich will nicht länger als nötig in diesem Verlies bleiben.« Unauffällig fuhr sie sich mit den Fingern durch ihr kurzes Haar, um sicherzugehen, dass sich kein Spinnentier unbemerkt darauf abgeseilt hatte. Sie fröstelte, und das nicht nur wegen der Kälte.

Das nächste Kellerabteil schien ungefähr genauso groß zu sein, nur standen dort keine Regale an den Wänden. Stattdessen fristete ein einsamer alter Kleiderschrank sein Dasein, dessen Türen schief in den Angeln hingen.

Plötzlich schepperte es. Telse fuhr zusammen, dann richtete sie ihren zitternden Lichtstrahl nach unten. Sie war gegen einen Blecheimer getreten, der in eine dunkle Ecke davonrollte. Als sie ihm hinterherleuchtete, entdeckte sie dort ein halbes Dutzend alter Mausefallen auf dem Boden, die zu ihrer Erleichterung keine mumifizierten Opfer enthielten. Ansonsten war der Raum leer.

»Hier drin ist nichts«, teilte Wanda nach einem kurzen Blick in den Schrank mit. Sie leuchtete in den winzigen Spalt zwischen Möbel und Wand, schreckte aber nur Asseln auf, die schnell davonkrabbelten.

Telse inspizierte inzwischen die übrigen Wände. »Alles schmutzig und schmierig, hier ist nichts frisch verputzt worden.« Dann nahm sie sich den Boden vor, mit dem gleichen enttäuschenden Ergebnis. »Der ist steinhart, wie Zement, da hat garantiert niemand gebuddelt.«

Wanda guckte grimmig. »Es hilft nichts, wir müssen dieses Ungetüm von Schrank verrücken«, verkündete sie. »Darunter oder dahinter wäre doch der perfekte Platz, um eine Leiche verschwinden zu lassen. Los, zwei Frauen, zwei Ecken.«

Telse musste zugeben, dass ihre Freundin recht hatte. Wo, wenn nicht hier? Sie klemmte sich die Taschenlampe zwischen die Zähne, und mit vereinten Kräften zogen und rückten sie unter Ächzen und Stöhnen das Holzmonstrum weiter in die Mitte des Raumes.

Schließlich hatten sie es geschafft. Wanda leuchtete in die dichte Spinnwebenmatte, die hinter der Rückwand zum Vorschein kam, und schüttelte enttäuscht den Kopf. »Da sind nirgendwo frischen Maurerarbeiten zu sehen. Dieses entzückende Biotop existiert offensichtlich schon seit den Zeiten Christians des Schiefmäuligen.«

»Christian wer?«

»Unwichtig. Was ist mit dem Boden?«

Sie richteten ihre Taschenlampenstrahlen nach unten. Die harte Erde zu ihren Füßen machte einen komplett unberührten Eindruck.

»So ein Schiet.« Wanda seufzte enttäuscht.

»Allerdings.« In Telses Stimme schwang Unruhe mit. »Meine Lampe flackert, ich glaube, die Batterien sind gleich alle.«

Sie leuchtete mit ihrer Taschenlampe direkt in Wandas Gesicht, sodass diese die Augen zusammenkneifen musste. Einen Moment später zuckte ihr Licht noch einmal auf, bevor es ganz erlosch. Sie schüttelte die Lampe heftig, ohne Erfolg.

»Schnell raus, bevor meine auch noch den Geist aufgibt und es zappenduster wird. Hier können wir sowieso nichts mehr ausrichten.« Wanda drehte sich um und lief mit eiligen Schritten zum Aufgang.

Das musste sie ihrer Freundin nicht zweimal sagen. Telse stürmte ihr hinterher und die Kellertreppe hinauf. Im Tageslicht des Hausflurs angekommen betrachteten sich die Frauen gegenseitig von oben bis unten.

»Wir sehen aus wie die Wildschweine«, sagte Wanda.

Telse musterte erst sich, dann ihre Freundin. »Bei mir fällt es aber nicht so auf.«

Wanda ging auf die Bemerkung nicht ein. »Erst mal raus hier. Dann sehen wir weiter.«

Die Frauen verließen das Gutshaus auf demselben Weg, auf dem sie gekommen waren. Telse schob den Holzkeil wieder an seinen Platz unter der Tür, dann richtete sie sich auf. Nebeneinander blieben sie auf dem oberen Treppenabsatz stehen und ließen ihre Blicke durch den grünen Wildwuchs des Gartens schweifen, der sich zu ihren Füßen ausbreitete.

Für eine Weile sagte keine etwas. Sie lauschten in die friedliche Stille, in der nur leises Blätterrascheln und das Summen der Insekten zu hören waren.

»Das Grundstück ist riesig.« Telses Stimme klang resigniert.

»Dann sollten wir besser keine Zeit verlieren.«

»Du meinst, er könnte Anne unter einem Beet verbuddelt haben?«

Wanda zuckte mit den Schultern. »Wenn er sie in der Nähe behalten wollte. Und davon gehen wir ja aus. Vielleicht ist der Garten sogar noch besser geeignet als das Haus.«

»Weil sie im Haus schneller entdeckt werden kann«, stimmte Telse nachdenklich zu.

Wanda nickte vor sich hin. »Mein Bauch sagt mir, dass sie hier draußen unter der Erde liegt.«

»Und jetzt willst du den gesamten Garten durchpflügen? Das ist unmöglich.«

»Unmöglich ist gar nichts«, konterte Wanda. »Schwierig, ja, das gebe ich zu.«

Telse schüttelte entschieden den Kopf und kreuzte die Arme vor der Brust. »Wir haben nicht den winzigsten Anhaltspunkt, wo wir suchen sollen. Auf dem Gelände ist überall umgegraben worden, Anne war eine leidenschaftliche Gärtnerin. Die hat Beete versetzt und neu angelegt, Gemüse und Blumen gepflanzt, Sträucher und Büsche eingebuddelt. Außerdem ist der Garten jetzt mit Giersch, Brombeeren und all dem anderem Grünzeug überwuchert. Um darunter einen Körper zu finden, müssten wir mit einer Planierraupe oder einem Bagger das komplette Erdreich durchwühlen. Vergiss es.«

So schnell gab sich Wanda nicht geschlagen. »Vielleicht sollten wir schauen, wo es am besten wächst, und dort mit dem Buddeln anfangen. Leichen sind ja streng genommen nichts anderes als Pflanzendünger.«

Telse verzog das Gesicht. »Nicht dein Ernst, oder? Komm, lass gut sein.«

Wandas Miene verriet, dass sie nicht scherzte. »Es sei denn, er hat sie in Plastik eingewickelt.«

Telse verzichtete auf einen weiteren Kommentar. Schluss jetzt, dachte sie, wir werden Anne niemals finden. Gerade als sie aufgeben und zum Auto gehen wollte, kam ihr unvermittelt ein Gedanke. Eine winzige Chance gab es noch.

»Mir ist da etwas eingefallen«, sagte sie und spürte, wie das Adrenalin durch ihre Adern rauschte. »Lass uns Matilde Albers noch mal besuchen.«

»Wozu soll das gut sein?« Wandas Mundwinkel hatten sich der Schwerkraft ergeben. »Willst du dich mit einer Tasse Pfefferminztee trösten lassen?«

Telse wischte den Einwand beiseite, als würde sie eine lästige Fliege vertreiben. »Ich hab dir doch von dieser superteuren Drohne erzählt, mit der sie überall in der Gegend Aufnahmen macht«, sprudelte sie hervor. »Bestimmt hat sie damals auch mal den Nachbargarten gefilmt.«

Wanda sah sie mit skeptisch zusammengezogenen Augenbrauen an. »Und dabei hat sie zufällig ein Bild gemacht, das Clemens Holthusen in flagranti beim Verbuddeln der Leiche zeigt? Träum weiter, Schätzchen.« Sie seufzte schwer, lehnte sich mit dem Rücken gegen die Hauswand und ließ ihren Blick wieder ins Grüne wandern.

»Blödsinn!«, rief Telse ungeduldig. »Aber möglicherweise hat sie alte Aufnahmen aus der Zeit, als Anne verschwunden ist. Die könnten wir uns darauf hin anschauen, ob es zu dieser Zeit irgendwo im Garten zu größeren Umgestaltungen gekommen ist. Oder in der näheren Umgebung. Ein Grab auszuheben, hinterlässt unweigerlich Spuren.« In Telse kribbelte es von den Haarspitzen bis zu den Fußsohlen. »Dann haben wir einen Anhaltspunkt, wo wir buddeln sollten. Na, was sagst du?«

Wandas Blick blieb am Ende des Gartens an der gespaltenen Eiche hängen. »Das wäre ein riesiger Zufall.«

Telse winkte der Freundin, ihr zu folgen. »Nein, eine Fügung des Schicksals.«

31

KEINE ZEHN MINUTEN später standen Telse und Wanda an der Gartenpforte vor Matilde Albers' Reetdachhäuschen und klingelten. Sie warteten und klingelten noch einmal, doch niemand öffnete.

»Die hat sich bestimmt aufs Ohr gelegt.« Wanda blickte auf ihre Armbanduhr. »Kurz nach eins, da halten alte Leute für gewöhnlich ihren Mittagsschlaf.«

»Wir warten noch einen Moment«, bestimmte Telse.

Just in diesem Augenblick öffnete sich die Eingangstür, und die Hausherrin erschien. Über Rock und Pullover trug sie eine rot karierte Küchenschürze, an der sie sich die Hände abtrocknete.

»Guten Tag Frau Albers«, grüßte Telse über den Zaun. »Wir sind es, Wanda Holle und Telse Himmel. Erinnern Sie sich?«

»Selbstverständlich! Ich bin zwar nicht mehr die Jüngste, aber hier oben« – sie tippte sich an den Kopf – »noch sehr gut beieinander. Tut mir leid, dass Sie warten mussten, ich war beschäftigt.« Matilde Albers wandte kurz den Kopf ins Innere des Hauses, dann machte sie eine einladende Geste. »Kommen Sie doch herein, ich koche gerade Kartoffelsuppe. Sie sind herzlich eingeladen mitzuessen, ich mache sowieso immer zu viel für mich allein.«

Telses Magen stimmte dem Vorschlag sofort zu, die Suche im Gutshaus hatte sie hungrig gemacht. Wanda schien dagegen zu zögern. Erst als Telse sie eindringlich anblickte, willigte sie mit einem Nicken ein.

»Vielen Dank, wir nehmen Ihr Angebot gerne an«, sagte Telse. »Vorausgesetzt, wir sind Ihnen nicht zu schmutzig. Wir kommen gerade von einem kleinen Arbeitseinsatz.«

»Das sieht man«, bestätigte Matilde Albers. »Sie können sich gerne die Hände waschen. Castor und Pollux bringen auch andauernd Dreck herein, ich bin da nicht so empfindlich.« Sie öffnete die Tür weit, woraufhin die Frauen den Garten betraten und ihrer Gastgeberin ins Haus folgten.

»Hier ist das Bad«, Albers zeigte im Flur auf eine Tür. »Ich muss mich jetzt wieder um mein Mittagessen kümmern. Kommen Sie einfach, wenn Sie fertig sind.«

Nachdem Telse und Wanda sich notdürftig frisch gemacht hatten, betraten sie die Küche, wo es nach deftiger Suppe duftete. Matilde Albers stand am Herd und rührte in einem großen Topf. »Nehmen Sie Platz. Teller und Besteck finden Sie dort drin«, sagte sie und deutete mit dem Kochlöffel zu einem weiß gestrichenen Küchenschrank mit Glasvitrine und Schubladen. »Wenn Sie so nett wären? Das Essen ist gleich fertig.«

Die Frauen deckten gehorsam den Küchentisch, auf dem eine Wachstuchdecke mit Rosenmuster lag, dann setzten sie sich und sahen sich um. Die Einrichtung war sparsam und bestand aus in die Jahre gekommenen, leicht abgeschabten Holzmöbeln. Bunt geblümte Vorhänge, Sitzkissen und kleine Kräutertöpfe, die auf den Fensterbänken standen, sorgten für eine gemütliche Atmosphäre.

Der Fußboden hätte allerdings mal wieder gewischt werden können, dachte Wanda, besonders neben den Futterschalen der Katzen, wo braue Krusten auf dem PVC-Belag klebten. Zu weiteren Überlegungen kam sie nicht, denn schon platzierte Matilde Albers den dampfenden Topf mittig auf dem Tisch und befüllte die tiefen Teller.

»Guten Appetit, lassen Sie es sich schmecken.«

Telse nahm ihren Löffel und tauchte ihn in die cremige Kartoffelsuppe. Sie schmeckte hervorragend, was zum guten Teil auch an den vielen frischen Kräutern lag. Sie konnte Majoran, Thymian und Petersilie herausschmecken.

Matilde Albers registrierte den Appetit ihrer Gäste mit wohlwollendem Lächeln. »Sind Sie zufällig bei mir vorbeigekommen?«, eröffnete sie das Gespräch.

»Nicht direkt«, gab Wanda zu. »Wir wollten Sie eigentlich etwas fragen.« Sie ließ ihren Löffel sinken.

»Besser gesagt, Sie um Ihre Hilfe bitten«, präzisierte Telse.

»Um was geht es denn?« Die Neugier blitzte aus Matilde Albers Augen.

»Es hat mit den Aufnahmen zu tun, die Ihre Drohne macht. Die haben Sie mir doch bei meinem letzten Besuch vorgeführt.«

Die alte Dame nickte. Sie legte den Kopf leicht schief und musterte ihr Gegenüber. »Soll ich mit meinem Gerät etwas für Sie filmen?«

Telse legt ebenfalls den Löffel zur Seite. »Nein, darum geht es nicht. Sie haben mir doch erzählt, dass Sie die Drohne schon einige Jahre besitzen, richtig?«

»Stimmt. Dreieinhalb, um genau zu sein. Mein Enkel hat sie mir zum Geburtstag geschenkt, deshalb weiß ich das so genau.«

»Haben Sie damals, als Sie sie bekommen haben, vielleicht auch Aufnahmen vom Garten der Holthusens gemacht?«, übernahm Wanda. Sie wollte möglichst zügig zum Grund ihres Besuchs kommen.

Matilde Albers Blick veränderte sich und wurde wachsam. »Warum interessiert Sie das? Man darf Drohnen nicht über Privatgelände fliegen lassen.«

Telse lächelte liebenswürdig. »Ausnahmen bestätigen die Regel, nicht wahr?«

Albers schwieg und widmete sich ihrem Essen. Einen Moment lang war nichts zu hören als das Klappern des Löffels und das leicht schlürfende Geräusch, mit dem sie ihre Suppe aß.

»Wir hatten Ihnen doch erzählt, dass wir auf der Suche nach Anne Holthusen sind«, nahm Telse den Faden wieder auf. »Mittlerweile sind wir davon überzeugt, dass sie einem Verbrechen zum Opfer gefallen sein muss.«

Albers runzelte die Stirn. »Wie kommen Sie denn darauf?«

Wanda beschloss, aufs Ganze zu gehen. »Unsere Nachforschungen in Annes Umfeld haben ergeben, dass ihr Ehemann zu Gewalttätigkeit gegenüber Frauen neigt. Wir haben starken Grund zur Annahme, dass Clemens Holthusen seine Frau getötet hat«, kam sie auf den Punkt. »Allerdings fehlt uns noch der Beweis für einen Mord, sprich: die Leiche.«

Wenn Matilde Albers geschockt war, ließ sie es sich nicht anmerken. Sie legte ihren Löffel neben den Teller, tupfte sich mit der Papierserviette den Mund ab und lehnte sich in ihrem Stuhl zurück. »Und Sie beide«, sie sah erst Wanda, dann Telse an, »glauben also, dass mein ehemaliger Nachbar seine Ehefrau ermordet und dann im eigenen Garten vergraben hat.«

Telse und Wanda wechselten einen kurzen Blick.

»Ja.« Die Antwort kam zweistimmig.

Albers schwieg und blickte abermals von einer zur anderen. »Ganz schön gewagte These«, sagte sie schließlich.

»Es spricht einiges dafür«, erwiderte Telse. »Natürlich besteht die Möglichkeit, dass wir uns irren, aber das können wir erst wissen, wenn wir der Sache auf den Grund gegangen sind. Vorher lassen wir nicht locker. Das hat Anne verdient.«

»Wenn Sie sich doch so sicher sind, warum informieren Sie dann nicht die Polizei?«, wandte Albers ein. »Die kann den Gartenboden ja ganz einfach ausheben lassen.«

Wanda machte ein schnaubendes Geräusch. »Für die Polizei ist das Verschwinden von Kallis Mutter nichts anderes als die Flucht aus einer gescheiterten Beziehung. Anne hatte demnach einfach genug von ihrem Ehemann und ist mit unbekanntem Ziel verzogen. Wir müssen der Staatsgewalt, allen voran unserem Nachbarn und Freund, Kriminalhauptkommissar Olaf Wuttke, daher ein wenig auf die Sprünge helfen und eindeutige Beweise für ein Verbrechen liefern.«

»Sie gehen doch jeden Tag spazieren«, übernahm Telse. »Ist Ihnen kurz nach dem Verschwinden von Anne irgendetwas Ungewöhnliches im Garten der Holthusens aufgefallen? Hat der Hausherr vielleicht dort gearbeitet?«

Albers lachte auf. »Clemens Holthusen? Der hatte mit Gartenarbeit nichts am Hut. Das war allein Annes Spielwiese. Er hatte ja auch viel in der Praxis zu tun, da blieb ihm kaum Zeit für anderes.«

»Und nachdem seine Frau weg war?«

Matilde Albers überlegte. »Wenn ich mich richtig erinnere,

habe ich ihn einmal draußen gesehen, da hat er zwischen den Beeten aufgeräumt. Das war schon ungewöhnlich für ihn, deshalb weiß ich es noch. Ich habe damals nur gedacht, dass er den Garten jetzt nach seinen Vorstellungen gestaltet. Darüber hat Anne mir oftmals ihr Leid geklagt. Sie hat sich ein reines Ökoparadies gewünscht, mit einer Wildwiese, in der alles wachsen darf, wie es will. Das ist aber an Clemens' Widerstand gescheitert, der hat einen ungepflegten Kraut-und-Rüben-Garten, wie er es nannte, abgelehnt. Die beiden haben immer wieder darüber gestritten, wie viel Natur es sein darf.«

»Was hat er denn damals aufgeräumt, als Sie ihn draußen gesehen haben?«, fragte Wanda.

»Ach, nichts Besonderes.« Matilde Albers trank einen Schluck Wasser, bevor sie fortfuhr. »Er hat herabgefallene Äste von den Blumenbeeten gesammelt und Sträucher beschnitten, glaube ich. Solche Sachen eben, die regelmäßig erledigt werden müssen, wenn alles schön ordentlich aussehen soll. Nach Annes Auszug hatte er ja freie Hand.«

»Haben Sie auch gesehen, was er mit dem Gartenabfall gemacht hat?«, bohrte Wanda weiter.

»Was schon?« Albers zuckte mit den Schultern. »Vermutlich in irgendeine Ecke geworfen, sein Grundstück ist ja groß genug.« Sie überlegte. »Er hat mir irgendwann erzählt, dass er den hintersten Teil des Gartens naturnaher gestalten wollte, wohl wegen der Insekten. Ich habe mich darüber gewundert, es aber auf Annes Einfluss und ihre Hartnäckigkeit geschoben. Sie wollte dort auch gerne Holzhaufen einrichten, damit Kleintiere wie Igel dort überwintern können. Dazu ist es ja nicht mehr gekommen.« Matilde Albers seufzte. »Jetzt hätte sie Grund zur Freude.«

Das wagte Telse zu bezweifeln. In ihr keimte dagegen ein Verdacht. »Wissen Sie noch, wo genau Holthusen damals die ganzen Holzreste abgeladen hat?«, erkundigte sie sich.

Albers zog die Stirn kraus. »Sie stellen Fragen. Keine Ahnung, der Garten ist riesig. Ich habe mich da nicht aufgebaut und zugeguckt.«

»Womit wir wieder bei Ihrer praktischen Drohne wären«, sagte Wanda und lächelte sie an. »Es wäre für uns eine unschätzbare Hilfe, wenn Sie in Ihren Aufzeichnungen nachschauen könnten, ob Sie zufällig Fotoaufnahmen oder Filme vom Juni vor drei Jahren besitzen. Wenn Ihr Fluggerät tatsächlich eine so herausragende Optik aufweist, wie meine Freundin berichtet hat, müsste man darauf doch größere Veränderungen im Garten entdecken können. Zum Beispiel einen frischen Holzhaufen.«

»Warum gehen Sie nicht einfach hin und suchen vor Ort? Es wohnt schließlich niemand mehr im Gutshaus«, schlug die Kartografin vor.

»Weil der Garten quasi zum Dschungel geworden ist«, erklärte Telse. »Ein großer Teil ist von Brombeergestrüpp überwuchert, da ist nicht mehr zu erkennen, ob irgendwo Äste drunter liegen. Der Schnittholzhaufen dürfte zudem schon ziemlich zusammengefallen sein, den entdeckt man nicht so ohne Weiteres, wenn er mit einer Pflanzendecke überzogen ist.«

»Ihre Aufnahmen würden uns die Suche erheblich erleichtern«, unterstützte Wanda. »Bitte.«

Beide Frauen blickten Matilde Albers eindringlich an.

Die seufzte leicht. »Wenn Sie so viel Wert darauf legen, von mir aus. Ich kann ja mal nachsehen.« Sie erhob sich vom Tisch. »Kommen Sie mit.«

Wanda und Telse folgten ihr aus der Küche ins Wohnzimmer, wo sie wieder diese seltsame Mischung aus Museum und Katasteramt empfing.

»Nehmen Sie Platz, es wird einen Moment dauern.«

Da die Sessel von dösenden Katzen in Beschlag genommen waren, ließen sich die Frauen eng nebeneinander auf dem Sofa nieder. Matilde Albers setzte sich an den kleinen Sekretär, nahm eine andere Brille aus einem Etui und schob umständlich einige Papiere zur Seite. Dann öffnete sie ihr Notebook und ließ es hochfahren.

Telse und Wanda beobachteten sie voller Anspannung. Sie beide hatten das Gefühl, dass sie der Lösung immer näher kamen.

Die Zeit zog sich wie Kaugummi, während Albers in aller Ruhe durch Dateien scrollte. Plötzlich setzte sie sich in ihrem Stuhl kerzengerade auf. »Ich glaube, ich habe da was aus der fraglichen Zeit gefunden. Juni vor drei Jahren.«

Beide Frauen sprangen auf und hasteten zum Sekretär. Albers drehte das Display ihres Laptops so, dass sie zusammen darauf schauen konnten, dann klickte sie eine Datei an.

»Hier.«

Auf dem Bildschirm erschien eine gestochen scharfe Filmaufnahme. Sie zeigte einen langsamen Flug über die Schilkseer Au und die geflutete Seewiese mit der Brücke und ihren vielen Wasservögeln. Als sich die Drohne dem Gutshaus näherte, war die Spannung im Raum mit Händen zu greifen. In gleichmäßigem Tempo und ohne jedes Wackeln schwebte das Fluggerät über den Garten der Holthusens. Das Gelände war menschenleer.

Als die Eiche ins Blickfeld geriet, hielt Telse die Luft an. Zu diesem Zeitpunkt musste der kleine Kalli schon tot gewesen sein. Sie versuchte, den Gedanken schnell zu verdrängen und sich auf den Film zu konzentrieren.

Die Suche nach einem Holzhaufen gestaltete sich schwieriger als gedacht, da manche Stellen des Gartens von Bäumen verdeckt wurden.

»Haben Sie keine Aufnahme, wo die Drohne etwas tiefer fliegt?«, fragte Wanda. »Man kann ja gar nichts erkennen.«

»Abwarten, kommt gleich.«

Tatsächlich ging das Gerät nun in Sinkflug und zog in einem weiten Bogen über das Gartengelände. Bunte Staudenrabatten tauchten auf und wurden von Hochbeeten mit Salat und Erdbeeren abgelöst. Kurz darauf erschien eine Reihe junger Tomatenpflanzen im Bildausschnitt.

»Ich wollte mir nur Ideen für den Gemüseanbau holen«, sagte Matilde Albers entschuldigend, aber die Frauen hörten gar nicht hin. Ihre ganze Aufmerksamkeit galt der Aufnahme.

»Da!«, rief Wanda plötzlich und zeigte mit dem Finger auf den Bildschirm. »Zurück!«

Erschrocken drückte Albers auf Stopp, ließ die Szene zurückfahren und dann erneut ablaufen.

»Hier! Seht ihr, da ist was! Anhalten!« Wanda deutete auf eine Stelle ganz am Rand des Bildausschnitts. »Das da könnte doch ein größerer Haufen abgeschnittener Zweige sein, oder?«

Telse und Albers beugten sich vor, um besser sehen zu können.

»Möglich«, meinte Telse und kniff die Augen zusammen. »Ja, das sieht tatsächlich nach Holzschnitt aus. Wo genau ist das?«

»Müsste ganz am äußeren Ende des Grundstücks sein, im Nordosten, wenn ich es richtig erkenne«, erklärte Matilde Albers. »Die Stelle ist ein ganzes Stück vom Gutshaus entfernt, da stehen nur massenhaft Rote Johannisbeeren. Direkt dahinter fängt die Au an.«

»Haben Sie noch ältere Aufnahmen von dem Garten?«, fragte Telse. »Dann könnten wir schauen, ob das Holz da schon vor Juni lag.«

Im nächsten Moment startete Matilde Albers einen neuen Film. »Der hier ist von März des selben Jahres. Da hatte mein Neffe mich besucht, um mir noch ein paar Sachen zu zeigen, so eine Drohne muss man ja auch bedienen können. Ich weiß aber nicht, ob die Stelle drauf ist.«

Telse und Wanda starrten auf den Bildschirm und trauten sich kaum zu blinzeln, aus Angst, etwas zu übersehen. Das Fluggerät zog gleichmäßig seine Kreise, nur einmal wurde die Fahrt von einer ruckeligen Störung unterbrochen.

»Das war ich, Anfängerfehler«, erklärte Albers entschuldigend.

Telse entdeckte die Johannisbeersträucher als Erste.

Auf der Fläche hinter den Büschen ragten einige fast verblühte Schneeglöckchen aus platt gedrücktem gelbem Gras.

Von einem Holzhaufen war weit und breit keine Spur.

32

ALS DIE FRAUEN DAS GARTENTOR von Matilde Albers hinter sich geschlossen hatten, standen sie einen Moment unschlüssig auf der Straße.

»Wollen wir gleich rübergehen und nachschauen, ob wir den Holzstapel entdecken?«, schlug Telse vor. »Könnte ja auch sein, dass Holthusen ihn irgendwann entsorgt hat.«

Wanda schüttelte den Kopf. »Unwahrscheinlich. Ich bin mir sicher, dass es unter dem Brombeerdickicht noch genauso aussieht wie vor drei Jahren.« Ihr abwesender Blick wurde plötzlich entschlossen. »Wir müssen noch mal mit Olaf reden«, bestimmte sie. »Jetzt ist er dran.« Sie drehte sich um und marschierte zügig zu ihrem Subaru zurück.

Telse hatte Mühe, mit der Freundin Schritt zu halten. »Hast du den Uhu gesehen?«, rief sie Wanda zu. »Der saß wieder bei der Albers im Baum.« Ihre Stimme klang euphorisch. »So ein wunderschönes Tier.«

Wanda war beim Wagen angelangt und schloss ihn auf. »Tut mir leid, Schätzchen, aber deine ornithologische Begeisterung kann ich gerade nicht teilen. Wir müssen uns um diesen Holzhaufen kümmern, alles andere ist zweitranging.«

»Schon gut.« Telse ließ sich auf den Beifahrersitz plumpsen.

»Dann lass uns Olaf informieren, auch wenn er wahrscheinlich mit den Augen rollen wird. So kann er sich wenigstens hinterher nicht beschweren, dass wir ihm nichts gesagt hätten.«

Wanda startete den Motor und fuhr auf dem Seekamper Weg zurück in Richtung Fördestraße.

Wenig später hatten sie die Villa an der Schilkseer Strandpromenade erreicht. Wanda parkte den Wagen schräg über dem Bordstein, dann nahm sie, mit Telse im Schlepptau, Kurs auf das Nachbarhaus. Kurz nachdem sie auf die Klingel gedrückt hatte, erklangen ein gedämpftes »Komme schon!« und eilige Schritte. Die Tür ging auf, und vor ihnen stand Olaf Wuttke.

»Moin Meister, dürfen wir reinkommen?« Wanda lächelte ihn so breit an, als wäre sie bei den Zeugen Jehovas in die Lehre gegangen.

»Äh, also …« Weiter kam Wuttke nicht.

»Mach dir keine Umstände, wir wollen nur kurz mit dir plaudern. Es ist wichtig.« Wanda schob sich an dem überrumpelten Kommissar vorbei in den Hausflur.

Telse zögerte, bis Wuttke seufzte, zur Seite trat und sie mit einem knappen »Bitte« hereinbat.

Er dirigierte sie ins Wohnzimmer, wo er abwartend an der Tür stehen blieb. Die Frauen verzichteten ebenfalls darauf, sich hinzusetzen. Das schien hier nicht auf eine Einladung zum Kaffee hinauszulaufen.

Wanda redete nicht lange um den heißen Brei herum. Nach einer kurzen Zusammenfassung ihrer Aktivitäten am Vormittag kam sie auf das Filmmaterial von Matilde Albers zu sprechen.

»Olaf, hör mir zu!« Wanda klang eindringlich. »Wie viele Indizien müssen wir dir denn noch präsentieren, bis du einsiehst, dass Clemens Holthusen höchst verdächtig ist, beim Verschwinden seiner Ehefrau nachgeholfen zu haben?«

»Weil er in seinem eigenen Garten Gestrüpp abgeladen hat? Spinnt ihr eigentlich?« Wuttke blickte von einer Frau zur anderen und schüttelte resigniert den Kopf.

»Kurz nachdem seine Frau verschwunden ist. Ein merkwürdiger Zufall, findest du nicht?«, kam Telse ihrer Freundin zu Hilfe. »Holthusen wird von allen, die ihn näher kennen, als unbeherrscht beschrieben, ein Mensch mit einem großen Ego, der es nicht ertragen kann, wenn ihn eine Frau verlässt, um selbstbestimmt zu leben. Es deutet alles darauf hin, dass er Anne getötet hat, weil sie sich von ihm trennen wollte. Und was wäre naheliegender, als die Leiche auf dem weitläufigen Gartengelände zu vergraben?«

»Wir haben eindeutige Hinweise, dass er genau das getan hat«, ergänzte Wanda. »Dem musst du nachgehen.« Sie fixierte den Kommissar.

»Solange es keine Leiche gibt, gibt es auch keinen Mord, wie oft soll ich euch das noch sagen?« Olaf Wuttke lehnte müde den Hinterkopf gegen den Türrahmen, schloss kurz die Augen und öffnete sie wieder. »Ihr verrennt euch da. Wenn alle Männer, die von ihrer Frau sitzen gelassen werden, diese umbringen würden, wären die Medien voll davon. Tun sie aber nicht.«

»Tun sie doch«, konterte Wanda kühl. »Jeden dritten Tag stirbt eine Frau in Deutschland durch die Hand eines Mannes. Ganz zu schweigen von den unzähligen Fällen, in denen Frauen gerade noch mit dem Leben davonkommen, aber schwer verletzt und traumatisiert sind. Mit einem hast du allerdings recht«, sie blickte dem Kriminalkommissar ruhig in die Augen. »In den

Medien wird kaum darüber berichtet. Gewalt gegen Frauen wird in unserer Gesellschaft als normal angesehen. Kein Grund zur Aufregung.«

Wuttke schwieg. »Was soll ich denn eurer Meinung nach tun?«, fragte er nach einer Weile. »Die Kavallerie losschicken?« Er seufzte schwer. »Wanda, bitte versteh doch, so gerne ich auch in dem Garten graben lassen würde, allein um dich zu beruhigen, es geht nicht. Das bekomme ich niemals genehmigt. Keine Chance.«

»Habe ich mir fast gedacht. Olaf, du willst der Wahrheit nicht ins Auge sehen.« Wanda drehte sich zu Telse. »Komm, lassen wir diesen starrsinnigen Wachtmeister allein. Wir haben Besseres zu tun, als hier unsere Zeit zu verplempern.« Als sie an Wuttke vorbeiging, raunte sie ihm zu: »Du wirst noch dein blaues Wunder erleben.«

Das befürchtete dieser allerdings auch.

Wanda lotste Telse durch die Lücke in der Hecke hinüber zu ihrem Grundstück. »Komm, wir setzen uns noch einen Moment auf die Veranda«, schlug sie vor. »Ich hole uns schnell eine kleine Erfrischung aus der Küche.«

Telse stimmte gerne zu. Etwas zu trinken hatte sie dringend nötig, am besten gleich einen ganzen Liter. Sie hatte das Gefühl, dass der Staub des Gutshauses immer noch in ihrer Kehle kratzte. In der Sitzecke nahm sie in einem der eleganten Korbsessel Platz, ohne einen Gedanken an ihren dreckigen Maleranzug zu verschwenden. Jetzt war es auch egal.

Wanda verzog sich in die Villa und kam nach ein paar Minuten mit zwei Gläsern sowie einer beschlagenen wassergefüllte Karaffe zurück, in der Limonenscheiben schwammen. Sie schenkte ein und ließ sich dann ebenfalls in einen Korbsessel sinken.

Beide Frauen tranken in gierigen Schlucken.

»Und jetzt?«, ergriff Telse als Erste das Wort. »Hast du einen Plan?«

»Habe ich«, sagte Wanda. »Wenn du mitmachst.« Ihr Blick ruhte auf ihrer Freundin.

Telse spürte ein beklommenes Gefühl in sich aufsteigen. Ihr war klar, was Wanda vorhatte. Gleichzeitig wusste sie, dass es jetzt kein Zurück mehr gab. Sie mussten diese Geschichte gemeinsam zu Ende bringen, ansonsten würden sie beide keine Ruhe finden. »Was bleibt mir anderes übrig?«, fügte sie sich in ihr Schicksal.

»Du bist ein Schatz. Auf dich kann man sich verlassen.« Wanda beugte sich vor und drückte Telses Hand. Dann lehnte sie sich wieder zurück, und ihre Miene nahm einen konzentrierten Ausdruck an. »Als Nächstes lass uns in die Organisation einsteigen.« Als sie Telses fragenden Blick sah, erläuterte sie: »Na, was wir alles an Material brauchen.«

»Ein Bagger wäre praktisch«, schlug Telse vor. »Kannst du Bagger fahren?«

»Leider nein, obwohl das nicht besonders schwer sein dürfte. Außerdem wäre so ein Gerät für unsere Zwecke viel zu grobschlächtig. Falls da unten in der Erde wirklich eine Leiche steckt, könnten wir sie mit einer Baggerschaufel versehentlich beschädigen«, erklärte Wanda. »Das Risiko wäre zu groß.«

»Holthusen wird kaum schweres Gerät eingesetzt haben«, überlegte Telse. »Viel zu auffällig.«

»Eben.« Wanda zückte ihr Handy. »Ich mache mal eine Liste

mit den Sachen, die wir benötigen. Mit etwas Glück haben wir alles hier und können morgen früh loslegen.«

»Morgen schon?« Telse sah, wie sich ihr gemütliches Sonntagsfrühstück in Luft auflöste.

»Am Montag musst du doch wieder in die Schule, wenn ich mich nicht irre«, sagte Wanda. »Am besten, wir starten in aller Frühe, gleich nach Sonnenaufgang. Um die Uhrzeit sind in der Au noch keine Spaziergänger unterwegs, die dumme Fragen stellen könnten.«

Telse musste zugeben, dass dieses Argument stichhaltig war. Ihren Schuljob hatte sie erfolgreich verdrängt, was auch damit zusammenhing, dass sie nur noch mit halbem Herzen dabei war. Hoffentlich traue ich mich, zu den Sommerferien wie geplant zu kündigen, dachte sie. Immerhin hatte sie noch ein paar Wochen Bedenkzeit bis zur endgültigen Entscheidung.

»Dann sind wir uns einig«, stellte Wanda fest, als von Telses Seite kein Widerspruch kam. »Also«, ihr Finger schwebte über der Tastatur, »wir brauchen Schaufeln und Spaten. Eine Schubkarre wäre auch nicht schlecht. Habe ich alles im Schuppen.« Sie tippte. »Zum Glück hat der Subaru eine große Ladefläche. Was noch?«

»Dicke Arbeitshandschuhe«, sagte Telse. »Dazu unbedingt auch Astscheren oder Heckenscheren für das dichte Brombeergestrüpp.«

»Sehr gut.« Wanda schrieb weiter, die Zunge konzentriert zwischen die Lippen geklemmt. »Und diesmal sollten wir auch an Verpflegung denken.«

Telse nickte nachdrücklich. »Der Vorschlag hätte von mir sein können.«

»Was noch?«

»Mückenspray.«

»Mückenspray?«

»Glaub mir, da wirst du dich noch drüber freuen«, versprach Telse. »Besonders, wenn wir ins Schwitzen kommen. Ich packe mal eine Flasche ein.«

Wanda nickte und überlegte. »Sonst noch was?«

Beide Frauen grübelten, es fiel ihnen aber nichts mehr ein.

»Im Großen und Ganzen haben wir es dann wohl«, sagte Wanda und legte das Handy zur Seite.

»Mir fällt doch noch was ein«, rief Telse. »Feste Schuhe! Sonst kannst du keinen Spaten treten. Besitzt du so etwas überhaupt?« Ihr Blick fiel auf die ehemals blütenweißen, jetzt mausgrauen Sneakers ihrer Freundin.

Wanda dachte nach. »Weiß ich nicht«, gestand sie. »Ich muss im Keller nachsehen, vielleicht steht da noch ein antikes Paar aus der Vorzeit.«

»Wäre hilfreich.« Telse trank ihr Glas aus und erhob sich. »So, jetzt gehe ich rüber und mache mich wieder zum Menschen. Wann genau wollen wir uns morgen treffen?«

Wanda straffte die Schultern und setzte sich in Positur. *»When shall we three meet again? In thunder, lightning or in rain?«*, deklamierte sie. *»When the hurlyburly's done, when the battle's lost and won.«*

»Wie bitte?«

»Um fünf.«

33

ALS AM NÄCHSTEN MORGEN um vier Uhr dreißig der Wecker klingelte, hätte Telse ihn am liebsten gegen die Wand gepfeffert, sich die Decke über die Ohren gezogen und weitergeschlafen. Stattdessen öffnete sie die verklebten Augen, stellte den Alarm aus und starrte müde in die Dämmerung vor dem Fenster.

Ein letztes Mal, dachte sie. Ein letztes Mal versuchen wir noch, Klarheit in diese verwirrende und traurige Geschichte zu bringen, dann ist Schluss. Dann will ich mit alldem nichts mehr zu tun haben. Sie dachte an die sturmzerstörte alte Eiche im Garten der Holthusens und an das schreckliche Geheimnis, das sie nach drei Jahren preisgegeben hatte. Das Foto des fröhlichen Kalli, das sie bei Freya Bohm gesehen hatte, erschien vor ihrem inneren Auge, gefolgt von der bedrohlich wirkenden Zeichnung aus dem Kinderzimmer. Schließlich tauchte noch das zerknitterte Bild der lachenden Anne mit den kastanienbraunen, windzerzausten Haaren auf.

Nein, dachte Telse, diesen Fall müssen wir lösen, koste es, was es wolle. Für Kalli und Anne.

Sie warf die Decke zur Seite, sprang aus dem Bett und ging ins Badezimmer. Nach einer schnellen Katzenwäsche schlüpfte sie in Jeans und Sweatshirt. Im Stehen trank sie eine Tasse Kaffee, schmierte sich zwei Käsebrote und packte diese samt einer Wasserflasche und einem Apfel in den vorbereiteten Rucksack. Das musste reichen. Sie verließ den ›Seemannsfrieden‹ und ging zum Gartenschuppen, wo sie den Spaten und die Astschere holte, bevor sie zur Villa hinüberlief.

Wanda wartete bereits neben einer voll beladenen Schubkarre. »Auf geht's«, sagte sie statt einer Begrüßung. »Hoffentlich kriegen wir das Monstrum in den Kofferraum.«

Telse guckte skeptisch. »Könnte eng werden. Du solltest dir für zukünftige Aktionen besser einen Transporter anschaffen.«

»Ich werde deinen Vorschlag in meinem Herzen bewegen«, sagte Wanda. Sie hob die Karre an und rollte sie zu ihrem Subaru, dessen Rückenlehne schon heruntergeklappt war. »Komm, fass mit an.«

Die Frauen bugsierten die Schubkarre in den Wagen und verstauten das Werkzeug, dann startete Wanda und fuhr los.

»Besonders unauffällig sind wir mit dem ganzen Geraffel aber nicht«, konstatierte Telse.

»Müssen wir auch nicht sein«, beschied Wanda ungerührt. »Erstens rennt um diese Uhrzeit dort draußen kaum jemand herum, und zweitens kümmern wir uns nur um die Gartenpflege. Von privat für privat. Soll erst mal einer das Gegenteil beweisen.«

Telse sagte nichts und guckte aus dem Fenster in das Blaurosa des anbrechenden Morgens. Welche Überraschungen mochte dieser Tag wohl für sie bereithalten?

Nach einer kurzen Fahrt durch das stille, menschenleere Schilksee erreichte Wanda den Seekamper Weg, wo sie den Subaru wieder auf dem Feldweg parkte. Die Frauen stiegen aus und luden die Gerätschaften aus dem Kofferraum. Anschließend ging Telse zur Straße vor und blickte in beide Richtungen. »Alles ruhig. Wir können«, wisperte sie wie eine Souffleuse.

»Du musst nicht flüstern«, sagte Wanda in normaler Lautstärke und hob die Schubkarre an. »Hier wecken wir höchstens ein paar Karnickel auf.«

Sie manövrierte das mit Schaufeln und Spaten beladene Gerät über die Straße zum Grundstück der Holthusens und bog dann auf den zugewachsenen Pfad zum Haus ein. Dort übernahm Telse den beschwerlichen Transport bis in den Garten. Hinter dem Gutshaus setzte sie die Schubkarre erleichtert ab und spähte in das dichte Grün. »Wo waren denn jetzt diese Johannisbeeren?«, fragte sie unschlüssig.

Wanda überlegte. »Im Nordosten, da, wo die Au anfängt, hatte Frau Albers gesagt.«

»Im Osten geht die Sonne auf …«, leierte Telse und drehte sich um die eigene Achse. »Also dahinten.« Sie deutete in die Richtung, wo sich in das Zartblau des Himmels goldene Wölkchen mischten. Mit entschlossenem Griff nahm sie die Karre wieder auf und kämpfte sich querfeldein durch hohes Gras und über zugewachsene Gemüsebeete, bis sie nicht mehr weiterkam. Vor einer brusthohen Wand aus Büschen setzte sie die Schubkarre erneut ab und schüttelte ihre Hände aus.

Wanda folgte dem von Telse angelegten Trampelpfad, bis sie aufgeholt hatte und neben der Freundin stand. Sie ließ ihren Blick schweifen. »Dein innerer Kompass funktioniert perfekt«, stellte sie zufrieden fest. »Wenn mich nicht alles täuscht, dürfte es sich bei dem Buschwerk vor unserer Nase um Johannisbeeren handeln.« Sie suchte das Strauchgewirr nach einer nicht ganz so dichten Stelle ab und zwängte sich durch die Lücke. Telse folgte.

Auf der anderen Seite fanden sich die Frauen in einem kniehohen Meer aus Brombeergestrüpp wieder, aus dem einige modrige Äste herausragten. Ihre Aufmerksamkeit wurde sofort von einer Wölbung von schätzungsweise zwei mal drei Metern geweckt, die sich in der Mitte des Pflanzenteppichs erhob.

»Sieht aus wie ein überwuchertes Hochbeet«, sagte Wanda.

»Oder ein Holzhaufen.« Telse schob vorsichtig mit den Händen ein paar Ranken zur Seite, um unter die Oberfläche der Pflanzendecke zu äugen. »Könnte durchaus unsere gesuchte Öko-Ecke sein«, verkündete sie. »Darunter liegen noch mehr Äste. Ich würde sagen, jetzt ist Hardware gefragt.«

Die nächste Stunde verbrachten sie damit, sich in dem Dickicht mit der Heckenschere einen Weg zu bahnen und das dichte Grünzeug von der Aufwölbung zu reißen. Obwohl sie Lederhandschuhe trugen, gestaltete sich die Arbeit schmerzhaft. Die Brombeerranken waren tückisch, entweder blieben sie in den Haaren hängen oder zerkratzten ihnen das Gesicht.

Wanda stöhnte auf, zog einen Handschuh aus und strich sich über die Wange. Dann besah sie ihre Finger, an denen Blut klebte. »Ich sehe wahrscheinlich aus, als wäre ich in eine Schlägerei geraten«, sagte sie.

»Nein, eher als ob du eine von Frau Albers' Katzen geärgert hast«, versuchte Telse zu trösten. »Komm, gleich haben wir es geschafft.«

Ein Irrtum, wie sich bald herausstellten sollte.

Als sie den größten Teil des Gestrüpps entfernt hatten, musterten Telse und Wanda den Haufen aus modrigem, ineinander verkeiltem Astwerk, der sich vor ihnen ausbreitete.

»Treffer, würde ich sagen.« Telse trat gegen den Holzberg, der kaum wackelte.

Wanda seufzte nur. Sie holte ihre Wasserflasche hervor, nahm einen tiefen Schluck und schraubte sie wieder zu. »Dann mal heiter weiter. Das ganze Zeug muss umgeschichtet werden.«

Telse ließ die Schultern sacken. »Hilft ja nix.«

Die Äste waren sperrig und schwer und ließen sich nur mit großer Mühe bewegen. Mit zusammengebissenen Zähnen zogen und zerrten die Freundinnen den Haufen auseinander, wobei sie sich weder von Asseln noch aufgeschreckten Spinnen aufhalten ließen, die ihnen dabei über Füße und Arme krabbelten. Nur einmal fluchte Wanda laut, als ihr ein dicker Ast gegen das Schienbein schlug.

Als sie endlich den ganzen Holzberg zur Seite gezogen hatten, brannte die Sonne schon vom Himmel. Telse wischte sich den Schweiß von der Stirn und betrachtete das freigelegte Erdstück. »Jetzt kommt der spannende Teil«, sagte sie matt. »Aber vorher brauche ich eine kleine Pause.«

Dagegen hatte Wanda keine Einwände.

Sie holten ihren Proviant aus den Rucksäcken, dann aßen und tranken sie im Stehen.

»Was denkst du?«, fragte Telse kauend.

Wanda starrte auf den nackten Erdboden zu ihren Füßen. »Ich weiß nicht, was ich mir wünschen soll«, sagte sie leise.

»Gewissheit?«, schlug Telse vor.

»Ja.« Wanda nickte langsam. »Auch wenn sie unerfreulich sein dürfte.«

»Wir werden sehen. Komm, lass uns weitermachen.«

Sie verstauten ihre Brotdosen und Wasserflaschen. Telse griff sich den Spaten und markierte damit das Rechteck, in dem sie graben wollten. Anschließend legten sie in entgegengesetzten Ecken des Gevierts los.

War die Arbeit vorher anstrengend gewesen, wurde sie jetzt mörderisch. Mit ihren Spaten trafen sie immer wieder auf Wurzelstränge und Steine, dazu kam das schiere Gewicht des Erdreichs, das sie wegschaufeln mussten. Schon bald waren beide schweißgebadet. Mücken umsurrten sie, und die Sonne brannte erbarmungslos auf ihre Köpfe.

Wanda stützte sich auf ihren Spaten, um zu verschnaufen. Die ungewohnte körperliche Arbeit verlangte ihr alles ab. Sie hatte das Gefühl, kurz vor einem Kreislaufkollaps zu stehen. Zweifellos würde sich ihr Körper am nächsten Tag mit einem höllischen Muskelkater revanchieren. Am liebsten hätte sie alles hingeschmissen und sich in den kühlen Schatten verzogen, aber das kam natürlich nicht infrage. Sie schaute zu ihrer Freundin, die verbissen Schaufel um Schaufel Erde aus der Grube beförderte. »Du hast wirklich Ausdauer«, sagte sie bewundernd.

Telse antwortete mit einem Grunzen.

Vorsichtig zog Wanda einen Arbeitshandschuh aus und betrachtete die dicke Blase auf ihrem Handballen. So weit kommt es noch, dass ich mich als Weichei blamiere, dachte sie und zog ihn wieder an.

Mit vereinten Kräften schufteten sie weiter. Für Plaudereien hatten sie beide keine Energie übrig, das Schweigen wurde nur hin und wieder von einem Aufstöhnen unterbrochen.

Die Sonne stieg stetig höher, die Grube wurde immer tiefer.

Telse stand schon bis zu den Oberschenkeln unter der Grasnarbe, als sie plötzlich innehielt. Ihr Spaten war auf einen runden Stein gestoßen, der fest im Untergrund steckte. Um ihn zu lösen, lockerte sie ringsherum die Erde. Weil er sich trotzdem nicht bewegen ließ, warf sie den Spaten zur Seite und hockte sich hin, um mit beiden Händen daran zu rütteln. Auf einmal stutzte sie. Sie wischte mit dem Handschuh den Dreck von dem bräunlichen Brocken und betrachtete ihn genauer. Ein fein gezacktes Linienmuster war darauf sichtbar geworden, das seine Oberfläche symmetrisch unterteilte.

Das war kein Stein.

Das war ein Schädel.

Telse schnappte nach Luft. »Scheiße, hier ist was.«

Wanda ließ ihre Schaufel fallen und sprang rüber. Sie starrte auf das kugelige Objekt. »Hol raus«, sagte sie, »aber vorsichtig.«

Telse zögerte. »Ich weiß nicht. Sollten wir nicht lieber auf die Polizei warten? Nicht dass wir Spuren zerstören.«

Wanda schüttelte den Kopf. »Wir müssen ganz sicher sein, bevor wir Alarm schlagen und eine Leiche melden, sonst machen wir uns zum Gespött. Diesen Triumph gönne ich Olaf nicht.«

Telse überlegte einen Moment, dann nickte sie. »Haben wir eine Handschaufel dabei?«

»Warte mal …« Wanda kletterte aus der Grube, lief zur Schubkarre und kehrte kurz darauf mit einer kleinen, etwas rostigen Gartenschaufel zurück.

Telse kniete sich hin und begann vorsichtig den Schädel freizulegen. Insgeheim gruselte sie die Aussicht, gleich in zwei leere Augenhöhlen schauen zu müssen, aber sie riss sich zusammen.

Ein paar Schaufelladungen später blickte sie mit zusammengezogenen Augenbrauen auf den Totenkopf vor sich, der weniger groß und rund als klein und länglich war.

Was da vor ihr auf der feuchten Erde lag, war eindeutig ein Schädel.

Aber kein menschlicher.

»Das darf doch nicht wahr sein«, stöhnte Wanda. »Graben wir hier etwa auf einem Tierfriedhof?«

»Guck mal das Gebiss.« Telse stupste den Kopf mit der Schippe an. »Könnte von einem Hund sein.« Sie überlegte. »Ob das wohl Bonnie ist?«

»Du meinst, hier liegt Kallis Vierbeiner vergraben?«

Telse zuckte mit den Schultern, und die Frauen sahen sich ratlos an.

»Also war alles falscher Alarm«, stöhnte Wanda und wischte sich mit dem Arm über die Stirn. »Ich fasse es nicht. Der Familienhund!«

Telse guckte in das Loch, aus dem sie den Schädel gezogen hatte, und kratzte mit der Schippe darin herum. Dann griff sie zum Spaten. »Da steckt noch was drin, sieht aus wie irgendein roter Stoff«, verkündete sie.

»Hol es raus«, sagte Wanda. Sie spähte in die Grube. »Ich bin nur froh, dass Olaf nicht hier ist. Die Geschichte würde er mir bis ans Lebensende unter die Nase reiben. Wehe, du sagst auch nur ein Sterbenswörtchen.«

Telse antwortete nicht. Sie war schon damit beschäftigt, das Loch zu vergrößern. Kurz darauf beförderte sie einzelne Knochen in verschiedenen Größen zutage, dazu dreckverkrustete, haarige Klumpen, bei denen es sich um Fellreste handeln musste. Sie schaute da lieber nicht so genau hin. Schließlich zog sie ein schmutziges rotes Lederband mit einem ringförmigen Anhängsel ans Tageslicht. »Ist nur die Hundeleine.« Ihrer Stimme war die Enttäuschung anzuhören.

Wanda runzelte die Stirn. »Mir kommt das alles eigenartig vor«, sagte sie.

»Was meinst du damit?«

»Es passt nicht zusammen«, erklärte Wanda. »Wenn der heiß geliebte Familienhund im eigenen Garten beerdigt wird, warum hat er dann keine hübsche Ruhestätte bekommen? So richtig mit Holzkreuz und Namensschild, auf dem ›Bonnie‹ steht. Das macht man doch so, oder?« Sie schaute die Freundin an. »Stattdessen wird das Tier in der entlegensten Ecke zwischen Brombeergestrüpp verbuddelt und dann auch noch alter Baumschnitt darauf abgeladen.«

Telse überlegte. »Die eigentliche Frage ist doch: Warum liegt der Hund überhaupt tot im Garten vergraben? Angeblich war Holthusen ja sauer, dass Anne ihn bei ihrem Auszug einfach mitgenommen hatte.« Beim Wort »Auszug« malte sie mit ihrer linken Hand Anführungszeichen in die Luft.

»Vorher war Bonnie jedenfalls noch putzmunter.« Wanda zuckte mit den Schultern. »Vielleicht ist das Tier nach dem Verschwinden von Kalli und Anne vor Kummer eingegangen, so etwas soll es geben. Und es war am billigsten, den Hund hier zu verscharren.« Sie musterte den mit Knochen und Fellresten vermischten Erdhaufen zu ihren Füßen und seufzte. »Ich schlage vor, wir füllen das Loch zu, schmeißen ein paar Äste drauf und den Rest erledigt die Natur. In drei Wochen ist hier wieder alles grün.«

Telse stützte sich auf ihren Spaten und starrte die Hundeleine an. »Ich weiß nicht«, sagte sie.

»Was weißt du nicht?«

»Da ist was faul, das spüre ich.«

Wanda lachte auf. »Hast etwa du jetzt ein Bauchgefühl? Das ist doch sonst mein Job.«

Telse blieb ernst. »Ich denke, wir sollten weitergraben. Ich habe so eine Ahnung, dass da noch mehr sein könnte.«

»Was denn? Der Fressnapf?«

»Mach dich ruhig lustig«, sagte Telse. »Aber es könnte doch sein, dass der tote Hund nur als Ablenkungsmanöver dienen sollte.«

Wanda brauchte einen Moment, bis sie begriff. »Du meinst, von Annes Leiche?«

»Ja.« Telse äugte in das Loch im Boden. »Holthusen ist nicht blöd.« Sie richtete sich auf und schaute die Freundin an. »Gesetzt den Fall, die Polizei wird wider Erwarten doch irgendwann misstrauisch, was Annes Verschwinden angeht, und wittert eine Straftat. Wenn sie auf die Idee kommen, Leichenspürhunde im Garten herumschnüffeln zu lassen, könnte es passieren, dass die Tiere an dieser Stelle anschlagen. Dann findet die Spurensicherung beim Graben aber bloß die arme Bonnie, schimpft mit den Suchhunden und zieht wieder ab.«

»Ist das nicht ein bisschen weit hergeholt?« Wanda klang nicht überzeugt.

Statt einer Antwort setzte Telse den Spaten an und grub.

Wanda betrachtete die Freundin mit müdem Blick. »Ich sage dir, das führt zu nichts außer noch mehr Blasen an den Händen.« Sie nahm die Schaufel in die Hand. »Aber bitte. Für dich ruiniere ich mir auch gerne noch den Rücken.«

In grimmigem Schweigen arbeiteten die Frauen Seite an Seite

weiter. Die Sonne brannte erbarmungslos vom Himmel, obwohl es erst Vormittag war. Wanda spürte jeden Knochen, und die Kleidung klebte ihr am verschwitzten Körper. Doch sie hütete sich zu jammern. Das hier war Telse Ding, und das mussten sie jetzt zu Ende bringen.

Plötzlich stieß Telses Spatenblatt mit einem stumpfen Geräusch auf Widerstand. *Bong!*

Sie hielten inne und starrten auf den Spaten, der noch halb im Boden steckte.

»Gute Güte, was ist das?« murmelte Wanda.

»Werden wir gleich sehen.« Telse grub so schnell, wie es ihre restlichen Kräfte zuließen. Jedes Mal, wenn sie mit ihrem Arbeitsgerät in die Erde stieß, ertönte der dumpfe Klang.

»Das Teil muss riesig sein.« Auch Wanda schaufelte jetzt, was das Zeug hielt.

»Da, guck mal!« Telse deutete mit dem Spaten in das Loch. »Da leuchtet etwas Blaues. Sieht nach Plastik aus.«

Wanda spähte in die Tiefe. »Hat er die Leiche etwa in Müllsäcke eingewickelt?«

»Glaube ich nicht. Dafür klingt es zu hohl.«

Wenige Minuten später hatten sie einen voluminösen, stahlblauen Rollkoffer mit ausziehbarer Teleskopstange freigelegt.

Zusammen wuchteten sie das bleischwere Ungetüm aus der Erde und zerrten es an den Rand der Grube. Bevor sie den Koffer öffneten, machten sie in stillem Einvernehmen eine Erholungspause, tranken aus ihren Wasserflaschen und betrachteten das schmutzige Reisegepäck.

»Du oder ich?«, fragte Telse, als sie die Flaschen wieder verstaut hatten.

»Nach Ihnen.« Wanda machte eine schlappe Handbewegung. »Wer weiß, ob sich das Ding überhaupt öffnen lässt.«

Erstaunlicherweise tat es das. Als Telse die beiden Verschlüsse betätigte, machte es klick, und der Deckel hob sich ein kleines Stück. Langsam und mit angehaltenem Atem klappte sie den Koffer ganz auf.

Allem Anschein nach enthielt er nichts als sauber gefaltete T-Shirts und Damenblusen neben Stapeln von Hosen, Röcken und Sweatshirts. Zwischen zusammengerollten Jacken steckten Unterwäsche und Socken. Durchsichtige Plastiktüten ließen Sandalen und Sneakers erkennen, und in einer Ecke klemmte eine knallrote, prall gefüllte Kulturtasche.

Enttäuscht ließen sie die angehaltene Luft entweichen.

»Sieht nach Reisegepäck aus«, stellte Telse fest. »So ordentlich möchte ich auch packen können.« Sie musterte den Inhalt genauer. »Erstaunlich, wie sauber die Klamotten wirken. Damit könnte man glatt heute noch losfahren.«

Wanda schnüffelte und verzog das Gesicht. »Allerdings nur, wenn man eine verstopfte Nase hat.«

»Ob die Sachen wohl Anne gehören?« Telse wusste, dass ihre Frage rhetorischer Natur war.

»Darauf verwette ich meinen alten, aber immer noch ansehnlichen Mors«, antwortete Wanda.

»Guck mal da.« Telse deutete zu dem T-Shirt-Stapel, an dessen unterem Rand etwas Wollenes hervorlugte. Sie nahm einen kleinen Holzstock und schob die Kleidungsstücke damit vorsichtig zur Seite. »Wenn mich nicht alles täuscht, ist das ein Plüschhase. Ein ziemlich abgeliebter.«

Wanda betrachtete das Stofftier. »Von Kalli?«

»Bestimmt.« Plötzlich überrollte Telse eine Welle der Traurigkeit. »Anne wollte wohl nicht ohne ein Andenken an ihren verschwundenen Sohn wegfahren.« Sie schluckte schwer.

»Was sie aber nicht mehr geschafft hat, also wegzufahren«, sagte Wanda. »Ich schätze, der Koffer passte Holthusen perfekt in den Plan. Er lässt ihn nach dem Mord einfach verschwinden und kann sich dann wunderbar als verlassener Ehemann in Szene setzen. Anne hat schließlich alles, was sie für die erste Zeit ihres Auszugs brauchte, selbst eingepackt. Darauf kann er verweisen, wenn sich bei ihm jemand aus dem Freundes- oder Familienkreis nach ihrem Verbleib erkundigt.«

»Ziemlich kaltblütig«, stimmte Telse zu.

Wanda ging zurück an den Grubenrand und beugte sich nach vorn. »Der Mistkerl hat ganz schön tief buddeln müssen, um den Rollkoffer zu versenken.«

Auf Telses Stirn erschien eine steile Falte. »Wir müssen noch tiefer schaufeln.«

Wanda fragte nicht, warum. Es war nicht nötig.

Die Mücken surrten. Behutsam wie zwei Archäologinnen huben die Frauen Schicht um Schicht Erde aus dem Loch.

Sie brauchten nicht lange zu graben.

Wie versteinert starrten sie auf das, was vor ihnen aus dem feuchten Boden ragte.

»Hallo Anne«, sagte Telse leise.

Scheinwerfergrell leuchtete die Sonne auf die skelettierten Finger einer menschlichen Hand.

Wanda atmete tief durch und griff zum Handy.

»Schluss mit der Sonntagsruhe, jetzt ist Olaf fällig.«

34

WENN ER WOLLTE, konnte Hauptkommissar Olaf Wuttke die Schnelligkeit in Person sein. Als er wenige Minuten nach Wandas Anruf am Gutshaus eintraf, genügte ihm ein kurzer Blick in die Grube, um ein paar Telefonate zu erledigen und die kriminaltechnische Maschinerie in Gang zu setzen. Anschließend durften sich Wanda und Telse eine gepfefferte Standpauke anhören.

»Ihr macht mich noch wahnsinnig«, schimpfte der Kommissar. »Was denkt ihr euch eigentlich dabei, ohne Erlaubnis auf privatem Gelände herumzugraben? Das ist strafbar, wie euch sicherlich bekannt sein dürfte. So was nennt man Hausfriedensbruch!« Er stemmte die Hände in die Hüften und guckte grimmig. »Ganz zu schweigen von all den Spuren, die ihr bei eurer illegalen Aktion zerstört habt. Jochen Moders wird euch umbringen.«

»Apropos umbringen. Wie oft haben wir dir eigentlich gesagt, dass Anne ermordet wurde?«, kommentierte Wanda mit hochgezogenen Augenbrauen.

»Du weißt genau, dass ihr eine Grenze überschritten habt«, knurrte Wuttke.

»Wir hatten dich über unsere Ermittlungsergebnisse informiert«, sprang Telse bei. »Aber du hast davon ja nichts hören wollen.«

»Weil es nur Vermutungen waren, keine Beweise. Das hatte weder Hand noch Fuß«, schnaubte Wuttke.

»Zumindest die Hand hast du jetzt ja bekommen«, konterte Wanda. »Der Fuß ist bestimmt auch noch irgendwo da unten.«

Von Olaf Wuttke kam nur ein Grunzlaut. Er blickte von Telse zu Wanda und wieder zurück. »So«, sagte er schließlich und holte tief Luft. »Dann berichtet mir jetzt bitte in allen Einzelheiten und in klaren Worten, was euch veranlasst hat, an genau dieser Stelle nach der Leiche von Anne Holthusen zu buddeln.«

Die Frauen kamen seinem Wunsch gerne nach. Sie waren kaum mit ihren Ausführungen fertig, als schon Jochen Moders, der Leiter der Spurensicherung, schwer beladen um die Ecke des Gutshauses marschierte. In seinem Gefolge ein Trupp Mitarbeiter in weißen Tyvek-Anzügen, die den Kommissar und die beiden Frauen aus dem Garten scheuchten, nachdem sie von Olaf Wuttke ihre Einweisung erhalten hatten.

»Und jetzt?«, fragte Wanda, als alle drei wieder auf dem Seekamper Weg vor Wuttkes Wagen standen.

Telse ließ die Griffe der Schubkarre los und setzte sie so hart auf den Asphalt auf, dass das Werkzeug darin schepperte. Die Frauen starrten den Kommissar an.

»Jetzt werden wir Clemens Holthusen einen Besuch abstatten und ein paar Fragen stellen«, erklärte Olaf Wuttke. Er öffnete die Fahrertür seines Autos und wollte einsteigen.

»Halt, nicht so schnell.« Wanda hielt den Türgriff fest. »Wann erfahren wir, was dabei rausgekommen ist?«

Wuttke rollte mit den Augen.

»Ohne uns würdet ihr im Kommissariat noch friedlich auf euren Aktenordnern schlafen, während ein potenzieller Mörder hier frei herumläuft«, stellte Wanda klar. »Telse und ich haben ein Recht darauf, zu erfahren, was der Kerl zu seiner toten Ehefrau zu sagen hat. Oder siehst du das anders?« Sie fixierte ihn mit einem drohenden Blick.

»Noch wissen wir ja gar nicht definitiv, ob es sich bei der Leiche tatsächlich um Anne Holthusen handelt.« Wuttke schnaubte und sah auf seine Armbanduhr. »Die Nachricht von dem Fund wird in Schilksee vermutlich schneller die Runde machen, als ich fahren kann. Wenn ich hier weiter mit euch herumstehe und diskutiere, geht uns Holthusen noch durch die Lappen. Das kannst du nicht wollen, oder?«

»Ich höre.« Wanda stand da wie festgewachsen. Ihre Augen funkelten, und sie hob fragend die Brauen.

»Es wäre nur fair«, kam Telse zu Hilfe.

Wuttke schloss die Augen, sammelte sich – und kapitulierte. »Morgen Abend, um zwanzig Uhr bei dir, wenn nichts dazwischenkommt. Nur, damit deine liebe Seele Ruhe hat.«

»Es soll dein Schaden nicht sein«, zwitscherte Wanda und trat zur Seite. »Wenn ich gute Laune habe, bekommst du ein kleines Abendmahl.«

Wuttke nickte ergeben, startete den Motor und brauste davon.

»Jetzt dürfte sich die Schlinge um den Hals von Clemens Holthusen zuziehen.« Befriedigt hob Telse die Schubkarre wieder an.

Wanda blickte dem Wagen nach. »Ich bin mir da nicht so sicher.«

»Warum?« Telse sah sie mit verständnisloser Miene an. »Wenn das Anne ist, wovon wir wohl ausgehen können, spricht doch alles dafür, dass ihr Mann sie umgebracht hat.«

»Stimmt. Aber ein Mordbeweis ist das noch lange nicht«, erwiderte Wanda mit dumpfer Stimme.

Wie berechtigt diese Befürchtungen waren, zeigte sich am nächsten Abend. Kurz nach zwanzig Uhr schob sich Olaf Wuttke durch den Spalt in der Hecke auf das Nachbargrundstück, anstatt den Umweg über den Haupteingang zu nehmen. Wanda hatte angesichts des frühsommerlich lauen Abends oben auf dem Balkon gedeckt und winkte ihn herauf, als sie es im Gebüsch rascheln hörte.

»Vielleicht solltest du eine zweite Pforte in den Liguster einbauen lassen«, schlug Telse vor und spähte über die Brüstung. »Dann kommt Olaf wenigerzerrupft bei dir an.«

»Nicht nötig, einen schönen Mann kann nichts entstellen.« Wanda setzte ein mit Sand und Muscheln gefülltes Windlicht auf den Tisch und zündete die cremefarbene Kerze an. Schließlich ging sie ins Hausinnere, um dem Kommissar zu öffnen.

Kurz darauf führte sie ihn auf den Balkon, wo Telse schon Platz genommen hatte, dann wandte sie sich um. »Bin gleich zurück. Heute gibt es kalte Küche.«

Telse füllte erst die Wassergläser und schenkte danach den Rotwein ein. »Ich hoffe, du hast Hunger mitgebracht«, sagte sie. »Wir kennen ja unsere Wanda.«

Die kehrte mit zwei riesigen flachen Schüsseln auf den Balkon zurück, wobei sie verkündete: »Es wird orientalisch.« Sie setzte die Schalen auf dem Tisch ab, wo schon ein Korb voll duftend warmem Fladenbrot stand. »Tadaa! Hummus mit Grillgemüse und Weiße-Bohnen-Püree mit Muhammara. Alles vegetarisch und furchtbar gesund. Gut für den Blutdruck. Ein Dessert gibt es auch noch, wenn mich der Herr Kommissar nachher nicht enttäuscht. Greift zu, meine Lieben.«

Olaf Wuttke bedachte sie mit einem schrägen Blick, ließ sich aber nicht lange bitten.

Wanda gewährte ihrem Gast Gelegenheit, ein paar wenige Bissen zu sich zu nehmen, bis sie es nicht mehr aushielt und mit ihrer Frage herausplatzte. »Was hat Clemens Holthusen denn nun gesagt, als ihr ihn in die Mangel genommen habt? Hat er gestanden?«

Wuttke kaute seelenruhig zu Ende, schluckte, dann schüttelte er den Kopf. »Leider nein, ich muss dich enttäuschen.« Er nahm das Wasserglas und trank es halb leer.

»Aber ihr habt ihn verhaftet, oder?«, fragte Telse.

»Nein.« Der Kommissar nahm sich ein neues Stückchen Fladenbrot und bestrich es mit der Muhammara-Creme.

»Wieso denn nicht?« Nur mit größter Mühe gelang es Wanda, ihre aufflammende Ungeduld zu unterdrücken. Am liebsten wäre sie aufgesprungen und hätte ihren Nachbarn geschüttelt. »Reicht eine Leiche im Garten nicht aus? Das ist doch fast das Gleiche, wie auf frischer Tat ertappt zu werden.« Sie schlug mit der Handfläche auf den Tisch. »Jetzt lass dir nicht alles aus der Nase ziehen!«

»Noch mal nein. Das ist leider nicht das Gleiche.«

Die Frauen starrten ihn an.

Wuttke ließ sein Brot sinken. Dann schnaufte er tief und erbarmte sich. »Natürlich ist Clemens Holthusen hochgradig verdächtig, etwas mit dem Tod seiner Ehefrau zu tun zu haben. Dass es sich bei der Leiche um Anne Holthusen handelt, ist übrigens so gut wie sicher. Der DNA-Abgleich ist zwar noch nicht da, aber die Analyse des Zahnstatus lässt keine andere Schlussfolgerung zu. Frau Doktor Kernbeiss, unsere leitende Rechtsmedizinerin, hat Überstunden geschoben und festgestellt, dass Anne Holthusen an einem Schädeltrauma infolge stumpfer Gewalt gegen den Kopf gestorben ist.«

»Na also, worauf wartet ihr noch? Buchtet den Kerl endlich ein.« Wanda war kurz davor, mit dem Fuß aufzustampfen.

»Was ist eigentlich mit dem Koffer?«, mischte sich Telse ein. »Habt ihr daran die Fingerabdrücke von Holthusen gefunden?«

Der Kommissar nickte. »Das sagt aber gar nichts aus, schließlich lebten er und seine Frau im selben Haushalt.«

»Welche Erklärung hatte er denn dafür, dass nicht nur seine Frau, sondern auch noch sein Hund und der Rollkoffer im Garten vergraben lagen?«, fragte Wanda. »Irgendetwas muss er doch dazu gesagt haben.«

Wuttke schüttelte den Kopf und lud sich eine stattliche Portion Grillgemüse auf seinen Teller. »Nein, auch da muss ich dich enttäuschen. Auf Anraten seines Anwalts hat Holthusen es vorgezogen, sich nicht zu der Sache zu äußern.«

»Und nun?«, fragte Telse ungeduldig. »Wie soll es weitergehen? Die ganze Geschichte sieht nach einem glasklaren Femizid aus. Alles, was wir von Freunden und Bekannten erfahren haben, deutet darauf hin, dass Anne Holthusen sich von ihrem Mann trennen wollte. Der kann das nicht akzeptieren und tötet seine Frau. Was muss eigentlich noch passieren, damit Clemens Holthusen und all die anderen Männer mit ihren gestörten Egos hinter Schloss und Riegel kommen?«

»Ich kann deine Empörung verstehen«, sagte Wuttke. »Aber ohne einen handfesten Beweis für seine Schuld können wir nichts machen. Theoretisch könnte ja auch ein verschmähter Nebenbuhler die Tat begangen haben, um sie hinterher Holthusen in die Schuhe zu schieben. Jemand, der vielleicht gehofft hatte, dass Anne Holthusen nach der Trennung von ihrem Mann mit ihm eine Beziehung eingeht. Kein Staatsanwalt wird nur aufgrund von Vermutungen und Spekulationen einen Haftbefehl ausstellen, mögen sie auch noch so plausibel erscheinen. So ist bei uns nun mal die Rechtslage.« Er piekte mit seiner Gabel ein Stück gegrillte Zucchini auf. »Wir werden selbstverständlich weiter ermitteln, und Holthusen muss sich zur Verfügung halten. Fluchtgefahr besteht nach Ansicht der Staatsanwaltschaft nicht, der Mann ist ja gut situiert und beruflich eingebunden.«

»Ich fasse es nicht.« Wanda nahm einen tiefen Schluck Rotwein. »Das darf doch kein Kriterium sein. Hört sich fast so an, als ob der Kerl ungestraft davonkommen könnte.«

»Kann durchaus passieren«, bestätigte Wuttke. »Es wäre nicht das erste Mal, dass ein Verbrecher aus Mangel an Beweisen keine Verantwortung für seine Tat übernehmen muss. Außerdem wissen wir noch nicht einmal, ob der Tod von Frau Holthusen ein Mord, Totschlag oder ein Unfall war.«

»Was macht das denn für einen Unterschied?«, empörte sich Telse. »Es ist doch egal, ob es ein geplanter Mord war oder ob bei einem Streit zu einem tödlichen Unfall gekommen ist. Bei einem Unglücksfall hätte er einfach den Notarzt rufen können. Hat er aber nicht, sondern den Körper heimlich vergraben.«

»Selbstverständlich war das ein Femizid«, sprang Wanda bei. »Was denn sonst?«

Der Kommissar ließ seine Hände so schwer auf die Tischplatte fallen, dass der Wein in den Gläsern schwappte. »So gut ich eure Ungeduld auch verstehe, es hilft nichts.« Er schnaufte. »Wir tun, was wir können, aber wir stehen erst am Anfang unserer Ermittlungen, und ohne unwiderlegbare Beweise werden wir Clemens Holthusen nicht drankriegen.«

Wanda war mehr als unzufrieden. Es fiel ihr schwer zu akzeptieren, dass ein mutmaßlicher Mörder nicht stante pede ins Gefängnis wanderte. Ein Blick zu Telse verriet ihr, dass der Freundin ähnliche Gedanken durch den Kopf gingen. »Also besteht die Möglichkeit, dass der Herr Doktor für die Tötung seiner Frau nicht belangt wird«, konstatierte sie. »Wenn ich so darüber nachdenke, hätte ich nicht übel Lust, in diesem Fall eigenhändig für Gerechtigkeit zu sorgen.«

»Untersteh dich!« Olaf Wuttke wusste aus Erfahrung, dass Wanda das nicht nur so dahersagte. »Für eine angemessene Strafe sorgt bei uns immer noch die Justiz, ich bitte dich, das anzuerkennen. Mach dich und mich nicht unglücklich.«

Wandas Blick ruhte eine Weile still und unergründlich auf ihrem alten Freund. »Ja«, sagte sie schließlich.

Telse blickte von Wanda zu dem Kommissar und wieder zurück. Die ganze Geschichte entwickelte sich höchst unbefriedigend. »Was will die Kriminalpolizei denn unternehmen, um eine wasserdichte Anklage gegen Holthusen zu erreichen?«, insistierte sie. »Ich habe bestimmt nicht in diesem elenden Garten geschuftet, mir Blasen geholt und mich von Brombeeren zerstechen lassen, damit dieser Kerl weiterhin frei herumläuft. Also, wie sehen eure nächsten Schritte aus?«

»Die Spurensicherung ist noch dabei, das komplette Anwesen auseinanderzunehmen«, erwiderte Olaf Wuttke. »Wenn ich Jochen Moders richtig verstanden habe, dürften sie heute Abend damit durch sein. Mit etwas Glück entdecken seine Leute noch verwertbare Hinweise, auch wenn die Tat schon fast drei Jahre zurückliegt. Außerdem durchleuchten wir den Zeitraum von Anne Holthusens Verschwinden. Das heißt, wir sprechen mit Freunden, Bekannten und Arbeitskollegen, ob ihnen damals irgendetwas Ungewöhnliches aufgefallen ist, an das sie sich erinnern.«

»Was Telse und ich nebenbei schon längst erledigt haben«, warf Wanda ein.

»Wobei wir uns aber nicht von vorneherein auf ihren Ehemann als Täter festlegen dürfen«, fuhr Wuttke ungerührt fort. »So wenig euch das auch gefallen mag.«

Wanda durchbohrte ihn mit ihrem Blick. »Hier geht es nicht darum, was uns gefällt, sondern um ein winziges Fünkchen Gerechtigkeit in einer männerdominierten Welt, die für Frauen viel zu oft lebensgefährlich ist.«

»Hört sich nach ewig langen Ermittlungen an, bei denen letzten Endes nichts herauskommt.« Telse klang düster.

In den nächsten Minuten breitete sich ein angespanntes Schweigen am Tisch aus. Der Kommissar spürte, dass die Stimmung komplett gekippt war. Um den Abend nicht mit schlechter Laune enden zu lassen, entschloss er sich, eine Erfolgsmeldung preiszugeben.

»Ach übrigens«, erwähnte er wie nebenbei, »wir haben den Brandanschlag auf das Besetzercamp aufklären können.«

Sofort saßen Telse und Wanda kerzengerade in ihren Sesseln.

»Wir haben die Kerle dingfest gemacht.« Olaf Wuttke bemühte sich, nicht allzu stolz zu klingen. »Ein hundertprozentiger Treffer, besser geht's nicht.«

In Telse rumorte es, als unvermittelt das Bild von David vor ihrem inneren Auge auftauchte. David mit den wilden, braunen Locken, der einerseits so feinfühlig und hilfsbereit gewesen war, andererseits aber auch undurchschaubar. Was er jetzt wohl machte, nachdem die Besetzergruppe sich aufgelöst hatte? Inzwischen war von der Stadt bekannt gegeben worden, dass sämtliche Bauvorhaben im Olympiahafen aus finanziellen Gründen vorerst auf Eis gelegt worden waren.

Telse fühlte einen Stich, den sie sich nicht ganz erklären konnte. »Wer war es?«, fragte sie.

»Ein einschlägig vorbestrafter Rechtsaußen aus Friedrichsort«, erklärte der Kommissar. »Er ist den Kollegen bei einer Fahrzeugkontrolle wegen überhöhter Geschwindigkeit ins Netz gegangen. Dumm gelaufen für ihn.«

»Und woher wisst ihr, dass der Typ den Brandsatz geschmissen hat?«, fragte Telse.

»Er war so dämlich, den Beweis in seinem Auto spazieren zu fahren«, berichtete Wuttke. »Als die Kollegen routinemäßig in den Kofferraum geschaut haben, haben sie darin Stoffreste entdeckt, außerdem stank es darin immer noch nach Benzin. Zum Glück haben die beiden gleich geschaltet und an den Brandanschlag auf das Camp gedacht. Wie sich dann herausgestellt hat, wurde exakt dieser Stoff dazu benutzt, die Molotowcocktails zu bauen.«

»Aber es waren doch mehrere Angreifer«, merkte Wanda an.

»Allerdings«, bestätigte Wuttke. »Das Schöne ist, dass wir die auch gefasst haben. Als wir unseren Aushilfsnazi im Verhör unter Druck gesetzt haben, konnte der gar nicht schnell genug seine Kumpels verpfeifen, um mit einer milderen Strafe davonzukommen.«

Telse und Wanda waren noch dabei, die neuen Informationen sacken zu lassen, als das Handy des Kommissars klingelte. Olaf Wuttke warf einen Blick auf das Display. »Tschuldigung, da muss ich ran.« Er erhob sich und ging ein paar Schritte bis zum Ende des weitläufigen Balkons.

Die Frauen beobachteten, wie er das Gespräch annahm und anschließend mit dem Rücken zu ihnen eine Weile lauschte. Was er dann sagte, konnten sie nicht verstehen. Als Wuttke den Anruf beendete, sich umdrehte und zu ihnen zurückkehrte, bemerkten sie seinen veränderten Gesichtsausdruck.

»Ist was passiert?«, fragte Wanda neugierig.

Der Kommissar nahm wieder Platz. Dann ergriff er die Rotweinflasche, schenkte sich in aller Ruhe ein und nahm einen tiefen Schluck. »Das war Jochen Moders von der KTU«, sagte er.

»Und?« Wanda beugte sich vor und fixierte ihn.

»Seine Leute haben etwas gefunden.« Wuttke genoss es, die Nachbarinnen etwas zappeln zu lassen.

»Olaf, bitte«, drängelte Telse.

Er erbarmte sich. »Sie haben auf dem Anwesen der Holthusens den Rest einer Blutspur gefunden, in der ein langes kastanienbraunes Haar klebte. Ratet mal, wo.«

»Nun sag schon!«

»In einer großen Regentonne, die im Geräteschuppen stand.«

»In der Regentonne?« Wanda runzelte die Stirn. »Was soll das denn bedeuten?«

»Das bedeutet, dass Holthusen die Leiche seiner Frau darin transportiert haben könnte«, erklärte Wuttke. »Moders hat den winzigen Blutrest entdeckt, obwohl die Tonne offenbar sorgfältig gereinigt worden war. Allerdings hat er angekündigt, dass es schwierig bis unmöglich sein wird, davon noch verwertbare DNA-Spuren zu bekommen. Er wird aber sein Möglichstes versuchen.«

»Damit kriegen wir ihn.« Wanda sprang aus ihrem Sessel auf, eilte zu ihrem Nachbarn und drückte ihm einen dicken Kuss auf die Wange. »Olaf, ich liebe dich!«

Wuttke ließ es still geschehen. »Freu dich nicht zu früh«, sagte er dann. »Es ist ein weiteres Puzzleteilchen, nicht mehr und nicht weniger.«

35

DREI TAGE SPÄTER RADELTE Telse von der Grundschule nach Hause. Obwohl, radeln traf es nicht ganz, sie schwebte förmlich, so erleichtert fühlte sie sich. Endlich hatte sie es getan: Sie hatte ihren Job als Aushilfslehrerin zum Schuljahresende gekündigt. Mit einem etwas flauen Gefühl zwar, aber voller Überzeugung, die richtige Entscheidung getroffen zu haben. Nur der Abschied von Hausmeister Paule fiel ihr schwer.

Wie es finanziell weitergehen sollte, war die andere Frage. Zwar durfte sie mietfrei in dem gemütlichen Gartenhaus wohnen, aber ein neuer Job musste trotzdem her. Große Sorgen machte sie sich deswegen aber nicht. Schließlich wurden überall im Dienstleistungsbereich Leute gesucht, sie würde schon irgendwo unterkommen.

Mit ihrer Karriere als freiberufliche Journalistin sah es dagegen nicht ganz so rosig aus, musste Telse sich eingestehen. Sie hatte es nicht über sich gebracht, den Redaktionen ihre recht schmale Reportage über die Besetzung des Olympiahafens anzubieten. Hauptsächlich, weil sie ihren eigenen Ansprüchen nicht genügte. Für eine qualitativ hochwertige Arbeit war die Zeit einfach zu knapp gewesen.

Na und, dachte sie und trat fester in die Pedalen, dann versuche ich es eben mit einer neuen Geschichte wieder. Irgendwann wird es schon klappen, vielleicht mit Reisereportagen. Ihr kam plötzlich ein Gedanke. Wie wäre es, ein ganz anderes Feld zu beackern und stattdessen Gartenthemen anzubieten? Damit kannte sie sich aus, außerdem gab es Landzeitschriften wie Sand am Meer. Je länger sie darüber nachdachte, desto besser gefiel ihr die Idee.

In einer Stimmung, die zwischen Erleichterung, Trotz und frischer Tatkraft schwankte, bog sie auf die Strandpromenade ein. Wenig später schob sie das Fahrrad durch das Gartentor und steuerte den Schuppen vom ›Seemannsfrieden‹ an.

»Moin Frau Nachbarin!« Wandas Stimme schallte von der Villa herüber. Telse drehte den Kopf und entdeckte die Freundin auf dem Balkon beim Blumengießen.

Wanda winkte so heftig, dass das Gießwasser aus der Kanne schwappte. »Komm gleich mal rüber!«, rief sie. »Ich muss dir unbedingt was erzählen.«

Telse stöhnte innerlich auf. Das enge Zusammenleben auf demselben Grundstück hatte nicht nur Vorteile. Dann aber überwog die Neugier, was Wanda ihr wohl mitzuteilen hatte. Gab es etwa einen Durchbruch im Fall Holthusen? Schnell verstaute sie ihr Rad und marschierte dann auf direktem Weg zur Villa.

»Was hast du denn so Wichtiges?«, fragte sie zur Begrüßung, als Wanda ihr die Tür öffnete. »Der arbeitenden Bevölkerung steht nach dem Job eigentlich eine Erholungspause zu.«

»Etwas, was dir gefallen wird.« Wanda guckte geheimnisvoll. »Komm rein, dann erzähle ich.«

Telse folgte der Freundin ins Wohnzimmer. »Sitzt Holthusen

endlich in Untersuchungshaft?«, fragte sie und nahm auf einem Sessel Platz.

»Noch nicht, aber das ist wohl nur eine Frage der Zeit.« Wanda deutete auf ein voluminöses Kissen, das auf dem Sofa lag. »Hier, das da ist eins meiner Prototypen. Die Seegraskissen, du erinnerst dich?«

Telse musterte das Kissen. »Ja und? Wie viele hast du davon schon zusammengeklöppelt?«

»Bisher leider nur drei Stück. Die Herstellung ist doch um einiges aufwendiger, als gedacht«, gab Wanda zu.

»Gibst du die Produktion auf? Ist vielleicht ganz gut, dann stinkt es im hinteren Teil des Gartens nicht mehr so.«

»Ach was, wo denkst du hin. Ich habe eine viel bessere Idee.« Wandas Augen blitzten. »Ich will mich an einer Manufaktur beteiligen, die die Dinger schon seit zwei, drei Jahren herstellt und überregional verkauft. Ich stehe mit den beiden Inhabern in Kontakt und bin guter Dinge, dass wir uns einig werden. Die planen, sich zu vergrößern, weil die Nachfrage riesig ist und sie das nicht mehr allein stemmen können. Anscheinend verlangt es alle Welt danach, auf Seegraspolstern zu schlummern.«

Telse runzelte die Stirn. »Willst du jetzt bei denen deine Kissen stopfen, oder wie soll ich das verstehen?«

»Ich nicht, das können die Leute in der Manufaktur mit ihrer Erfahrung viel besser. Außerdem machen das auf Dauer meine Fingernägel nicht mit.« Wanda hielt zur Anschauung ihre perfekt manikürten Hände in die Luft. »Ich steuere nur etwas Kapital bei und steige als Teilhaberin ein«, erklärte sie. »Damit können sie die Produktionsanlagen ausbauen und noch weitere Mitarbeiter einstellen. Ist das nicht eine perfekte Lösung?«

»Hört sich nicht verkehrt an«, musste Telse zugeben. »Aber warum ist das so wichtig, dass ich nicht mal meine Umhängetasche zu Hause ablegen durfte? Das hättest du mir doch auch noch nachher sagen können.«

»Nein, es eilt gewissermaßen«, erklärte Wanda.

Telses Gesicht war ein einziges Fragezeichen.

»Du hast doch erzählt, dass dich der Schuljob nervt«, schob Wanda nach.

»Ja, ich habe heute übrigens zu den Sommerferien gekündigt«, sagte Telse mit stolzem Unterton. »Die Entscheidung ist gefallen. Du brauchst mich also nicht mehr zu alimentieren. Ich werde mir irgendeinen anderen Job suchen und nebenbei versuchen, Artikel über Gartenthemen oder Reisen zu verkaufen. Das ist aussichtsreicher, als Besetzer zu interviewen.«

»Wunderbar«, freute sich Wanda, »das passt wie gerufen. Ich wollte dir nämlich anbieten, mit in die Manufaktur einzusteigen. Was hältst du davon?«

Telse traute ihren Ohren nicht. »Äh, du meinst, ich soll für dich trockenes Seegras in Kissenhüllen stopfen?«

»Ja und nein«, erläuterte Wanda. »Du kannst natürlich gerne Hand anlegen und mitarbeiten, aber ich dachte mir, ich melde dich als zweite Kapitalgeberin an. Damit wärst du, genau wie ich, automatisch Miteigentümerin. Das habe ich alles schon mit den Leuten besprochen, sie haben keine Einwände. Deinen Anteil übernehme natürlich ich. Keine Sorge, ich mache das aus reiner Geldgier.« Wanda grinste. »In meinen Augen ist das eine geniale und noch dazu ökologisch einwandfreie Investition, die sogar deinen strengen Ansprüchen genügen dürfte. Na, was sagst du?«

Telse sagte nichts, in ihr liefen die Gedanken Amok. »Und warum eilt es so?«, fragte sie schließlich.

»Weil ich mir dachte, dass du vielleicht den ersten Job haben willst, den die Manufaktur demnächst zu vergeben hat.« Wanda legte den Kopf schief und lächelte. »Als Miteigentümerin kannst du deine Arbeitszeit selbstverständlich frei gestalten und nach deinen Bedürfnissen einrichten. Etwas verdienen werden zunächst nämlich nur die Leute, die in der Produktion arbeiten und die Kissen herstellen. Ich, als faule Geldgeberin, werde mich für längere Zeit gedulden müssen, bis nach den Investitionen eine Rendite für mich rausspringt. Das gilt für dich als zukünftige Miteigentümerin ebenso.«

Telse wusste so schnell nicht, wie sie reagieren sollte. Am Tag ihrer Kündigung sofort das nächste Jobangebot zu erhalten – das musste sie erst mal verarbeiten.

Wanda bemerkte ihre Überforderung. »Lass dir alles in Ruhe durch den Kopf gehen«, schlug sie vor. »Aber nicht zu lange. Die Konkurrenz schläft nicht.«

Anstelle einer Antwort stand Telse auf, fiel ihrer Freundin um den Hals und drückte sie. »Du bist der beste und großzügigste Mensch, den ich kenne«, flüsterte sie und blinzelte das aufsteigende Wasser in ihren Augen weg. »Außer Julianne natürlich.«

»Schon gut«, wehrte Wanda die aufkommende Rührseligkeit ab. »Es gibt da übrigens noch eine andere Neuigkeit«, wechselte sie schnell das Thema und schob Telse sacht von sich.

Die fingerte ein zerknülltes Papiertaschentuch aus der Hosentasche und schnäuzte sich. Dann ließ sie sich wieder in ihren Sessel fallen. »Was denn?«

»Olaf hat mir bei unserem letzten Treffen zum Abschied etwas zugeraunt«, sagte Wanda. »Camilla kommt heute aus London zurück. Sie hat in dem Laden dort ruckzuck klar Schiff gemacht und konnte deshalb ein paar Tage früher abreisen. Ich dachte mir, wir gucken am Abend kurz vorbei und begrüßen sie.«

»Muss das sein?« Telses Begeisterung hielt sich in Grenzen. »Camilla ist sicher müde und will schnell ins Bett, das sollten wir respektieren.«

»Da kennst du den alten Feger schlecht«, erwiderte Wanda grinsend. »Die freut sich garantiert, wenn wir beide unsere Aufwartung machen. Außerdem schlagen wir in diesem Fall zwei Fliegen mit einer Klappe. Ich will Olaf ausquetschen, was er mit seiner Truppe unternommen hat, um Holthusen dingfest zu machen. Der soll bloß nicht denken, wir lassen ihn seine ruhige Beamtenkugel schieben.«

Das war natürlich ein Argument.

»Okay.« Telse erhob sich aus dem Sessel und streckte sich, dass die Gelenke knackten. »Aber jetzt muss ich mich erst mal von den Blagen erholen.«

»Du hast mein vollstes Verständnis«, sagte Wanda. »Sei froh, das Ende ist nah.«

36

AM ABEND KLINGELTEN WANDA und Telse bei den Wuttkes. Als sich die Tür öffnete, ließ sich nicht übersehen, dass die Nachbarin während ihres beruflichen Londonaufenthalts noch Zeit gefunden hatte, einen ausgedehnten Bummel über die Flohmärkte und in die Boutiquen der Stadt zu unternehmen.

»Nun guckt nicht so erschrocken«, sagte Camilla zur Begrüßung. »Das trägt man in der großen weiten Welt.«

Camilla Wuttke hatte sich in ein pink-grünes Tweedkostüm gehüllt, unter dem eine kanariengelbe Bluse mit Dackelkragen und Paisleymuster hervorleuchtete. Zusammen mit ihrer roten Brille und der pechschwarzen Pagenfrisur eine wahrhaft umwerfende Kombination.

»Hallo Camilla, willkommen zurück in der Provinz. Ein beeindruckendes Outfit, das muss ich schon sagen.« Wanda musterte sie von oben bis unten und sah aus, als ob sie es ehrlich meinte. »Wir wollten nur mal kurz vorbeischauen und hören, was es Neues gibt. Oder passt es gerade schlecht?«

»Vielleicht ist es für heute etwas spät?«, fragte Telse vorsichtig.

Camilla winkte gut gelaunt ab. »Ach was, ich freue mich immer über Besuch. Kommt rein, Olaf ist auch da.«

Wanda und Telse folgten ihr ins Wohnzimmer, wo der Kommissar gerade damit beschäftigt war, das tägliche Kreuzworträtsel der Kieler Tageszeitung zu lösen. Als die drei Frauen eintraten, blickte er hoch und zuckte leicht zusammen.

»Moin Olaf«, begrüßte ihn Wanda und äugte auf das aufgeschlagene Nachrichtenblatt. »Wie ich sehe, widmest du dich einer angemessenen Beschäftigung für ältere Semester. Wir wollen auch gar nicht lange stören, sondern nur erfahren, was es Neues und Aufregendes aus der englischen Hauptstadt zu berichten gibt.«

Wuttke schenkte seiner Nachbarin einen misstrauischen Blick und klappte die Zeitung zu.

»Herrscht eigentlich zwischen den Prinzen Harry und William immer noch Eiszeit?«, improvisierte Telse schnell.

Camilla Wuttke ließ sich nicht lange bitten und entführte ihre Zuhörerinnen mit einem ausschweifenden Bericht in die Welt der britischen Eigentümlichkeiten und des Könighauses. »Keine Angst«, beruhigte sie zum Schluss. »Ich habe nicht vor, euch zu einem Abend mit englischen Delikatessen einzuladen. So etwas gibt es nämlich nicht.«

Telse war erleichtert. Camillas Hang zu exzentrischen Abendessen hatte bei ihr einen bleibenden Eindruck hinterlassen. Die japanische Küche hatte sie damals unbeschadet überstanden, bei der britischen wäre sie sich nicht mehr so sicher gewesen.

»Zur Entschädigung werde ich mir aber etwas anderes einfallen lassen«, fuhr Camilla fort und schaute geheimnisvoll in die Runde. »Wartet ab, mir schwebt da schon etwas vor.«

»Da bin ich sehr gespannt«, sagte Wanda und lächelte fein. Dann drehte sie sich zu Wuttke um. »Olaf, ehe ich es vergesse«, sie durchbohrte ihn mit festem Blick, »was gibt es Neues im Fall Holthusen?«

»Wie schön, dass ihr hergekommen seid«, sagte Wuttke und schaute die beiden Nachbarinnen treuherzig an. »Dann spare ich mir den Weg rüber zu dir.«

Wanda war irritiert. So entgegenkommend verhielt sich ihr Freund gewöhnlich nicht, wenn sie ihm etwas aus der Nase ziehen wollte. Sie fixierte Wuttke und bemerkte einen neuen Zug um seinen Mund, den er erfolglos zu unterdrücken versuchte. Sollte das etwa Stolz sein? »Raus mit der Sprache«, forderte sie ungeduldig. »Habt ihr Annes Mörder endlich überführt?«

Der Kommissar ließ sie einen Moment zappeln. »Möglich«, sagte er gerade noch rechtzeitig, bevor Wanda aufspringen und ihn durchschütteln konnte. »Jochen Moders hat etwas entdeckt.«

»Mensch, Olaf«, bat Telse, »das Leben ist kurz, mach hinne.«

»Ja, Schatz«, kam Camilla zu Hilfe, »jetzt pack endlich aus.«

Wuttke räusperte sich ausgiebig. Alle drei Frauen hingen an seinen Lippen.

»Nun ja«, begann er, »ich denke, wir haben in unseren Ermittlungen einen entscheidenden Schritt nach vorn gemacht. Bevor ich darauf eingehe, möchte ich euch noch mitteilen, dass es sich bei dem Haar, das wir in der Regentonne sichergestellt haben, nachweislich um ein Haar von Anne Holthusen handelt. Das hat die KTU inzwischen bestätigt. Bei der Blutspur ist eine eindeutige Bestimmung mittels DNA-Nachweis nach drei Jahren leider nicht mehr möglich, sagt Moders, auch wenn die Tonne die ganze Zeit geschützt im Schuppen stand. Sehr wahrscheinlich stammt sie aber ebenfalls von unserem Opfer.«

»Ja, und?«, drängelte Wanda. »Was für neue Beweise habt ihr gefunden?«

Jetzt war der Stolz an der Miene des Kommissars deutlich abzulesen. »Die KTU hat den Inhalt des Rollkoffers untersucht, der ausschließlich Kleidung, Accessoires und Schuhe von Anne Holthusen enthielt. In einer Jackentasche haben die Techniker schließlich einen Parkschein gefunden, der aus der Woche stammt, in der Frau Holthusen damals verschwunden ist.«

»Wo wurde der Schein gezogen?«, fragte Telse wie aus der Pistole geschossen.

»Auf einem kleinen Parkplatz in der nördlichen Holtenauer Straße, in der Nähe vom Blücher«, antwortete Wuttke. »Gediegene Gegend, wie ihr wisst, überall schicke Altbauten. Dort leben weder Freunde noch Bekannte der Holthusens. Unsere Leute sind dann die Hausreihen abgelaufen und haben geguckt, ob sich Anhaltspunkte finden lassen, wohin Frau Holthusen gegangen sein könnte.«

»Und? Habt ihr was herausgefunden?« Wanda beugte sich vor, um bloß nichts zu verpassen.

Wuttke nickte. »Haben wir, war aber nicht so einfach. Rund um den Parkplatz wimmelt es von Steuerberatern, Anwaltskanzleien, Arztpraxen und Immobilienfirmen. Nicht zu vergessen ein Friseursalon, zwei Restaurants und eine Marketingagentur. Die alle abzuklappern hat gedauert, aber schließlich haben wir einen Treffer gelandet.« Er lehnte sich mit zufriedenem Gesichtsausdruck in seinem Stuhl zurück.

Drei Augenpaare starrten ihn an.

»Anne Holthusen hat in der Holtenauer Straße eine Anwältin für Familienrecht aufgesucht«, erklärte Wuttke. »Sie wollte sich nämlich scheiden lassen. Die Anwältin hat berichtet, dass die Ehe laut Annes Aussage schon lange zerrüttet war. Clemens Holthusen sei krankhaft eifersüchtig und besitzergreifend gewesen und es sei auch schon zu körperlichen Übergriffen gekommen. Die Beziehung hat Anne offenbar psychisch stark belastet. Ist ja kein Wunder.« Er schnaufte. »Nur wegen Kalli hatte sie ihren Ehemann nicht schon viel früher verlassen. Sie wollte dem Kind nicht seinen Vater nehmen. Allerdings wurde die Situation immer schlimmer, Clemens hat ihre Schlüssel versteckt und ihr Handy kontrolliert, der reinste Psychoterror, sagte die Anwältin. Als Kalli dann spurlos verschwand, gab es für Anne keinen Grund mehr, in ihrer Ehe zu bleiben. Es war für sie höchste Zeit, einen Schlussstrich zu ziehen. Finanziell stand sie ja zum Glück auf eigenen Füßen.«

Wuttke machte eine Pause und trank einen Schluck Wasser, bevor er fortfuhr. »Anne Holthusen hatte vor, die Ehe so schnell wie möglich zu beenden. Sie hat sich bei der Juristin darüber beklagt, dass Clemens nicht in die Scheidung einwilligen wollte und gedroht hat, ihr das Leben zur Hölle zu machen, falls sie die Sache trotzdem durchziehen würde.«

»So eine Beziehung ist doch schon die Hölle auf Erden«, meinte Camilla. »Was soll da noch Schlimmeres kommen?«

»Zum Beispiel ein Mord«, warf Wanda lapidar ein.

Wuttke schnaufte erneut. »Als Anne ganz plötzlich nicht mehr zu ihren Terminen erschienen ist, hat die Anwältin sich zwar gewundert, es aber achselzuckend hingenommen. Sie sagt, sie sei bei ihrer Klientin von einem Rückzieher ausgegangen. Es komme bei Scheidungsfällen immer wieder mal zu spontanen Versöhnungen der Parteien. Bei Anne hätte sie allerdings am wenigsten damit gerechnet. Die Rechnung wurde kommentarlos bezahlt, also hat sie nicht weiter nachgefragt.«

»Reicht das endlich, um Clemens Holthusen vor Gericht zu bringen?«, fragte Telse.

»Wir haben immerhin einen richterlichen Beschluss bekommen, den Herrn in seiner Praxis abgeholt und ihm im Untersuchungsgefängnis ein Zimmer mit Vollpension zur Verfügung gestellt«, sagte Wuttke. »Wann es zu einer Anklage kommen wird, weiß ich nicht. Zurzeit ist die Staatsanwaltschaft noch dabei, die Ermittlungsergebnisse zu prüfen. Es wird wahrscheinlich auf einen Indizienprozess hinauslaufen, denn Clemens Holthusen hat sich bisher zu keinem Geständnis durchringen können. Wir arbeiten aber daran.« Er hob die Schultern und ließ sie wieder fallen. »Ob er tatsächlich wegen Mordes verurteilt wird, müssen wir abwarten.«

»Dann macht ihm die Hölle heiß, bis er alles zugibt«, forderte Telse. »Ihr habt da doch bestimmt Methoden.«

Der Kriminalhauptkommissar verdrehte stumm die Augen.

Wanda nickte zustimmend. »Damit dieser verkorkste Mistkerl endlich hinter Schloss und Riegel kommt, wo er keiner Frau mehr etwas antun kann.«

»Ich glaube, ich habe während meiner Abwesenheit einiges verpasst«, meldete sich Camilla zu Wort. »Ihr müsst mir unbedingt erzählen, was hier eigentlich passiert ist. Das hört sich ja gruselig an.«

In diesem Moment machte es in Telses Stoffbeutel ›pling‹. Sie kramte das Handy hervor und schaute auf das Display. Die eingegangene Nachricht war kurz und bündig: ›Kommen am 17. Juni wieder nach Hause. Alles super gelaufen hier. Kuss Julianne.‹

Telse lächelte und stopfte das Telefon zurück in den Beutel. »Julianne und Fenno kommen in zwei Wochen aus Göteborg zurück«, verkündete sie den anderen. »Das Probewohnen in ihrer Studenten-WG scheint gut geklappt zu haben.« An den Herbst und den endgültigen Umzug des Paares nach Schweden mochte sie jetzt noch nicht denken.

»In zwei Wochen ist doch fast schon Mittsommer«, warf Camilla ein. Sie überlegte kurz. »Wie wäre es, wenn wir ein kleines Willkommensfest für die beiden geben? So richtig schwedisch, mit Mittsommerstange und allem Pipapo? Ich kümmere mich um die Planung. Gewissermaßen als kleine Entschädigung für das britische Dinner, das ich euch vorenthalten habe. Na, was sagt ihr?« Sie schob mit dem Zeigefinger ihre Brille hoch und blickte aufmunternd in die Runde.

»Lieber eingelegter Hering als Baked Beans«, war Olafs knurriger Kommentar.

»Erst mal abwarten, wie die Causa Holthusen ausgeht«, meinte Wanda. »Ich kann mir nicht vorstellen, um den Maibaum zu tanzen, solange niemand für den Mord an Anne angeklagt wird.«

»Dafür wirst du doch sorgen, nicht wahr, Olaf?« Camilla warf ihrem Gatten einen strengen Blick zu. »Ich verlasse mich auf dich.«

Der Kommissar sparte sich eine Antwort.

Wanda kam ein neuer Gedanke. »Sag mal, Olaf, hast du eigentlich schon Annes Bruder Morten über eure neuen Erkenntnisse informiert?«

Wuttke hob müde die Hand. »Vom Fund der Leiche seiner Schwester haben wir ihn natürlich in Kenntnis gesetzt. Von der Sache mit der Scheidungsanwältin weiß er noch nichts.«

»Das könnten doch Telse und ich übernehmen«, schlug Wanda vor. »Falls du nichts dagegen hast.«

»Doch, das habe ich!« Wuttkes Stimme wurde plötzlich laut. »Wieso glaubt ihr eigentlich, meinen Job besser machen zu können als ich selbst? So weit kommt es noch, dass ihr vertrauliche Ermittlungsergebnisse weiterplaudert. Ihr seid schneller, als die Polizei erlaubt!«

»Mein Lieber, das sind wir immer«, gab Wanda ungerührt zurück. »Sei froh.«

»Manchmal ist er halt ein wenig störrisch.« Camilla strich ihrem Gatten liebevoll über den kurz geschorenen Schädel. »Aber er hat ein Herz aus Gold.«

Olaf rollte mit den Augen.

37

ENDLICH WOCHENENDE. Telse beschloss, den späten Freitagnachmittag am Strand zu verbringen. Die Frühlingsluft war schon angenehm warm, und wenn sie sich beeilte, konnte sie noch eine gute Stunde lang die Sonnenstrahlen genießen, bevor es am Wasser schattig wurde. Also packte sie schnell Decke, Buch und Trinkflasche in ihre Strandtasche und lief los. Obwohl sie schon ein Dreivierteljahr in Schilksee wohnte, fühlte es sich für sie immer noch wie ein unerhörter Luxus an, nach nur drei Minuten Fußweg am Meer zu sein. Sie suchte sich einen schönen, sauberen Platz im Sand und breitete ihre Decke aus. Dann legte sie sich auf den Rücken, verschränkte die Arme hinter dem Kopf und lauschte dem beruhigenden Rauschen der Wellen. Oh güldene Freiheit! Sie konnte die Sommerferien und ihren Abschied aus dem Kollegium kaum noch erwarten. Wandas Angebot, in die Seegrasmanufaktur einzusteigen, lockte sie immer mehr, je länger sie darüber nachdachte. Bei freier Zeiteinteilung ökologisch wertvolle Kissen mit Seegras zu stopfen – das klang gar nicht schlecht. Damit hätte sie hoffentlich ein solides finanzielles Standbein. Telse öffnete die Arme, streckte die Hand aus und zupfte gedankenverloren an ein paar angeschwemmten Seegrashalmen, die aus dem Sand herausragten.

In diesem Moment bemerkte sie im Augenwinkel, wie jemand auf sie zugestürzt kam.

»Da bist du ja endlich! Ich habe schon bei dir Sturm geklingelt und dich überall gesucht. Ein Glück, dass ich dich hier erwische.« Wanda schien vor Energie zu sprudeln.

Telse setzte sich überrumpelt auf. »Was gibt es denn so Wichtiges?«

»Es wird dich freuen«, versprach Wanda. »Rück mal ein Stück.«

Telse tat wie geheißen, und die Freundin ließ sich neben ihr auf der Decke nieder. »Nun sag schon, worum geht's?«, fragte sie neugierig.

Wanda machte ein Gesicht wie ein Zauberer, kurz bevor er das Tuch von der zersägten Jungfrau zieht. »Olaf hat sich vorhin bei mir gemeldet«, verkündete sie. »Wahrscheinlich wäre er sonst vor Stolz geplatzt.«

Telse horchte auf. »Gibt es Neuigkeiten?«

»Allerdings. Clemens Holthusen ist eingeknickt. Was sagst du nun?« In Wandas Stimme schwang eine Spur von Triumph mit.

»Du meinst, er hat den Mord an seiner Frau gestanden?«

Wanda nickte. »Nicht direkt, aber es wird mindestens auf Totschlag hinauslaufen«, sagte sie. »Unser Lieblingskommissar hat den Kerl wohl richtig in die Mangel genommen und ihn mit den gesammelten Ermittlungsergebnissen konfrontiert. Am Ende hat der Herr Doktor die Nerven verloren und zugegeben, seine Ehefrau im Garten vergraben zu haben, er bestreitet aber eine Tötungsabsicht.«

Telse zog die Augenbrauen hoch. »Ach was. Wie ist sie denn seiner Aussage nach gestorben?«

»Angeblich haben sich die beiden wegen Annes Scheidungswunsch gestritten. Er habe die Beherrschung verloren und sei leider etwas handgreiflich geworden, was er zutiefst bereue.« Wanda rollte mit den Augen. »Beim Versuch, ihm auszuweichen, sei seine Frau gestolpert und rückwärts mit dem Kopf gegen den Stahlrahmen des Glastisches geknallt. Exitus.«

»Behauptet er?«

»Behauptet er. Alles nur ein unglücklicher Unfall, keine Absicht.«

»Einen Beweis dafür hat er natürlich nicht, oder?« Telse spürte, wie der Zorn in ihr brodelte. »Wer sagt, dass er ihr nicht mit Vorsatz den Schädel eingeschlagen hat?«

»Auf Olafs Nachfrage wollte Holthusen nicht erklären, warum er nach dem angeblichen Unglück den Leichnam samt Koffer und Köter verbuddelt hat, anstatt die Polizei zu rufen«, führte Wanda weiter aus. »Ebenso wenig konnte er begründen, warum er noch Tage danach mit Annes Handy fingierte Nachrichten an ihren Bruder geschickt hat, um ihm vorzugaukeln, sie sei mit unbekanntem Ziel verreist.«

»Für mich sieht alles nach Heimtücke und niederen Beweggründen aus«, sagte Telse. »Und das hieße lebenslänglich.«

»Hoffen wir das Beste.« Wanda ließ sich auf die Ellenbogen sinken und schaute auf die Ostsee, die im späten Nachmittagslicht glitzerte. »Was hältst du davon, wenn wir zu Morten in die Tischlerwerkstatt fahren und ihm brühwarm die neuen Entwicklungen berichten?«, fragte sie nach einer Weile.

Telse guckte skeptisch und wiegte den Kopf. »Ich weiß nicht. Olaf geht an die Decke, wenn er davon erfährt.«

»Er hat es mir nicht verboten«, erwiderte Wanda stur.

»Weil du es ihm nicht auf die Nase gebunden hast. Komm,

lass gut sein.« Telse musste ein Gähnen unterdrücken. Das gleichmäßige Plätschern der Wellen zeigte langsam Wirkung. »Ich schlage vor, du holst dir von Olaf das Okay und rufst Morten danach an. Ich fühle mich gerade so angenehm schlapp.«

»Hm.« Wanda starrte aufs Meer.

»Außerdem bezweifle ich, dass er an einem Freitagabend noch in seiner Werkstatt arbeitet«, gab Telse zu bedenken.

»Vielleicht hast du recht«, räumte Wanda widerwillig ein. Sie zog ihre Slipper aus und bohrte die Zehen in den kühlen Sand.

Beide Frauen hingen ihren Gedanken nach und ließen den Blick zum azurblauen Horizont schweifen, vor dem ein gutes Dutzend weiß leuchtender Segelyachten in der Kieler Bucht kreuzte.

Telse hätte nicht genau sagen können, wie sie sich gerade fühlte. Der Mord an Anne schien endlich gesühnt zu werden, aber solange die Möglichkeit bestand, dass Clemens Holthusen sich erneut mithilfe eines gerissenen Anwalts vor der Strafe drücken konnte, war sie nicht beruhigt. Und selbst wenn er verurteilt werden würde und damit ein Stückchen Gerechtigkeit zurück in die Welt käme, machte das Kallis Mutter nicht mehr lebendig. Sie wandte den Kopf und schaute Wanda an, die einen tiefenentspannten Eindruck machte.

»Was denkst du?«, fragte sie. »Glaubst du, dass sie Holthusen tatsächlich drankriegen?«

»Aber selbstverständlich.« Die Freundin hielt den Blick mit halb geschlossenen Augen auf den Horizont gerichtet.

»Was macht dich so sicher?«

Wanda öffnete die Augen und drehte sich zu Telse. »Unser lieber Olaf ist wie ein Terrier. Der lässt nicht mehr los, wenn er die

Beute einmal zu fassen bekommen hat«, erklärte sie. »Auch wenn es manchmal ein bisschen dauert, bis er in die Spur kommt. Aber dafür hat er ja uns, nicht wahr?«

Nachdenklich nahm Telse eine Handvoll Sand und ließ die Körner durch die Finger rieseln. »Du magst ihn mehr, als du zuzugeben willst«, sagte sie.

Wanda schwieg einen Moment, dann lächelte sie schief. »Kann schon sein. Alles andere wäre bei Camilla auch lebensgefährlich.«

Eine Pause entstand.

»Ich hab eine Idee«, rief Wanda plötzlich. »Was hältst du davon, wenn wir Morten und seinen Mann Kai zu unserem kleinen Mittsommerfest einladen?«

Telse war überrascht, nicht nur wegen des abrupten Themenwechsels. Sie überlegte. »Ich weiß nicht recht«, sagte sie schließlich. »Einerseits würde ich die beiden gerne wiedersehen.« Sie zögerte, bevor sie weitersprach. »Aber kann man das denn machen? Ich meine, so kurz, nachdem Morten erfahren hat, dass seine Schwester nicht mehr am Leben ist, getötet von seinem Schwager?«

»Wir werden an dem Abend gemeinsam an Anne und Kalli denken und ihnen damit einen Platz in unseren Herzen schenken. Außerdem wollen wir nicht nur den Sommeranfang und das Leben feiern, sondern auch das Ende der quälenden Ungewissheit«, sagte Wanda.

Telse nickte. »Camilla würde sich bestimmt freuen.«

»Garantiert.« Wanda grinste. »Wenn die Chance besteht, charmante Männer kennenzulernen, sagt sie niemals Nein.«

38

AM TAG VOR MITTSOMMER kehrten Julianne und Fenno wie angekündigt aus Göteborg zurück. Telse holte die beiden am Vormittag vom Fähranleger am Schwedenkai ab und fuhr sie dann zu der Studentenwohnung ihrer Tochter in der Innenstadt. Sie beschlossen, ausführliche Berichte über die Ereignisse der vergangenen Wochen auf den nächsten Tag zu verschieben. Bei ihrer kleinen Feier würde es noch genügend Gelegenheit dafür geben, jetzt war erst mal Erholung angesagt.

Zwei Stunden später saß Telse wieder zu Hause an ihrem Küchentisch vor dem Laptop und suchte auf Kleinanzeigenportalen nach gebrauchten Holzkisten, die für ein Hochbeet geeignet waren. Wenn sie nicht bald in die Puschen kam, würde es dieses Jahr nichts mehr mit dem selbst angebauten Salat werden. Das Angebot war leider spärlich und entsprach nicht ihren Vorstellungen. Fast alle Kästen waren einfach viel zu klein für ihr Projekt. Mit einer entschlossenen Bewegung klappte sie den Computer wieder zu und grübelte. Dann lege ich halt ein Beet in der Erde an, um mein Grünzeug anzupflanzen, beschloss sie. Selbst auf die Gefahr hin, dass es als Schneckenfutter endet. Zufrieden mit ihrer Entscheidung erhob sie sich, um sofort zur Tat zu schreiten und im Garten eine geeignete Stelle auszusuchen. Auf dem Weg nach draußen wollte sie auch gleich das überquellende Altpapier mitnehmen.

Kaum war Telse vor die Tür getreten, als Stimmen vom Nachbargrundstück herüberwehten. Sie hörte Camilla Anweisungen geben, konnte aber nichts Genaues verstehen, genauso wenig wie Olafs grummelige Antworten. Neugierig geworden warf sie schnell den Papierstapel in die blaue Tonne und näherte sich der Ligusterhecke.

Als Telse vorsichtig über das Strauchwerk linste, entdeckte sie Olaf, der unter den Argusaugen seiner Gattin damit beschäftigt war, die zusammengeklappte Wäschespinne auf dem Rasen mit einem breiten Band aus grünem Sisal zu umwickeln. Knapp unter der Spitze des Trockengeräts war ein runder Holzstab befestigt, der zu beiden Seiten einen halben Meter waagerecht in die Luft ragte.

Telse richtete sich zu voller Größe auf. »Moin! Was wird das, wenn es fertig ist? Ist das Kunst oder kann das weg?«

Olaf Wuttke zuckte zusammen, bevor er ihr sein Gesicht zuwandte. »Das ist für das Mittsommerfest morgen. Ihre Idee.« Mit einem Nicken wies er in Richtung seiner Gattin.

Camilla strahlte Telse an. »Ja, wir brauchen unbedingt einen Maibaum. Und da wir leider keinen Fahnenmast im Garten stehen haben, müssen wir eben um die Wäschespinne tanzen.«

Wuttke schnaubte. »Ohne mich. Ich schmücke dir das Blechding, wenn es unbedingt sein muss, aber Tanzen könnt ihr allein. Ich mache mich doch nicht zum Affen.«

»Abwarten, mein Schatz«, antwortete Camilla zuckersüß. Dann wandte sie sich an Telse. »Wenn ich ein original schwedisches Mittsommerfest plane, dann auch richtig, mit allem Drum und Dran. Ein hübsch geschmückter Maibaum ist dabei unverzichtbar. Das siehst du doch auch so, nicht wahr?«

Vor Telse innerem Auge tanzte Olaf im Flatterhemd und mit Blumenkranz auf dem Kopf um den Wäscheständer, und sie bemühte sich, ein aufsteigendes Glucksen zu unterdrücken. »Unbedingt«, brachte sie hervor und handelte sich damit einen entnervten Blick ihres Nachbarn ein. »Ach übrigens«, wechselte sie schnell das Thema. Sie räusperte sich. »Wie hat eigentlich Morten Duve reagiert, als du ihn über Clemens Holthusens Teilgeständnis informiert hast? Wanda hätte das ja gerne selbst übernommen.«

»Glaube ich sofort.« Wuttke ließ das Sisalband fallen und streckte ächzend den Rücken durch. »Ein Glück für sie, dass sie die Finger davon gelassen hat. Solche Gespräche erfordern psychologisches Feingefühl, da müssen Fachleute ran.«

»Wie du?« Camilla lächelte fein.

»Allerdings«, konterte Wuttke unbeeindruckt. »Aber zurück zu deiner Frage.« Er sah Telse an. »Anne Holthusens Bruder hat die Nachricht mit Fassung aufgenommen und gesagt, dass es trotz allem ein gutes Gefühl sei, endlich Gewissheit über das Schicksal seiner Schwester zu haben. Vielleicht kann er jetzt endlich seinen Frieden finden.«

Telse nickte. »Immerhin will er zu unserer Feier kommen, das ist doch schon mal was.«

»Ich freue mich so auf diesen Morten und seinen Mann«, erklärte Camilla mit glänzenden Augen. »Wie schön, dass ihr die beiden eingeladen habt. Das wird fantastisch! Ich hoffe, ihr kommt alle angemessen gekleidet.«

»Was soll das schon wieder heißen?« Olaf Wuttke funkelte

seine Frau an und stemmte die Hände in die Hüften. »Von irgendeinem Dresscode war nie die Rede …«

»Viel Spaß noch beim Schmücken«, rief Telse und trat schnell den Weg zum ›Seemannsfrieden‹ an.

Am nächsten Tag strahlte die Sonne schon morgens vom wolkenlosen Himmel, und bis zum späten Nachmittag wurde es richtig sommerlich warm. Telse füllte eine große Schale mit rot glänzenden Erdbeeren, dann duschte sie ausgiebig und zog ein weißes Leinenhemd und eine bequeme Hose an. Bevor sie um kurz vor achtzehn Uhr das Haus verließ, brach sie eine rosa Knospe von der Kletterrose vor ihrem Fenster und steckte sie in das oberste Knopfloch. Das musste reichen als Mittsommerschmuck.

Aus dem Garten der Wuttkes schallte Musik herüber. Telse verzichtete diesmal auf die Abkürzung durch die Hecke und betrat das Grundstück durch die offizielle Eingangspforte. Ihre Gastgeber hatten ganze Arbeit geleistet, stellte sie mit einem Rundumblick fest. In den Bäumen schaukelten Girlanden und Lampions, und auf der Rasenfläche stand in voller Pracht die als Maibaum verkleidete Wäschespinne. Das Alugestell war jetzt komplett in Birkenzweige und eine bunte Blumengirlande gehüllt, aus der Margeriten, Pfingstrosen und Glockenblumen herausragten. Auf der Veranda stand der große Esstisch für die Gäste gedeckt, das weiße Damasttuch wurde von kleinen Blumenvasen geschmückt.

Olaf Wuttke war damit beschäftigt, Papierservietten neben den Tellern zu verteilen. Als er die Gartentür quietschen hörte, blickte er auf, unterbrach seine Tätigkeit und kam Telse mit ausgebreiteten Armen entgegen. »Herzlich willkommen! Du bist die Erste.« Er nahm ihr die Erdbeerschüssel aus den Händen und platzierte sie mittig auf dem Tisch. »Camilla macht sich noch hübsch, sie müsste aber so langsam fertig sein. Setz dich einfach, wohin du möchtest, ich habe noch zu tun.«

Telse war gerade seiner Aufforderung nachgekommen, als die Gartenpforte erneut ein quietschendes Geräusch von sich gab. Sie sah Julianne und Fenno eintreten, gefolgt von Morten und Kai. Keine Minute später erschien auch Wanda auf der Bildfläche, dem Anlass angemessen in ein lindgrünes, weit schwingendes Gewand gekleidet. Es folgte eine überschwängliche Begrüßung, anschließend nahmen alle am Tisch Platz. Olaf hatte inzwischen Schüsseln mit jungen Dillkartoffeln und eingelegtem Hering aufgetragen. Dazu gab es Schmandcreme mit Schnittlauch, Graved Lachs, Knäckebrot, Butter und verschiedene Käsesorten, einschließlich eines originalen Västerbottenkäses aus Schweden.

»Da fehlt noch was«, meldete sich Fenno zu Wort. »Wo ist der Aquavit?« Er grinste.

»Keine Sorge, kommt noch«, beruhigte ihn Olaf. »Anders halte ich diese Veranstaltung sowieso nicht durch.«

»Wo bleibt denn eigentlich unsere Zeremonienmeisterin?«, erkundigte sich Wanda und blickte sich suchend um.

In diesem Augenblick erschien Camilla Wuttke in voller Pracht im Rahmen der Terrassentür. Obwohl Telse den extravaganten Modegeschmack ihrer Gastgeberin mittlerweile kannte, riss sie die Augen auf.

Camilla trug ein schneeweißes, spitzenverziertes Baumwollkleid und hatte um die Taille eine blutrote Schärpe geschlungen. Auf ihrer pechschwarzen Pagenfrisur thronte kronengleich ein voluminöser Blumenkranz. Eine einzelne Pfingstrosenknospe hatte sich daraus gelockert und hing schräg vor ihrer schwarzen Designer-Brille, was ihr einen etwas verwegenen Ausdruck gab. »Varmt välkommen! Wie schön, dass ihr alle da seid«, rief sie und klatschte in die Hände. »Bevor wir später um den Maibaum tanzen, wollen wir uns erst mal mit all den Leckereien stärken, die zu einem richtigen Mittsommerfest dazugehören. Also keine langen Reden, lasst es euch schmecken.« Sie setzte sich auf einen der Stühle, sprang aber sofort wieder auf. »Oh je, fast hätte ich das Wichtigste vergessen.« Hastig verschwand sie im Inneren des Hauses und kehrte kurz darauf mit einem Stapel bedruckter DIN-A4-Blätter zurück.

Wanda machte einen langen Hals und musterte die Zettel neugierig. »Wenn es das ist, was ich denke, hat unsere Hobby-Schwedin noch Großes mit uns vor«, raunte sie Telse zu.

»Was meinst du damit?«, fragte Telse alarmiert.

»Wart's ab. Du hast doch eine schöne Singstimme, oder?«

Bevor Telse weiter fragen konnte, wurden ihr von links die Heringshappen gereicht und von rechts die Kartoffeln. Sie belud ihren Teller und hatte kaum angefangen zu essen, als Olaf mit einem Tablett erschien, auf dem eine Batterie beschlagener Schnapsgläser klirrte.

»So, da müsst ihr jetzt durch«, sagte er und stellte vor jedem Gast einen Aquavit ab.

Camilla verteilte derweil ihre Zettel. »Ein Schnaps, ein Lied, so macht man das in Schweden«, rief sie. »Ich habe euch ein ganz einfaches herausgesucht. Es heißt ›*Helan går*‹!«

Telse starrte auf den ausgedruckten Text in ihrer Hand. »Ich kann kein Schwedisch«, wandte sie ein.

»Dann wird es aber Zeit, wo deine Tochter doch in das Land der Mitternachtssonne auswandern will.« Julianne grinste über den Tisch. »Keine Angst, Mama, die Lyrics lernst du ganz schnell.«

Camilla räusperte sich. »Ich singe es euch einmal vor«, erklärte sie. »Danach versuchen wir es gemeinsam.« Leicht krächzend intonierte sie das Trinklied:

»Helan går …«

»Was heißt das überhaupt?«, fragte Morten, als sie geendet hatte.

»Alles austrinken«, war Kai behilflich.

»Nein, ich meine die Übersetzung.«

»Sag ich doch. Der Text bedeutet: Alles muss runter, sonst bekommst du bei der nächsten Runde nicht mal die Hälfte eingeschenkt.«

Camilla blickte ihre Gäste aufmunternd an und hob ihr Schnapsglas. Alle am Tisch taten es ihr nach, dann gab sie den Einsatz. Nach einem mehr oder weniger zögerlichen Chorgesang, gefolgt von einem bedeutend kräftigeren »skål!«, wurde der Alkohol von den Anwesenden pflichtgemäß in einem Zug heruntergestürzt.

Julianne und Telse husteten, Wanda wischte sich unauffällig eine Träne aus dem Augenwinkel. Allein Olaf knallte bestens gelaunt das leere Glas auf den Tisch. »Dieses Mittsommer gefällt mir viel besser als dein japanischer Abend vom letzten Jahr«, verkündete er mit roten Wangen.

»Das freut mich!« Camilla lächelte ihn mit blitzenden Augen hinter ihren Brillengläsern an.

Eine Schnapsrunde später kannte Camilla kein Erbarmen und zitierte alle Gäste auf den Rasen zum Ringelreihen um den Behelfsmaibaum. »Der Tanz heißt ›Små Grodorna‹ und ist ganz simpel«, erklärte sie. »Es geht um kleine Frösche, die lustig aussehen, weil sie keine Ohren und keine Schwänzchen haben.«

Olaf Wuttke zog die Augenbrauen zusammen.

»Ihr müsst nur im Kreis hüpfen und mitquaken, wenn im Lied gequakt wird«, fuhr Camilla ungerührt fort. »Dabei zeigt ihr mit den Händen, wo die Ohren sein sollten und wo das Schwänzchen hingehört.« Sie führte die Bewegungen vor.

»Zum Glück ist auf der Strandpromenade nichts mehr los«, bemerkte Wanda und schlüpfte aus den Pumps. »Feixende Zuschauer hätten mir gerade noch gefehlt.« Sie reihte sich zwischen Julianne und Fenno ein, die schon ausgelassen kicherten.

Telse zog es vor, die Schuhe anzubehalten, und nahm ebenfalls Aufstellung. Als die Runde komplett war, tippte Camilla auf ihr Smartphone. »Los geht's«, rief sie, und schon schrammelte eine fidele Tanzmusik aus den Bluetooth-Lautsprechern. Nach einem kurzen Moment der Unsicherheit begann ein ungelenkes Gehopse im Kreis, das von vielstimmigen Quakgeräuschen untermalt wurde. Olaf Wuttke streikte mit hochrotem Kopf schon nach wenigen Augenblicken, Camilla, Wanda und Telse hielten den Wackeltanz ein wenig länger durch. Schließlich hüpften nur noch Morten, Kai, Julianne und Fenno um den Wäscheständer und kriegten sich dabei nicht mehr ein vor Lachen.

»Eine eindrucksvolle Vorstellung, das muss ich schon sagen.«

Wanda, Telse und die Wuttkes rissen die Köpfe zum Gartentor herum. Dahinter stand ein groß gewachsener, dunkelhaariger Mann und winkte ihnen freundlich lächelnd zu.

Telse erstarrte. Paule, der Schulhausmeister. Ihr Arbeitskollege schien sich prächtig zu amüsieren. Bevor sie reagieren konnte, lief ihre Freundin schon zu ihm hin.

»Herr Paulsen!«, rief Wanda. »Wie schön, Sie wiederzusehen. Haben Sie nicht Lust, uns Gesellschaft zu leisten?« Ihre erhitzten Wangen waren von einer zarten Röte überzogen. Sie öffnete die Pforte und machte eine einladende Geste.

Paule zögerte und suchte den Blick von Telse. Die rang sich ein aufmunterndes Lächeln ab und winkte ihn zu sich. »Komm rein«, rief sie. »Am besten, du machst einfach mit. Wer weiß, was unsere Gastgeberin noch mit uns vorhat.« Sie ging ihrem Kollegen auf halbem Weg entgegen und lotste ihn dann zum Esstisch, an den Olaf gerade einen weiteren Stuhl heranschob. Die gerade noch Tanzenden waren ziemlich aus der Puste gekommen und hatten inzwischen wieder Platz genommen. Sie betrachteten den neuen Gast interessiert.

»Moin, ich bin Johannes Paulsen, genannt Paule«, stellte er sich vor und nickte allen lächelnd zu.

»Wir kennen uns aus der Grundschule«, erklärte Telse. »Paule ist aber kein Lehrer, sondern Philosoph.«

»Ich bin der Hausmeister«, verbesserte dieser und grinste Telse an. »Der wichtigste Job von allen.«

»Sie haben eine neue Frisur«, stellte Wanda mit scharfem Blick fest.

Paule fasste sich an den Kopf. »Ja, der Dutt ist weg. Es musste etwas Neues her, ich will ja nicht als lebendes Fossil enden. Sie dürfen mich aber gerne Paule nennen, wie alle anderen auch. An Mittsommer duzt man sich doch, oder?«

»Gerne.« Wanda reichte ihm ein gefülltes Schnapsglas. »Ich bin Wanda.«

»Skål, Wanda!« Beide stürzten ihr Getränk herunter.

Telse betrachtete Paule währenddessen von der Seite. Mit der neuen Frisur gefiel er ihr viel besser. Die braunen Haare mit den grauen Strähnchen umrahmten jetzt locker das Gesicht. Ein bisschen fühlte sie sich an David aus dem Besetzercamp erinnert, nur dass der mindestens zehn Jahre jünger war.

»Na, hast du schon die sieben Blumen gepflückt?«, wandte sich Paule unvermittelt an Telse und riss sie damit aus ihren Gedanken. Er funkelte sie mit einem breiten Lächeln an.

Telse fühlte sich ertappt. Sie spürte, wie ihre Wangen heiß wurden. »Was für Blumen?« Sie blickte hilflos zu ihrer Freundin, die aber auch nur mit den Schultern zuckte.

Paule sah ihr tief in die Augen. »Weißt du nicht, dass Mittsommernächte magisch sind?«

Telse schluckte, sein Blick machte sie nervös. »Nein, das ist mir neu.«

»Diese Nacht ist voller Magie, sagt man. Pflanzen haben heilende Kräfte und man kann sogar in die Zukunft sehen.«

»Oh, das würde ich so gerne«, mischte sich Wanda ein. »Vielleicht wartet irgendwo noch ein wunderbarer Mann auf mich, der mir die Welt zu Füßen legt. So wie mein Jan Friedrich, Gott hab ihn selig.« Ihre Augen schimmerten feucht.

Alkohol konnte ihre Freundin leicht sentimental machen, das kannte Telse. »Wie sieht denn deine Zukunft aus?«, fragte sie Paule. »Hast du schon etwas erfahren können?«

Der schüttelte den Kopf. »Leider nein. Der Mythos sagt, dass allein jungen Frauen ein Blick in die Zukunft gewährt wird. Dazu müssen sie in der Mittsommernacht sieben verschiedene Blumen pflücken, und zwar schweigend. Wer redet, hat den Zauber verwirkt. Wenn sie die Blumen dann unter ihr Kopfkissen legen, träumen sie in der Nacht von ihrem künftigen Ehemann.« Er grinste Telse an. »Die Nacht fängt ja gerade erst an, du hast also noch eine reelle Chance.«

Telse fühlte abermals, wie sie rot wurde. »Danke, kein Bedarf«, gab sie etwas ruppiger als beabsichtigt zurück. »Einen neuen Ehemann kann ich gerade nicht gebrauchen.«

Paule lächelte und schwieg.

In diesem Moment rauschte Camilla heran und stellte vor jedem von ihnen ein Schälchen mit Erdbeeren und Schlagsahne ab. Ihr Blütenkranz hing mittlerweile schräg über einem Ohr und wurde lediglich durch das schwarze Brillengestell am vollständigen Abrutschen gehindert. »Lasst es euch schmecken«, flötete sie, schenkte ihrem neuen Gast einen koketten Blick und setzte dann ihre Runde fort.

»So lässt es sich leben.« Paule hob mit dem Löffel eine Erdbeere aus der Schale und ließ sie genießerisch auf der Zunge zergehen. »Freust du dich auch schon auf die Sommerferien?«, fragte er Telse anschließend. »Die Ferien sind das Beste an der Schule, finde ich.« Die nächste Erdbeere folgte ihrer Bestimmung.

Telse schluckte. Jetzt musste es wohl raus. »Ich habe gekündigt. Zum Schuljahresende«, sagte sie, ohne ihn anzusehen. »Aber ich werde natürlich in Schilksee wohnen bleiben«, fügte sie hastig hinzu.

Paule widmete sich seinen Erdbeeren und sagte nichts.

»Telse wird mit mir in eine Seegrasmanufaktur einsteigen«, erklärte Wanda mit Stolz in der Stimme, so als wäre es längst beschlossene Sache.

»Stimmt das?« Paule sah von einer zur anderen.

Telse nickte. »Ja. Ich werde aber nicht nur Teilhaberin sein, sondern ganz praktisch mitarbeiten. Kissen befüllen und was sonst so anfällt. Ist bestimmt entspannter, als Grundschüler bändigen zu müssen«, fügte sie mit einem schwachen Lachen hinzu.

»Bestimmt.« Paule schaute zum nachtdunklen Meer. Auf den Wellen tanzten Lichterfunken. Die Sichel des Halbmonds hing schief wie Camillas Blütenkranz am Himmel. »Sehen wir uns dann noch?«, fragte er schließlich.

Telse nickte erneut, diesmal bedeutend heftiger. »Ja klar!«, platzte es aus ihr heraus. Sie räusperte sich. »Also, ich würde mich wirklich freuen.«

Ihre Blicke trafen sich für eine Sekunde und Telse spürte ein unerwartetes Prickeln auf der Haut. Dann sahen beide wie auf Verabredung in verschiedene Richtungen. Die fröhliche Musik vermischte sich mit Stimmengewirr, vereinzelten Lachern und Besteckgeklapper.

Wanda musterte sie aufmerksam. Schließlich beugte sie sich vor und schenkte ihnen allen Wein nach. »Die Manufaktur ist mein neues Herzensprojekt«, sagte sie im unverfänglichen Plauderton. »Ihr glaubt gar nicht, was man in dem Seegras findet, wenn man es reinigt. Letztens haben sie ein echtes Seepferdchen darin entdeckt. Leider war es schon tot.«

»Ich dachte, die wären in der Ostsee längst ausgestorben«, sagte Paule. »Ist ja toll.«

»Na ja«, erwiderte Wanda. »Es ist natürlich beruhigend, dass es die Tiere hier noch gibt. Weniger schön ist aber die Tatsache, dass dieses Seepferdchen sich nicht an einen Seegrashalm geklammert hatte, sondern um einen Streifen grünes Plastik, von dem es sogar nach seinem Tod nicht mehr zu trennen war.«

Telse ließ ihr Weinglas in den Händen kreisen. »Das erinnert mich an Clemens Holthusen«, sagte sie nachdenklich.

Zwei Augenpaare sahen sie fragend an.

»Das Seepferdchen. Holthusen hat die Seepferdchenmethode angewandt«, erklärte sie und stellte das Glas ab. »Das hat Anne das Leben gekostet.«

Nach einem Moment nickte Wanda langsam. »Stimmt.«

Paule dagegen zog nur fragend die Stirn kraus.

»Was ein Seepferdchen einmal umklammert hat, lässt es freiwillig nicht wieder los«, erklärte Telse. »Hätte Clemens Holthusen Anne nicht um jeden Preis festhalten wollen, obwohl die Ehe schon zerrüttet war, wäre sie vielleicht bei ihm geblieben. Vielleicht auch nicht, oder nur unter Bedingungen. Auf jeden Fall hätte sie nicht sterben müssen.«

Alle drei schwiegen und hingen ihren Gedanken nach. In den Bäumen schaukelten die bunt leuchtenden Lampions im Nachtwind. Aus den Boxen wehte ein samtiger Chanson durch den Garten.

Schließlich hob Wanda ihr Weinglas. »Trinken wir auf die Zukunft und die Liebe. Etwas anderes bleibt uns nicht.«

Telse und Paule griffen ebenfalls nach ihren Getränken.

»Was sagt Konfuzius eigentlich dazu?«, fragte Telse und stieß klirrend mit dem Schulhausmeister an.

Johannes Paulsen ließ den Wein in seinem Glas kreisen und sah hinein, als läge darin die Antwort. Dann sagte er:

»Der Dumme lernt aus seinen Fehlern, der Kluge aus den Fehlern der anderen.«